SECHS LÄNDER IM WIDERSTAND

Im Verlauf des Frühjahrs und Frühsommers 1940 wurden Dänemark, Luxemburg, die Niederlande, Belgien, Norwegen und Frankreich (links) von Hitlers Blitzkrieg-Armeen überrannt. In jedem dieser Länder führten kleine Untergrundgruppen gegen die Übermacht der deutschen Besatzungstruppen sinnlos scheinende Aktionen durch. Doch in dem Maße, in dem die verschiedenen Widerstandsorganisationen wuchsen und die Sabotageanschläge und bewaffneten Überfälle erfolgreicher wurden, gewannen ihre Aktionen allmählich strategische Bedeutung. Sie banden Hunderttausende von deutschen Soldaten und minderten ganz erheblich den Nutzen, den Deutschland gerne aus der Industrie, der Landwirtschaft und den Rohstoffquellen der besetzten Länder gezogen hätte.

In Frankreich (rechts) wurden die Einigungsbestrebungen der Widerstandsgruppen dadurch erschwert, daß die Deutschen das Land geteilt hatten und die Demarkationslinie zwischen der besetzten und unbesetzten Zone scharf bewachten. Die Deutschen besetzten den größeren Teil Frankreichs, annektierten das Elsaß und Lothringen und erklärten einen Teil des nordfranzösischen Industriegebiets zur Sperrzone. Das südliche Drittel des Landes wurde zunächst von einer Marionettenregierung verwaltet, die ihren Sitz in Vichy hatte. Im November 1942 wurde diese Zone dann ebenfalls zur Abwehr der – nach der Invasion der Alliierten – aus Nordafrika drohenden Gefahren besetzt. Die Italiener hielten bis zu ihrem Kriegsaustritt, zu dem die alliierten Invasionstruppen sie im September 1943 zwangen, einen Teil Südfrankreichs besetzt.

DER ZWEITE WELTKRIEG · TIME-LIFE BÜCHER · AMSTERDAM

VON RUSSELL MILLER

UND DER REDAKTION DER TIME-LIFE BÜCHER

DER WIDERSTAND

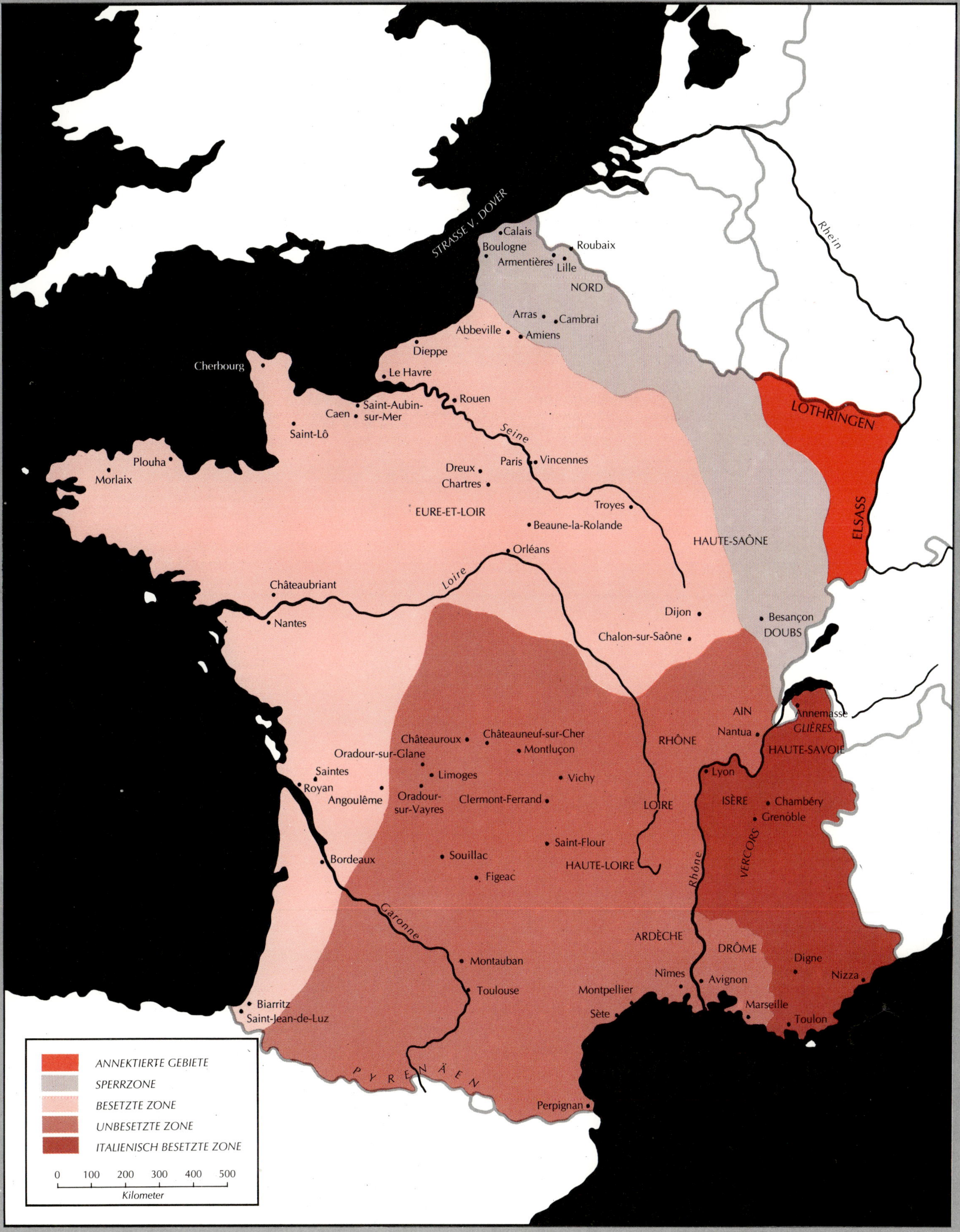
STRASSE V. DOVER
Calais
Boulogne
Roubaix
Armentières
Lille
NORD
Arras
Cambrai
Abbeville
Amiens
Dieppe
Cherbourg
Le Havre
Rouen
Saint-Aubin-sur-Mer
Caen
Saint-Lô
Seine
Plouha
Morlaix
Paris
Vincennes
Dreux
Chartres
EURE-ET-LOIR
Troyes
Beaune-la-Rolande
Orléans
HAUTE-SAÔNE
Rhein
LOTHRINGEN
ELSASS
Châteaubriant
Loire
Nantes
Dijon
Chalon-sur-Saône
Besançon
DOUBS
AIN
Annemasse
GLIÈRES
Nantua
HAUTE-SAVOIE
RHÔNE
Châteauroux
Châteauneuf-sur-Cher
Montluçon
Oradour-sur-Glane
Saintes
Royan
Limoges
Vichy
Angoulême
Oradour-sur-Vayres
Clermont-Ferrand
Lyon
ISÈRE
Chambéry
Grenoble
LOIRE
VERCORS
Saint-Flour
Bordeaux
Souillac
HAUTE-LOIRE
Rhône
Figeac
Garonne
ARDÈCHE
DRÔME
Montauban
Digne
Nîmes
Avignon
Nizza
Toulouse
Montpellier
Marseille
Biarritz
Sète
Toulon
Saint-Jean-de-Luz
PYRENÄEN
Perpignan
ANNEKTIERTE GEBIETE
SPERRZONE
BESETZTE ZONE
UNBESETZTE ZONE
ITALIENISCH BESETZTE ZONE
0 100 200 300 400 500
Kilometer

DER ZWEITE WELTKRIEG

Redaktionsstab des Bandes *Der Widerstand:*
Chefredakteur: Gerald Simons
Bildredakteur/Designer: Raymond Ripper
Textredakteure: Lydia Preston, Henry Woodhead
Vertragsautoren: Dalton Delan, Kumait Jawdat
Tyler Mathisen, Brian McGinn, Teresa M. C. R. Pruden
Chefdokumentar: Oobie Gleysteen
Dokumentare: Kristin Baker, Loretta Y. Britten, Mary G. Burns, Charlie Clark, Frances R. Glennon, Chadwick Gregson, Clara Nicolai, Judy Shanks, Jean Strong
Assistentin des Designers: Mary Louise Mooney
Redaktionsassistentin: Connie Strawbridge

Korrespondenten: Elisabeth Kraemer (Bonn); Margot Hapgood, Dorothy Bacon, Lesley Coleman (London); Susan Jonas, Lucy T. Voulgaris (New York); Maria Vincenza Aloisi, Josephine du Brusle (Paris); Ann Natanson (Rom). Wertvolle Unterstützung leisteten ebenfalls: Wibo van de Linde (Amsterdam); Brigid Graumann, Chris Redman (Brüssel); Robert Slater (Jerusalem); Karin Hills, Sandy Jacobi (Kopenhagen); Carolyn T. Chubet, Miriam Hsia (New York); Dag Christensen (Oslo); M. T. Hirschkoff (Paris); Mimi Murphy (Rom)

Leitung der deutschen Redaktion:
Hans-Heinrich Wellmann
Textredaktion: Elvira Schneider

Aus dem Englischen übertragen von
Gerhard Raabe

EINBAND: Im Vercors, südwestlich von Grenoble, sind Widerstandskämpfer im Februar 1944 mit von den Alliierten abgeworfenen Waffen hinter einem Erdwall in Dekkung gegangen. In Erwartung der Invasion erreichte die Aktivität der Widerstandsgruppen in den besetzten Ländern Westeuropas zu dieser Zeit ihren Höhepunkt.

Der Autor: RUSSEL MILLER lebt als freier Schriftsteller und Journalist in London. Ehemals aktiver Offizier im britischen Heer, verfaßt er regelmäßig Beiträge für die Londoner *Sunday Times.* Seine Publikationen erschienen auf der ganzen Welt.

Vorwort: JEAN OVERTON FULLER wurde in der Grafschaft Buckinghamshire geboren und studierte an der Universität London. Sie ist Expertin für die Special Operations Executive, die britische Organisation zur Unterstützung der Widerstandsbewegungen in den im Zweiten Weltkrieg von deutschen Truppen besetzten Gebieten und hat darüber folgende Bücher veröffentlicht: *Madeleine* (kürzliche Neuauflage unter dem Titel *Noor-un-Nisa Inayat Khan), The Starr Affair, Double Webs, Conversations with a Captor* und *The German Penetration of SOE.*

Die beratenden Mitarbeiter: US-OBERST A. D. JOHN R. ELTING, ist Militärhistoriker und der Verfasser von *The Battle of Bunker's Hill, The Battles of Saratoga* und *Military History and Atlas of the Napoleonic Wars.* Er veröffentlichte *Military Uniforms in America: The Era of the American Revolution, 1755–1795* und *Military Uniforms in America: Years of Growth, 1776–1851* und ist Mitherausgeber des *West Point Atlas of American Wars.*

M. R. D. FOOT war im Zweiten Weltkrieg Major der britischen Armee. Er diente als Fallschirmspringer bei der Luftlandetruppe und wurde für die Unterstützung der bretonischen Widerstandsgruppen mit dem Croix de Guerre ausgezeichnet. An der Universität Oxford lehrte er Politik und Geschichte, war Professor für Neuere Geschichte an der Universität Manchester, hat die Tagebücher Gladstones herausgegeben und ist Autor der Bücher *SOE in France, Resistance, Six Faces of Courage* und Mitverfasser von *MI 9.*

Authorized German language edition

First German Printing.

ISBN 9-06-182-433-8

TIME LIFE BÜCHER ®

DIE GESCHICHTE DER LUFTFAHRT
DIE SEEFAHRER
DER ZWEITE WELTKRIEG
DIE KUNST DES KOCHENS
DER WILDE WESTEN
HANDBUCH DER GARTENKUNDE
MENSCHLICHES VERHALTEN
DIE GROSSEN STÄDTE
DIE HOHE SCHULE DER HANDARBEIT
DIE WILDNISSE DER WELT
DIE FRÜHZEIT DES MENSCHEN
DIE PHOTOGRAPHIE
DIE WELT DER KUNST
INTERNATIONALE SPEISEKARTE
ZEITALTER DER MENSCHHEIT
WUNDER DER WISSENSCHAFT
WUNDER DER NATUR
JUGENDBÜCHER
DAS GROSSE BUCH DES YACHTSPORTS
DAS GROSSE BUCH DER PHOTOGRAPHIE
LIFE IM KRIEG
LIFE IM KINO
DIE BESTEN PHOTOS AUS LIFE

Bereits erschienene Bände dieser Serie:

Der Weg zum Krieg
Der Blitzkrieg
Die Luftschlacht um England
Die aufgehende Sonne
Die Schlacht im Atlantik
Der Angriff auf Rußland
Der Krieg in der Wüste
China-Burma-Indien
Die Gegenoffensive im Pazifik
Der Feldzug in Italien
Der Partisanenkrieg
Die Invasion der Alliierten
Die Befreiung
Der Luftkrieg in Europa

KAPITEL

BILDTEIL

INHALT

VORWORT

Im Frühjahr 1945 sprach der Oberste Befehlshaber der Alliierten Expeditionsstreitkräfte, General Dwight D. Eisenhower, den Männern und Frauen, die in Europa an der „Geheimen Front" gekämpft und gelitten hatten, seine Anerkennung aus: „Es steht fest, daß die im ganzen besetzten Europa tätigen Widerstandsgruppen, die die Bahnverbindungen des Feindes störten, seine Truppenbewegungen auf den Straßen behinderten, unablässig Sabotageanschläge gegen seine Rüstungsindustrie verübten und seine Sicherheitskräfte ständig in Atem hielten, einen beträchtlichen Beitrag zu unserem Sieg geleistet haben."

Niemand, der den vorliegenden, aus amerikanischer Sicht geschriebenen Bericht über ihre Tätigkeiten liest, kann daran zweifeln, daß sie diese Anerkennung verdient haben. Sie boten den Deutschen mehr als vier Jahre lang Trotz und bewiesen dabei einen Mut, den auch die härtesten Unterdrückungsmaßnahmen nicht bezwingen konnten. Eine schlagkräftige Widerstandsbewegung benötigte darüber hinaus aber auch Waffen, Geld und Schulung – und das war die Aufgabe der Agenten und Agentinnen der SOE (Special Operations Executive), der britischen Organisation zur Unterstützung der „Geheimen Front" in den von deutschen Truppen besetzten Gebieten.

Mit einer von diesen Agentinnen, Noor Inayat Khan (Deckname „Madeleine"), deren Photo auf Seite 183 zu sehen ist, war ich befreundet; ihren letzten Urlaub vor ihrer Abkommandierung nach „Übersee" verbrachte die indische Prinzessin im Juni 1943 bei mir in London. Danach hörten ihre Angehörigen und ich nichts mehr von ihr, bis wir 1949 ihrer ehrenvollen Erwähnung anläßlich der postumen Verleihung des Georgskreuzes – der höchsten britischen Kriegsauszeichnung für Zivilisten – entnahmen, daß man sie wegen ihrer Tätigkeit für die Résistance in Dachau erschossen hatte.

Ich hatte bis dahin den Namen SOE noch nie gehört. Ich wollte Madeleines Geschichte jedoch an die Öffentlichkeit bringen und begann auf diese Weise mit der Erforschung der Organisation, für die sie tätig gewesen war.

Inwieweit war die SOE erfolgreich? Es scheint, daß ihre Norwegische Abteilung die beste war, da deren Angehörige nur auf ausgewählte Ziele angesetzt und nach der Durchführung eines Auftrags sofort wieder nach England zurückgebracht wurden. Sie hatten daher gar keine Zeit, sich mit Doppelagenten einzulassen, und für die fatalen Funkspiele, bei denen in Gefangenschaft geratene Funker unter deutscher Kontrolle ein „Gegenspiel" mit London beginnen mußten, fehlte es ihnen an Gelegenheiten.

Ihr schlimmstes Mißgeschick erlitt die SOE in Holland, wo die im März 1942 erfolgte Festnahme eines einzigen Funkers den Deutschen die Möglichkeit gab, über ein Jahr lang das gesamte dortige SOE-Netz zu dirigieren. Die Londoner SOE-Führung hätte aus dem Fehlen der vereinbarten Erkennungszeichen ersehen müssen, daß die Funksprüche vom deutschen Gegner abgesetzt wurden. Sie achtete jedoch nicht darauf und setzte den Funkverkehr fort, als wäre ihr Netz noch intakt.

Die Folge war, daß den Deutschen weitere mit Fallschirmen abgesetzte Versorgungsgüter und Agenten in die Hände fielen. Es kam zu einer Kettenreaktion. Neue Festnahmen führten zu neuen Funkverbindungen mit London, neue Funkverbindungen zu neuen Festnahmen – und so fort. In London schöpfte man nicht einmal Verdacht, als die vereinbarten Erkennungszeichen auch in den Sprüchen von mindestens zwei weiteren Funkern fehlten.

Als das Funkspiel schließlich endete, hatten die Deutschen Versorgungsgüter und Kriegsmaterial aus über 200 Abwürfen erbeutet, 52 Agenten festgenommen – von denen 46 später erschossen wurden – und 350 weitere Personen verhaftet. Seine verheerenden Auswirkungen blieben zudem nicht auf Holland beschränkt. Infolge der von London arglos durchgegebenen Mitteilungen waren die Deutschen in der Lage, auch in mehrere Widerstandsgruppen Belgiens und Frankreichs einzudringen, darunter in das Pariser Agentennetz, dem meine Freundin zugeteilt war.

Dieses war im Oktober 1942 von dem britischen Major Francis Suttill (Deckname „Prosper") begründet und im Verlauf von acht Monaten zu dem größten und leistungsstärksten SOE-Netz in Westeuropa ausgebaut worden. Die Deutschen brauchten jedoch nur ein paar Wochen, um es zu zerstören. Prosper selbst wurde am 24. Juni verhaftet – er wurde später im Konzentrationslager Sachsenhausen erhängt –, und im Verlauf des Sommers erfolgten an die 1500 weitere Festnahmen.

Dies war jedoch noch nicht alles: Auch die Französische Abteilung fiel einigen raffinierten Funkspielen zum Opfer, die im Juni 1943 einsetzten und ein Jahr lang dauerten. Sie hatten zwar ein geringeres Ausmaß als das holländische Funkspiel, führten aber dennoch zur Verhaftung von 18 Agenten und gaben zu weiteren Zweifeln über die Befähigung der Londoner SOE-Führung Anlaß.

Solche Zweifel mußte vor allem das Schicksal wecken, das Prospers Stellvertreter und erster Funker, Major Gilbert Norman („Archambaud"), traf. Dieser wurde etwa eine Stunde früher als sein Chef verhaftet. Zur Freude der Deutschen teilte Norman ihnen seinen Decknamen und sein Erkennungszeichen mit, woraufhin sie am 29. Juni einen Funkspruch nach London absetzten. Norman hatte ihnen allerdings nicht gesagt, daß es in seinem Fall noch ein zweites Erkennungszeichen gab, dessen Fehlen seine Festnahme anzeigen sollte. Er war daher außer sich vor Bestürzung, als man ihm die Antwort aus London vorlegte: *Sie haben Ihr doppeltes Erkennungszeichen vergessen. Seien Sie in Zukunft vorsichtiger!*

Normans Entsetzen wäre zweifellos noch größer gewesen, hätte er gewußt, daß London bereits vor dem Funkverkehr vom 29. Juni von seiner Verhaftung Mitteilung erhalten hatte. Madame Balachowsky, eine der wenigen Mitarbeiterinnen Prospers, die die

Verhaftungswelle im Sommer 1943 überlebte, berichtete mir, sie habe schon wenige Stunden nach Normans und Prospers Verhaftung davon erfahren und sofort meine Freundin angerufen, die die Nachricht von dem Desaster noch am selben Tage, dem 24. Juni, nach London gefunkt habe.

Erst Anfang August erkannte Oberst Sir Maurice Buckmaster, der Leiter der Französischen Abteilung der SOE, endlich das volle Ausmaß der Katastrophe, die über Prosper, Norman und ihr Agentennetz hereingebrochen war. Desgleichen wurde ihm bewußt, daß meine Freundin jetzt zwar in höchstem Maße gefährdet war, zugleich aber das einzige noch existierende Verbindungsglied zwischen London und Paris bildete. Er entsprach daher ihrer Bitte, bis zum Eintreffen eines Ersatzfunkers an ihrem Platz ausharren zu dürfen. Es war dies eine verständliche Entscheidung, die jedoch tragische Folgen zeitigen sollte.

Die Deutschen hatten wenige Wochen vor der Razzia auf die Angehörigen des Prosper-Netzes zwei kanadische SOE-Agenten namens „Bertrand" und „Valentin" festgesetzt, die in Nordfrankreich den Aufbau eines weiteren Prosper-Netzes betrieben. Es hatte zwischen ihnen und London ein Austausch von Funksprüchen über geplante Fallschirmabwürfe stattgefunden, woraufhin mehrere Sendungen prompt den Deutschen in die Hände fielen.

Es winkte jetzt jedoch eine viel kostbarere Beute. Im Herbst erhielten Bertrand und Madeleine zur gleichen Zeit aus London die Aufforderung, sich in einem Café an den Champs-Élysées einzufinden, wo eine Besprechung über eine wichtige Widerstandsgruppe stattfinden sollte, mit der Madeleine in Fühlung stand. Sie trafen dort auf zwei französisch sprechende deutsche Agenten, denen die nichtsahnende Madeleine bereitwillig über ihre Verbindungen zur Untergrundbewegung berichtete.

Madeleine selbst wurde am 13. Oktober auf Grund einer Denunziation verhaftet. Man brachte sie ins Hauptquartier der Sicherheitspolizei an der Avenue Foch, wo sie bereits nach einer halben Stunde ihren ersten Ausbruchsversuch unternahm. Am 25. November wurde sie nach einem zweiten Ausbruchsversuch, den sie gemeinsam mit zwei Mitgefangenen machte, in ein Gestapogefängnis nach Deutschland überführt. Dort mußte sie gefesselt in Einzelhaft bleiben, bis man sie schließlich zusammen mit drei anderen SOE-Agentinnen am 12. September 1944 ins Konzentrationslager Dachau brachte und erschoß.

Ernst Vogt, der Madeleines Vernehmung in der Avenue Foch durchführte, äußerte mir gegenüber, sie sei der beste Mensch gewesen, der ihm in seinem Leben begegnet sei. Obwohl sie jede Zusammenarbeit mit den Deutschen ablehnte, waren diese in der Lage, mit Hilfe der in ihrer Wohnung gefundenen Papiere ein weiteres Funkspiel mit London ins Werk zu setzen.

Die über Madeleines Netz vereinbarten Fallschirmabwürfe bestanden anfänglich nur aus Waffen und Banknoten. In der Nacht zum 8. Februar 1944 wurden jedoch vier Agenten, darunter ein amerikanischer Funker namens Robert Byerly, eingeflogen. Sie fielen natürlich alle den Deutschen in die Hände, die sofort darangingen, auf Byerlys Gerät Funksprüche nach London abzusetzen. Diese wiesen jedoch seine Erkennungszeichen nicht auf, woraus London schloß, daß Byerly in Gefangenschaft geraten sei. Den Schluß, daß die Deutschen ihn festgenommen hatten, weil sie Madeleines Netz kontrollierten, scheint man in London jedoch nicht gezogen zu haben.

In der Nacht vom 29. Februar auf den 1. März – 1944 war ein Schaltjahr – wurden drei weitere nach Frankreich eingeflogene Agenten beim Absprung von der Sicherheitspolizei in Empfang genommen. Die Deutschen waren besonders erfreut, da sich unter ihren Opfern auch Major France Antelme befand, einer der erfahrensten und wertvollsten SOE-Agenten.

Vogt berichtete mir, Antelme habe bei seinem Eintreffen in der Avenue Foch vor Wut geschäumt und behauptet, London habe ihn mit voller Absicht in den Tod geschickt. (Er wurde im September 1944 erschossen). Es ist möglich, daß Antelme damit nur seine Angst abreagierte. Dennoch fragt man sich, warum man den ihm erteilten Auftrag nicht rechtzeitig widerrief. Madame Balachowsky gibt an, sie habe im November von Madeleines Verhaftung erfahren und London auf drei verschiedenen Wegen, darunter auch auf einer über das von den Briten kontrollierte Gibraltar verlaufenden Fluchtlinie, davon Mitteilung gemacht.

Selbst wenn man annimmt, daß diese Nachricht irgendwo verlorenging, muß man sich fragen, ob London die Tragweite der Verhaftung Byerlys wirklich nicht erkannte. Tatsächlich wurde mir privat mitgeteilt, Major Jerry Morel, der Leiter der Operationsabteilung der Französischen Abteilung der SOE, habe Befürchtungen hinsichtlich des Madeleine-Netzes gehegt – und diese Antelme mitgeteilt. Doch wenn dies Netz schon *vor* Antelmes Absprung im Verdacht stand, den Deutschen in die Hände gefallen zu sein – warum ließ man ihn dann nach Frankreich fliegen?

Es kann nicht überraschen, daß solche Vorfälle den Anlaß zu der Beschuldigung bildeten, die SOE habe ihre eigenen Agenten bedenkenlos geopfert – entweder durch einen Verräter in ihrer Londoner Zentrale oder im Zuge irgendeines abwegigen eigenen Funkspiels. Das böse Wort vom „perfiden Albion" erlebte nach dem Krieg seine Wiederauferstehung, besonders in Frankreich und Holland, und eine Kommission des niederländischen Parlaments durchleuchtete mehr als zwei Jahre lang sämtliche Einzelheiten des von den Deutschen „Unternehmen Nordpol" genannten verhängnisvollen Funkspiels. Die Kommission kam zu dem Ergebnis, daß die SOE zwar von jedem Verdacht der Mittäterschaft völlig ausscheide, in London aber trotzdem „sehr schwerwiegende Fehler" begangen worden seien.

Das war ein hartes Urteil, das uns jedoch nicht gegen das Heldentum von Menschen blind machen sollte, die sich für eine Sache einsetzten, welche ihnen heiliger als ihr eigenes Leben war. Ernst Vogt fragte Madeleine einmal, ob sie es bedauerte, ihren „fürchterlichen Auftrag" angenommen zu haben. Sie schüttelte den Kopf: „Wenn ich noch einmal vor der Entscheidung stünde, würde ich genauso handeln."

„Obwohl Sie inzwischen erfahren haben, wie es hier zugeht und daß Ihr Opfer nicht sehr viel bewirkt haben wird?"

„Das macht keinen Unterschied", entgegnete sie ihm. „Ich habe meinem Land gedient. Das ist mir Belohnung genug."

Jean Overton Fuller

DIE ERSTE VERWEIGERUNG

Der Aufseher am Brüsseler Grabmal des Unbekannten Soldaten aus dem Ersten Weltkrieg schmuggelt hinter dem Rücken eines Polizisten Blumen zum Denkmal.

EIN FROSTIGER EMPFANG FÜR DIE SIEGER

Als Norwegens Lehrer den Beitritt zum NS-Laerersamband verweigerten, wurden die Schulen geschlossen. Viele Lehrer unterrichteten zu Hause weiter.

In den Monaten April, Mai und Juni 1940 überrannte die deutsche Wehrmacht sechs westeuropäische Länder: Dänemark, Norwegen, Luxemburg, die Niederlande, Belgien und Frankreich. Die Einwohner dieser Länder waren führungslos sich selbst überlassen und wie gelähmt. Von den deutschen Siegern erwarteten sie nur Demütigungen und Ausbeutung, und Widerstand zu leisten erschien ihnen als tollkühnes Unterfangen.

Dennoch begann sich in allen besetzten Ländern fast sofort der Widerstand zu regen. Es handelte sich nicht um organisierte Aktionen – die sollten sich erst mit der Zeit entwickeln –, sondern um eine meist ganz spontane Verweigerung, um passiven Widerstand. Im Alltag stellte sich häufig die ungebrochene Vaterlandsliebe der Menschen dar.

Die Französin Lucie Aubrac berichtete: „Pariser U-Bahn-Fahrgäste ließen deutsche Soldaten absichtlich kilometerweite Umwege machen, und Busfahrer überfuhren Haltestellen, an denen Deutsche aussteigen wollten." In Amsterdam verließen Caféhausbesucher ostentativ das Lokal, sobald ein deutscher Soldat eintrat, und viele kauften nicht mehr in Läden, in denen das Schild „Man spricht deutsch!" ausgehängt war.

Zuerst widersetzten sich nur wenige Menschen den Deutschen mit rückhaltloser Offenheit. Dabei legten sie in der Regel mehr Leidenschaftlichkeit als Kaltblütigkeit an den Tag. Beispielsweise geriet ein dänischer Gastwirt so in Wut, als man seinen Danebrog – die dänische Flagge – durch ein Hakenkreuz ersetzte, daß er die ganze Fahnenstange umriß. Als die Deutschen daraufhin eine neue errichteten, stellte der Patriot die alte daneben auf und hißte einen großen, nagelneuen Danebrog *(rechts)*. Anschließend teilte er dem deutschen Wachtposten mit triumphierendem Blick mit: „Jetzt kannst du diese mitbewachen!"

Solcher Widerstand veranlaßte Lucie Aubrac zu der Bemerkung, die Franzosen benähmen sich „ein wenig wie kleine Kinder in Gegenwart eines ungeschickten Lehrers". Doch die spontanen Gesten empörter Patrioten hatten eine zweifache Wirkung. Sie verwehrten dem deutschen Gegner den vollen Genuß seines Sieges und trugen im Laufe der Zeit mit dazu bei, seine Disziplin und Kampfentschlossenheit zu untergraben. Überdies stärkte der passive Widerstand bei den besiegten Nationen in den ersten Tagen der schweren Besatzungszeit die Kraft zum Überleben. Ein französischer Widerstandskämpfer erklärte mit Überzeugung: „Durch diese lächerliche Kleinigkeit – die Weigerung, uns zu unterwerfen – bewahrten wir uns unsere Würde."

Mit Erlaubnis der deutschen Besatzungsmacht, die die Dänen für die Zusammenarbeit gewinnen wollte, bauscht sich neben der Reichskriegsflagge eine dänische im Wind.

BEREDTE MAUERN UND SYMBOLE DER FREIHEIT

Eines der ersten Zeichen des Aufbegehrens gegen die deutsche Besatzungsmacht waren die Symbole und Parolen, die über Nacht auf Wänden und Mauern erschienen. Die Verfasser solcher Werke arbeiteten meist im Schutze der Dunkelheit und warteten immer wieder mit neuen deutschfeindlichen Schlagwörtern auf, die ihre Landsleute dann auf dem Wege zur Arbeit begierig studierten. In Norwegen schmückten Patrioten Mauern und Anschlagtafeln mit dem Monogramm ihres Königs Haakon VII., der außer Landes gegangen war, um sich den Deutschen nicht beugen zu müssen. In Frankreich war das Lothringer Kreuz, das General Charles de Gaulle als Zeichen der freifranzösischen Bewegung gewählt hatte, das bekannteste Widerstandssymbol.

Ein Symbol diente in allen besetzten Ländern Westeuropas der Beschwörung des Tages, an dem man wieder frei sein würde: das V für Victory (Sieg). Dieses Zeichen stand auch für den unbeugsamen Kampfgeist des britischen Premiers Winston S. Churchill. Das V wurde in Bänke und Münzen geritzt, auf Kraftwagen gemalt, an Mauern und Häuserwände gekritzelt und mit Farbe breit über deutsche Propagandaplakate gezogen.

Die Franzosen kombinierten das V oft mit dem Lothringer Kreuz *(links)*. Auf einem Plakat forderte ein Pariser seine Mitbürger auf, sich „zu de Gaulle zu bekennen". Viele Patrioten folgten seiner Aufforderung, indem sie reihenweise diese Zeichen auf das Plakat setzten. Die Deutschen kratzten die Stellen ab, doch die Löcher steigerten die Wirkung dieses politischen Bekenntnisses noch.

Vielen Bürgern genügten diese kleinen patriotischen Akte nicht. Auch auf die Gefahr hin, mit einer hohen Geldstrafe belegt oder sogar verhaftet zu werden, arbeiteten sie verschiedene Widerstandssymbole in Schmuck und Kleidungsstücke ein und trugen sie – den Deutschen zum Hohn – in aller Öffentlichkeit *(S. 14–15)*.

Mit der Bildfolge links wollte ein Résistance-Photograph den Widerstandswillen französischer Mitbürger dokumentieren. Sie zeigt, wie ein Pariser nachts ein deutsches Propagandaplakat abreißt und an seiner Stelle die Parole „Vive de Gaulle" auf die Mauer schreibt. Daneben hat er das V-Zeichen mit dem Lothringer Kreuz kombiniert, Wahrzeichen des Landes, das Deutschland nach dem Ersten Weltkrieg an Frankreich zurückgeben mußte.

Auf dem Plakat, das einen deutschen Soldaten als Beschützer französischer Kinder zeigt, steht als Kommentar: „Er vertritt den Vater, den er getötet hat."

Um den Verräter anzuprangern, haben belgische Patrioten die Hauswand eines mit der Besatzungsmacht kollaborierenden Mitbürgers mit Farbe beschmiert.

Dieses aus Norwegen herausgeschmuggelte Photo zeigt zwei Patrioten, die Steine zum Monogramm ihres außer Landes gegangenen Königs zusammengefügt haben.

Zwei Norwegerinnen haben sich die Parole „Nieder mit der N.S." (der norwegischen Nazipartei) und das Monogramm König Haakons VII. auf die Rücken gemalt.

Ein SS-Mann (links) läßt die Personalien eines Mädchens aus Kopenhagen aufnehmen, weil es eine Mütze trägt, die dem Emblem der Royal Air Force nachgestrickt ist.

In Longchamps zeigt ein Jockey im Juni 1940 das Lothringer Kreuz. Die Deutschen wußten damals noch nicht, daß es sich um ein Widerstandssymbol handelte.

Eine alte Dame kreuzt provokativ die Front der in Paris zur Parade angetretenen deutschen Soldaten und wird von einem Polizisten zurückdirigiert (Kasten).

DIE BESATZUNGSMACHT WIRD PROVOZIERT

Viele gewöhnliche Bürger ärgerten die Deutschen, indem sie ihnen aus dem Weg gingen. Andere provozierten sie in aller Öffentlichkeit. So spielte ein Bettler in Paris auf seinem Akkordeon die Marseillaise. Eine alte Dame pflegte vorbeimarschierende Besatzungssoldaten über ihren Krückstock stolpern zu lassen. In holländischen Kinos verließ das Pubikum demonstrativ den Saal, wenn die Vorführung von NS-Propagandafilmen begann – bis eine deutsche Verordnung diese Gepflogenheit unter Strafe stellte. In Dänemark lösten Propagandafilme laute Zwischenrufe aus. „Wer ist das denn?" hieß es, wenn Adolf Hitler auf der Leinwand erschien. Als ein Ansager in gewichtigem Ton verkündete: „100 deutsche Bomber auf dem Flug zu Einsatzzielen in England", reagierte das Publikum auf die übertriebenen Erfolgsmeldungen mit dem Kommentar: „Und 200 kehrten zurück."

Die Deutschen wußten natürlich, wie solche Bemerkungen gemeint waren, und reagierten mit steigender Nervosität auf die Verachtung und Ablehnung, die ihnen entgegenschlug.

Aus Protest gegen die strenge Spinnstoffbewirtschaftung spaziert ein Amsterdamer nackt durch die Straßen seiner Stadt.

König Christian X. zeigt sich bei einem Ritt durch Kopenhagen durch die Treue seiner Untertanen gerührt.

Ein dänischer Junge betrachtet stumm die Stätte einer Vergeltungsmaßnahme.

DER ÜBERGANG ZUR GEWALT

Im Herbst 1940 verstärkte sich der örtliche Widerstand gegen die deutsche Besatzungsmacht, und immer mehr Einwohner machten ihrem Haß auf Hitlers „Neue Ordnung" Luft. In Bordeaux wurden Seeleute mit einem Jahr Freiheitsentzug bestraft, weil sie deutsche Offiziere angespuckt hatten. Die mit den Deutschen kollaborierenden holländischen Nationalsozialisten berichteten, bei einem Marsch durch ein Rotterdamer Arbeiterviertel habe sich „ein Regen von Dachziegeln, Blumentöpfen und anderen unaussprechlichen Haushaltsgeräten samt Inhalt auf sie ergossen".

Einige besonders mutige Patrioten wurden Saboteure. Ein Franzose durchschnitt deutsche Fernsprechkabel und mußte seine Tat mit dem Leben büßen. Ein junger Däne ließ sich durch die Todesstrafe, die auf Sabotage stand, nicht abschrecken und zerstörte mit Brandbomben aus Zucker, Säure und Kaliumchlorat deutsche Militärfahrzeuge. Bedeutsamer war, daß sich viele der zunächst auf eigene Faust handelnden Widerständler im Laufe der Zeit zusammenschlossen und nunmehr mit Unterstützung einer Organisation gegen die Deutschen arbeiteten.

Holländische Patrioten schmücken an einem Amsterdamer Kanal die Stelle, an der

29 ihrer Landsleute erschossen wurden, mit einer großen Nationalflagge. Die Erschießung war eine Repressalie für ein Attentat auf den SS-Polizeichef von Amsterdam.

1

De Gaulle entzündet „die Flamme des Widerstands"
Zehn Millionen Flüchtlinge
Ein 84jähriger Marschall beginnt zu kollaborieren
Der belgische König als Kriegsgefangener
Illegale Zeitungen
Das Symbol der weißen Nelke
Der dänische „Orden von der kalten Schulter"
Die kurze Amtszeit eines Premierministers
Patriotische Attentäter und französische Märtyrer
Die ersten Widerstandsgruppen entstehen

ANFÄNGE DES WIDERSTANDS

Am 18. Juni 1940, kurz vor 18.00 Uhr, nahm ein bis dahin unbekannter französischer General im Senderaum B 2 des Londoner Rundfunks hinter einem Mikrophon Platz, um an seine vor den einmarschierenden deutschen Truppen kapitulierende Nation eine Ansprache zu richten. Der General war eine respektgebietende Erscheinung: hochgewachsen und kerzengerade. Er wirkte in seiner ganzen Art etwas überheblich – ein Eindruck, der durch die übergroße Nase und die schweren Augenlider noch unterstrichen wurde. Sein Name war Charles de Gaulle.

Die BBC-Leute wußten nicht viel mehr von de Gaulle, als daß er die Genehmigung für die Ansprache von Premierminister Winston Churchill erhalten hatte. Außerdem hatten sie Kenntnis davon, daß er erst kürzlich zum General befördert worden und erst tags zuvor aus Frankreich eingetroffen war, nachdem er mit der französischen Regierung Paris vor den anrollenden Panzerverbänden in größter Hast verlassen hatte. Die Rundfunkangestellten, die mit de Gaulle Kontakt hatten, berichteten, er benehme sich ganz so, als ob er soeben einen Krieg gewonnen hätte; er brächte seine Forderungen fast wie ein Diktator vor.

Mit seinem anmaßenden Auftreten erregte de Gaulle bei seinen britischen Gastgebern nicht wenig Ärgernis. Frankreich war trotz seiner hochgerühmten militärischen Stärke in weniger als sechs Wochen von Hitlers Wehrmacht in die Knie gezwungen worden. Sein Zusammenbruch vervollständigte die für die westlichen Demokratien apokalyptischen Ereignisse zweier Monate, in deren Verlauf bereits Dänemark, Norwegen, die Niederlande, Luxemburg und Belgien der Blitzkriegstrategie Hitlers zum Opfer gefallen waren. Dem nunmehr völlig auf sich allein gestellten England drohte selbst eine deutsche Invasion; und die Briten hatten weder Zeit noch Lust, den Ausführungen eines gescheiterten französischen Generals zu lauschen, der ohne jeden offiziellen Auftrag so handelte, als übernähme er im Exil die Führung seines Landes.

Als im Aufnahmeraum eine grüne Lampe aufleuchtete, die de Gaulle den Beginn der Sendung anzeigte, räusperte sich der General und wandte, sich mit leidenschaftlicher Stimme an seine Landsleute: „Gewiß, wir sind erdrückt worden und werden erdrückt von der technischen Übermacht des Feindes zu Lande und in der Luft... Müssen wir die Hoffnung deshalb aufgeben? Ist die Niederlage endgültig und unabänderlich? Nein!"

De Gaulle beschwor seine Landsleute, sich ihm anzuschließen und für die Befreiung zu kämpfen. Er gab ihnen zu bedenken, daß Frankreichs Kolonialreich nach wie vor frei sei, daß Großbritannien weiterkämpfe und daß es andere mächtige Kräfte gebe, die noch nicht ins Spiel gebracht worden seien. „Alle Mittel, die wir brauchen, um eines Tages unsere Feinde zu vernichten, sind in dieser Welt vorhanden... Was auch geschehen mag, die Flamme des französischen Widerstands darf und wird nicht erlöschen!"

Diese tapferen Worte sollten sich eines Tages als wahrhaft prophetisch erweisen. Zwei Großmächte, die damals noch nicht zu den kriegführenden Ländern gehörten – die Vereinigten Staaten und die Sowjetunion – sollten in den Krieg gegen Deutschland eintreten und schließlich eine Wende herbeiführen. Solange sie ihr gewaltiges Menschen- und Wirtschaftspotential zurückhielten, waren es die Briten und der rasch wachsende Widerstand in Frankreich sowie in den anderen besetzten Ländern Westeuropas, die die Sache der Alliierten vertraten.

De Gaulle erkannte klar, daß der Schlüssel zum erfolgreichen Widerstand gegen Hitler bei Frankreich lag. Unter den sechs von den Deutschen besetzten Ländern hatte Frankreich die meisten Einwohner und die größte Industrie. Ohne die Möglichkeit, das französische Wirtschaftspotential in vollem Maße für sich zu nutzen, würde Deutschland in einem lang andauernden Zermürbungskrieg ständig an Boden verlieren. Zudem war Frankreich für die Befreiung Europas von entscheidender strategischer Bedeutung; seine Nachbarschaft zu Großbritannien sowie seine weiten und flachen Küstenlandschaften – ideales Gelände für schnelle Panzeroperationen – prädestinierten es geradezu für ein Invasionsunternehmen der alliierten Streitkräfte.

Der Widerstand in Frankreich und den anderen besetzten Ländern wuchs zunächst nur langsam. In jedem Land gab es vereinzelte Widerstandsgruppen, die zögernd und vorsichtig in Aktion traten. Erst später sollten sich in allen Ländern die einzelnen Gruppen zusammenschließen, um eine Front gegen die deutsche Besatzungsmacht zu bilden, und sollte aus dem Widerstand eine organisierte Bewegung, wie in Frankreich die Résistance, werden, die eine wirkliche Rolle im Krieg spielte. Aber auch dann noch beruhte der Widerstand auf einer Reihe von Operationen auf nationaler Basis, die nur locker koordiniert waren.

Aber in jedem Land nahm die Zahl der Widerstandsgruppen zu und dehnten sich ihre Aktivitäten aus. Sie sammelten Informationen über den Feind und übermittelten sie nach London, führten immer größere Sabotageakte durch und verhalfen Tausenden zur Flucht aus den besetzten Ländern. Als die alliierten Armeen dann im Juni 1944 von England aus zur Invasion auf das europäische Festland antraten, entfachten ihre ungezählten Provokationen und Zerstörungsakte schließlich einen Feuersturm. Ihre weit ausgreifenden Operationen trugen in starkem Maße dazu bei, daß die alliierten Truppen in Frankreich Fuß fassen konnten, ohne gegen rund 50 deutsche Divisionen kämpfen zu müssen, die in abgelegenen Gegenden des Landes und in den anderen besetzten Ländern Westeuropas gebunden waren.

An dem warmen Juniabend, an dem sich de Gaulle an die französische Nation wandte, mußte ein Aufruf zum Widerstand allerdings als leeres Gerede und unrealistisches Wunschdenken erscheinen. Nur wenige Menschen in Frankreich hörten de Gaulles Rundfunkansprache, und noch geringer war die Zahl derjenigen, die seinem Aufruf folgten.

Auf den staubigen Straßen, die von Paris nach Süden führen, gesellten sich die demoralisierten Reste der französischen Armee zu den Strömen von verängstigten Zivilisten, die panikartig der unaufhaltsam vorstürmenden deutschen Wehrmacht zu entkommen suchten. Die Flüchtlinge hatten ihre in Eile zusammengerafften Habseligkeiten auf alle möglichen Fahrzeuge – Autos, Taxen, Lastwagen, Pferdewagen, Fahrräder, Schubkarren und Kinderwagen – gepackt. Viele hatten zum Schutz gegen feindlichen Maschinengewehrbeschuß aus der Luft Matratzen auf die Dächer ihrer Automobile gebunden.

In den an den Rückzugsstraßen gelegenen Städten und Dörfern belagerten die Flüchtlinge die Tankstellen, belegten Hotels und Cafés und steckten mit ihrer Angst die ortsansässigen Familien an, die noch nicht an Flucht gedacht hatten. Auf dem Höhepunkt dieses Exodus drängten sich an die zehn Millionen Franzosen auf den Straßen. In den Geschäften und Fabrikhallen herrschte gähnende Leere, auf den Feldern keimte das Getreide auf dem Halm, niemand molk die Kühe, und die Häuser lagen offen und verlassen da.

Die Ereignisse der Monate Mai und Juni 1940 hatten die Franzosen in tiefe Verwirrung gestürzt. Sie konnten nicht glauben, daß ihre Nation, die auf eine lange, ruhmreiche militärische Tradition zurückblicken konnte, so rasch und mühelos besiegt worden war. Es war unfaßbar, aber wahr: Frankreichs Armee war zerschlagen, und alles schien verloren.

Von der Katastrophe wie gelähmt, wandten sich die Franzosen auf der Suche nach moralischem Rückhalt und politischer Führung einem 84jährigen Soldaten zu, der im wesentlichen nur auf Grund des hohen Ansehens, das er sich ein Vierteljahrhundert zuvor im Ersten Weltkrieg erworben hatte, auf die politische Führung Frankreichs Anspruch erheben konnte. Marschall Henri Philippe Pétain, der Held von Verdun, wurde am 16. Juni mit dem Amt des Ministerpräsidenten betraut. Am nächsten Tage hielt er seine erste Rundfunkrede an die französische Nation. Mit eintöniger, dumpfer Stimme erklärte er: „Ich biete meine Person Frankreich dar, um sein Unglück zu mildern... Mit schwerem Herzen sage ich euch heute, daß der Kampf eingestellt werden muß."

„Der Ton seiner Erbauungspredigt verursachte mir Übelkeit", erinnerte sich die Schriftstellerin Simone de Beauvoir später an seine Rede. „Dennoch war ich erleichtert, weil endlich kein französisches Blut mehr fließen sollte."

Der Abschluß des Waffenstillstandes wurde von fast allen Franzosen begrüßt. Der alte Soldat – stolz, kerzengerade, die hellblauen Augen voller Zuversicht – wurde als Retter bejubelt, der

Frankreich aus dem Abgrund des Krieges herausführen und Ordnung in das wilde Chaos, in das die Nation geraten war, bringen würde. Die „geheiligte Person" des verehrungswürdigen Marschalls wurde Gegenstand eines Kults. Überall tauchten Photos von ihm – selbstverständlich in Uniform – auf: in den Geschäften und Büros, an Hauswänden und auf Plakatsäulen, auf Tassen, Tellern und Fahnen und hinter den Schreibtischen der Beamten. Niemand in Frankreich vermochte seinem freundlich-väterlichen Blick zu entrinnen. Neuere Biographien der Nationalhelden Napoleon, Ludwig XIV. und Johanna von Orléans machten auf erstaunliche Ähnlichkeiten dieser historischen Figuren mit dem Marschall aufmerksam. Ihm zu Ehren wurden Lieder komponiert („Herr Marschall, wir, Ihre Kinder, sind gekommen und stehen vor Ihnen...") und zu seinem Preise Gebete umgeschrieben („... Und erlöse uns von dem Übel, Du, Marschall von Frankreich").

Der Waffenstillstand, um den Pétain nachgesucht hatte, wurde am 22. Juni im Salonwagen des Marschalls Foch im Wald von Compiègne unterzeichnet, wo 1918 das Deutsche Reich zur Unterwerfung genötigt worden war. Hitlers Bedingungen lauteten, daß die deutsche Wehrmacht zwei Drittel von Frankreich besetzen und verwalten würde *(Karte S. 3)* und daß die Franzosen die – auf die gewaltige Summe von 400 Millionen Francs (rund 22,5 Millionen Reichsmark) pro Tag festgesetzten – Besatzungskosten aufbringen sollten. Fast zwei Millionen französische Soldaten mußten den Marsch in die Gefangenschaft antreten, mit der wirtschaftlichen Folge, daß Frankreich auch einen Großteil seines Arbeitskräftepotentials einbüßte.

Das Abkommen hätte freilich noch schlimmer ausfallen können. So sollte nicht ganz Frankreich besetzt werden, sondern ein großer Teil Südfrankreichs angeblich freie Zone bleiben, die dann zu einer Zufluchtsstätte für die Unterdrückten und die ziellos auf den Straßen umherirrenden Flüchtlinge werden konnte. Im Vergleich zu den Nationen im Osten, von deren grausamen Schicksalen wenig bekannt wurde, konnten die Franzosen sich im unbesetzten Teil ihres Landes verhältnismäßig glücklich schätzen.

Sowie Vichy, ein rund 280 Kilometer südlich von Paris in der unbesetzten Zone gelegener Kurort, Sitz der Regierung Pétain geworden war, schlug Pétain den Weg der politischen Kollaboration mit der Besatzungsmacht ein, was schließlich sogar dazu führte, daß er die antisemitischen Doktrinen des Nationalsozialismus akzeptierte. Wenige Tage nach der Begegnung, die er am 24. Oktober mit Hitler in Montoire-sur-le-Loire hatte, wandte er

Geflohene französische Soldaten melden sich im Juli 1940 in einem Londoner Rekrutierungsbüro zu einer Kampfeinheit der Widerstandsgruppe Combat. Kurz nach Frankreichs Zusammenbruch gebildet, stellte sie den Kern der freifranzösischen Armee dar. Vier Jahre später zählte sie bereits über 100 000 Mann.

sich über den Rundfunk erneut an die französische Nation: „Ehrenhaft und um die Einheit Frankreichs... zu gewährleisten... betrete ich heute den Weg der Zusammenarbeit."

Die Bevölkerung der unbesetzten Zone nahm in der Frage der Kollaboration im großen und ganzen eine pragmatische Haltung ein; die politische Linie der Regierung Pétain war der Preis, den man zahlen mußte, damit Südfrankreich frei blieb. Ihre Landsleute in dem größeren, besetzten Teil entdeckten zunächst zu ihrer Überraschung, daß die Deutschen keineswegs die Ungeheuer waren, als die man sie ihnen geschildert hatte. Sie schienen höflich und korrekt, und die Besatzungsbehörden erwiesen sich wider Erwarten als durchaus human. Zum Beispiel halfen sie der hungernden Pariser Bevölkerung durch die Errichtung von Suppenküchen über die schlimme Zeit hinweg, in der die Lebensmittelversorgung der Stadt infolge des militärischen Zusammenbruchs zum Erliegen gekommen war. Viele Einwohner der besetzten Zone fanden sich daher, nachdem sie sich von dem ersten Schrecken erholt hatten, mit Frankreichs Niederlage ab und waren bereit, sich den Anordnungen der Besatzungsmacht zu fügen.

Manche gingen noch weiter. So brachte zum Beispiel eine Frau aus der im Norden von Bordeaux gelegenen Stadt Saintes in einem Brief an ihren Sohn ihre Bewunderung für die deutschen Eroberer unverhohlen zum Ausdruck: „Die Leute hier haben die Sieger überaus herzlich willkommen geheißen. Die Mädchen winkten den athletisch gebauten Deutschen, die wie junge Götter mit lachenden Augen auf ihren Motorrädern vorbeifuhren, mit ihren Taschen- und Halstüchern zu."

Die Nordfranzosen, die unter der unmittelbaren Herrschaft der deutschen Militärbehörden standen, hatten keine Veranlassung, sich der Kollaborationspolitik der Vichy-Regierung anzuschließen. Viele taten es aber trotzdem: manche, weil sie meinten, Frankreich auf diese Weise den Frieden sichern zu können, andere, weil sie aus der Anwesenheit der Deutschen Nutzen zu ziehen hofften. Jean Bruller, der sich später unter dem Pseudonym Vercors als Schriftsteller der Résistance einen Namen machte, klagte über die unpatriotische Käuflich- und Gleichgültigkeit seiner Nachbarn in einem östlich von Paris gelegenen Dorf.

„Es ließ sich nicht leugnen, daß die Dörfler, angefangen bei meinem eigenen Arbeitgeber, die Anwesenheit der Besatzer als etwas Selbstverständliches hinnahmen", schrieb Vercors nach dem Krieg. „Die Bauersfrau überbot sie alle noch; sie war, ohne sich dessen im geringsten zu schämen, ausschließlich auf ihren eigenen

Premierminister Winston S. Churchill inspiziert im März 1941 gemeinsam mit dem Führer der Freifranzosen, Charles de Gaulle, eine Panzereinheit in Großbritannien. Churchill unterstützte de Gaulles Widerstandsbewegung zwar, war über den Franzosen mit dem herrschaftlichen Auftreten aber oft verärgert und soll geäußert haben: „Das schwerste Kreuz, das mir auferlegt ist, ist das Lothringer Kreuz." Letzteres war von de Gaulle zum Symbol des Freien Frankreich erklärt worden.

Vorteil bedacht und ließ ihre sie um etwas Milch, ein Stück Butter oder ein paar Eier bittenden Kunden, ihre Nachbarn, ja sogar ihre eigenen Verwandten leer ausgehen, da die Deutschen ihr für diese Produkte einen höheren Preis zahlten.

„Ich hatte das Empfinden, daß es in Paris nicht viel anders sei. Die Oper und die Comédie Française waren mit deutschen Offizieren in vollem Ordensschmuck überfüllt. In den Cafés saßen glattrasierte Deutsche und Franzosen augenscheinlich im besten Einvernehmen trinkend beieinander. In den autoleeren Straßen ließen sich deutsche Soldaten, elegante Französinnen und wohlbeleibte Geschäftsleute in Fahrradtaxen spazierenfahren. Ich konnte den Anblick meiner mit ihrer eigenen Einwilligung zu Zugtieren degradierten Mitmenschen nicht ertragen."

Spätestens im Herbst 1940 waren sich alle zum Widerstand entschlossenen französischen Patrioten darüber klar, daß ein langer und mühseliger Weg vor ihnen lag.

Im übrigen von den Deutschen besetzten West- und Nordeuropa machten die durch die Blitzfeldzüge Hitlers geschaffenen Verhältnisse ebenfalls jeglichen Widerstand zunächst unmöglich. Die Dänen, Norweger, Belgier, Holländer und Luxemburger schienen wie gelähmt; recht- und führungslos sich selbst überlassen, trachteten sie zuallererst danach zu überleben, und das bedeutete für die meisten, sich den Anordnungen der Besatzungsmacht zu fügen. Unter der Oberfläche ihres Konformismus hielten die Bürger dieser Länder indes einige unangreifbare Trümpfe in der Hand, über die die Franzosen nicht geboten und die bald in dem Maße, wie sie sich von dem Schock der Niederlage erholten, offenbar wurden.

Drei dieser Länder – Dänemark, die Niederlande und Luxemburg – nahmen ihre Niederlage mit stoischem Gleichmut hin, der sich zum Teil daraus erklärte, daß sie ohnehin keine große Hoffnung in ihre dem Gegner zahlenmäßig hoffnungslos unterlegenen und unzulänglich bewaffneten Streitkräfte gesetzt hatten. Die Einwohner wußten um ihre Hilflosigkeit im Falle eines Angriffs, und als dieser dann erfolgte, ließen sie sich durch die mühelos errungenen Erfolge der deutschen Wehrmacht weder in Erstaunen versetzen noch demoralisieren. Die norwegischen und belgischen Truppen hatten dem Gegner tapfer Widerstand geleistet und dadurch bewirkt, daß ihre Landsleute ungeachtet der schweren Verluste und der Kapitulation ihre nationale Würde bewahrt sahen.

Als sich der militärische Zusammenbruch Belgiens abzuzeichnen begann, forderte König Leopold III. seine Minister auf, eine Exilregierung zu bilden. Diese drängten den König, ebenfalls außer Landes zu gehen, doch der Monarch wollte sein Volk nicht verlassen. Er leitete die Kapitulation seiner geschlagenen Streitkräfte ein, erklärte sich zum Kriegsgefangenen und weigerte sich, mit den Deutschen um Konzessionen zu feilschen.

Die Belgier wußten, was Widerstand gegen den deutschen Gegner bedeutete. Viele von ihnen konnten sich noch lebhaft an ihre Untergrundtätigkeit während der vierjährigen deutschen Besatzungszeit im Ersten Weltkrieg erinnern.

Jetzt gingen belgische Patrioten unverzüglich daran, ungeachtet des Chaos, das im Land herrschte – an die zwei Millionen Flüchtlinge verstopften die Straßen –, Dutzende von illegalen Zeitungen herauszubringen, in denen sie die deutsche Besatzungsmacht mit allen ihnen zur Verfügung stehenden Mitteln angriffen. Und zahlreiche auf geheime Nachrichtenbeschaffung spezialisierte Widerstandsgruppen übermittelten der belgischen Exilregierung in London wichtige Informationen.

König Haakon VII. von Norwegen (vorn) und der Thronfolger, Kronprinz Olaf, inspizieren im Jahre 1943 auf einem schottischen Truppenübungsplatz Soldaten der freinorwegischen Streitkräfte. Der volkstümliche König suchte die Kampfmoral seiner nach Großbritannien evakuierten Truppen durch häufige Besuche zu heben, doch gelangten nur wenige von ihnen tatsächlich zum Einsatz.

Die niederländische Regierung begab sich drei Tage nach dem deutschen Angriff vom 10. Mai 1940 ebenfalls nach London ins Exil. Mit ihr verließ auch Königin Wilhelmina das Land, die dem Entführungsversuch durch eine deutsche Fallschirmjägerkompanie nur mit knapper Not entgangen war. Am 14. Mai gab der niederländische Oberbefehlshaber, General Winkelman, in Anbetracht der Aussichtslosigkeit der Lage seinen Streitkräften Befehl, den Kampf einzustellen. Tausende von Soldaten weigerten sich jedoch, die Waffen zu strecken, und viele von ihnen gingen unter Mitnahme ihrer Waffen in den Untergrund, um dort entschlossen die Stunde der Abrechnung abzuwarten.

Damit diese Stunde sie nicht unvorbereitet träfe, setzten die Holländer sogleich einen ihrer Hauptindustriezweige, die Druckereien, zum Gegenschlag ein. Viele hochqualifizierte Drucker gingen im Untergrund daran, auf den im Überfluß vorhandenen kleinen Druckmaschinen antideutsche Bücher, Zeitungen und Broschüren herauszubringen. An dem Tag, an dem General Winkelman die Kapitulation der niederländischen Streitkräfte unterzeichnete, am 15. Mai 1940, erschien bereits die erste Untergrundpublikation. Im Laufe der Zeit wuchs die Zahl der regelmäßig erscheinenden illegalen Zeitungen auf über 1000 an, zur nicht geringen Wut der deutschen Besatzungsbehörden, die diesen Vorgängen weitgehend hilflos gegenüberstanden.

Die Holländer bewahrten sich ihren Kampfgeist dadurch, daß sie den Deutschen ständig ihre Antipathie bekundeten. Dies hatte beträchtliche Auswirkungen auf die Moral der Besatzungstruppen. Hugo Bleicher, ein Angehöriger der deutschen Geheimen Feldpolizei, der im Juni 1940 in Den Haag eingesetzt wurde, schrieb nach dem Krieg: „In Holland erfuhren wir zum ersten Male, wie man uns in den besetzten Ländern einschätzte. Die Bevölkerung begegnete uns mit verächtlicher Nichtachtung und behandelte uns wie Luft. Die monatelange Untätigkeit unter Menschen, die uns mit Verachtung und Haß entgegenkamen, zerrte an den Nerven."

Die Holländer nahmen den Geburtstag des Gemahls ihrer Kronprinzessin, des Prinzen Bernhard von Lippe-Biesterfeld, zum Anlaß, um öffentlich ihre Vaterlandsliebe und Anhänglichkeit an das Haus Oranien zu bekunden. Tausende schmückten sich mit einer weißen Nelke, des Prinzen Lieblingsblume. Als deutsche Soldaten anfingen, ihnen die Nelken abzureißen, steckten einige Beherzte Rasierklingen zwischen die Blumenblätter.

Wie die Holländer hatten sich auch die Dänen schon kurz zuvor ins Unabänderliche gefügt, als die Deutschen am 9. April 1940 blitzartig den größten Teil ihres Landes besetzten. Sie sollten aber zu ihrer Überraschung und Erleichterung feststellen, daß Hitler, der sie als reinrassige Arier betrachtete, ihnen im Rahmen seines Planes, das Land zu seinem Musterprotektorat zu machen, eine Vorzugsbehandlung zugedacht hatte. Die dänische Regierung amtierte weiter, die Geschäfte wurden nicht reglementiert, und die Lehrer konnten ungehindert in gewohnter Weise unterrichten. Die Dänen hielten sich streng an die Weisung ihres Königs Christian X., sich ruhig und gegenüber der Besatzungsmacht korrekt zu verhalten.

Ausländische Beobachter, die eilfertig konstatierten, Dänemark lasse sich von den Deutschen bereitwillig als Schachfigur mißbrauchen, sollten bald erkennen, daß das nicht der Fall war. Was auf den ersten Blick wie korrektes Verhalten erschien, war in Wahrheit stumme, erbitterte Feindseligkeit. „Den Dänen", schrieb die Londoner *Times*, „gebührt das Verdienst – für Hitler undenkbar –, einen neuen Orden geschaffen zu haben, den D.K.S. oder *Den Kolde Skulder,* den Orden von der kalten Schulter. Er bringt die Gefühle von rund 90 Prozent der dänischen Bevölkerung gegenüber den Deutschen zum Ausdruck."

Die kalte Schulter war nur das erste Zeichen dänischen Widerstands. Vereinzelte Sabotageanschläge sollten bald folgen, und

Königin Wilhelmina der Niederlande, die 1940 nach Großbritannien floh, um dort eine Exilregierung zu bilden, spricht ihren Landsleuten im Jahre 1942 über den Londoner Rundfunk Mut zu. Um ihre Solidarität zu bekunden, versuchte die Königin, jeden nach England geflohenen Holländer selbst zu begrüßen, und weigerte sich, Lebensmittel zu genießen, die in Holland nicht erhältlich waren.

geheime Versammlungen führten zur Bildung von Untergrundzellen. In der Hauptstadt Kopenhagen richtete eine Gruppe dänischer Stabsoffiziere einen geheimen Nachrichtendienst, genannt „Die Prinzen", ein und begann in der Folgezeit, den Briten wertvolle Informationen über die Stationierung deutscher Truppenverbände, Flugzeuge und Schiffe zu liefern.

Nach der Niederlage der norwegischen Streitkräfte im Feldzug gegen die deutschen Eindringlinge, der vom 9. April bis zum 7. Juni 1940 dauerte, gingen der König und das norwegische Kabinett nach London ins Exil. Unverzüglich schlossen sich die Angehörigen der zerschlagenen norwegischen Armee zu kleinen Gruppen zusammen, um in geheimen Sitzungen über Widerstandsmöglichkeiten zu beratschlagen. Im Laufe der Zeit bildeten diese Gruppen dann eine Untergrundorganisation, die den Namen Milorg bekam. Sie hielt enge Fühlung mit der Führung im Londoner Exil und arbeitete im Blick auf eine mögliche alliierte Invasion Pläne dafür aus, wie man die Kontrolle über das Land zurückgewinnen könnte.

Die überwiegende Mehrheit der Norweger blieb ihrer Exilregierung treu. Die Patrioten wußten sofort, daß sie von Vidkun Quisling, dem dünkelhaften Chef der Nasjonal Samling (Partei der nationalen Sammlung), der sich am 12. April, drei Tage nach Beginn des deutschen Einmarsches, zum Haupt einer neuen Regierung erklärte, nur persönlich motiviertes Machtstreben erwarten konnten. Die Norweger reagierten auf ihn mit Spott und Hohn: Die Oberschicht zeigte ihm die kalte Schulter, Arbeiterführer mokierten sich über ihn, Beamte lehnten seine Angebote hoher Regierungsämter ab. Quisling wurde dermaßen zum Gespött der Leute, daß die Deutschen sich sechs Tage später genötigt sahen, ihn zum Rücktritt zu bewegen. Als er dann im Jahre 1942 erneut in der Politik erschien, war sein Name im Sprachschatz des Volkes gleichbedeutend mit Landesverräter geworden.

In Frankreich war die Lage ungleich komplizierter: Die Nation war in die Anhänger der Rechten und Linken gespalten und der jahrzehntelangen Mißregierung unter der Dritten Republik gründlich überdrüssig. „Der Stoß des Krieges hat nichts anderes bewirkt, als den Zusammenbruch eines Staates zu beschleunigen, der bereits in der Auflösung begriffen war", notierte der Schriftsteller André Gide in seinem Tagebuch, „Es war der plötzliche und vollständige Einsturz eines wurmstichigen Baues . . . Wird unsere Niederlage endlich unsere Tugenden wiedererweckt haben?"

Viele Franzosen sahen im Vichy-Regime eine revolutionäre Regierung, die endlich die einschneidenden Reformen durchführen würde, deren die Nation so dringend bedurfte. „Eine Erneuerung liegt in der Luft", äußerte ein Richter im besetzten Rouen, und ein Professor der Universität Montpellier in Südfrankreich meinte: „Die nationale Revolution hat im ersten Jahr das erreicht, was das vergangene Regime schändlicherweise in mehr als einem Jahrhundert nicht zustande gebracht hat."

Das französische Volk stimmte dem im großen und ganzen zu. Überall stieß man auf Ernüchterung, Apathie und mancherorts unverhohlene Verachtung für die einstige Führung. Die 30er Jahre waren durch zunehmende Spannungen und eine Polarisierung der politischen Fronten gekennzeichnet gewesen. Wirtschaftlicher Niedergang, soziale Not, Finanzskandale und außenpolitische Krisen hatten einer Regierung nach der anderen den Boden unter den Füßen weggezogen. Angesichts des Zerfalls der Volksfront im Innern und der offensichtlichen Unfähigkeit der Regierenden, der von außen drohenden tödlichen Gefahr zu wehren, hatte sich die überwiegende Mehrheit des französischen Volkes innerlich von der Dritten Republik abgewandt.

Rechtsgerichtete Franzosen aller Schattierungen scharten sich daher um Pétain. Etliche Parteigänger der Linken schlossen sich ihnen an und legten sich die bequeme Theorie zurecht, der Marschall spiele ein „doppeltes Spiel": Er werde sich zu gegebener Zeit schon zur Geltung bringen, die einheimischen Faschisten verjagen und den entscheidenden Schritt zur Befreiung der besetzten Zone wagen.

Viele Anhänger der Linken waren indes ebenso wie viele unpolitische Franzosen, die nach wie vor Deutschland als Erbfeind ansahen, von dem brennenden Wunsch beseelt, sich der Besatzungsmacht zu widersetzen. Und obschon sie über keinerlei Mittel für die Organisation einer Widerstandsbewegung verfügten, fingen sie an, wenn auch unkoordiniert, Widerstand zu leisten.

Die ersten oppositionellen Regungen in Frankreich waren wie in den anderen besetzten Ländern wenig mehr als stumme Gesten, die dem einzelnen mehr Genugtuung verschafften, als daß sie die Besatzungsmacht wirklich bedrohten. So ließ der Bürgermeister einer in der Nähe von Paris gelegenen Stadt die Rathausuhr anhalten, um seine Nichtanerkennung der „Neuen Zeit" zu demonstrieren. In Elsaß-Lothringen, wo jeder, der sich der französischen Sprache bediente, mit einer Geldstrafe belegt wurde, betrat eine Frau ein Amtszimmer, wünschte mit lauter Stimme „Bonjour", um dann mit den Worten: „Das ist auch gleich fürs nächste Mal!" die Geldstrafe für zwei Verstöße zu bezahlen. Im Schaufenster eines Photographen an der Pariser Place d'Italie stand ein großes Portrait von Pétain – das die Aufschrift „Verkauft" trug. Wenn derartige Vorkommnisse auch vielleicht nicht viel mehr als ein heimliches Grinsen hervorriefen, so waren sie doch bedeutsam. Sie nahmen der Besatzungsmacht etwas von ihrem Nimbus, ermutigten zu weiteren vorsichtigen Aktionen und hoben in der Stunde ihrer tiefsten Erniedrigung die Moral der Nation.

Die Deutschen ließen sich anfänglich nicht provozieren; zu scharfen Repressalien griffen sie erst später. Bis in den Herbst 1940

Eine norwegische Mutter, die ihre von der Besatzungsmacht beschlagnahmte Wohnung räumen mußte, wartet mit ihrem Kind, während ihre Habe auf einen Lastwagen verladen wird, auf dem Bürgersteig. Die hinausgeworfenen Bürger mußten ihre Wohnung binnen 24 Stunden verlassen und weiterhin die Miete und ein Dienstmädchen bezahlen. Diese Familie konnte sich immerhin noch damit trösten, daß sie ausnahmsweise ihren Hausrat mitnehmen durfte.

hinein gaben sie sich große Mühe, die Franzosen nicht zu verunsichern und zur Zusammenarbeit zu gewinnen. Die Kränkung des französischen Nationalstolzes versuchten sie abzumildern, indem sie der französischen Kultur ihre Reverenz erwiesen: Ausstellungen wurden eröffnet, Vertreter des französischen Geisteslebens nach Deutschland eingeladen und Vorträge veranstaltet. Die Soldaten sollten den Kontakt zu den Bürgern suchen und ein Vertrauensverhältnis aufbauen, damit die Franzosen nicht länger glaubten, die Deutschen hackten den Kindern die Hände ab.

Die gewinnende Liebenswürdigkeit der Deutschen konnte jedoch nicht verhindern, daß der Widerstandswille der Franzosen stetig zunahm. De Gaulles Londoner Aufruf im Radio blieb nicht wirkungslos, und sein Name wurde allmählich zum Inbegriff des Widerstands gegen die fremde Besatzungsmacht. Überall tauchten Klebezettel mit dem Aufdruck „Vive de Gaulle" auf: in den Straßen, Telephonzellen, auf Bahnhöfen und U-Bahn-Stationen, in öffentlichen Toiletten und gelegentlich sogar an den Rückseiten deutscher Militärwagen, wo sie von irgendeinem verwegenen Burschen angebracht worden waren, während das Fahrzeug im Verkehrsgewühl an einer Ampel gestanden hatte.

Die französischen Patrioten schmückten ihre Uhrketten, Schlüsselringe und Halsketten mit dem Lothringer Kreuz, das für sie seit den Kreuzzügen ein Symbol der Freiheit darstellte und den Besatzungstruppen Deutschlands Niederlage im Ersten Weltkrieg in Erinnerung rufen sollte. (Lothringen war im Frankfurter Frieden 1871 an das Deutsche Reich angegliedert worden und 1919 durch den Versailler Vertrag wieder an Frankreich gefallen.) Deutsche Schilder wurden abgeändert: aus „Offen" wurde „Hoffen", aus „Raucher" wurde „Rache". Wenn die französische Polizei eine Trikolore einholte, wurde sie dem deutschen Verbot zum Trotz sofort wieder aufgezogen. Gedenkstätten für französische Nationalhelden wurden mit Blumen geschmückt.

Viele Franzosen wurden von dem sozialistischen Schriftsteller und Journalisten Jean Texcier für die Widerstandsbewegung gewonnen. Dieser hatte im August 1940 eine subversive Broschüre mit dem Titel „Ratschläge an Besetzte" zu verteilen begonnen. In einfacher, unmißverständlicher Sprache abgefaßt, enthielt sie 33 Ratschläge, wie man sich gegenüber den Deutschen verhalten sollte: „Man mache sich keine Illusionen: Sie sind keine Touristen, sondern Eroberer ... ihre Sprache beherrschst du nicht oder nicht mehr. Redet dich einer von ihnen auf deutsch an, so zucke mit den Achseln und gehe ruhig weiter ... Wenn dein Kurzwarenhändler ein Schild mit der Aufschrift ‚Man spricht deutsch' aufhängt, dann kaufe in Zukunft woanders." Texciers letzter Vorschlag lautete, der Leser möge die Broschüre vervielfältigen und weitergeben. Auf diese Weise fanden seine „Ratschläge an Besetzte" in Paris schnell Verbreitung. Man konnte sie zusammengeknüllt auf den Bänken in der U-Bahn finden, zwischen den Polstern eines Kinosessels oder im Caféhaus unter dem Aschenbecher.

Der ständige Hohn und Spott war der Besatzungsmacht lästig genug, aber die ersten Gewaltakte – Sabotagehandlungen, Überfälle auf deutsche Soldaten und gelegentliche Attentate – konnten nicht mehr übersehen werden. In der nahe der Kanalküste gelegenen Stadt Abbeville wurde in vier Monaten mit einer belgischen 7,65-mm-Pistole alle vier Wochen ein Deutscher erschossen, ohne daß man den Täter fassen konnte. In dem nahe der Schweizer Grenze gelegenen Departement Doubs wurden Gewehrschüsse auf einen deutschen Leutnant abgegeben. In Paris wurden drei Wachtposten vor dem Dienstgebäude des Marinegruppenkommandos West beschossen.

Die Besatzungsbehörden versuchten zunächst, diesen deutschfeindlichen Aktivitäten mit Geldstrafen zu begegnen. Die übliche Summe für die besonders beliebte Verunstaltung eines Propagandaplakats betrug etwa 10 000 Francs. Stellte sich heraus, daß der Übeltäter ein Kind war – was häufig vorkam –, so mußten die Eltern mit Verhaftung rechnen. Sabotageakte wurden mit drakonischen Strafen geahndet: Der Täter erhielt eine Gefängnisstrafe, und die Stadt, in der das Verbrechen verübt worden war, wurde in der Regel mit einer Geldstrafe belegt, die bis zu sieben Millionen Francs betragen konnte. Die Franzosen ließen trotzdem nicht davon ab, Telephonleitungen der deutschen Wehrmacht zu zerschneiden, was eine verhältnismäßig einfach durchzuführende, aber höchst wirkungsvolle Widerstandshandlung war.

In dem Maße, wie sich derartige Vorkommnisse häuften, wurden die Strafen immer härter. Im September verzeichnete die Résistance ihre ersten Märtyrer, unter anderem wurde Pierre Roch, ein 19jähriger Walzwerker aus der westfranzösischen Kreisstadt Royan, wegen Kabelzerschneidung standrechtlich erschossen. Die Besatzungstruppen gingen in der Folgezeit auch dazu über, Demonstranten zu verhaften, eine große Anzahl von ihnen als Geiseln festzusetzen und für den Fall weiterer Gewaltakte mit ihrer Erschießung zu drohen.

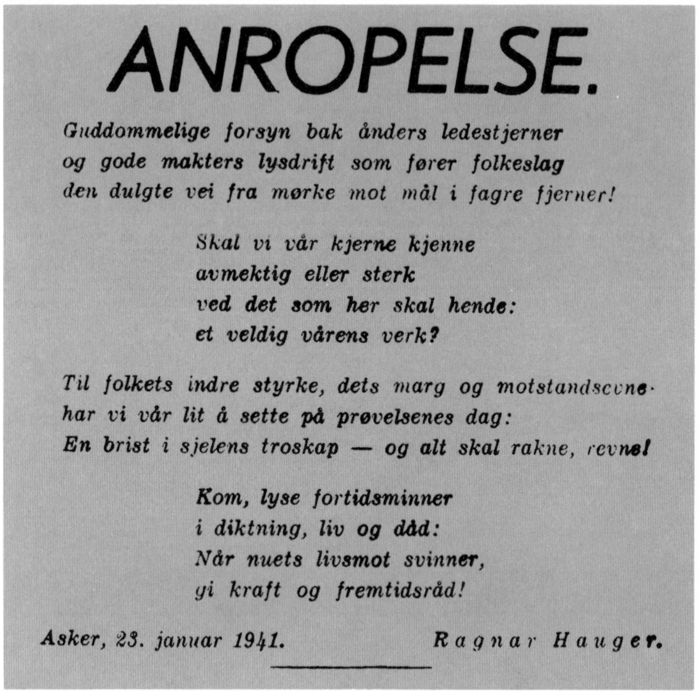

ANROPELSE.

Guddommelige forsyn bak ånders ledestjerner
og gode makters lysdrift som fører folkeslag
den dulgte vei fra mørke mot mål i fagre fjerner!

Skal vi vår kjerne kjenne
avmektig eller sterk
ved det som her skal hende:
et veldig vårens verk?

Til folkets indre styrke, dets marg og motstandsevne
har vi vår lit å sette på prøvelsenes dag:
En brist i sjelens troskap — og alt skal rakne, revne!

Kom, lyse fortidsminner
i diktning, liv og dåd:
Når nuets livsmot svinner,
gi kraft og fremtidsråd!

Asker, 23. januar 1941. *Ragnar Hauger.*

Der Verfasser dieses in der zensierten norwegischen Presse abgedruckten Gedichts gibt vor, die Besatzungsmacht zu preisen, läßt dabei aber mittels eines Kryptogramms seine wahre Einstellung erkennen. Von oben nach unten gelesen, ergeben die ersten Buchstaben einer jeden Zeile den Satz „God save the King" (Gott erhalte den König). Gemeint war der im britischen Exil lebende König Haakon VII. Da viele Norweger Englisch beherrschten, konnte der Autor damit rechnen, daß seine Leser diese Anspielung verstehen würden.

Die Bevölkerung zeigte ihren Protest dennoch immer offener. So gedachte man am 11. November 1940 in Paris unter Mißachtung eines ausdrücklichen Verbots am Arc de Triomphe des Tages, an dem der Waffenstillstand von 1918 geschlossen und der Erste Weltkrieg beendet worden war. Auf den Champs-Élysées strömten Tausende von Studenten zusammen. Viele trugen die französischen Nationalfarben in Form von roten, weißen und blauen Blumen, die Pariser Blumenhändler eigens zu diesem Tag in großen Mengen herbeigeschafft hatten. Als sich die Demonstranten dem Arc de Triomphe näherten, schlossen sich ihnen Passanten und Caféhausbesucher an. Einige Studenten erklommen den Triumphbogen und schwenkten, oben angekommen, in jeder Hand einen Stock. Die Menge begriff sogleich, was sie meinten: „Zwei Stöcke" heißt auf französisch *deux gaules* und wird fast genauso wie der Name de Gaulle ausgesprochen. Als daraufhin der Ruf „Vive de Gaulle" erscholl, war für die Deutschen das Maß voll. Aus den umliegenden Straßen rückten Truppen an und begannen, die Demonstranten auseinanderzutreiben. Überall kam es zu Schlägereien, es fielen Schüsse. Im Zuge der Straßenräumung wurden zahlreiche Verhaftungen vorgenommen; viele Menschen erlitten Verletzungen, und tags darauf gingen in Paris die abenteuerlichsten Gerüchte um. Die Zahl der Toten sollte zwischen 5 und 50 liegen. In Wirklichkeit war niemand getötet worden.

Die Auswirkung der Demonstration auf die öffentliche Meinung war beträchtlich. Sie machten den Franzosen zum ersten Male deutlich, daß sie eine Opposition gegen die Deutschen bildeten. Wichtig war auch, daß die Gleichgesinnten sich nun kannten. Nachbarn hatten sich – zum großen beiderseitigen Erstaunen – gegenseitig in der Menge der Demonstranten entdeckt, und die Unsicherheit, wer Freund oder Feind sei, ließ nach. Denn viele von den Franzosen, die an Pétains Waffenstillstand glaubten und Widerstand als ehrenrührig ansahen, hielten es für ihre Pflicht, Arbeitskollegen oder Nachbarn den Behörden zu melden, wenn sie deutschfeindliche Bemerkungen gemacht hatten.

Henri Frenay, ein aus deutscher Kriegsgefangenschaft geflohener Berufsoffizier, der später eine der führenden Persönlichkeiten in der

Résistance werden sollte, war sich darüber klar, daß das Verratsrisiko mit in Kauf genommen werden mußte, wenn die Bewegung wirkliche Kampfkraft erlangen sollte. Er arbeitete in Marseille in der unbesetzten Zone daran, eine Widerstandsgruppe zu gründen, das heißt Freiwillige anzuwerben und Gelder zu beschaffen. „Wenn ich auf jemand traf, der mir geeignet erschien", berichtete er, „versuchte ich durch ein Gespräch seine Meinung über England und Hitlerdeutschland zu erfahren. Dann sagte ich ihm, meiner persönlichen Überzeugung nach würde Deutschland den Krieg verlieren. Ich machte ihm klar, daß Großbritannien den Nazis erbitterten Widerstand leiste und daß die USA früher oder später in den Konflikt eingreifen müßten, genauso wie 1917. Frankreich könne sich aus den bevorstehenden Kämpfen nicht heraushalten. Es müsse sich aktiv daran beteiligen. Dann machte ich eine Pause, um zu sehen, wie mein Gesprächspartner darauf reagierte. Wenn er sich aufgeschlossen zeigte, dann ging ich noch weiter: ‚Einige Männer treffen sich bereits heimlich. Machen Sie mit?' "

Frenay stieß im Jahre 1940 auf wenig Begeisterung für seine Ideen. „Die Richtung, in die sich die französische öffentliche Meinung entwickelte, enttäuschte mich sehr. Von wenigen Freunden abgesehen, empörte sich niemand. Die Menschen fühlten sich nach Frankreichs Niederlage genauso behaglich, wie sie es im Falle eines Sieges getan hätten. Ihre größte und bisweilen einzige Sorge war, daß sie genug zu essen bekamen."

Frenay wußte damals nicht, daß auch in anderen Landesteilen Franzosen im Begriff waren, Widerstandsgruppen zu bilden. In Vichy legte ein tatkräftiger Anhänger der Rechten namens Georges Loustaunau-Lacau den Grund zur Alliance, einem geheimen Spionagering, an dem schließlich 3000 Leute beteiligt waren. Gilbert Renault, der wenig später als Oberst Rémy bekannt wurde, war im Begriff, die Organisation Confrérie Notre-Dame ins Leben zu rufen, ein Spionagenetz, das London noch vor dem Baubeginn Hitlers Pläne für den Atlantikwall liefern sollte. In Paris befaßten sich bereits Telephonexperten mit dem Problem, wie man die Fernkabel nach Berlin anzapfen könnte.

Und im Pariser Völkerkundemuseum, dem Musée de l'Homme, schrieb und verteilte eine kleine Gruppe von Gelehrten unter der Leitung eines naturalisierten russischen Emigranten namens Boris Vildé antideutsches Propagandamaterial. Im Dezember gründete die Gruppe vom Musée de l'Homme die illegale Zeitung *Résistance*, auf deren Titelseite sie mit den folgenden unmißverständlichen Worten zum Widerstand aufrief: „Leistet Widerstand! Dieser Aufschrei entringt sich den Herzen aller Franzosen, die unter dem Zusammenbruch ihres Vaterlandes leiden. Es ist der Wunsch aller, die ihre Pflicht tun möchten."

Diejenigen, die sich bisher damit begnügt hatten, deutsche Propagandaplakate zu verunstalten, wurden zunehmend angriffslustiger. Im Dezember sahen sich die Deutschen genötigt, alle ihre Plakate mit einem Aufkleber zu versehen, der die Bevölkerung warnte, „daß die Beschädigung derselben als Sabotagehandlung angesehen und hart bestraft" werden würde.

Am Heiligen Abend 1940 beklebten die deutschen Besatzungsbehörden die Hauswände von ganz Paris mit neuen Anschlägen, auf denen sie die Erschießung eines jungen Ingenieurs namens Jacques Bonsergent bekanntgaben, der einen deutschen Soldaten tätlich angegriffen hatte.

Der Schriftsteller Vercors, der in Bonsergent den ersten Märtyrer der französischen Résistance sah, schrieb: „Am nächsten Morgen stellte ich fest, daß sich die Plakate in Blumenmeere verwandelt hatten, als wären es Särge. Während der Nacht waren alle möglichen kleinen Blumen mit Nadeln darangesteckt worden – echte und künstliche, papierene Stiefmütterchen, Plastikrosen, französische und britische Fähnchen – mitten in dem nüchternkonservativen Faubourg Saint-Germain! Wie mußte es da erst in den Arbeitervierteln Belleville und Saint Denis aussehen? Tränen des Schmerzes und der Freude schossen mir in die Augen – der Freude über diese erste Regung der unsterblichen Seele Frankreichs, die da unter den seinem ersten Märtyrer dargebrachten Blumen endlich erkennbar wurde."

Der Schaden, den die Widerstandskämpfer den Deutschen zufügten, stand aber häufig in keinem Verhältnis zu den Gefahren, die sie dafür auf sich nahmen. Sie hatten keine Waffen, keine Praxis im Untergrundkampf und – hartnäckige Individualisten, die sie als Franzosen waren – nur wenig Erfahrung im gemeinschaftlichen Vorgehen. Sie wußten, daß sie stets der Willkür von Denunzianten preisgegeben waren; sie wußten, daß sie einen Gegner hatten, der für sein Geschick, jeglichen Widerstand aufzuspüren und zu unterdrücken, bekannt war, der über gewaltige Hilfsmittel verfügte und sie mitleidlos verfolgen würde. An Willen fehlte es ihnen nicht. Es war der Weg, den sie noch suchten. Dieser sollte ihnen jedoch bald von einer Geheimorganisation gewiesen werden, die ihren Sitz jenseits des Kanals, in London, hatte.

PRESSE IM UNTERGRUND

Holländische Journalisten arbeiten in einer geheimen Redaktion an einer Untergrundzeitung – unter dem Risiko, eingekerkert oder gar erschossen zu werden.

„KÄMPFT MIT FÜR DIE FREIHEIT!“

Am 9. April 1940, dem Tage, an dem die deutsche Wehrmacht in Dänemark einmarschierte, verfaßte ein 17jähriger Schüler namens Arne Sejr einen Aufruf, den er „Zehn Gebote für die Dänen“ überschrieb, stellte 25 maschinenschriftliche Kopien davon her und steckte sie am Abend darauf in die Briefkästen seiner Vaterstadt Slagelse. Die Empfänger des Aufrufs wurden aufgefordert:

Verrichtet für die Deutschen nur nutzlose Arbeit!
Arbeitet für die Deutschen langsam!
Zerstört alles, was den Deutschen von Nutzen sein könnte!
Kämpft mit für die Freiheit Dänemarks!

Der einfache, aber leidenschaftliche Appell des jungen Arne Sejr markierte den Beginn der Untergrundpresse, der frühesten Form organisierten Widerstands in den besetzten Ländern Westeuropas. Überall schlossen sich Gleichgesinnte zu kleinen Gruppen zusammen, um besatzungsfeindliche Schriften zu planen, zu verfassen und zu verteilen. Die meisten Ausgaben wurden anfangs mit der Schreibmaschine – manchmal sogar mit der Hand – geschrieben oder mit Matrizen vervielfältigt.

Die illegalen Blätter waren sehr unterschiedlich. Viele behandelten in der Hauptsache lokale Angelegenheiten – deutsche Übergriffe und Erfolge der Widerständler. Andere waren die Organe politischer Parteien, über die Widerstandskämpfer angeworben und Instruktionen ausgegeben wurden. (Ein norwegisches Blatt veröffentlichte ausschließlich Anweisungen für Saboteure.) Später kamen dann auch von Berufsjournalisten und -redakteuren produzierte Illustrierte und Tageszeitungen heraus, deren Auflageziffer bisweilen auf 100 000 Exemplare stieg. Im Jahre 1944 hatte die Untergrundpresse in manchen Regionen mehr Leser als die legalen Zeitungen; sowohl in Frankreich als auch in den Niederlanden erschienen damals 1200 Widerstandsblätter.

Als die Untergrundpresse wuchs, verstärkten die Deutschen ihre Anstrengungen, sie zu unterdrücken. Allein in Norwegen wurden 3000 Journalisten verhaftet und über 200 davon erschossen. In Holland wurden 120 Mitarbeiter der Zeitung *Trouw* umgebracht. Um die ihnen drohenden Gefahren auf ein Mindestmaß zu reduzieren, arbeiteten die für ein bestimmtes Blatt tätigen Journalisten, Photographen und Drucker in gesonderten Büros und kannten sich häufig nicht. Manche Photographen nahmen jedoch in dem Bemühen, Widerstandsaktionen für die Nachwelt dokumentarisch festzuhalten, beträchtliche Risiken auf sich.

Zu den zahlreichen Untergrundzeitungen in den Niederlanden gehörten die kalvinistische „Trouw“ (Treue), die kommunistische „De Waarheid“ (Die Wahrheit) und das Blatt der Königstreuen „Je Maintiendrai“ (Ich bleibe fest).

Eine für die Untergrundpresse tätige holländische Photographin schießt mit einer in der Einkaufstasche versteckten Kamera ein Bild. Eine Kameradin sichert die Aktion.

Eine Norwegerin hört die BBC ab, um Nachrichten für eine illegale Osloer Zeitung zusammenzustellen.

SAMMLUNG UND WEITERGABE GEFÄHRLICHER NACHRICHTEN

Die Untergrundpresse sah ihre Aufgabe nicht nur darin, den Widerstandswillen zu stärken. Viele Zeitungen waren richtige Nachrichtenorgane, die ihre Leser mit unzensierten Informationen aus dem In- und Ausland versorgten.

Fakten beschafften sie sich aus ausländischen Rundfunksendungen, von geheimen Kontaktpersonen im Regierungs- und Polizeiapparat, durch Anzapfung amtlicher Fernsprech- und Fernschreibleitungen sowie von den Redaktionskollegen legaler Blätter, die Nachrichten, deren Veröffentlichung sie selbst scheuten, an die Untergrundpresse weitergaben.

Später schlossen sich dann einige der im Untergrund tätigen Journalisten zusammen und gründeten illegale Nachrichtenagenturen, die die Zeitung täglich oder wöchentlich im Abonnement mit Material belieferten. Besonders leistungsfähig war der illegale dänische Nachrichtendienst Informatión. Er gab für 254 Zeitungen vier vertrauliche Bulletins pro Tag heraus.

Eine Stenotypistin in Oslo tippt den Bericht eines Reporters auf Matrize. Da Schreibmaschinen häufig beschlagnahmt wurden, wurden sie nach Gebrauch stets versteckt.

Ein Amsterdamer Journalist redigiert in einem improvisierten Büro einen Artikel. Um der Sicherheitspolizei zu entgehen, zogen die Untergrund-Redaktionen oft um.

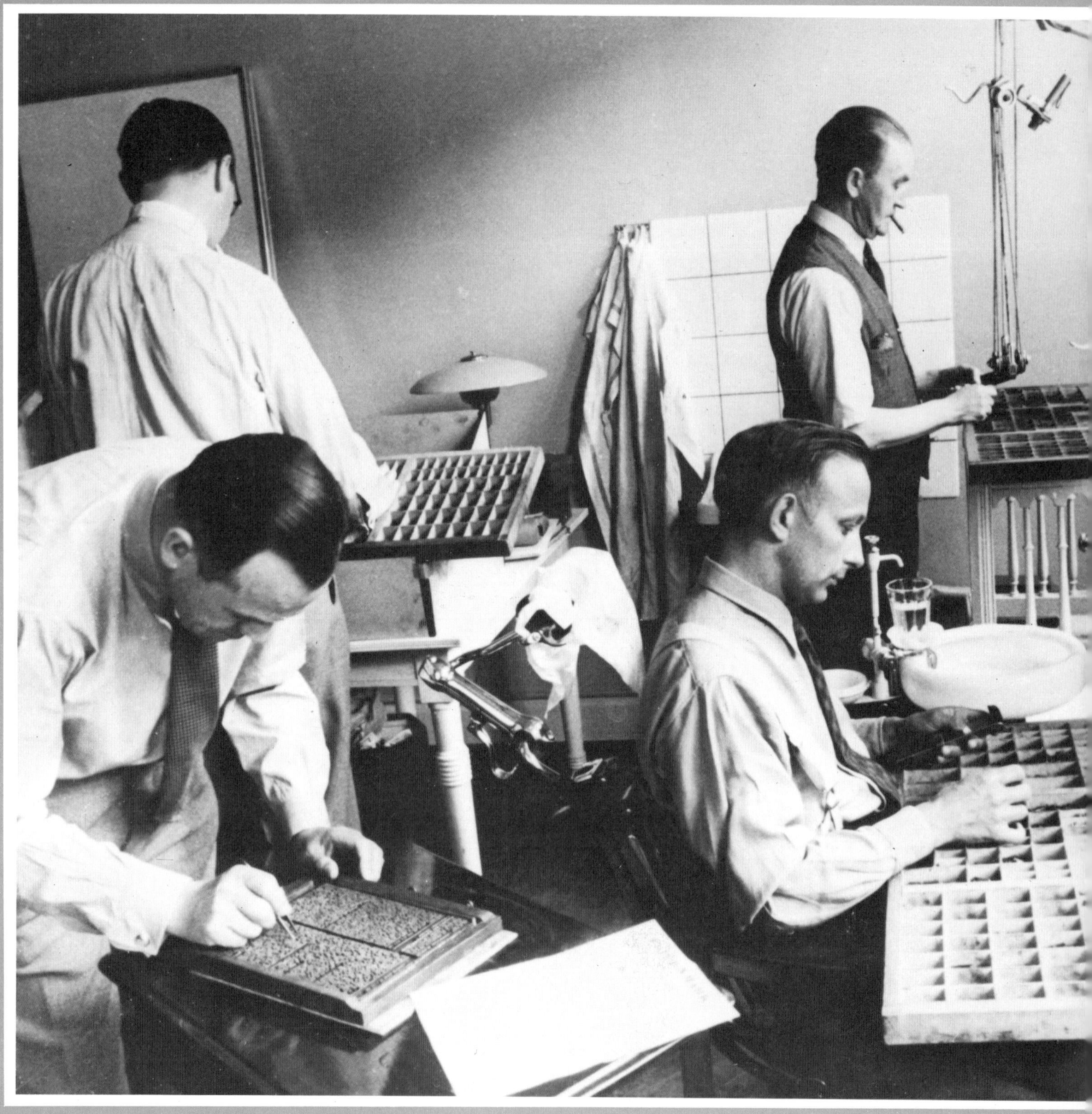

Schriftsetzer stellen im Behandlungsraum eines Zahnarztes eine Nummer der Monatsschrift „Freies Dänemark" her. Im Falle einer Razzia konnten die Lettern und

PRODUKTIONSSTÄTTEN VERBOTENER ZEITUNGEN

Nach der Zusammenstellung und dem Redigieren der Nachrichten drohten einer Zeitung weitere Gefahren: Die Informationen mußten vervielfältigt oder gedruckt werden. Die erforderlichen Geräte und Materialien waren sperrig und konnten leicht Aufmerksamkeit erregen.

Kleinere Unternehmen verstauten die belastenden Vervielfältigungsapparate und Papiervorräte in Kellerräumen, Bodenkammern und Privatwohnungen. Ein holländischer Verleger richtete eine Druckerei in einem Heuhaufen ein, und der Kopenhagener Nachrichtendienst Información betrieb sein Vervielfältigungsgerät in einem Raum des Staatlichen Medizinischen Forschungsinstituts hinter einer Tür, an der ein rotes Lämpchen vor der „Durchführung eines gefährlichen Experiments" warnte.

Mehrere große Untergrundzeitungen wurden nachts auf Druckmaschinen hergestellt, die tagsüber für legale Veröffentlichungen benutzt wur-

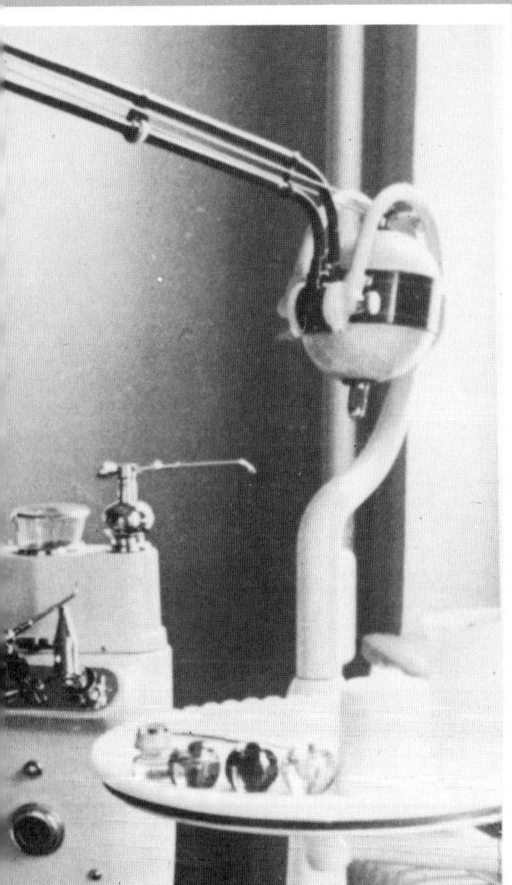

Druckplatten in Geheimschränken verstaut werden.

den. Eine besonders verwegene Untergrundgruppe benutzte sogar die Maschinen eines NS-Zeitungsverlags. Den dort Beschäftigten war dies bekannt; sie schwiegen aber, da die Widerstandskämpfer ihnen für den Fall, daß sie denunziert würden, einen bösen „Betriebsunfall" mit verrückt spielenden Maschinen und geschmolzenem Blei angedroht hatten.

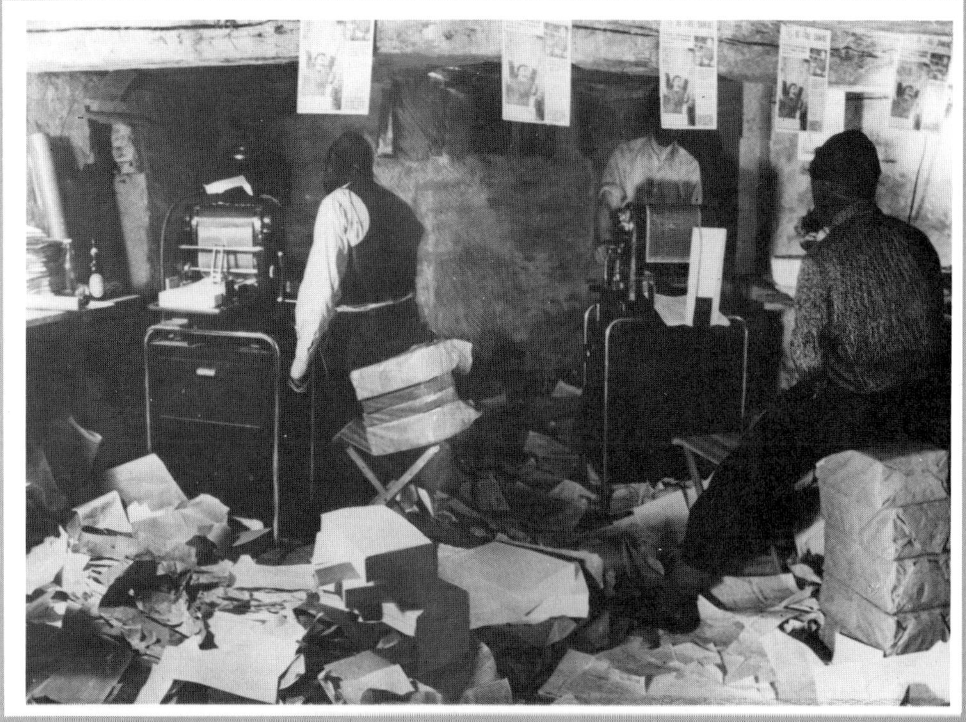

Drucker vervielfältigen eine Ausgabe der „Freien Dänen", während ein bewaffneter Posten zuschaut.

Im Keller eines Osloer Wohnhauses legen Norwegerinnen die Seiten einer illegalen Zeitung zusammen.

Die Zustellerin einer holländischen Untergrundzeitung packt die hektographierten Exemplare zusammen, um sie in Amsterdam zu verteilen.

Eine andere Zustellerin trägt die zur Verteilung bestimmten Zeitungen, die sie in der Tasche am Lenker gut versteckt hat, mit dem Fahrrad aus.

VERBREITUNG DES WORTES IN TASCHEN UND KOFFERN

Den schwierigsten Teil einer jeden illegalen Nachrichtenverbreitung bildete die Zustellung von Zeitungen und Zeitschriften an die Abonnenten unter den Augen der Deutschen.

In den ersten Jahren der Okkupation wurden viele einfache Nachrichtenblätter per Post in falsche Absenderangaben tragenden Umschlägen versandt. Periodika mit hohen Auflageziffern der Post anzuvertrauen war indes nicht nur teuer, sondern auch gefährlich. Die meisten großen Zeitungen wurden den Lesern deshalb direkt durch Boten zugestellt. Solche Aufgaben übernahmen der Widerstandsbewegung angehörende Milchmänner oder Briefträger, öfter jedoch weibliche Kuriere, die die Exemplare in Einkaufstaschen, Koffern mit doppelten Böden oder den Kleidern ihrer Kinder versteckten.

Im Interesse der größtmöglichen Verbreitung der Zeitungen sollten die Leser ihre Exemplare nach der Lektüre weitergeben. Ein holländisches Blatt forderte die leidenschaftlichen Sammler unter seinen Abonnenten auf, der Versuchung, ihre Exemplare aufzuheben, zu widerstehen; wenn sie unbedingt sammeln müßten, hieß es dort, dann sollten sie es doch einmal mit deutschen Pistolen versuchen.

Passanten studieren ein an einem Amsterdamer Verkaufskiosk angeschlagenes Exemplar des kommunistischen Blattes „Die Wahrheit". Die wöchentliche Auflagenziffer dieser illegalen Zeitung betrug nur ein paar tausend Exemplare, doch ihre Leserschaft war sehr viel zahlreicher, da man sie aushängte und in Fabriken und Universitäten verteilte, wo sie rasch von Hand zu Hand gingen.

RIDDERHOEK
CAFE-BILLARD
VERGUNNING
Strijd in Nederland
Westelijk Front
Oostelijk Front
Zuidelijk Front

2

Sonderbare Mieter in der Baker Street
Churchills schrecklicher Auftrag
Die SOE und de Gaulle als Rivalen
Ein schwieriger Anfang im besetzten Frankreich
Mysteriöse BBC-Durchsagen
Eine Spezialschule für Geheimagenten
Ein sicheres Haus wird zur Falle
Die Doppelagentin La Chatte
Ein Handwerker entwendet Hitlers Verteidigungspläne
Das Funkspiel der deutschen Abwehrstelle Den Haag
Oberstleutnant Giskes' Aprilscherz

HILFE AUS GROSSBRITANNIEN

Im Frühjahr 1941 wurde an dem Haus Baker Street Nr. 64 in London – nicht weit von dem legendären Domizil des Sherlock Holmes – ein kleines Metallschild angebracht, das dem Publikum verkündete, dieses Gebäude beherberge das Forschungsamt der Gesamtstreitkräfte. Solch eine klangvolle, aber auch nichtssagende Bezeichnung hätte zweifellos die Neugier des berühmten Detektivs erregt – und er hätte sicherlich bald den Nachweis geführt, daß das Forschungsamt der Gesamtstreitkräfte lediglich ein Deckname war.

Bei genauerer Betrachtung wäre man ein paar Häuser weiter, bei der Baker Street Nr. 82, auf etwas Merkwürdiges gestoßen. Um in das Haus zu gelangen, wurde fast ausschließlich eine Hintertür benutzt, die zu einem stillen, verwahrlosten Hintergebäude führte: ein eigenartiger Widerspruch zu der Tatsache, daß das Gebäude als Verwaltungssitz der bekannten Londoner Ladenkette Marks and Spencer ausgegeben wurde.

Hinter beiden Baker-Street-Adressen und ihren Decknamen verbargen sich die Operationszentren einer außergewöhnlichen Organisation, die von ihren Mitarbeitern „die alte Firma" oder „die Bande" genannt wurde. Nur wenige kannten ihre offizielle Bezeichnung: Special Operations Executive oder SOE, deren Männer und Frauen sich alle einer schwierigen und gefährlichen Aufgabe widmeten: der Organisation von Subversion und Sabotage in den von den Deutschen besetzten Ländern Europas. Das Projekt erforderte absolute Geheimhaltung.

Selbst die Londoner Taxifahrer, die sich mit ihrer Kenntnis aller hauptstädtischen Vorgänge zu brüsten pflegten, bekamen nie heraus, was sich in den beiden Gebäuden der Baker Street abspielte. Nur selten empfing man dort Besucher, und potentielle Mitarbeiter wurden in Hotelzimmern oder in irgendwelchen Londoner Wohnungen, die die SOE für diesen Zweck gemietet hatte, empfangen. Und ebensowenig wie die Taxifahrer war auch der deutsche Geheimdienst, so sehr er sich auch darum bemühte, in der Lage, den Sitz der Londoner Zentrale für Geheimdienstaktionen in Westeuropa auszumachen.

Die SOE war im Sommer 1940, als Großbritanniens Schicksal auf des Messers Schneide stand, von Premierminister Churchill gegründet worden. Im Mai jenes Jahres hatte die britische Armee bei der vergeblichen Verteidigung Frankreichs eine empfindliche Niederlage erlitten, und im Juni waren ihre Reste allein durch die risikoreiche Evakuierung in und bei Dünkirchen der völligen Vernichtung entgangen. Mit der Kapitulation Frankreichs verlor Großbritannien dann am 26. Juni seinen letzten bedeutenden Bundesgenossen. Es mußte damit rechnen, daß die Deutschen in allernächster Zeit den Ärmelkanal überqueren würden, und Churchill und seine Minister mußten einsehen, daß Jahre vergehen würden, bevor sie auch nur hoffen konnten, eine militärische

Offensive herkömmlicher Art gegen den deutschen Gegner in den von ihm besetzten Ländern zu eröffnen.

Es gab allerdings auch unkonventionelle Methoden, die Deutschen zu bekämpfen, unter anderem im Untergrund. Der Gedanke daran hatte von jeher eine besondere Faszination auf den Premierminister ausgeübt; jetzt zwang ihn die Kriegslage dazu, seine theoretischen Überlegungen in die Praxis umzusetzen.

„Wie schön wäre es", führte er in einer an General Sir Hastings Ismay, seinen Vertreter beim Komitee der Stabschefs, gerichteten Denkschrift aus, „wenn man die Deutschen zwingen könnte, darüber nachzudenken, wo wir den nächsten Schlag führen werden, statt daß sie uns zwingen, Schutzmauern um unsere Insel zu ziehen und ein Dach darüber zu errichten!"

Churchill stellte sich Operationen durch Kommandotrupps vor, die den Deutschen mit Überraschungsangriffen zusetzen sollten, sowie durch Geheimagenten, die mit dem Fallschirm hinter den gegnerischen Linien abspringen würden, um Informationen zu sammeln, Sabotageanschläge auszuführen, Untergrundarmeen auszubilden und in den besetzten Ländern den Aufruhr zu schüren. Am 19. Juli, dem Tag, an dem Hitler mit der Vermessenheit eines triumphierenden Siegers Großbritannien zur Kapitulation aufforderte, rief der Premierminister eine Organisation ins Leben, die die subversive Arbeit gegen Deutschland im Untergrund koordinieren sollte, und erteilte ihr den weitgesteckten und schrecklichen Auftrag, „Europa in Brand" zu setzen.

Im Laufe von drei Jahren baute die SOE in ganz Westeuropa – und ebenso in Jugoslawien, Griechenland und dem Vorderen Orient – ein leistungsfähiges Agentennetz auf, obwohl die Anlaufphase durch erhebliche Mißerfolge gekennzeichnet war. Tatsächlich traten derartige Komplikationen auf, daß die Verantwortlichen zeitweise den Eindruck gewannen, die SOE werde nie eine selbständige und arbeitsfähige Organisation werden.

Kaum hatte Churchill 1940 seine Kabinettskollegen von seinen SOE-Plänen in Kenntnis gesetzt, als ein heftiger Streit um die Zuständigkeit für die neue Organisation ausbrach. Sowohl das Kriegsministerium als auch das Außenministerium und die verschiedenen britischen Geheimdienste meldeten ihre Ansprüche an. Auseinandersetzungen unter den Verantwortlichen wurden so heftig, daß der Kolonialminister, Lord Lloyd, den Vortrag des Außenministers Lord Halifax einmal mit den Worten unterbrach: „Man hätte Sie niemals um Rat fragen dürfen, denn Sie lehnen ja alles ab! Aus Ihnen wird nie ein Gangster!" Am Ende beauftragte Churchill Hugh Dalton, den energischen und erfolgreichen Minister für wirtschaftliche Kriegführung, mit der Leitung der SOE.

Die Streitigkeiten dauerten aber auch nach Daltons Ernennung an. Viele Militärs machten aus ihrer Ablehnung aller Untergrundaktivitäten keinen Hehl und mißtrauten der SOE, der sie Dilettantismus, Hinterhältigkeit und unsoldatisches Verhalten vorwarfen, von Anfang an. Für die SOE war ihre Einstellung ein schweres Handikap; so konnte sie beispielsweise die Verantwortlichen der RAF nur mit großer Mühe davon überzeugen, ein verwahrlost wirkendes Individuum in einer ihrer kostbaren Maschinen nach dem europäischen Festland befördern zu lassen, zumal sich die SOE über Einzelheiten ihrer Aufträge auszuschweigen pflegte. Auch stießen sich viele Beamte an den unkonventionellen Methoden einer Organisation, die unter einem Mantel der Geheimhaltung arbeitete und sich über Vorschriften häufig genug hinwegsetzte.

Als weitere Schwierigkeit kam für die SOE noch ein ständiges Gerangel mit dem anmaßend auftretenden General de Gaulle und seinem freifranzösischen Geheimdienst hinzu. In den ersten Kriegsmonaten konnten, wie Churchill schrieb, de Gaulle und seine Handvoll Anhänger nicht den Anspruch erheben, eine wirkliche französische Gegenregierung zu bilden. Großbritannien hatte die Beziehung mit Marschall Pétains Vichy-Regierung daher noch nicht abgebrochen. Im Interesse der diplomatischen Beziehungen hatte das britische Außenministerium darauf bestanden, daß die Französische Abteilung („Abteilung F") der SOE ihre Tätigkeit unabhängig von de Gaulle ausüben müsse und daß dieser über ihre Einsätze in Frankreich nicht informiert werden dürfe. De Gaulle erhielt natürlich nach einiger Zeit von dieser Regelung Kenntnis und machte, wie nicht anders zu erwarten, aus seinem Zorn und seiner Verärgerung keinen Hehl.

Das Verhältnis zwischen den Briten und den Anhängern de Gaulles wurde derart gespannt, daß sich die SOE gezwungen sah, eine zusätzliche Französische Abteilung zu schaffen, die unmittelbar mit de Gaulles Geheimdienst zusammenarbeiten sollte. Hauptzweck der Kooperation war die Bildung einer vereinigten Widerstandsbewegung in Frankreich. Die ursprüngliche Abteilung F setzte unterdessen ihre eigenständige Tätigkeit fort und konzentrierte sich in der Hauptsache auf Sabotageoperationen. Zwischen diesen beiden Abteilungen der SOE herrschte ein scharfer Rivalitätskampf, in dessen Verlauf eine jede wiederholt ihre Konkurrentin für völlig unfähig erklärte.

De Gaulles Anhänger, die sogenannten Freifranzosen, waren besonders über die Versuche der Briten aufgebracht, ihre Landsleute zu überreden, sich dem britischen Nachrichtendienst und nicht dem des „Freien Frankreich" zur Verfügung zu stellen. „Sobald ein Franzose in England eintraf", berichtet de Gaulle entrüstet in seinen Memoiren, „wurde er aufgefordert, sich vom britischen Geheimdienst anwerben zu lassen. Erst nach längerem Bitten und nachdem von unserer Seite Druck ausgeübt worden war, gestattete man ihm, sich uns anzuschließen. Wenn er dagegen den englischen Werbungen nachgab, sorgte man dafür, daß wir ihn überhaupt nicht zu sehen bekamen."

Die ersten Versuche, Geheimagenten von Großbritannien nach Frankreich zu schleusen, schien dem Personenkreis recht zu geben, der der SOE wie den Freifranzosen kläglichen Dilettantismus vorgeworfen hatte. Zwei von de Gaulles Agenten landeten, mit Brieftauben für die Meldung nach England ausgerüstet, in der Nacht zum 5. August 1940 mit einem Schlauchboot an der normannischen Küste bei Saint Aubin, um wenig später spurlos zu verschwinden. Man vermutete zunächst, sie seien entweder verhaftet oder erschossen worden – bis sie zu Beginn des Jahres 1941 wieder in London auftauchten und über ihre Erlebnisse Bericht erstatteten. Das Gebiet, in dem sie an Land gegangen waren, war derart scharf von deutschen Soldaten bewacht, daß sie, um ihnen zu entkommen, den sperrigen Brieftaubenkorb hatten verstecken müssen. Sie mußten ihn schließlich verloren geben und konnten daher ihren Auftrag nicht ausführen.

Auch die SOE erlebte anfangs nur Mißerfolge. Ein in der Nacht zum 2. August 1940 unternommener Versuch, drei Agenten mit einem Schnellboot an der bretonischen Küste bei Morlaix an Land zu setzen, mußte abgebrochen werden, da plötzlich deutsche Küstenwachschiffe auftauchten, und in der Nacht zum 15. November verlor der erste SOE-Agent, der mit dem Fallschirm über der Bretagne abspringen sollte, beim Eintreffen über dem Zielgelände plötzlich die Nerven und verweigerte den Absprung.

Tatsächlich waren fast alle Mitglieder der neuen Organisation Anfänger. Die meisten hatten nur höchst verschwommene Vorstellungen von ihrer Tätigkeit und wußten kaum, wie sie die ihnen vorschwebenden Aktionen ins Werk setzen sollten. Als Hauptmann Maurice Buckmaster im März 1941 zum Nachrichtenoffizier der Abteilung F ernannt wurde, sagte man ihm, es handele sich „ganz allgemein" darum, Informationen über die besetzte Zone Frankreichs zu sammeln. Buckmaster wandte sich daraufhin an einen anderen Offizier mit der Bitte um eine präzisere Aufgabenstellung. Wie er sich später erinnerte, erkundigte er sich zu Beginn der Unterredung nach dem Daseinszweck der SOE.

„Subversion", lautete die Antwort.

„Das habe ich begriffen, Herr Major, doch welche *Art* von subversiver Tätigkeit?"

„Ganz genau weiß ich das selber nicht, doch soweit ich gehört habe, sollen wohl Sabotageanschläge auf Industrieanlagen in Frankreich verübt werden."

Trotz alledem konnte die SOE auch in der Anfangsphase schon ein paar Erfolge verbuchen. In der Nacht zum 6. Mai sprang der erste Agent der Abteilung F, Georges Bégué, etwa 30 Kilometer nördlich der in der unbesetzten Zone gelegenen Stadt Châteauroux ab. Bégué führte in seinem Koffer ein schweres Sendegerät mit sich und marschierte sogleich zu dem Haus eines im Ruhestand lebenden französischen Politikers, der ein Freund des stellvertretenden Leiters der Abteilung F war. Dieser brauchte einige Zeit, um sich von seiner Überraschung zu erholen, willigte dann aber ein, die Arbeit der SOE zu unterstützen. Mit seiner Hilfe war Bégué innerhalb von wenigen Tagen in der Lage, Kontaktadressen nach London zu übermitteln. Kurz darauf wurden drei weitere Agenten abgesetzt, und in der Frühe des 13. Juni warf ein Whitley-Bomber der RAF, dem durch Leuchtsignale über dem Gelände eines Schlosses unweit Limoges der Zielort angegeben worden war, zwei metallene Trommeln ab, in denen sich Maschinenpistolen, Nahkampfdolche, knetbarer Sprengstoff und Minen mit Zeitzündern befanden. Für die in der Dunkelheit wartenden Patrioten wurde es

endlich ernst mit dem Untergrundkampf. Die beiden Abwurfbehälter waren die ersten von etwa 100 000, die während der Besatzungszeit auf französischem Boden landen sollten.

Während der Vorbereitungen für den Waffenabwurf bekam Georges Bégué einen unangenehmen Vorgeschmack von den Gefahren, die auf die Funker der Widerstandsbewegung lauerten. Er hatte kaum begonnen, Anweisungen aus London anzufordern, als die deutsche Funküberwachung seine Sprüche abfing und sie mit einem auf derselben Wellenlänge durchgegebenen Signalton zu stören versuchte. Die Vichy-Polizei bekam Anweisung, in der Umgebung von Châteauroux nach Fremden Ausschau zu halten, und in den Straßen tauchten Funkpeilwagen mit Spezialantennen auf, durch die der Standort eines Senders ausgemacht werden konnte. Bégué war sich darüber klar, daß seine Freiheit davon abhing, ob es ihm gelang, die Durchgabezeit auf ein absolutes Minimum zu beschränken.

Wie konnte er Nachrichten aus London empfangen, ohne sein Sendegerät zur Aufnahme der Funkverbindung einsetzen zu müssen? Die Lösung, die er fand, war ebenso einfach wie genial: Er würde die British Broadcasting Corporation in Dienst nehmen! Zur Verminderung der Zahl der Mitteilungen, die er und seine Mitagenten würden absetzen müssen, schlug Bégué vor, der Auslandsdienst der BBC solle Botschaften an Untergrundgruppen ausstrahlen. Seine Idee sollte weitreichende Folgen haben und zu einem sorgfältig ausgeklügelten System von „persönlichen Botschaften" führen, die dann allabendlich über die leistungsstarken BBC-Sender an Agenten und Widerstandsgruppen in ganz Westeuropa ausgestrahlt wurden. Einige klangen wie simple Freundes- und Familiengrüße („Gruß und Kuß von Jean an Nicole"), andere waren nichtssagend („Flora hatte einen roten Hals") und wieder andere völlig sinnlos („Befindet sich Napoleons Hut noch in Perros-Guirec?"). Doch die SOE-Agenten, die ihre Bedeutung kannten, wurden auf diese Weise davon in Kenntnis gesetzt, daß ein Kurier heil angekommen war, daß in der kommenden Nacht ein Fallschirmabwurf erfolgen oder aber ein Sabotageanschlag auf eine Bahnstrecke verübt werden würde. Die Deutschen setzten zwar alles daran, den primitiven Geheimkode zu entschlüsseln, doch blieben ihre Mühen vergeblich.

Die Erfahrung der SOE wuchs schnell, doch zu lernen gab es immer noch viel. Zum Empfang der ersten Agenten, die mit dem Fallschirm über den besetzten Ländern absprangen, standen keine besonders vorbereiteten Gruppen bereit. Wie Georges Bégués trugen sie lediglich den Namen und die Anschrift eines Fremden bei sich, der ihnen möglicherweise helfen würde. Die Namen der ersten Kontaktpersonen stammten häufig von Emigranten, die nach dem militärischen Zusammenbruch ihres Landes nach London geflohen waren. Wenn der SOE-Agent Glück hatte, dann stand seine Kontaktperson bereits mit einer noch im Aufbau befindlichen Widerstandsgruppe in Verbindung oder hatte einen entsprechenden Bekannten. In Gebieten in denen der Zentrale keine Sympathisanten bekannt waren, mußte der Agent vorsichtig Erkundigungen einziehen, ob es dort Widerständler gab. Fand er keine, so hatte er die Anweisung, die Bildung einer Widerstandsgruppe zu betreiben. Zuweilen hatte ein Agent das Glück, in eine ihm wohlvertraute Gegend zu geraten, in der er über zuverlässige und verschwiegene Bekannte verfügte. Aber auch unter den günstigsten Umständen befand er sich, sobald er europäischen Boden betrat, auf der ständigen Flucht vor mit den Deutschen kollaborierenden Polizisten und Spitzeln, der Sicherheitspolizei, und ein einziger Fehler konnte Verhaftung, Folter und Tod bedeuten.

Die Agenten und Agentinnen, die sich freiwillig zu diesem gefährlichen Dienst meldeten, entstammten den verschiedensten Lebensbereichen. Eine unerläßliche Bedingung für ihre Arbeit war, daß sie die jeweilige Landessprache beherrschten. Die holländische und die skandinavische Abteilung der SOE setzten sich fast ausschließlich aus Bürgern dieser Länder zusammen, doch in der französischen und belgischen Abteilung war auch eine nicht unbeträchtliche Anzahl zweisprachiger Briten tätig. Unter den im Jahre 1941 Eingestellten befanden sich Bankiers, Schauspieler, Journalisten, Weinhändler, Rechtsanwälte, Künstler, Lehrer, Filmregisseure, Modeschöpfer, Mütter und Hausfrauen.

Bei der Anwerbung wurde ihnen in der Regel nicht mitgeteilt, um was für eine Art Tätigkeit es sich handelte. Diejenigen, die man für geeignet und einsatzbereit hielt, schickte man zunächst in verschiedene Häuser in Südengland, wo ehemalige Geheimagenten, darunter viele Veteranen des Ersten Weltkrieges, ihnen die Anfangsgründe ihres Handwerks beibrachten. An den Vorbereitungslehrgang schloß sich ein Konditionstraining in Schottland an sowie eine Ausbildung im Fallschirmspringen, Funken, waffenlosen Kampf und lautlosen Töten. Den Abschluß bildete ein Kursus auf einer Spezialschule, wo die Rekruten simulierten Gestapoverhören unterzogen wurden und man ihnen klarmachte, daß sie im Falle ihrer Gefangennahme mit dem Schlimmsten rechnen müßten.

Die Forschungsabteilungen der SOE belieferten die Lehrgänge ständig mit neuen Ideen und Ausrüstungsgegenständen, von ausgehöhlten Streichhölzern für Mikrofilme bis hin zu Minen, die wie Pferdekot aussahen. Ein anderes SOE-Unternehmen versorgte die Agenten mit den für die besetzten Länder typischen Kleidungsstücken. Sie wurden in einer kleinen, im Londoner Bekleidungs-

Roman Garby-Czerniawski (links außen), vor dem Krieg ein bekannter polnischer Fliegeroffizier, wirkte beim Aufbau eines Interallié genannten Spionagerings mit und besaß die Kühnheit, in einer unweit des Pariser Sipo-Gebäudes gelegenen Wohnung (links, Kreis) einen Sender einzurichten. Am 10. Mai 1941 setzte seine Gruppe einen verschlüsselten Funkspruch nach London ab – nach fast einem Jahr die erste Verbindung mit Großbritannien.

Zur Versorgung der Widerstandsgruppen mit Handfeuerwaffen, Sprengstoff und Sanitätsmaterial verwandte die SOE den rechts abgebildeten metallenen Abwurfbehälter. Er war fast 1,80 Meter lang und wog gefüllt etwa 45 Kilogramm.

DER WIRKUNGSVOLLE PENDELVERKEHR DER MONDSTAFFEL

Die vielseitige Lysander wurde in mehreren Sonderausführungen hergestellt und von den Briten nicht nur zur Versorgung der Widerstandsgruppen, sondern auch für Angriffe auf Erdziele, die Nah- und Gefechtsaufklärung und zur Rettung Schiffbrüchiger eingesetzt.

In der Nacht zum 20. Oktober 1940 landete der RAF-Pilot W. J. Farley unweit von Montigny in der besetzten Zone Frankreichs auf einem mondbeschienenen Feld, nahm einen britischen Agenten namens Philip Schneidau an Bord und startete sofort wieder. Ein einzelner Schuß von unten zertrümmerte den Kompaß, und als dicke Wolken ihm die Sicht auf markante Geländepunkte nahmen, kam Farley weit vom Kurs ab. Er machte schließlich in Schottland eine Bruchlandung, bei der aber weder er noch sein Passagier einen Schaden davontrugen.

Farleys risikoreiches Unternehmen war die erste von mehr als 180 erfolgreichen geheimen RAF-Landungen allein in Frankreich, bei denen über 800 Personen entweder abgesetzt oder nach Großbritannien zurückgeflogen wurden. Die Mondstaffel genannte Einheit flog im allgemeinen leichte, einmotorige Lysander-Maschinen, die der obigen ähnelten. Das robuste Fahrgestell dieses Hochdeckers und sein sehr kurzer Lande- und Startweg machten es möglich, auch den ländlichen Regionen im besetzten Europa heimliche Besuche abzustatten. Nach Ausbau der Bordwaffen und der Ausrüstung mit einem zusätzlichen Treibstofftank hatte die Lysander einen Aktionsradius von 640 bis 720 Kilometern.

Die Staffel führte in der Woche vor und nach jedem Vollmond so viele Flüge durch, wie die Wetterverhältnisse gestatteten. In der Zeit zwischen diesen „Mondperioden" beteiligten sich die Piloten an der Ausbildung von Agenten, die in den besetzten Ländern Widerstandsgruppen aufbauen sollten. Die Piloten brachten den Agenten unter anderem bei, wie man geeignete Start- und Landestellen ausfindig macht und mit Leuchtsignalen kennzeichnet.

Nicht alle Lehrgangsteilnehmer waren gelehrige Schüler. So kehrte John Nesbitt-Dufort *(rechts)* von seinem ersten Flug nach Frankreich mit einem dichten Gewirr von Telephondrähten am Fahrgestell der Lysander zurück – die Folge einer schlecht gewählten Start- und Landebahn. Nesbitt-Dufort, der später zum Staffelkapitän aufstieg, hatte oft Pech. Bei einem anderen Flug vereiste nach der Aufnahme eines Agenten die Tragfläche seiner Lysander, so daß er sich genötigt sah, erneut in Frankreich zu landen. Er geriet dabei unglücklicherweise in einen zugewachsenen Graben *(rechts)*, konnte der allgegenwärtigen Sicherheitspolizei aber entkommen und vier Wochen später mit einem Flug der Mondstaffel nach England zurückkehren.

Die Staffel büßte bei ihren gefährlichen Flügen im Verlauf von vier Jahren erstaunlicherweise nur 13 Maschinen und sechs Piloten ein – ein geringer Preis für ihren Transportdienst, der viel zur Aufrechterhaltung der Verbindung zwischen der Zentrale und den Agenten beitrug.

Das Hauptquartier der Mondstaffel war in einem Landhaus aus dem 17. Jahrhundert untergebracht.

Major der RAF Nesbitt-Dufort

Nesbitt-Duforts Lysander ist bei einer Notlandung in einen Graben geraten.

industrieviertel gelegenen Fabrik von Flüchtlingen nachgearbeitet – und bisweilen sogar mit echten Firmenetiketten versehen, die man Ausländern in London abgekauft hatte.

Neben technischen Hilfsmitteln, Schulung und Tarnkleidung brauchten alle Agenten im Sommer 1941 zum Überleben eine gehörige Portion Glück, und eben daran fehlte es damals. Auch Gilbert Turck, einem Pariser Architekten, der bald nach dem Zusammenbruch Frankreichs nach England geflohen war, blieb diese Erfahrung nicht erspart. Mit Anweisungen der SOE zur Errichtung von Waffendepots versehen, sprang er in der Nacht zum 7. August in der Nähe von Montluçon mit dem Fallschirm ab. „Während ich in Erwartung des Absprungs im Flugzeug saß, empfand ich so gut wie keine Angst; ich dachte einfach nicht daran, daß man in solch einer Situation oft Angstzustände bekommt", erinnerte Turck sich später. „Ich war ganz von dem Gefühl erfüllt, mein ganzes bisheriges Leben sei nur eine Vorbereitung auf diesen Augenblick gewesen. Meine Eltern hatten mich zu einem pflichtbewußten und patriotischen Menschen erzogen, so daß mir mein Vorhaben als die selbstverständlichste Sache von der Welt erschien. Als das Zeichen zum Absprung kam, stürzte ich mich mit einer derartigen Energie und Begeisterung aus der Maschine, daß ich gegen die Flügelunterseite schlug, das Bewußtsein verlor und im Zustand völliger Ohnmacht zu Boden kam.

„Als ich wieder zu mir kam, befand ich mich auf einer Polizeistation und wurde von Polizisten umringt. Bauern hatten mich gefunden und dorthin gebracht. Ich konnte zwei Tage lang keinen klaren Gedanken fassen und kann mich nicht mehr genau erinnern, was während dieser Zeit mit mir geschah. Ich weiß nur noch, daß ich dann zur Vernehmung in ein Militärgefängnis in Clermont-Ferrand eingewiesen wurde."

Zu seiner eigenen Verblüffung gelang es Turck, den Vernehmungsoffizier von seiner Harmlosigkeit zu überzeugen; er log ihm vor, er habe die RAF bestochen, ihn nach Frankreich zurückzubringen: Er hasse die Engländer so sehr, daß ihm der Gedanke an einen längeren Aufenthalt in ihrem Lande unerträglich gewesen sei. Turck wurde aus dem Gefängnis entlassen und machte sich befehlsgemäß auf den Weg nach Marseille, um dort ein Waffenlager einzurichten. Außerdem mietete er ein geräumiges Gebäude, die Villa des Bois, die er als sicheres Haus für SOE-Agenten benutzen wollte.

In den darauffolgenden Wochen trafen weitere Agenten im Vichy-Frankreich ein. Einer wurde bei Nacht mit einer Lysander-Maschine eingeflogen, einem schnellen einmotorigen Hochdecker, der auf Grund seines sehr kurzen Start- und Landeweges, der nur 365 Meter betrug, Felder und Wiesen benutzen konnte. Zehn Agenten sprangen mit dem Fallschirm ab, und vier wurden unweit Perpignan von dem in Gibraltar stationierten britischen Kriegsschiff H.M.S. *Fidelity* an Land gesetzt.

Alle Männer wußten so gut wie nichts voneinander; einzig und allein die Kenntnis eines sicheren Hauses in Marseille mit dem Namen Villa des Bois war ihnen gemeinsam. Daß es der Vichy-Polizei ebenfalls bekannt war, ahnten sie allerdings nicht.

Die Villa des Bois war schon frühzeitig dadurch aufgeflogen, daß einer der neu eingetroffenen SOE-Agenten, der die Anschrift dieses sicheren Hauses bei sich trug, verhaftet wurde. Turck, der davon nichts ahnte, fuhr Anfang September nach Paris, um seine Verlobte zu besuchen. Während seiner Abwesenheit wurde das Haus zur Agentenfalle. Die Vichy-Polizei setzten einen Mann hinein, der Turck ähnelte, und wartete dann ab.

Die SOE-Agenten drückten einer nach dem anderen auf den Klingelknopf der Villa des Bois, wurden hineingebeten und sofort verhaftet. Der letzte Besucher erschien am 24. Oktober: Georges Bégué, der Mann der ersten Stunde und einzige Funker, der in der unbesetzten Zone übriggeblieben war. Die wenigen Agenten der Abteilung F, die im Vichy-Frankreich tätig waren, mußten ohne jede Verbindung mit London weiterarbeiten. Zu allem Unglück kam noch hinzu, daß deutsche Funkpeiltrupps dabei waren, André Bloch einzukreisen, der sich als einziger SOE-Funker in der besetzten Zone, nämlich in Le Mans, 185 Kilometer südwestlich von Paris, befand. Dieser setzte am 12. November seinen letzten Funkspruch ab, und dann hörte London nie wieder etwas von ihm.

Turck erfuhr von der Verhaftungswelle, als er auf dem Rückweg nach Marseille bei Freunden in Lyon Station machte, und entging der Falle. Er war sich aber bewußt, daß man ihm auf den Fersen war, und als er sich im Juli 1942 erneut nach Paris begab, fand seine Agententätigkeit ein plötzliches und unrühmliches Ende. „Ich suchte auf dem Rückweg von einer Besprechung mit anderen Widerstandskämpfern, die im Hinterzimmer eines kleinen Ladens namens France Parfums auf dem Boulevard St. Germain stattgefunden hatte, eine Bedürfnisanstalt auf, als ich plötzlich bemerkte, wie drei Zivilisten aus verschiedenen Richtungen mit gezogenen Revolvern auf mich zukamen. An Flucht war nicht zu denken. Sie legten mir Handschellen an und führten mich ab."

Für Turck war dies der Beginn einer endlosen Leidenszeit. „Die Verhöre ließen an Gründlichkeit nichts zu wünschen übrig und zogen sich über Wochen hin", erinnerte er sich nach dem Krieg, „aber sie haben nichts aus mir herausgekriegt. Meine Sorge war damals, daß meine Verlobte in die Sache hineingezogen würde. Ich hatte mir nämlich ihren Fahrraderlaubnisschein ausgeborgt, den sie bei mir fanden. Sie durchsuchten daraufhin sofort ihre Wohnung, in der ich eine beträchtliche Menge Spionagematerial in einem alten Lehnstuhl, der auf einem Treppenabsatz stand, versteckt hielt. Ich erfuhr später, daß sie die ganze Wohnung auf den Kopf gestellt, dem Lehnstuhl auf der Treppe aber keine Beachtung geschenkt hatten."

Turck wurde schließlich in das Lager Buchenwald überführt, überlebte aber die Haft.

Die SOE-Chefs in der Londoner Baker Street waren inzwischen wegen der unheilverkündenden Stille aus Frankreich der Verzweiflung nahe. Niemand konnte sagen, wie, wo oder wann ihre Funker vom Gegner gefaßt worden waren. Noch wußten sie, wie viele der Agenten den Deutschen in die Hände gefallen waren oder ob überhaupt noch einer frei und am Leben sei.

Am Neujahrstag 1942 traf endlich ein verschlüsselter Funkspruch aus Paris ein und löste hellen Jubel in der Baker Street aus. Der Absender gab sich als Pierre de Vomécourt zu erkennen, einer von drei Brüdern, die ab Mai 1941 als Organisatoren für die Widerstandsbewegung tätig waren. Der Spruch enthielt eine kurze Schilderung der Ereignisse der letzten Monate und schloß mit der dringenden Bitte, mehr Geld für die noch tätigen Agenten in Frankreich zur Verfügung zu stellen.

Der Spruch wies die vereinbarten Erkennungszeichen auf, und de Vomécourt hatte ihn in der Tat abgefaßt – aber nicht abgesetzt. Das hatte vielmehr die deutsche Abwehr getan.

Vomécourt hatte nicht die mindeste Ahnung, was vor sich ging. Er besaß selbst kein Funkgerät und hatte wochenlang nach Möglichkeiten gesucht, die Verbindung wieder aufzunehmen. Schließlich machte ihn ein befreundeter Anwalt mit Mathilde Carré bekannt, einer charmanten Französin Anfang Dreißig, die in ihrem Bekanntenkreis Lily hieß und von ihren Mitkämpfern in der Résistance La Chatte (die Katze) genannt wurde. Am 26. Dezember 1941 traf sie mit Vomécourt im Café Georges V auf den Champs-Élysées zusammen. La Chatte berichtete, sie habe für einen polnischen Spionagering gearbeitet, der jedoch aufgeflogen sei. Sie und der Funker des Spionagerings hätten sich der Verhaftung durch die Deutschen entziehen können. Letzterer stehe immer noch mit London in Verbindung, und sie sei gern bereit, für Vomécourt einen Funkspruch an die SOE abzusetzen.

In demselben Café saß an einem anderen Tisch ein Zivilist, dessen runde Hornbrille ihm ein etwas eulenartiges Aussehen verlieh. Er verhielt sich so, als nähme er von dem mit gesenkter, doch eindringlicher Stimme geführten Gespräch zwischen La Chatte und de Vomécourt keinerlei Notiz. Sein Name lautete Hugo Bleicher. Er war damals Oberfeldwebel der Geheimen Feldpolizei im Dienste der Abwehr, und La Chatte war seine Geliebte.

Der Bericht der „Katze" beruhte zum Teil auf Wahrheit. Sie hatte in der Tat dem polnischen Spionagering Interallié angehört, der eine Funkverbindung mit London unterhielt. Daß er von der Abwehr enttarnt und sie dabei verhaftet worden war, erzählte sie de Vomécourt jedoch nicht. Bleicher hatte sie in einer Privatsuite des Hotels Édouard VII an der Avenue de l'Opéra, das die Abwehr als Pariser Leitstelle beschlagnahmt hatte, fürstlich bewirtet und dabei verhört. Am nächsten Morgen hatte La Chatte sich bereit erklärt, für die deutsche Besatzungsmacht zu arbeiten.

Während der folgenden Tage verriet sie Bleicher die Wohnungen und Treffpunkte der anderen Interallié-Agenten. Einen von ihnen, ihren früheren Geliebten Claude Jouffret, identifizierte sie, ohne Zeichen von Nervosität, indem sie ihm im Café Louis XIV zur Begrüßung einen Kuß gab. Agenten der deutschen Abwehr beschlagnahmten die vier Funkgeräte von Interallié, schafften sie in den Pariser Vorort Saint-Germain-en-Laye und nahmen die Funkverbindung mit London wieder auf. La Chatte kannte sämtliche Schlüssel, Sendepläne und Erkennungszeichen, so daß London keinen Verdacht schöpfen konnte.

Der rührige Oberfeldwebel Bleicher, der sich seinem Ziel, das französische SOE-Netz aufzudecken, nahe wähnte, hatte dann jedoch das Pech, daß Vomécourt plötzlich von dem Gefühl beschlichen wurde, La Chatte könne eine Doppelagentin sein. Gegen Ende Januar beschloß er, sie einem einfachen Test zu unterziehen: Er fragte sie, ob sie ihm gefälschte Papiere beschaffen könne. Bereits tags darauf überreichte sie ihm eine vollständige Sammlung von Pässen und Ausweisen, mit deutschen Stempeln und Unterschriften versehen. Das war zu viel Tüchtigkeit, um noch glaubwürdig zu sein. Zum Abschluß zeigte sie ihm ein Photo und fragte ihn mit gespielter Beiläufigkeit, ob er den Mann wiedererkenne. Es war ein Bild des SOE-Agenten Michel Trotobas.

Vomécourt sagte ihr auf den Kopf zu, daß sie für die Deutschen arbeite. Sie brach in Tränen aus und gestand alles. Nach den Spielregeln der Agententätigkeit hätte Vomécourt sie auf der Stelle erschießen, seine Mitagenten zur Auflösung des Ringes auffordern und selbst die Flucht ergreifen müssen. Er verfolgte jedoch einen anderen Plan: La Chatte hatte sich einmal umdrehen lassen – möglicherweise würde sie das noch ein zweites Mal mit sich machen lassen. Und Pierre de Vomécourt hatte Erfolg.

Bleicher, der keine Ahnung hatte, daß die „Katze" Verrat begangen hatte und wieder für die Alliierten arbeitete, erfuhr bald erstaunliche Neuigkeiten von seiner treulosen Geliebten. Und zwar berichtete sie ihm, Vomécourt plane, in Paris eine Konferenz aller führenden Widerstandskämpfer zu veranstalten, auf der sie ihre zukünftigen Aktivitäten koordinieren wollten. Im Augenblick sei er dabei, seine Abreise nach England vorzubereiten. Er wolle mit einem hohen Offizier zusammentreffen, um dann gemeinsam mit ihm an der Konferenz teilzunehmen. Ob Bleicher nicht auch meine, sie solle Vomécourt dazu überreden, sie nach London mitzunehmen? Was würde sie nicht alles für Informationen von dort mitbringen können! Bleicher stimmte ihr zu und vermochte auch seine Vorgesetzten nach einigen Schwierigkeiten zu überzeugen.

So kam es, daß die deutsche Abwehr über die Sender des Interallié-Ringes alles arrangierte, damit in einer kleinen, abgelegenen Bucht ein SOE-Agent und eine Doppelagentin von einem britischen Schnellboot übernommen werden konnten.

Bei der Umsetzung in die Tat erhielt das sonderbare Unternehmen einige tragikomische Züge. Am 12. Februar 1942 näherte sich der Küste um Mitternacht ein Ruderboot, das von einem vor der Bucht wartenden britischen Schnellboot ausgesetzt worden war. Im Buschwerk hielten sich Abwehroffiziere versteckt, um die Vorgänge zu beobachten. Als La Chatte in das Boot klettern wollte, kenterte es und warf sie ins Wasser. Vomécourt zog sie an den Strand, wo sie völlig durchnäßt und voller Wut darauf wartete, daß die Matrosen ihr Fahrzeug flottmachten. Da das Wetter jedoch immer stürmischer wurde, mußte die Übernahme zunächst aufgegeben werden. Acht Tage später scheiterte ein neuer Versuch; man hatte sich bezüglich des Treffpunkts mißverstanden. Während das Schnellboot vor einer kleinen Bucht auf die beiden Agenten wartete, gaben sie von einer anderen aus ihre erfolglosen Lichtsignale ab.

In der mondhellen Nacht des 26. Februar schifften sie sich schließlich nach England ein. La Chatte wurde in einer mit versteckten Mikrophonen ausgestatteten Komfortwohnung einquartiert, wo sie mehrere Monate lang mitfühlenden britischen Nachrichtenoffizieren bereitwillig alles ausplauderte, was sie wußte. Als sie nichts mehr zu sagen hatte, steckte man die lebhaft Protestierende in ein englisches Staatsgefängnis, wo sie bis zum Kriegsende verblieb.

Pierre de Vomécourt flog am 1. April nach Frankreich zurück, um dort seine Widerstandstätigkeit erneut aufzunehmen. Doch Bleicher, der fest entschlossen war, seine Niederlage wieder wettzumachen, kam ihm auf die Spur und nahm ihn am 25. April fest. Während des Verhörs im Gefängnis von Fresnes wurde Vomécourt erbarmungslos geschlagen; er verlor dabei fast alle Vorderzähne, blieb jedoch fest und verweigerte jede Aussage.

Im Anschluß an die Verhaftung Vomécourts wurde sein Spionagering zerschlagen und die Abteilung F der SOE dadurch ihres einzigen Agentennetzes in der besetzten Zone Frankreichs beraubt.

Mathilde Carré, die berüchtigte, von deutschen ebenso wie von alliierten Stellen La Chatte (Die Katze) genannte Doppelagentin, verfolgt ruhig den Prozeß, in dem sie 1949 in Frankreich des Hochverrats angeklagt war. Das Gericht verurteilte sie wegen der Hilfe, die sie den Deutschen im Jahre 1942 bei der Zerschlagung des Spionagerings Interallié leistete, zum Tode. Das Urteil wurde später in lebenslängliche Haft umgewandelt, und 1954 wurde sie begnadigt.

Freifranzösische Agenten, die ihre Informationen dem Londoner Geheimdienst General de Gaulles, Bureau Central de Renseignements et d'Action (BCRA), übermittelten, hatten mehr Glück – und führten kurz darauf einen erstaunlichen Spionagecoup aus, der beträchtliche Auswirkungen auf den Kriegsausgang haben sollte.

Anfang Mai wurde in Caen der Maler René Duchez mit der Renovierung einiger deutscher Diensträume betraut. Sie gehörten der Organisation Todt (OT), jener staatlichen Bautruppe, die damals entlang der gesamten Westküste des besetzten Europas Hitlers Atlantikwall, die gewaltigen Küstenbefestigungen zur Abwehr einer alliierten Invasion, errichtete.

Der 40jährige Duchez war ein unscheinbarer, kleiner Mann, der einen schmalen Schnurrbart trug, eine Schwäche für den einheimischen Calvados hatte und unablässig lächelte, so daß ihn einige seiner Bekannten für geistig zurückgeblieben hielten. Er war Mitglied der von einem BCRA-Agenten namens Gilbert Renault aufgebauten Widerstandsgruppe Confrérie Notre-Dame.

Duchez machte einen derart harmlosen Eindruck, daß die Deutschen ihn kaum beachteten, als er sich mit seinen Tapetenmustern, Farbtöpfen und Pinseln bei der OT meldete. Man ließ ihn sogar kurze Zeit in einem Büroraum allein, in dem ein großer Stoß Karten auf dem Schreibtisch lag. Duchez griff sogleich nach der obersten Karte und steckte sie hinter einen schweren, goldgerahmten Wandspiegel. Fünf Tage später, nach Abschluß seiner Arbeit, steckte er sein Beutestück in einen alten Farbeimer, in dem er seine Pinsel zu verstauen pflegte, und verließ das Büro.

Die von Duchez entwendete Karte war 3,00 mal 0,50 Meter groß, als „Geheime Kommandosache" gekennzeichnet und Teil des Atlantikwallplanes. Sie wurde Gilbert Renault ausgehändigt, der wenig später aus Widerstandskreisen gewarnt wurde, daß die Sicherheitspolizei ihm auf den Fersen sei. Er beschloß daraufhin, mit Frau und Kindern sowie der wertvollen Karte nach England zu fliehen. Ein Fischer wollte ihm helfen, ihn bis zur Kanalmitte zu bringen und dort einem britischen Trawler zu übergeben.

Am Abend des 16. Juni gab Renault in einer Gastwirtschaft des Küstendorfes Pont-Aven einen Abschiedsabend. Auf einer Bank neben der Eingangstür deponierte er eine Keksdose, in der sich die Karte und zwei Pakete mit weiterem belastenden Material befanden, geradeso, als handelte es sich um irgendeine bedeutungslose Dose aus einem Kaufhaus. „Ich setzte mich so, daß ich sie ständig im Auge behalten konnte", berichtete er später den Londoner Freifranzosen. „Wir hatten gerade angefangen zu essen, als sechs deutsche U-Boot-Offiziere hereingepoltert kamen. Sie legten ihre Schirmmützen auf meine Pakete. Da wußte ich, daß ich mir keine Sorgen zu machen brauchte – kein Mensch würde sie anfassen."

Als das Mahl beendet war, packte Renault seine Pakete zusammen, und am nächsten Morgen zwängten er und seine Familie sich in die stinkenden, sargartigen Gerätekästen des Fischerboots. Der Kapitän und die Mannschaft des winzigen Fahrzeugs wußten, daß sie unter Umständen nicht über die Hafengrenze hinauskommen würden. Die Boote wurden vor dem Auslaufen von den Deutschen inspiziert, allerdings machten sie sich im allgemeinen nicht die Mühe, alle Schiffe gründlich zu durchsuchen, sondern ließen es bei Stichproben bewenden.

Als sich das Boot der deutschen Kontrollstation näherte, zwängte Renault sich in den vorderen Kasten und stopfte seinem unruhigen, 18 Monate alten Sohn Michel unablässig Schokoladenplätzchen in den Mund. Dann blieb der Motor stehen, deutsche Stimmen erklangen, und Nagelstiefel krachten über den steinernen Hafendamm. Das Kind verhielt sich wunderbarerweise still. Nach qualvollen Minuten begann der Motor wieder zu tuckern, und kurz darauf stampfte das Boot in der schweren Dünung des Ärmelkanals. Der Zufall hatte es gefügt, daß das Boot vor ihnen mit pedantischer Gründlichkeit durchsucht worden war und das mit Renault und seiner Familie an Bord nach einem kurzen Blick passieren durfte.

Wenig später lag die Karte den britischen Geheimdienstchefs vor. Diese waren sprachlos, als sie sahen, daß darauf alle vom Gegner geplanten Verteidigungsanlagen für die ganze Normandieküste von Cherbourg fast bis Le Havre eingezeichnet waren – die Befestigungsschwerpunkte ebenso wie die Schwachstellen. René Duchez, der Maler aus Caen, und Gilbert Renault, der Résistanceführer, hatten den Alliierten für die Planung der Invasion in der Normandie einen unschätzbaren Dienst geleistet.

Die Deutschen waren natürlich in höchstem Maße daran interessiert, Zeit und Ort der von ihnen erwarteten Invasion zu erfahren. Im Jahre 1942 konnte die deutsche Abwehr nicht ohne Grund davon ausgehen, daß sie die entscheidende Information paradoxerweise von der SOE selbst bekommen würde. Sie rechnete damit, daß die SOE alle ihre in Westeuropa tätigen Agenten rechtzeitig von der bevorstehenden Invasion in Kenntnis setzen würde. Erwies sich diese Vermutung als zutreffend, würde sie die Abwehr zwangsläufig in ihr Geheimnis einweihen, denn sämtliche in den Niederlanden eingesetzten SOE-Agenten waren in deutscher Hand – was London nicht wußte.

Der große Coup der deutschen Abwehr in Holland wurde im Winter 1941/42 eingeleitet. Die Abwehrstelle Den Haag hatte in Erfahrung gebracht, daß irgendwo in der niederländischen Hauptstadt ein Feindagent eine geheime Funkverbindung nach London unterhielt. Die Funküberwachung der deutschen Abwehr hatte zudem festgestellt, daß der Sender bei der Durchsage seiner Meldungen nach London, die jeden Freitag um 18.30 Uhr erfolgte, sich mit dem Rufzeichen RLS meldete. Am Freitagabend des 6. März war sie dann auf Grund ihrer Peilergebnisse in der Lage, den Standort des RLS-Senders genau zu bestimmen.

Es war ein kalter Tag. Hubert Lauwers, der SOE-Funker, saß im Wintermantel in der kleinen Wohnung seines Freundes in der Fahrenheitstraat und stimmte sein Gerät auf London ab. Die Vorhänge waren zugezogen, damit das Leuchten der Senderöhren nicht zu sehen war. Neben dem Sender lagen mehrere Meldungen, die Lauwers nach dem ein Jahr zuvor während seiner Ausbildung in Großbritannien erlernten System verschlüsselt hatte.

Als die Zeiger seiner Armbanduhr auf die vereinbarte Zeit vorrückten, setzte er die Kopfhörer auf und fing an, langsam sein Rufzeichen zu morsen. Er hatte kaum begonnen, als der junge holländische Freund, dem die Wohnung gehörte, ins Zimmer stürzte und ihn auf etliche verdächtige Wagen am Ende der Straße aufmerksam machte. Möglicherweise sei man ihm auf der Spur.

Lauwers schaltete sein Sendegerät ab, trat ans Fenster und spähte hinter dem Vorhang hinaus. Die Wagen waren da, aber die Straße war noch nicht abgeriegelt worden.

Lauwers kam zu dem Schluß, daß der deutsche Horch- und Funkpeildienst den genauen Standort seines Senders noch nicht gefunden hatte und sie fliehen könnten. Rasch packte er das Gerät in den dazugehörigen schwarzen Koffer und warf es in den Garten. Dann stopfte er die Meldungen in seine Manteltasche und stürzte mit seinem Freund die Treppe hinunter. An der Haustür verhielten die beiden einen Augenblick, um sich zu sammeln, und traten anschließend auf die Straße hinaus.

Scheinbar in ein Gespräch vertieft, gingen sie die Fahrenheitstraat hinunter und entfernten sich von den deutschen Wagen. Alles blieb ruhig. Erst an der nächsten Kreuzung wagte Lauwers, sich umzublicken. Die Wagen standen immer noch da. Erst als sie in die Cypressestraat eingebogen waren, beschleunigten sie in der Annahme, die Gefahr sei überstanden, ihre Schritte. Plötzlich wurden sie von zwei großen Wagen überholt. Bremsen quietschten, ein dritter Wagen schnitt ihnen den Fluchtweg ab, und ungefähr ein Dutzend Männer mit gezogenen Revolvern sprang heraus. Im Nu waren sie eingekreist.

Lauwers wurde an eine Mauer gedrängt und durchsucht. Man fand sofort seine verschlüsselten Meldungen und fuchtelte ihm damit triumphierend vor der Nase herum. Das Spiel war ohne jeden Zweifel aus. Lauwers wurde in die Wohnung in der Fahrenheitstraat zurückgefahren, wo man das Funkgerät bereits im Garten gefunden hatte: völlig unbeschädigt auf zwei Wäscheleinen schaukelnd, die seinen Fall aufgehalten hatten.

„Bei meiner Ankunft", erinnerte sich Lauwers später, „waren mehrere Deutsche damit beschäftigt, mein Funkgerät zu untersuchen, während andere das Zimmer nach weiterem Belastungsmaterial durchwühlten. Ich wußte, daß ihre Mühe vergeblich sein würde, denn mehr war nicht vorhanden. Als dann ein sehr kleinwüchsiger Polizeibeamter seinem Chef mit hochwichtiger Miene ein Geheimpapier überreichte, wobei er mir einen triumphierenden Blick zuwarf, konnte ich ein Grinsen nicht unterdrükken." Der Agent wußte, daß es völlig wertlos war – es enthielt eine mathematische Formel und entstammte dem Notizbuch seines Freundes, der an einem Ingenieurkurs teilnahm. Der kleine Polizist, berichtete Lauwers, „machte ein wütendes und enttäuschtes Gesicht, als sein Vorgesetzter zuerst mit Erstaunen und dann mit einem kaum merklichen Lächeln reagierte. Ungewöhnlich, dieser Deutsche hatte offensichtlich Humor!"

Der mit Humor begabte Deutsche war der Leiter der III F, einer Abteilung für die Gegenspionage der Abwehr in den Niederlanden, Oberstleutnant Hermann Giskes, ein 46jähriger, intelligenter, von seiner Aufgabe überzeugter Offizier mit beträchtlichem Charme und großem Einfühlungsvermögen. Diese Eigenschaften sollten ihm bei der Durchführung des Schlages gegen die SOE, der später als ihre schlimmste Niederlage betrachtet wurde, gute Dienste leisten.

Die deutsche Abwehr hatte schon seit langem den Ehrgeiz, mit einem erbeuteten Funkgerät ein „Funkspiel" zu beginnen. Der Erfolg eines solchen Unternehmens wäre von unschätzbarem Wert: Gelang es ihr, die Verhaftung eines Funkers vor London geheimzuhalten und die betreffende Funkverbindung aufrechtzuerhalten, so würde es ihr vielleicht möglich sein, an den Kern des feindlichen Geheimdienstes heranzukommen. Sie könnte dann irreführende Meldungen nach London funken und bei der Entgegennahme von Funksprüchen vielleicht Einzelheiten über die Arbeitsmethoden und Absichten des Feindes in Erfahrung bringen.

Die beiden französischen Widerstandskämpfer, die sich mit Hitlers Geheimplan vom Atlantikwall davonmachten, verdienten sich später noch weitere Lorbeeren. Der Maler René Duchez (links außen), der die Unterlagen aus einer deutschen Dienststelle in Caen entwendete, fuhr bis in den Juni 1944 hinein fort, den Alliierten detaillierte Nachrichten über die Lage in der Normandie zu übermitteln. Gilbert Renault (links, mit Baskenmütze) stieg später aus dem Mannschaftsstand zum Obersten und Mitglied des Koordinationsausschusses der französischen Résistance auf. Die Aufnahme wurde auf dem Fischdampfer gemacht, der ihn mit seiner Familie aus Frankreich herausschmuggelte.

London hatte alle erdenklichen Vorsichtsmaßnahmen gegen ein solches Funkspiel getroffen. Jeder Funker hatte sein eigenes Erkennungszeichen – einen Fehler oder ein Wort, das er jedem Funkspruch hinzufügen mußte. Ließ er dieses Erkennungszeichen weg, so wußte London, daß er in Schwierigkeiten war.

Am einfachsten ließ sich dieses Hindernis zweifellos dadurch beseitigen, daß man einen festgenommenen Funker veranlaßte, als Doppelagent weiterzuarbeiten. Giskes beschloß daher, den jungen Holländer „umzudrehen". Das Verhör, das er im Scheveninger Gefängnis am Rande von Den Haag durchführte, entwickelte sich zu einem merkwürdigen psychologischen Kampf, in dem jeder den anderen zu überlisten versuchte.

Giskes gab sich gegenüber seinen Gefangenen mitfühlend und freundschaftlich; er war das genaue Gegenteil von dem brutalen Vernehmungsoffizier, den Lauwers erwartet hatte.

„Nicht Härte, Feindseligkeit oder sogar Mißhandlungen", schrieb Giskes später, „die einem Funkagenten für den Fall, daß die Deutschen ihn erwischten, wie ein Alpdruck vorschweben mußten, sollten den Mann empfangen, sondern kameradschaftliches Verständnis für die von ihm bewiesene Einsatzbereitschaft und eine menschliche Anteilnahme an seinem Mißgeschick. Nach einigen einleitenden Fragen über sein Befinden und die Umstände seiner Unterbringung hatte ich ihm nachdrücklichst klargemacht, daß er allein mir helfen könne bei meinem Plan, ihn vor der Verurteilung durch ein deutsches Kriegsgericht zu bewahren. Ich hatte mit allen Registern an seinen gesunden Verstand appelliert und ihm vor Augen geführt, daß es sinnlos sei, wenn er sein Leben wegwerfe. Er müsse mir wenigstens helfen, ein einziges Argument in die Hand zu bekommen, um ein sonst mit Sicherheit zu erwartendes Todesurteil gegen ihn zu verhindern. Zu tun habe er dafür weiter nichts, als heute mittag die drei Funksprüche durchzugeben, die er am 6. März nicht habe absetzen können."

Lauwers war kein Dummkopf: Er wußte, daß Giskes ihn „umdrehen" wollte. Auf dem Sicherheitslehrgang der SOE hatte man ihm erklärt, daß er im Falle seiner Gefangennahme mit einem solchen Versuch rechnen müsse. Man hatte ihm überdies gesagt, daß, auch wenn er es vermutlich für ehrenrührig ansähe, mit seinem Gerät für die Deutschen zu arbeiten, eine Ablehnung der Zusammenarbeit unklug wäre. Die deutschen Sicherheitsorgane seien in der Lage, den stärksten Mann zu einem willfährigen Werkzeug zu machen. Es sei weitaus besser, Zeit zu gewinnen, indem man sich bereit erkläre, für sie zu arbeiten. Vorausgesetzt, das Erkennungszeichen werde nicht mit durchgegeben, sei sein Verhalten völlig risikolos. Möglicherweise erhalte London auf diese Weise sogar die Chance zu einem Funkspiel.

Lauwers gab sich zunächst den Anschein, als zögere er, erklärte sich aber schließlich zur Zusammenarbeit bereit; er würde insgeheim einfach das Erkennungszeichen, das auf den ersten beiden Zahlen seiner Agentennummer – 1672 – basierte, weglassen. London hatte ihn angewiesen, bei der Durchgabe seiner Funksprüche bei jedem 16. Buchstaben einen Fehler zu machen. Indem er diesen Fehler nicht machte, würde er London von seiner Gefangennahme in Kenntnis setzen.

Die Deutschen waren jedoch erfahren genug, um zu wissen, daß die SOE-Funker geheime Erkennungszeichen hatten, und verlangten von Lauwers, er solle das seine angeben, damit London keinen Verdacht schöpfe. Lauwers versuchte es mit einer Lüge. Er erzählte ihnen, sein Erkennungszeichen bestehe darin, anstatt des in den Funksprüchen häufig vorkommenden Wortes „stop" jedesmal „stip" oder „step" zu morsen. Giskes war angenehm überrascht, daß sich sein Gefangener so kooperativ verhielt.

Nachdem Lauwers zu der vereinbarten Sendezeit nur zweimal stumm geblieben war, stellte er die Verbindung mit London wieder her – von einer Funkstelle der deutschen Abwehr aus. Ein deutscher Funker hörte mit, um sofort einen Störsender in Gang zu setzen, falls Lauwers von seinem Text abzuweichen versuchte. Lauwers dachte natürlich gar nicht daran; er war sich sicher, daß man das Ausbleiben seiner wirklichen Erkennungszeichen bemerken und daraus auf seine Verhaftung schließen würde.

Zum Unglück für die SOE beging man in London einige katastrophale Fehler. Man übersah nicht nur, daß der Agent Nr. 1672 seine Erkennungszeichen weggelassen hatte, sondern wies überdies Lauwers drei Tage später an, Vorbereitungen für die Landung eines weiteren Agenten zu treffen, der während der nächsten Vollmondphase abgesetzt werden sollte.

Am frühen Morgen des 28. März 1942 sprang ein holländischer Agent mit dem Decknamen Abor aus einem Flugzeug ab, das über den von einer Empfangsgruppe in einem abgelegenen Moorgebiet Nordhollands ausgelegten Signallichtern kreiste. Aus der Finsternis wurde ihm in holländischer Sprache zur Begrüßung das vereinbarte

Kodewort zugeflüstert. Die Empfangsgruppe half ihm beim Vergraben seines Fallschirms, nahm ihm – unter dem Vorwand, eine deutsche Patrouille könnte sie anhalten – den Revolver ab und brachte ihn zu einem Auto, in welchem Oberstleutnant Giskes wartete. Als man ihm dann plötzlich Handschellen anlegte, dachte Abor, seine Kameraden spielten ihm einen Streich.

Im Verlauf der nächsten paar Wochen verhafteten die Deutschen, nachdem sie sich mit viel Geschick von der arglosen Londoner SOE-Zentrale die Namen und Adressen erbeten hatten, neun in den Niederlanden tätige Agenten und mehrere holländische Widerstandsführer. In der Nacht zum 30. Mai sprangen zwei Agenten Giskes Leuten direkt in die Arme. Einen Monat später folgten ihnen weitere vier, vier Wochen darauf abermals zwei – und so fort, mit nahezu monotoner Regelmäßigkeit.

Voller Entsetzen über die Ereignisse versuchte Lauwers dreimal, London zu warnen, indem er das Wort „gefaßt" durchgab. London reagierte nicht. Giskes führte jetzt bereits nicht weniger als vier Spiele – und jedesmal, wenn ein neuer Funker eintraf, konnte er eine weitere Verbindung herstellen.

Je mehr Sender in das „Englandspiel" einbezogen wurden, desto komplizierter wurde es allerdings für Giskes, die Täuschung aufrechtzuerhalten. Er beherrschte diese Kunst jedoch meisterhaft. Als London die Zerstörung einer 64 Kilometer südöstlich von Amsterdam gelegenen Radarstation befahl, ließ er einen Scheinangriff durchführen und veranlaßte damit ortsansässige Widerstandsgruppen, die Ausführung des Befehls zu bestätigen. Anschließend meldete ein Funker nach London, der Anschlag sei gescheitert und man habe einige Verluste erlitten. Als London Sabotageanschläge in Rotterdam anordnete, ließ Giskes einen Kanalschlepper voll Schrott in die Luft jagen. Bei der Explosion wurde kein kriegswichtiges Material zerstört. London schloß aus der Meldung, daß seine holländischen Agenten aktiv waren. Als London die Ermordung einer Anzahl holländischer Naziführer befahl, machte Giskes Ausflüchte und klagte, dazu brauche man unbedingt ein Gewehr mit Scharfschützenfernrohr.

Der erfinderische Giskes ließ sich selbst durch das Verlangen Londons, einen Agenten zur persönlichen Berichterstattung nach England zurückzubeordern, nicht aus der Fassung bringen. Er protestierte zuerst: Der vorgeschlagene Agent sei so wichtig, daß er ihn nicht entbehren könne. Und dann stellte er lästige Fragen, wie die Hin- und Rückreise zu bewerkstelligen sei. London nannte ihm daraufhin die Kontaktadresse einer Fluchthilfeorganisation in Brüssel, die den Agenten zurückexpedieren würde. Die Deutschen schleusten sich daraufhin in die Organisation ein, verhafteten alle Helfer, deren sie habhaft werden konnten, und funkten dann nach London, der Agent sei leider bei einem Verkehrsunfall in Südfrankreich ums Leben gekommen.

Die Deutschen konnten London natürlich nicht ewig täuschen. Die Leichtgläubigkeit ihrer englischen Gegenspieler muß ihnen aber nahezu grenzenlos erschienen sein. Im August 1943 brachen zwei Agenten aus einem holländischen Gefängnis aus, schlugen sich nach England durch und berichteten dort über die Geschehnisse in den Niederlanden. Einige SOE-Chefs ließ ihre Meldung unbeeindruckt – Giskes hatte London gewarnt, die beiden seien von der deutschen Sicherheitspolizei gefaßt und „umgedreht" worden.

Als das „Englandspiel" schließlich endete, hatten die Deutschen 52 alliierte Agenten, darunter 51 SOE-Mitglieder, gefaßt. Es waren mehr als 4000 Funksprüche mit London gewechselt worden, und die empfangenen Informationen hatten ganz unmittelbar zu weiteren 350 Verhaftungen beigetragen. Darüber hinaus hatten die Briten den Deutschen durch ihre Luftabwürfe 570 Behälter und 150 Lastenbündel mit folgendem Inhalt geliefert: 15 200 Kilogramm Sprengstoff, 8000 Handfeuerwaffen, 300 Maschinengewehre, 2000 Handgranaten, 75 Sendegeräte, 500 000 Schuß Munition, 40 Fahrräder sowie große Mengen von Kleidungsstücken, Tabak, Konserven, Kaffee und Schokolade.

Oberstleutnant Giskes beendete das listige Funkspiel dann ganz formell mit folgendem letzten, beißend sarkastischen Spruch, den er am 1. April 1944 über alle zehn derzeit noch gespielten Linien nach England absetzte: „Wir haben festgestellt, daß ihr seit einiger Zeit versucht, ohne unsere Mithilfe in Holland Geschäfte zu machen. Wir bedauern dies um so mehr, als wir so lange Zeit zu beiderseitiger Zufriedenheit als eure Alleinvertreter hier tätig gewesen sind. Nichtsdestoweniger versichern wir euch, daß wir, sofern ihr auf den Gedanken kommt, uns im großen Stil einen Besuch auf dem Kontinent zu machen, eure Abgesandten mit der gleichen Sorgfalt und Zuvorkommenheit in Empfang nehmen werden wie bisher. Bis dahin."

Die Ereignisse hatten ein tragisches Nachspiel: Von den 52 gefangengenommenen Agenten wurden 46 hingerichtet.

DIE LONDONER ZENTRALE

Auf einen Kinderwagen gestützt, bringt ein als Kinderfrau verkleideter Agent in einem Ausbildungszentrum der SOE bei einem Übungsüberfall den Revolver in Anschlag.

SCHULE DER SUBVERSION UND SABOTAGE

Generalmajor Colin Gubbins testet ein zerlegbares Motorrad, das die SOE für ihre über Europa mit dem Fallschirm abspringenden Agenten entwickelte.

Zwischen Juni 1943 und Februar 1944 versetzten vier verwegene, in Großbritannien ausgebildete Geheimagenten die deutsche Besatzungsverwaltung in Südostfrankreich durch Mord- und Sabotageanschläge in Angst und Schrecken. Diese Männer – ein ehemaliger Student, ein Taxenunternehmer, ein Hilfsmechaniker und ein Feuerwehrmann – töteten zwölf Beamte der deutschen Sicherheitspolizei in Lyon, sprengten eine Geschützfabrik nahe Le Creusot in die Luft und legten durch Sabotageanschläge auf wichtige Kanalschleusen den Transport deutscher Nachschubgüter auf den französischen Binnenwasserstraßen lahm.

Diese todbringende kleine Schar war einer von zahlreichen Trupps, die die SOE (Special Operations Executive), die britische Zentrale für Untergrundaktivitäten in den besetzten Ländern Westeuropas, von London aus entsandte. Sie war im Jahre 1940 gegründet und mit der Koordinierung ,,aller subversiven Tätigkeiten und Sabotageakte gegen den Feind auf dem Kontinent" beauftragt worden. Die SOE-Unternehmen wuchsen sich zu einer Stör- und Zerstörungskampagne aus, die alle von den Deutschen besetzten Länder Europas erfaßte. Im Jahre 1943 wurde der erfahrene SOE-Leiter, Generalmajor Colin McVean Gubbins, zum Chef der gesamten Organisation ernannt. Er kannte die Taktiken des Untergrundkampfes aus der Praxis – durch seinen Einsatz gegen irische Aufständische in den 20er Jahren.

Im Jahre 1944 zählte Gubbins' unkonventionelle Organisation über 13 000 wagemutige Freiwillige, darunter etwa 3000 Frauen. Einige Agenten waren britische Offiziere, die meisten jedoch Ausländer, die mit der Sprache und den Gebräuchen des Landes ihres Einsatzes vertraut waren.

Nach einer vielseitigen und intensiven Ausbildung wurden die SOE-Agenten mit dem Flugzeug, auf dem Seeweg und per U-Boot zum Kontinent geschleust. Dort nahmen sie mit örtlichen Widerstandsgruppen Fühlung auf und verübten mit den Waffen und dem Sprengstoff, die ihnen die SOE schickte, Anschläge gegen die deutschen Besatzer. Jeder Sprengstofflieferung lag ein Instruktionsheft bei, das Gubbins selbst verfaßt hatte und das in 14 europäische Sprachen übersetzt worden war. Diese Broschüre mit dem Titel *Der Einsatz von hochbrisanten Sprengstoffen* war das meistgelesene Werk in der Geschichte des subversiven Schrifttums: Hunderttausende von Exemplaren zirkulierten im Untergrund und wurden von den Widerstandskämpfern als Einführung in die unheilvolle Kunst der Sabotage benutzt, die in so starkem Maße zur Lähmung der deutschen Kriegsmaschinerie beitragen sollte.

Der Herrensitz Beaulieu Manor bei Southampton beherbergte die Ausbilder mehrerer SOE-Schulen, in denen Agenten für den Einsatz im Untergrund gedrillt wurden.

Ansager des Französischen Dienstes der BBC verlesen in einem Londoner Senderaum die neuesten Nachrichten – und verschlüsselte Anweisungen für SOE-Agenten.

Ein Teilnehmer an einem Ausbildungslehrgang der SOE überquert einen Fluß, indem er eine improvisierte Seilbrücke hinunterrutscht. Das Konditionstraining

TRAINING ZUM PERFEKTEN AGENTEN

Die Schulung der SOE-Freiwilligen begann mit einer Art militärischer Ausbildung, die auf südenglischen Landsitzen stattfand. Wer sich dort bewährte, wurde anschließend auf einen sehr viel schwierigeren Lehrgang im abgelegenen schottischen Hochland geschickt.

Als nächster Kurs stand auf dem SOE-Lehrplan die Ausbildung im Fallschirmspringen. Sie erfolgte in der Nähe von Manchester. Daran schlossen sich verschiedene Speziallehrgänge in abgelegenen, über ganz England verstreuten Herrenhäusern an. In einem Haus in der Grafschaft Hertfordshire brachten zwei ehemalige Angehörige der Polizei von Schanghai den Kursteilnehmern alle Spielarten des Nahkampfes bei; in anderen Häusern wurden sie im Gebrauch von Handfeuerwaffen, im Funken und in Sabotagetechniken unterwiesen. Nach Abschluß ihrer Ausbildung erhielten die frischgebackenen Agenten ihre ersten Aufträge –

umfaßte außerdem anstrengende Gewaltmärsche.

SOE-Angehörige stoppen im Rahmen einer Übung ihren Ausbilder, der als deutscher Melder verkleidet ist.

Die Schneiderwerkstatt der SOE kleidete die Agenten für den Einsatz in den besetzten Teilen Europas ein.

zusammen mit gefälschten Legitimationspapieren sowie Anweisungen über die Ermittlung sicherer Häuser und den Aufbau von Kuriernetzen. Als letztes wurde ihnen beim Abflug eine Giftkapsel ausgehändigt, die ihnen im Falle ihrer Gefangennahme die Möglichkeit gab, den Freitod zu wählen, statt unter Folter unerträgliche Qualen erleiden zu müssen.

Kapitän Daniel Lomenech (links) steht mit dem Fernglas in der Hand auf dem Deck seines Fischdampfers (oben). Kapitän Lomenech brachte mit seinem Boot häufig SOE-Agenten und Nachschub von der Südküste Englands nach der Bretagne.

FELUKEN-FÄHREN UND „SHETLAND-BUS“

Eine der schwierigsten Aufgaben, die die SOE zu bewältigen hatte, war die Anlandung von Agenten und Versorgungsgütern an den streng bewachten Küsten des besetzten Europa. Die SOE benutzte überwiegend die seetüchtigen Fischerboote, die sie von Flüchtlingen aus den von den Deutschen überrannten Ländern erhielt.

In den ersten Besatzungsjahren wirkten zwei der im Pendelverkehr zwischen Gibraltar und der französischen Mittelmeerküste eingesetzten Feluken – kleine Sardinenfangboote – besonders abenteuerlich. Mit verwegenen polnischen Seeleuten bemannt, landeten die Feluken SOE-Agenten und kleine Mengen Waffen an, bis die Besetzung von Vichy-Frankreich durch die deutsche Wehrmacht im November 1942 solche Unternehmungen unmöglich machte.

Der erfolgreichste Seetransportdienst der SOE war aber der zwischen den britischen Shetland-Inseln und den norwegischen Fjorden verkehrende „Shetland-Bus“. Die robusten norwegischen Fischerboote trotzten auf ihrer dreiwöchigen Fahrt, die sie im tiefsten Winter im Schutz der langen arktischen Nächte unternahmen, schweren Stürmen und den waffenstarrenden deutschen Küstenverteidigungsanlagen. Die unermüdlichen Norweger machten die Hin- und Rückreise insgesamt 207mal. Sie setzten dabei 219 Agenten an Land und schafften 285 Tonnen Sprengstoff und Fernmeldegerät herbei.

Besatzungsmitglieder des norwegischen Fischereifahrzeuges „Arthur“ und SOE-Agenten lassen sich vor der Abfahrt nach dem besetzten Norwegen im Hafen von Lunna an Deck photographieren.

Zwei Männer verstauen mit vereinten Kräften eine mit Waffen und Munition gefüllte Fischkiste im Laderaum eines Schiffes, das Agenten in Dänemark versorgen soll.

Vier dänische Widerständler packen in aller Eile einen von der SOE abgeworfenen Versorgungsbehälter aus.

VERSORGUNGSFLÜGE ÜBER DEN KANAL

Die SOE warf mit Hilfe der RAF Tausende von Tonnen Kriegsmaterial für die Widerstandsorganisationen im besetzten Europa ab. Die Versorgungsflüge, die in erster Linie von Bombern durchgeführt wurden, erforderten minuziöses Navigieren und eine auf die Sekunde genaue zeitliche Abstimmung; die meisten mußten nachts unternommen werden.

Die Resultate waren anfangs enttäuschend: Die feindliche Flak, ungünstige Wetterverhältnisse und die Unerfahrenheit der Piloten und Agenten brachten 55 Prozent aller Flüge zum Scheitern. Doch im Jahre 1944 betrug die Rate der Fehlschläge dank einiger Verbesserungen und der Einführung neuer Geräte für die Nachrichtenübermittlung nur noch etwa 30 Prozent.

Auf Grund einer auf dem Funkweg getroffenen Abrede pflegte sich eine aus mehreren Widerstandskämpfern bestehende Empfangsgruppe nachts an einem bestimmten Treffpunkt zu versammeln. Dieser war in der Regel ein offenes, mehrere Kilometer von dem nächsten Ort entferntes Feld. Die Abwurfzone wurde erst im allerletzten Augenblick markiert. Sobald Flugmotorengeräusche hörbar wurden, stellten sich drei Mann mit Taschenlampen in eine Reihe, während der Anführer dem Flugzeug mit Blinkzeichen signalisierte, daß keine Gefahr bestand. Daraufhin warf die Besatzung Versorgungsbehälter mit Fallschirmen ab.

Die nächtlichen Treffen fanden Tausende von Malen statt und dienten dazu, die Widerstandsgruppen und die SOE-Agenten mit den Versorgungsgütern zu versehen, die sie benötigten. Allein in Frankreich warf die SOE mehr als 590 Tonnen Sprengstoff, 723 000 Handgranaten und etwa 500 000 Handfeuerwaffen ab, darunter 198 000 9-mm-Maschinenpistolen, 128 000 Gewehre, 20 000 leichte Maschinengewehre und 58 000 Pistolen.

Ein mit Nachschubgütern für eine Widerstandsorgani-

Ein zweimotoriger Hudson-Bomber bei der Ausführung eines Flugauftrags der SOE. Hudson-Bomber wurden nicht nur für Abwürfe von Versorgungsgütern eingesetzt, sondern auch für die Ein- und Ausschleusung französischer SOE-Agenten.

sation gefüllter Abwurfbehälter landet auf einem Feld in Frankreich. Die SOE warf während der Besatzungszeit etwa 10 000 Tonnen Nachschub über Frankreich ab.

DAS WERKZEUG DER AGENTEN

1
2
3
4
Neuheit! Dose mit Heboschlitz, ges. gesch.
Schiebe den Schlitz im Boden dieser Dose unter die Heftzwecke (1, 2) und hebe die Dose hoch. Die Heftzwecke löst sich dann leicht (3) und verschwindet von selbst in der Schachtel (4).

HILFSMITTEL EINES GEFÄHRLICHEN GEWERBES

Im Herbst 1943 übergab ein in der Gegend von Saint-Quentin tätiger SOE-Agent namens Gustave Bieler mehreren Eisenbahnern, die ihm als Sympathisanten der Alliierten bekannt waren, etliche mit einer geheimnisvollen Masse gefüllte Büchsen. Was wie gewöhnliches Schmierfett aussah, war in Wirklichkeit ein Schleifmittel, das alle Teile, mit denen man es bearbeitete, innerhalb von kurzer Zeit verschliß. Es dauerte nicht lange, und Bielers Saboteure hatten mit dem teuflischen Material nicht weniger als zehn Lokomotiven außer Betrieb gesetzt.

Überall im besetzten Europa bedienten sich Geheimagenten und Widerstandskämpfer eines imponierenden Arsenals von bemerkenswerten Waffen und Hilfsmitteln. Die auf diesen und den folgenden Seiten abgebildeten Einzelstücke sind von hervorragender Qualität. Einige von ihnen wurden von genialen Erfindern verfertigt, die sie heimlich in Privatwohnungen und Geschäftsräumen zusammenbastelten. Diese Amateure bauten einfach alles, von Kristallempfängern über Pistolen und Sprengfallen bis hin zu Zeitbomben und Handgranaten.

Die Hauptwerkstätten für den Untergrund waren die Laboratorien und Forschungsabteilungen der SOE, des amerikanischen OSS und verschiedener militärischer Geheimdienste. Ihre wichtigsten Erzeugnisse waren Funkgeräte, die die Untergrundbewegung zum Austausch von verschlüsselten Sprüchen mit der Kommandozentrale oder mit anderen Agenten benutzte. Die Rundfunkingenieure der SOE entwickelten erstmals leichte kombinierte Sende- und Empfangsgeräte, und der fortgeschrittenste Typ A Mark III *(rechts)* wurde zu Hunderten an die in der Widerstandsbewegung arbeitenden Agenten ausgegeben.

Die alliierten Techniker konzentrierten sich ferner auf die Verbesserung von Mikrophotographieverfahren sowie auf die Schaffung eines umfangreichen Arsenals von außergewöhnlichen Instrumenten zum Töten und Zerstören. Waffenspezialisten bauten Pistolen in Füllfederhalter und Luftpumpen ein, und Sprengstoffexperten tarnten Explosivstoffe als Brotlaibe, die beim Aufschneiden in die Luft flogen, oder als Kohlenhaufen, die, sobald man sie in einen Heizkessel schaufelte, detonierten.

Das endlose Auftauchen von scheinbar völlig harmlosen, tatsächlich jedoch todbringenden Gegenständen verbreitete allmählich Furcht und Schrecken unter den deutschen Soldaten und Besatzungsbeamten. Ein SOE-Agent berichtete, die Deutschen hätten nicht mehr gewußt, „welche Gebrauchsgegenstände sie überhaupt noch ohne Gefahr berühren konnten".

Ein holländischer Widerstandskämpfer baut eine Brandbombe, indem er leicht brennbares Material vorsichtig in eine Dose des Reinigungsmittels VIM gießt.

In diesen scheinbar harmlosen Lederkoffern (oberes kleines Bild) befanden sich zwei von alliierten Agenten benutzte Kurzwellen-Funkgeräte. Der rotbraune Koffer enthielt das 13,6 Kilogramm schwere SOE-Sende- und Empfangsgerät vom Typ 3 Mark II (oben), der schwarze das besonders leistungsstarke, 28 Zentimeter lange Gerät vom Typ A Mark III. Beide Sender-Empfänger konnten ans Stromnetz angeschlossen oder mit Batteriestrom betrieben werden. Die Batterien wurden unter anderem in Korbflaschen wie den rechts abgebildeten versteckt.

Ein Plattenspieler (oben) wurde durch Verlegung des Tellers und Anbringung von Kopfhörern in einen Rundfunkempfänger umgewandelt (unten).

In Gegenständen des täglichen Gebrauchs (oben) waren winzige Funkempfänger verborgen (unten).

Die Kamera und Thermosflasche bargen Rundfunkempfänger. Ein regimefeindlicher deutscher Soldat stahl für den Bastler die notwendigen Teile.

GENIALE WEGE DER NACHRICHTENBESCHAFFUNG

Da die deutschen Besatzungsbehörden eine Pressezensur erlassen und zahlreiche Radioapparate eingezogen hatten, bastelten sich viele Bürger der besetzten Länder, die informiert bleiben wollten, einen Rundfunkempfänger und stimmten ihn auf die starken Sender von Radio London ab. Da der Besitz eines Radios mit Geld- und Gefängnisstrafen geahndet wurde, wandten die Bastler besonders viel Mühe auf die perfekte Tarnung ihrer Geräte an.

Alv Bjerkelo, ein talentierter Gelegenheitsarbeiter aus Sandnessjoen in Norwegen, fertigte eine Anzahl geschickt getarnter Radioapparate an, von denen einige in Thermosflaschen *(unten links)* und Sofabeine *(links)* eingebaut waren. Ein anderer norwegischer Radiobastler, Thorleif Thorgersen aus Stavanger, verbarg seinen Zwei-Röhren-Empfänger in einem an der Hausmauer hängenden Vogelhäuschen *(oben rechts)*. Ein holländischer Widerstandskämpfer erinnerte sich: „Wir haben unsere selbstgebastelten Radios oft im Keller unter den Kohlen oder auf dem Feld in einem Dunghaufen versteckt."

Das ungewöhnlichste Versteck dürfte sich ein norwegischer Soldat namens Arthur Bergfjord ausgedacht haben. Im Zivilberuf Zahntechniker, baute er in einem Kriegsgefangenenlager in der Nähe von Breslau eine Zahnprotese eines Kameraden zu einem Radio um *(Mitte rechts)*. Wenn dieser sein Miniaturgerät anstellen wollte, nahm er die Prothese aus dem Mund und schloß es an eine ins Lager geschmuggelte Batterie und ein Paar Kopfhörer an. Die im wahrsten Sinne des Wortes falschen Zähne funktionierten ausgezeichnet. Bergfjord berichtete später, sie hätten „die Sendungen des Europa-Dienstes der BBC ausgezeichnet empfangen können".

Ein Vogelhäuschen, in dem ein primitiver Empfänger steckte, erweckte bei den Deutschen nie Verdacht.

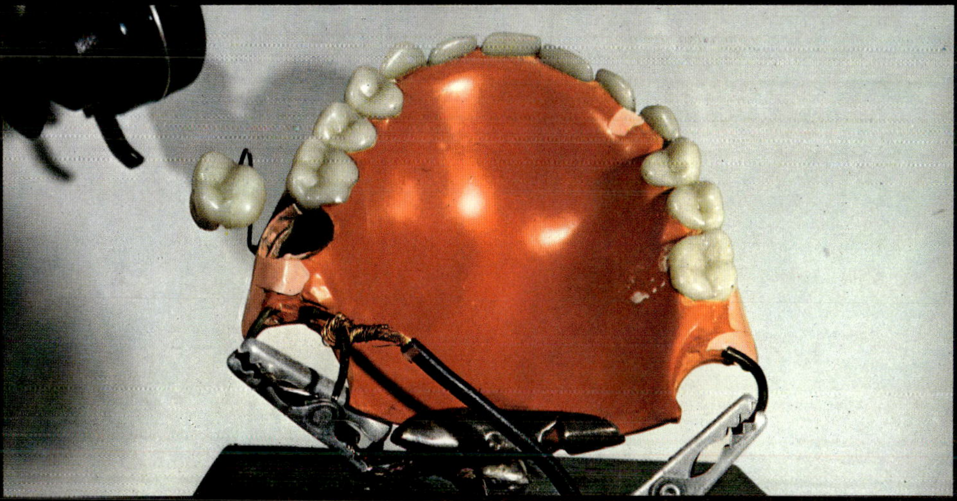

Mit dieser verdrahteten Zahnprothese konnte man die Sendungen der 1250 Kilometer entfernten BBC hören.

Eine leere norwegische Firnisdose bildete ein perfektes Versteck für ein Radio und ein Paar Kopfhörer.

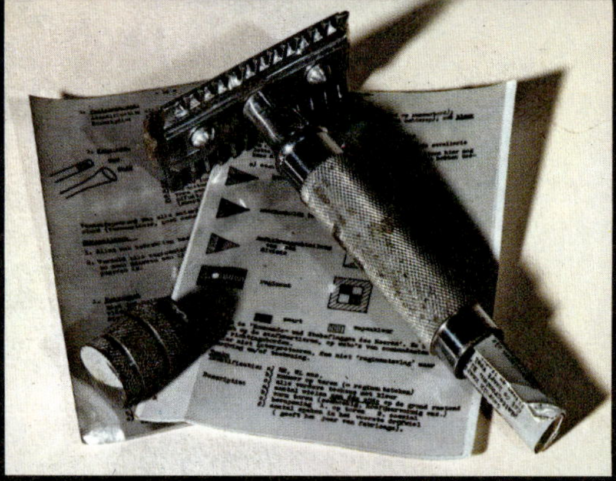

Im hohlen Griff eines Rasierers wurden Texte versteckt.

In einem Füllfederhalter waren Meldungen oder eine Giftkapsel verborgen.

Ein scheinbar gewöhnlicher Holzklotz (oben) enthielt illegale Zeitungen (unten).

Dieser Bierkasten hatte ein Geheimfach (rechts).

Der Wasserhahn einer Toilette in einem zwischen Norwegen und Schweden verkehrenden Zug war mit einer Überwurfmutter versehen worden (oben), in der Agenten bis zu einem Punkt verkleinerte Geheimmeldungen unterbrachten. Schwedische Agenten nahmen sie dann heraus und leiteten sie weiter.

Verdächtige Objekte wurden in hohlen Stiefelabsätzen, umgebauten Fischrogendosen, Batterieattrappen und selbstgebackenem Brot geschmuggelt.

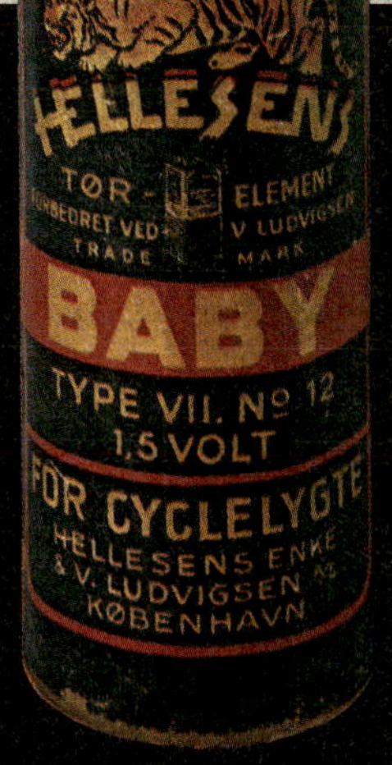

SINNREICHE VERSTECKE FÜR JEDEN BEDARF

Zur unauffälligen Weitergabe verschlüsselter Meldungen und anderen Verdacht erregenden Materials bauten erfinderische Widerständler alle möglichen Gegenstände um, von Zahnpastatuben bis zu Konservendosen. Die Untergrundkämpfer benutzten hohle Schachfiguren, Tischtennisschläger und Trommelstöcke und wandten all die üblichen Geheimfach-Tricks von Schmugglern, wie doppelbödige Koffer, Milcheimer und Bierkästen *(links)*, an.

Die Mikrophotographie, ein verhältnismäßig neues Verfahren, das von der SOE verfeinert wurde, erleichterte die Geheimhaltung sehr. Nachrichten, die neun Druckseiten gefüllt hätten, konnte man mit Mikrophotographie auf kleinste Maße bringen und in einem ausgehöhlten Streichholz transportieren. Eine zu einem lediglich 0,8 Millimeter großen Punkt verdichtete, bis zu 500 Wörter umfassende Geheimmeldung konnte man an einem Uhr- oder Brillenglas verwahren – um sie dann später zu vergrößern.

Ein auf einem Gürtelschloß angebrachtes magnetisiertes Metallstück zeigt genau nach Norden.

Unter dem abschraubbaren Holzrücken einer Haarbürste kommt ein verborgener Kompaß zum Vorschein.

ORIENTIERUNGSHILFEN – GESCHICKT GETARNT

Manches geheime Unternehmen, von der Einschleusung eines mit dem Fallschirm abgesprungenen SOE-Agenten bis zum Sabotageauftrag einer Widerstandsgruppe, hing von Hilfsmitteln ab, die ihren Trägern den Weg weisen konnten, im Falle einer Leibesvisitation aber unentdeckt blieben. Beiden Zwecken dienten Richtungsweiser, die ursprünglich für alliierte, über feindlichem Territorium mit dem Fallschirm abgesprungene Kampfflieger und Bomberpiloten entwickelt worden waren: Miniaturkompasse und hauchdünne Landkarten.

Die Landkarten waren auf kleine, quadratische Seidentüchlein gedruckt, die so dünn waren, daß man sie um die Mine eines Drehbleistiftes wickeln konnte. Die Kompasse – von denen einige nur 3 Millimeter im Durchmesser maßen – konnten in Hosen- und Manschettenknöpfen, Ringen, Haarbürsten *(links)* und entfernbaren Goldzähnen untergebracht werden. Einer dieser Kompasse bestand aus einer magnetisierten, an einem Faden baumelnden Rasierklinge: Der erste Buchstabe des Herstellernamens zeigte nach Norden.

Die mit der Untersuchung dieser geheimen Orientierungsmittel beauftragten deutschen Stellen waren sichtlich beeindruckt. So hieß es zum Beispiel in einem von den Alliierten erbeuteten Aktenstück, die Kompasse seien „einfach, aber ausgezeichnet konstruiert“ und die Karte „bemerkenswert klar und vollständig“.

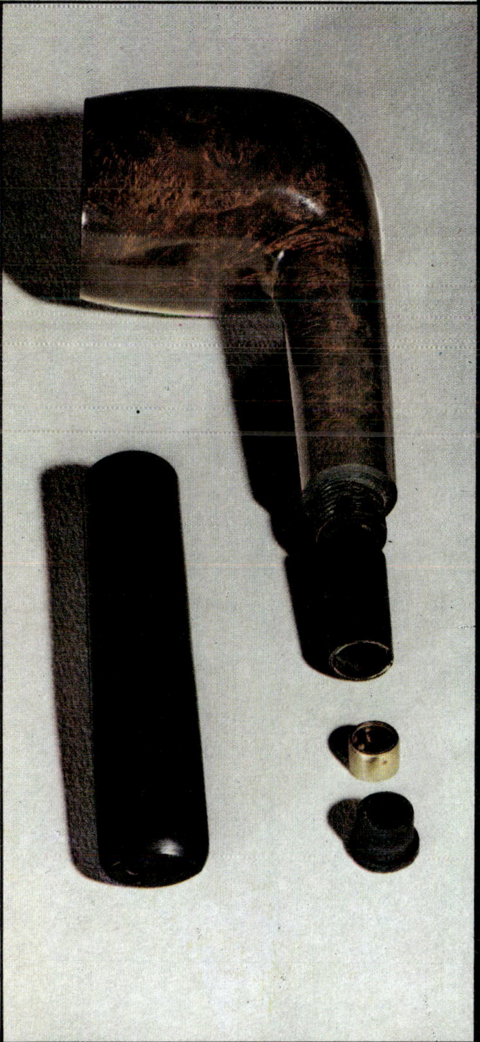

Die abnehmbare Klemme wird auf der Bleistiftspitze zum Kompaß.

In einem billigen Feuerzeug und einer gewöhnlichen Pfeife (oben) fanden winzige Kompasse (unten) ausreichend Plat

GEBRAUCHSGEGENSTÄNDE ALS TÖDLICHE WAFFEN

Den Widerständlern und den alliierten Agenten stand für ihren Kampf gegen die Deutschen ein Arsenal von höchst ungewöhnlichen Waffen zur Verfügung. Die meisten davon wiesen zwei Vorzüge auf: Man konnte sie leicht bei sich tragen, und sie waren völlig unauffällig.

Die Hauptwaffe wurde eigens für Sabotagezwecke geschaffen: ein Plastiksprengstoff, der knet- und so gut formbar war, daß er in jeden Behälter, von der Brieftasche bis zur Blechdose, paßte. Mit einem vorschriftsmäßigen Zünder versehen, wurde er zu einer Bombe von beträchtlicher Sprengkraft.

Britische Ballistiker stellten den SOE-Agenten verschiedene, außerordentlich untypische Pistolen zur Verfügung. Eine davon, die häufig ans Bein geschnallt wurde, feuerte lautlos einen einzigen Schuß. Andere waren in Drehbleistiften oder Füllfederhaltern untergebracht – und eine wurde mit Grammophonnadeln geladen.

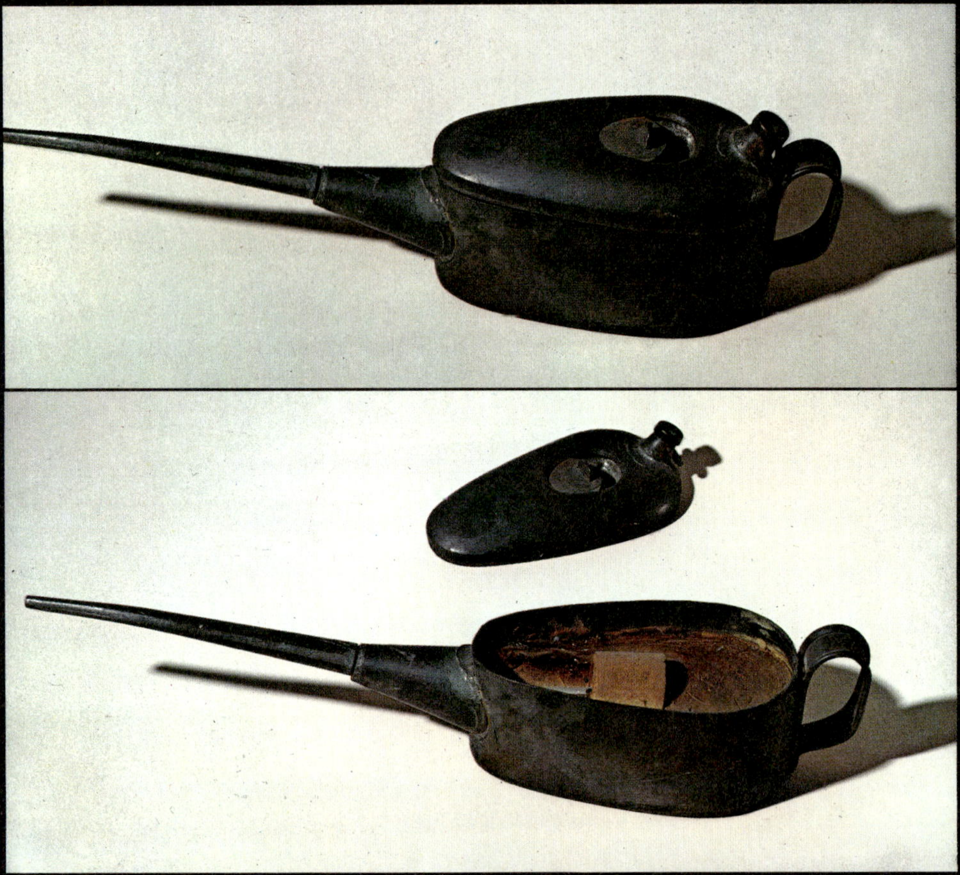

Eine Ölkanne diente als Behälter für eine selbstgebastelte Bombe, die mittels eines Verzögerungszünders zur Detonation gebracht wurde.

Eine Fahrradpumpe, ein Drehbleistift und ein Füllfederhalter (unten) verbargen eine Pistole, mit der man einen Schuß abfeuern konnte.

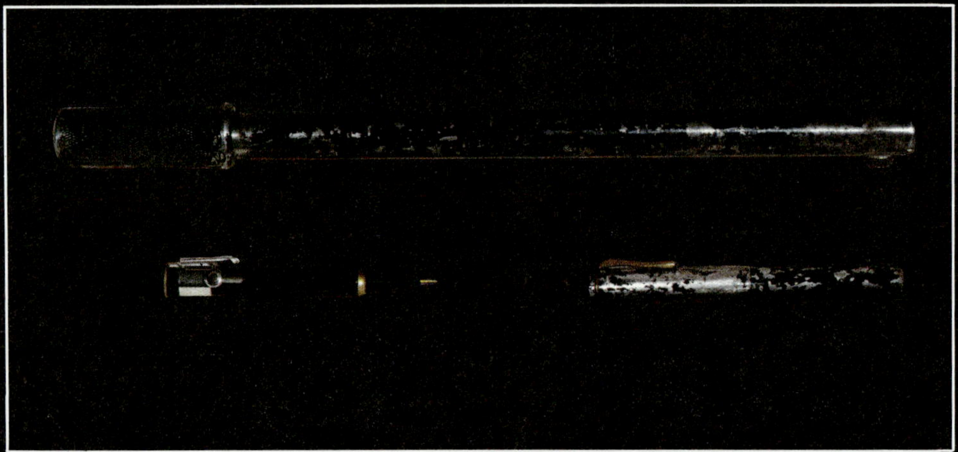

In einem unauffälligen Kinderbuch (Kasten), das er sorgfältig ausgehöhlt hatte, führte ein holländischer Widerstandskämpfer einen kleinen Revolver mit sich.

3

Die Sicherheitspolizei schafft sich einen unversöhnlichen Feind
Frankreichs ungeeinte Untergrundbewegung
Massenerschießungen als Repressalie
Die Untergrundbewegung unterstellt sich de Gaulle
Die Besetzung der freien Zone
Zwangsarbeitsdienst für Franzosen
Die Miliz – Sicherheitsorgan der Kollaborateure
Moulin schmiedet den Nationalrat der Résistance
Verhängnisvolles Treffen in einem Arzthaus
Eine Schwangere befreit ihren Mann
Der Wiederaufbau der Résistance

DIE MISSION JEAN MOULINS

Die vielen Widerstandsgruppen, die in Frankreich entstanden, hatten zunächst wenig miteinander gemein – ausgenommen die Entschlossenheit, mit der sie der deutschen Besatzungsmacht den Kampf angesagt hatten und aktiv werden wollten. Jede dieser Gruppen verfolgte stur ihren eigenen Kurs und ließ sich ausschließlich von ihren eigenen Zielsetzungen und Ansichten über die geeignetsten Widerstandsmethoden leiten. Der Mangel an Gemeinsamkeit schränkte die Wirksamkeit der Widerstandsbewegung stark ein, und kostbare Energien wurden für einen vernichtenden Kampf zwischen den Gruppen vergeudet.

Das Fehlen einer gemeinsamen Führung in Form einer Person oder eines Komitees ließ einem hohen französischen Beamten namens Jean Moulin keine Ruhe. Mit der Souveränität eines außergewöhnlichen Menschen, der sich durch Schwierigkeiten nicht entmutigen läßt, machte er sich an die riesige Aufgabe, den französischen Widerstand zu einen und eine landesweite Organisation zu schaffen. Er begann die Arbeit, die schließlich zum Erfolg führte, in dem Bewußtsein, daß sie ihn möglicherweise den Kopf kosten könnte, hatte aber vor dem Tod keine Angst. Schon einmal, bei einem ersten Zusammenstoß mit der deutschen Besatzungsmacht im Juni 1940, war er bereit gewesen zu sterben.

Zur Zeit des militärischen Zusammenbruchs war Jean Moulin Präfekt des im Südwesten von Paris gelegenen Departements Eure-et-Loir gewesen. Er hatte eine steile Karriere hinter sich und war mit 40 Jahren der jüngste Präfekt des Landes. Seine Leistungen hatten ihm den Ruf eines hochbefähigten Verwaltungsbeamten eingetragen, der großes Durchsetzungsvermögen und eine ungewöhnliche persönliche Ausstrahlung hatte. Als die deutschen Soldaten das Land überfluteten und seine Landsleute nach Süden flohen, harrte er unerschütterlich auf seinem Posten aus, richtete Betreuungsstellen für die durch sein Departement strömenden Flüchtlinge ein, kümmerte sich um die Versorgung der Verwundeten und die Bestattung der Toten. Seine Tüchtigkeit und Energie behagte den Deutschen, die Chartres, die Hauptstadt seines Departements, besetzt hatten, gar nicht. Sie befürchteten, daß er ihnen noch beträchtliche Schwierigkeiten bereiten würde.

Sie beschlossen daher, seinen Willen zu brechen. Ihr Verfahren war denkbar einfach. In dem Dorf Saint-Georges-sur-Eure waren sieben Frauen und Kinder ermordet und anschließend verstümmelt worden. Daraufhin befahl am 17. Juni der in Chartres residierende deutsche Befehlshaber zwei Soldaten in Moulins Amtszimmer und ließ ihn auffordern, eine Erklärung zu unterzeichnen, die die grausame Bluttat den Senegalschützen, einer Einheit der französischen Armee, zur Last legte. Diese Beschuldigung war völlig aus der Luft gegriffen; Moulin würde mit der Unterzeichnung des Schriftstücks die Ehre der französischen Armee wie seine eigene beschmutzen und weigerte sich. Die deutschen Soldaten gerieten über seine Widerspenstigkeit in Zorn, verprügelten ihn und drohten ihm mit Erschießung. Als sie Moulin auf diese Weise nichts anhaben konnten, änderten sie ihre Taktik. Sie fuhren den Präfekten zu dem Bauernhaus, in dem sich die Leichen befanden. Der tief erschütterte Moulin untersuchte die furchtbar zugerichteten Opfer der Reihe nach, gab der Vermutung Ausdruck, daß sie bei einem deutschen Luftangriff ums Leben gekommen seien, und weigerte sich von neuem, die Erklärung zu unterzeichnen.

Er wurde von den Deutschen nochmals brutal zusammengeschlagen, für einige Stunden mit einer weiblichen Leiche in einen lichtlosen Verschlag gesperrt und dann in ein Privathaus in Chartres geschafft, das den Deutschen als Gefängnis diente. Während Moulin dort in einem Zimmer der ersten Etage auf einer schmutzigen Matratze lag, kam er zu der Erkenntnis, daß er weiteren Mißhandlungen nicht gewachsen sein würde. Er berichtete später, was ihm damals durch den Kopf ging: „Ich weiß, daß ich heute an die Grenze meiner Widerstandskraft gelangt bin. Ich weiß, daß ich unterschreiben werde, wenn sie von neuem anfangen." Moulin wollte unter keinen Umständen unterschreiben. Er griff nach einer Glasscherbe, um sich die Kehle durchzuschneiden.

Am nächsten Morgen fand ein Wachtposten den ohnmächtigen Präfekten in einer großen Blutlache. Man stellte fest, daß Moulin, der kaum noch ein Lebenszeichen von sich gab, die Arterie nicht durchtrennt, sondern nur verletzt hatte. Er wurde in ein Krankenhaus gebracht, die Wunde vernäht, und Bluttransfusionen retteten sein Leben. Die Deutschen waren über Moulins Handlungsweise so verblüfft, daß sie die Massaker-Angelegenheit fallenließen und dem Präfekten nach seiner Genesung die Wiederaufnahme seiner Amtsgeschäfte gestatteten. Sie versuchten zwar zu verhindern, daß die Mißhandlung bekannt wurde, doch Moulins Heldentum sprach sich im ganzen Departement schnell herum, und diejenigen, die die Besetzung stillschweigend hingenommen hatten, begannen, sich auf ihren Nationalstolz zu besinnen und sich für die Ideen der Widerstandsbewegung zu erwärmen.

Auf Grund seiner Erlebnisse beschloß Moulin, die Deutschen auf jede nur erdenkliche Weise zu bekämpfen. Zuerst widersetzte er sich ihnen in aller Offenheit. Nach der Rückkehr in sein Amt wies er sogleich die Bürgermeister seines Departements an, keine deutschen Bekanntmachungen in ihren Diensträumen aufzuhängen. Alle Forderungen, die die Deutschen ihm stellten, Privateigentum beschlagnahmen zu lassen oder eine Ausgangssperre zu verhängen, lehnte er strikt ab. Als er sich weigerte, angeblich deutschfeindliche Beamte ihres Postens zu entheben, wurde er umgehend am 11. November 1940 selbst entlassen. Der deutsche Feldkommandant von Chartres, der den lästigen Präfekten zweifelsohne gern loswerden wollte, händigte ihm einen Paß aus, der ihm die Ausreise in die unbesetzte Zone Südfrankreichs ermöglichte.

Nachdem die Deutschen sein offenes Aufbegehren gegen sie mit seiner Amtsenthebung beantwortet hatten, wandte Moulin seine Aufmerksamkeit den vielen, oft völlig disziplinlosen Untergrundgruppen zu, die sich überall in Frankreich gebildet hatten. Die Notwendigkeit irgendeiner zentralen Koordinierung lag auf der Hand, doch schien keiner der Résistanceführer imstande, die vielen grundverschiedenen Gruppierungen zu vereinen. Außerhalb Frankreichs wirkte jedoch Charles de Gaulle, der emigrierte General, dessen zündende, mit großer Beredsamkeit vorgetragene Londoner Rundfunkansprachen allen vaterlandsliebenden Franzosen neue Hoffnung eingeflößt hatten. Auch Moulin gehörte zu denjenigen, auf die de Gaulles stolzes Auftreten und seine kompromißlose Haltung den Deutschen und Vichy gegenüber einen starken Eindruck gemacht hatten. Er beschloß daher, mit aller Kraft die Vereinigung der verschiedenen Résistancegruppen unter dem Banner de Gaulles zu betreiben.

Die Hindernisse, auf die Moulin stieß, waren der Art und Zahl nach gewaltig. Wenn er in die besetzte Zone überwechselte, würde er auf Agenten der deutschen Sicherheitspolizei und der Abwehr, auf Spione und bezahlte Denunzianten stoßen, die alle ausschließlich daran arbeiteten, jeglichen Widerstand innerhalb Frankreichs im Keim zu ersticken. Selbst in der noch unbesetzten Zone lief er Gefahr, der Vichy-Polizei oder Denunzianten in die Hände zu fallen, die den Deutschen bei der Verfolgung der Widerstandskämpfer, in denen sie nur Terroristen sahen, an Eifer nicht nachstanden. Moulin würde seine organisatorische Arbeit im Untergrund leisten und sorgfältig geheimhalten müssen. Ständig würde er der Gefahr des Verrats ausgesetzt sein. Der kleinste Fehler würde Verhaftung, Folter und den Tod zur Folge haben. Moulin war sich überdies bewußt, daß sehr viel mehr als sein Leben auf dem Spiel stand. Bei erfolgreicher Arbeit würde er alle wichtigen Namen kennen. Wenn die Deutschen ihn eines Tages faßten und ihn durch Folterung dazu brächten, alle Informationen preiszugeben, würden sie die ganze Bewegung zerschlagen können.

Ein weiteres schwieriges Problem sollten für Moulin die örtlichen Résistanceführer bilden. Sie waren außerordentlich egozentrische Naturen, von brennendem Ehrgeiz gepackt, und neideten sich gegenseitig den Erfolg. Zwischen ihren politischen Überzeugungen lagen häufig Welten. Zudem waren viele von ihnen untergetaucht, so daß die Rivalen in ihren eigenen Organisationen zu Macht und Einfluß kamen. Die chaotischen Zustände in der Résistance zu beseitigen und die Bewegung zu systematischer Arbeit zu bringen, würde unmenschliche Anstrengungen erfordern. Moulin schien für diese Aufgabe jedoch die richtigen Eigenschaften mitzubringen: Überzeugungskraft, Integrität, unbändige Energie und Organisationstalent. Sie sollten bewirken, daß er im Laufe der Zeit nach de Gaulle zum zweitwichtigsten Mann in Frankreich wurde.

Der Reisepaß, den die Deutschen ihm ausgestellt hatten, verschaffte Moulin genau das, was er brauchte: Bewegungsfreiheit. Er bereiste ganz Südfrankreich, um die entstehenden Widerstandsgruppen aufzuspüren, einen Eindruck von ihren Führern zu gewinnen und umfangreiche Aufzeichnungen anzufertigen.

Im Frühjahr 1941 nahm er mit drei bedeutenden, getrennt arbeitenden Widerstandsgruppen Kontakt auf: mit der von dem energiegeladenen Heeresoffizier Henri Frenay geleiteten Libération Nationale, der größtenteils aus Christlichen Demokraten bestehenden Liberté und der von einem wortgewaltigen, linksorientierten Journalisten namens Emmanuel d'Astier de la Vigerie geführten Libération. Die Gruppen hatten im Untergrund eigene Widerstandszeitungen herausgebracht. Diese spiegelten deutlich die weltanschaulichen und politischen Divergenzen wider, um deren Überbrückung sich ihre Herausgeber nie ernstlich bemüht hatten. Mit Aufbietung seines ganzen Charmes und großem Taktgefühl gelang es Moulin, jede Gruppe dazu zu überreden, ihn zu ihrem Abgesandten für einen Besuch bei de Gaulle zu ernennen – natürlich unter der Voraussetzung, daß es ihm gelang, den Chef des Freien Frankreich in London aufzusuchen.

In Frankreich existierte noch eine andere Organisation, die über ein gewaltiges Potential an Widerstandskraft gegen die deutsche Besatzungsmacht verfügte: die Kommunistische Partei. Die Sowjetunion, die im Sommer 1939 einen Nichtangriffspakt mit dem Deutschen Reich abgeschlossen hatte, war aber noch nicht in den Krieg eingetreten. Die französischen Kommunisten ergriffen daher für keines der kriegführenden Länder Partei; sie bezeichneten den Kampf als imperialistischen Krieg, nannten de Gaulle einen reaktionären Aristokraten und beschuldigten ihn, sich an die britischen Kapitalisten verkauft zu haben.

Mit dem Angriff der deutschen Wehrmacht auf die Sowjetunion am 22. Juni 1941 wurde das jedoch plötzlich anders. Angesichts dieser unerwarteten Wende sahen sich die französischen Kommunisten – ebenso wie ihre Gesinnungsgenossen in der ganzen Welt – zu einer ideologischen Kehrtwendung gezwungen: Der Krieg war nun auf einmal kein imperialistischer Konflikt mehr, sondern ein von der heldenhaften Sowjetunion angeführter „demokratischer Krieg gegen den Faschismus".

Bedeutsamer als ihre Doktrin war der Beschluß des Zentralkomitees der Kommunistischen Partei, Worte durch Taten zu untermauern. Man dachte dabei in erster Linie an Attentate auf deutsche Soldaten, um ihren Abzug aus Frankreich und ihre Verlegung an die Ostfront und somit deren Verstärkung zu verhindern.

Ein militanter Jungkommunist namens Pierre-Félix Georges eröffnete am 21. August den Kampf, indem er auf der Pariser U-Bahn-Station Barbès einen deutschen Marineverwaltungsassistenten, der gerade einen Zug besteigen wollte, hinterrücks mit zwei Schüssen niederstreckte. Der Mann starb auf der Stelle. Georges konnte fliehen, indem er hinter einem imaginären Attentäter herlief und „Festhalten! Festhalten!" rief.

Tags darauf wurden in den Pariser Straßen rot-schwarze Anschläge mit der eindringlichen Warnung angebracht:

„Am Morgen des 21. August ist in Paris ein deutscher Wehrmachtsangehöriger einem Mordanschlag zum Opfer gefallen. Ich verfüge daher: 1) Alle... in Frankreich in Haft irgendeiner Art gehaltenen Franzosen gelten vom 23. August ab als Geiseln. 2) Von diesen Geiseln wird bei jedem weiteren Anlaß eine der Schwere der Straftat entsprechende Anzahl erschossen werden."

Die Deutschen sollten sehr schnell Gelegenheit haben, ihre Drohung wahrzumachen. Am 23. August wurden in Lille zwei deutsche Offiziere ermordet und tags darauf im selben Departement zwei weitere Wehrmachtsangehörige. Daraufhin wurden fünf Kommunisten und drei gaullistische Agenten aus ihren Gefängniszellen gezerrt und erschossen.

Am Abend des 3. September 1941 wurde ein deutscher Offizier in der Halle des Hotels Terminus in Paris durch einen Pistolenschuß schwer verletzt. Am 5. wurde in Vincennes eine Wehrmachtsgarage in Brand gesteckt und tags darauf in Paris ein weiterer deutscher Offizier erschossen. Die Anschläge wurden mit der Hinrichtung von drei Geiseln vergolten.

Die Kommunisten hatten erwartet, daß die Besatzungsmacht ihre Anschläge mit Repressalien beantworten würde, und gehofft, daß ihnen die Empörung der Bevölkerung über die Hinrichtungen viele neue Anhänger zuführen würde. Die kurz darauf festgesetzte

General de Gaulle (Mitte) und der britische Außenminister Anthony Eden wechseln am 24. Oktober 1941 im Anschluß an eine Gedenkmesse für die 48 französischen Geiseln, die als Repressalie für die Ermordung des deutschen Feldkommandanten von Nantes erschossen wurden, einen Händedruck. De Gaulle wandte sich über den Rundfunk an seine Landsleute im besetzten Teil Frankreichs und forderte sie zum Protest gegen die Erschießungen auf. Jedermann sollte „am Freitag, den 31. Oktober, von 16.00 bis 16.05 Uhr jede Tätigkeit einstellen und, wo immer er sich gerade befindet, regungslos verharren". Tausende von Franzosen befolgten seinen Aufruf.

Anzahl der für einen einzigen ermordeten Wehrmachtsangehörigen zu erschießenden Geiseln dürften sie indes kaum vorausgeahnt haben. Am 21. Oktober verkündeten öffentliche Anschläge eine drakonische Verschärfung der Vergeltungsmaßnahmen:

„Feige Verbrecher, die im Solde Englands und Moskaus stehen, haben am Morgen des 20. Oktober 1941 den Feldkommandanten von Nantes hinterrücks erschossen. Die Täter sind bisher nicht gefaßt. Zur Sühne für dieses Verbrechen habe ich zunächst die Erschießung von 50 Geiseln angeordnet. Falls die Täter nicht bis zum Ablauf des 23. Oktober 1941 ergriffen sind, werden im Hinblick auf die Schwere der Tat weitere 50 Geiseln erschossen."

Unterzeichnet war der Befehl von dem deutschen Militärbefehlshaber in Frankreich, General Otto von Stülpnagel.

Tags darauf wurden 27 kommunistische Geiseln aus einem Gefangenenlager in Châteaubriant in eine Sandgrube am Stadtrand getrieben und erschossen; 21 Geiseln wurden auf dem Hof des Gefängnisses von Nantes hingerichtet.

Am 23. Oktober mußten in Bordeaux weitere 100 Geiseln für die Ermordung eines deutschen Wehrmachtsbeamten büßen. Sowohl Marschall Pétain in Vichy wie General de Gaulle in London zeigten sich über die Geschehnisse zutiefst bestürzt, und beide forderten das französische Volk zur Besonnenheit auf – allerdings auf recht unterschiedliche Weise. „Wir haben die Waffen niedergelegt", mahnte der alte Marschall. „Wir haben nicht das Recht, sie wiederaufzunehmen und die Deutschen hinterrücks anzugreifen."

Tags darauf wandte sich General de Gaulle über den Londoner Rundfunk an die französische Nation: „Es ist durchaus normal und vollkommen gerechtfertigt, daß Deutsche von den Franzosen umgebracht werden. Wenn sich die Deutschen bei uns nicht den Tod holen wollten, so brauchten sie nur daheim zu bleiben." Er befahl seinen schlecht bewaffneten Anhängern dann jedoch, bis auf weiteres keine Deutschen vorsätzlich umzubringen, da sonst hilflose Bürger Repressalien zum Opfer fallen würden. „Sobald wir in der Lage sind, zum Angriff überzugehen", fuhr der General fort, „werden die erforderlichen Befehle ausgegeben."

Die französischen Kommunisten ignorierten sowohl de Gaulles wie auch Pétains Aufforderungen. Die Mordanschläge hörten nicht auf. Ebensowenig die Repressalien.

Jean Moulin hatte unterdessen seine Reise nach London vorbereitet. Von einem Freund in der Regierung gewarnt, daß Vichy ihn nicht ausreisen lassen würde, beschloß er, seine Identität zu ändern. Ein anderer Freund besorgte ihm einen Blankoausweis, in den er sich als Joseph Mercier eintrug. Mit dieser Kennkarte erhielt er einen Reisepaß, überschritt am 9. September unbehelligt die französisch-spanische Grenze und reiste nach Lissabon. Dort wurde er von britischen Beamten verhört, die sogleich seine organisatorischen Fähigkeiten erkannten und ihn für die SOE zu gewinnen versuchten. Ihre Bemühungen um Moulin kamen alsbald de Gaulle zu Ohren, der sofort Schritte unternahm, um den Verlust eines möglicherweise sehr wertvollen Agenten an den britischen Geheimdienst zu verhindern. De Gaulle richtete einen „dringenden Brief" an den Außenminister, Anthony Eden, auf den hin der Minister tatsächlich Weisung gab, umgehend Moulins Weiterreise nach London in die Wege zu leiten. Am 20. Oktober 1941 traf Moulin dort ein. In seiner Aktentasche trug er einen Bericht über die Lage der Résistance in der unbesetzten Zone, den er für de Gaulle verfaßt hatte.

Der General war wie jedermann, der mit Moulin in Berührung gekommen war, von dessen Selbstlosigkeit, Beredsamkeit und Souveränität tief beeindruckt. Die beiden Männer führten im November und Dezember mehrmals längere Gespräche miteinander, in deren Verlauf sie übereinkamen, daß Moulin nach Frankreich zurückkehren sollte, um die Widerstandsbewegung zu organisieren und zu einer Einheit zusammenzuschweißen.

Zusammen mit zwei Mitarbeitern flog Moulin am 1. Januar 1942 nach Frankreich zurück und sprang in der Nähe von Arles mit dem Fallschirm ab. Er nahm sofort wieder Fühlung mit Frenay auf, dessen Libération Nationale sich kürzlich mit der Liberté zum Combat, der größten und bestorganisierten Widerstandsgruppe in Frankreich, zusammengeschlossen hatte. Die beiden Männer trafen in Marseille, in einem kleinen Haus an der Rue Kléber, zusammen, wo Moulin über seinen Londoner Aufenthalt Bericht erstattete. Anschließend zog er eine Zündholzschachtel aus der Tasche. „Er machte sie auf", erinnerte Frenay sich, „und entnahm ihr eine Handvoll kleiner Zettel, die haargenau hineinpaßten. Er übergab uns den ersten Zettel – einen Mikrofilm – zusammen mit einer Lupe. Im Schein der kleinen Lampe über dem Gasofen las ich: ‚Hiermit ernenne ich Jean Moulin zu meinem persönlichen Bevollmächtigten ... M. Moulin ist beauftragt, die Aktionseinheit aller Bevölkerungsteile, die den Feind und die Kollaboration bekämpfen, herbeizuführen. Nach Erfüllung der ihm übertragenen Aufgabe soll M. Moulin mir persönlich Bericht erstatten.'" Das Schriftstück trug die Unterschrift „de Gaulle".

„Hier hatten wir endlich", fuhr Frenay weiter fort, „was wir so lange schon erstrebt hatten: Fühlung mit dem Freien Frankreich, Kontakt auf allerhöchster Ebene! Es war wunderbar! Das würde ein mächtiger Ansporn für unsere Einigungsbestrebungen sein! Wir strahlten vor Freude."

Die Freude war nur von kurzer Dauer, denn die restlichen Mikrofilmstreifen enthielten detaillierte Befehle für die Organisation und die Einsätze ihrer Gruppe. Frenay und seine Kampfgefährten waren zutiefst enttäuscht: Sie hatten ihre Sache doch bisher sehr gut gemacht, warum sollten sie plötzlich Befehle aus London entgegennehmen müssen?

Frenay rief den Lenkungsausschuß zu einer Beratung über die Frage zuammen, ob der Combat um des von London zugesagten Geldes, der Munition, der Waffen und sonstiger, ebenfalls dringend benötigter Versorgungsgüter willen seine Unabhängigkeit aufgeben solle. Nach langer Debatte wurde beschlossen, die Anweisungen de Gaulles zu befolgen.

Moulin war hocherfreut. Raymond Fassin und der Funker Hervé Monjaret – die beiden Männer, die zusammen mit ihm nach Frankreich zurückgeflogen waren – sollten bis zum Jahresende für den Combat tätig sein. Innerhalb kurzer Zeit bauten sie ein Netz von Verbindungen auf, über das die Widerstandsbewegung im unbesetzten Teil Frankreichs bald einen großen Teil ihrer Waffen und ihrer Munition bezog sowie französische Agenten und Politiker zwischen Frankreich und England befördert werden konnten.

Bald schlossen sich auch andere Widerstandsgruppen an. Moulin traf in Lyon mit d'Astier von der Libération zusammen und in Avignon mit dem Führer der katholischen Widerstandsgruppe Franc-Tireur. Unermüdlich reiste er per Bahn, Bus und Fahrrad von Stadt zu Stadt und warb Anhänger für de Gaulle. Dabei folgte ihm auf Schritt und Tritt – für den Fall, daß er in eine bedrohliche Situation geriet und seine Identität wechseln müsse – ein Kurier mit einem weiteren Satz gefälschter Legitimationspapiere. Am 30. März konnte Moulin nach London melden, daß sich alle Widerstandsgruppen, die er aufgesucht hatte, de Gaulle unterstellt hätten.

Im März vollzog sich ein unverkennbarer Wandel in der Haltung der Durchschnittsfranzosen gegenüber der deutschen Besatzungsmacht. Viele Bürger der besetzten Zone hatten die Situation zwei Jahre lang mit stummer Erbitterung hingenommen. Doch jetzt wurden sie plötzlich unruhig. Die Reihe öffentlicher Proteste begann am Abend des 18. März 1942 in Lyon anläßlich eines Konzerts der Berliner Philharmoniker. Einheimische Widerstandsgruppen hatten Handzettel verteilt, auf denen die Einwohner aufgerufen wurden, diese Veranstaltung zu stören, hatten aber nicht mit einem großen Erfolg der Aktion gerechnet.

Gegen 20.00 Uhr war vor der Konzerthalle an der Place Terreaux eine riesige Menschenmenge zusammengeströmt. Wie ein Demonstrant berichtete, „errichtete die Polizei Absperrungen. Die wenigen, die die Konzerthalle noch zu erreichen versuchten, wurden ausgepfiffen und kräftig beschimpft... Die Erregung der Demonstranten ergriff bald auch die Menschen auf den Hauptstraßen. Sie hielten die Straßenbahnen an, und es gab erste Auseinandersetzungen mit der Polizei. Zahlreiche Bürger wurden verhaftet. Es war die erste große Widerstandsdemonstration. Sie war für uns ein gewaltiger Ansporn. Wir gewannen allmählich an Selbstvertrauen."

In Windeseile sprach sich die Nachricht von den Ereignissen in Lyon im ganzen Land herum. Am 1. Mai fanden in Nizza, Toulouse, Saint-Étienne, Clermont-Ferrand, Avignon, Toulon, Montpellier, Sète und Chambéry Demonstrationen statt, über die ausführliche

Berichte in der Untergrundpresse erschienen. Zwei Monate später versammelte sich auf der Place du Capitole in Toulouse eine Menschenmenge und stimmte vor dem Saal, in dem ein Deutscher einen Vortrag hielt, die Marseillaise an.

Das war alles nur das Vorspiel zu noch größeren Demonstrationen am 14. Juli, dem französischen Nationalfeiertag. In allen Städten gaben Untergrundzeitungen, von mehrfachen Ankündigungen der BBC unterstützt, Zeit und Ort der geplanten Kundgebungen bekannt. Die Aufrufe fanden ein starkes Echo. 100 000 Menschen strömten in Lyon zusammen, ebenso viele in Marseille, 15 000 in Toulouse und viele Tausende in kleineren Städten. In Saint-Étienne gingen 20 000 Einwohner auf die Straße, und das dortige Untergrundorgan, *Espoir*, stellte fest: „Zum ersten Mal haben unsere Mitbürger es gewagt, offen ihre Meinung zu sagen."

Die Not war so groß geworden, daß die Franzosen, die bisher beträchtliche Geduld gezeigt hatten, schließlich aufbegehrten. Die Arbeiter in den Städten litten größtenteils Hunger. Ihre Löhne waren – von einer geringfügigen Erhöhung im Mai 1941 abgesehen – seit 1939 eingefroren, während die Nahrungsmittelpreise um 300 Prozent gestiegen waren. Außerdem waren alle lebensnotwendigen Nahrungsmittel knapp. Luxusartikel wurden nach Deutschland geschafft oder ausschließlich auf dem Schwarzen Markt zu solchen Preisen gehandelt, die allein für die Angehörigen der Besatzungsmacht erschwinglich waren.

Kaum jemand machte sich noch Illusionen über die wahre Natur der Besatzungsmacht. Die Deutschen hatten die Abstellung von 35 000 französischen Facharbeitern für die Rüstungsfabriken im Reich verlangt. In Paris waren im Verlauf einer Razzia 22 000 Juden festgenommen und im Vélodrome d'Hiver, einem Sportstadion am Boulevard de Grenelle, zusammengepfercht worden; sie wurden in die Vernichtungslager und Ghettos in Osteuropa deportiert. In der unbesetzten Zone hatte Pétains Ministerpräsident, Pierre Laval, am 22. Juni 1942 Frankreichs Ehre durch eine Rundfunkansprache befleckt, in der er feierlich erklärte: „Ich sehne Deutschlands Sieg herbei; denn allein solch ein Sieg kann die Welt vor der Eroberung durch den Bolschewismus bewahren."

Eine kühne Sabotageaktion sollte die Moral der Franzosen in jenem Frühjahr weiter heben. In der Nacht zum 10. Mai durchschnitt eine Gruppe von SOE-Saboteuren im Südosten der Hauptstadt die Umzäunung des riesigen Senders von Radio Paris, den die Deutschen zur Störung des Funkverkehrs der RAF benutzten. Die Agenten waren aufgeregt und nervös und vergaßen, ihre Sprengladungen vor dem Eindringen in die Station mit Zeitzündern zu versehen. Als sie zehn Ladungen an den Hauptmasten des Sendeturms angebracht hatten, schlugen die deutschen Wachtposten Alarm und eröffneten das Feuer auf sie. Unter Beschuß bauten die drei Saboteure die Zünder ein und ergriffen dann die Flucht. Die Zeitzündermechanismen waren defekt und brachten den Spreng-

Zwei Widerstandskämpfer bewachen in einer unwegsamen Berggegend der Insel Korsika mit schußbereitem Gewehr den Weg zu ihrem Versteck. Im September 1943 lösten mehr als 10 000 Maquisarden einen bewaffneten Aufstand gegen die Besatzungsstreitkräfte aus. Durch französische Truppen, die aus Nordafrika zugeführt wurden, verstärkt, zwangen die Partisanen die Okkupanten zur Räumung der Insel, die am 3. Oktober 1943 als erstes französisches Departement die Befreiung von der Herrschaft der Achsenmächte erlebte.

In weiße Tarnanzüge gekleidete Angehörige der Heimatstreitkräfte Norwegens, die in einer abgelegenen Gegend des Landes einen Ausbildungslehrgang absolvieren, haben sich in den Schnee geworfen. Diese modern ausgerüstete Partisanen-Streitkraft, die schließlich 50 000 Mann zählte, bereitete sich auf ein Unternehmen vor, das niemals stattfand: eine alliierte Invasion in Norwegen. Sie blieb nicht untätig, sondern verübte Sabotageanschläge und lieferte den Deutschen blutige Kämpfe.

stoff vorzeitig zur Explosion: Hätten die Saboteure die Zünder wie ursprünglich geplant gleich eingebaut, wären sie selbst in die Luft gesprengt worden. Sie hatten ihren Auftrag zwar nicht perfekt ausgeführt, doch war der Anschlag erfolgreich verlaufen.

Im August 1942 konnte Jean Moulin gute Fortschritte auf einem Teilgebiet seiner Mission melden: Die Organisation der Widerstandsbewegung kam zügig voran. In der besetzten Zone war eine weit verzweigte Empfangsorganisation geschaffen worden, die die aus England eingeflogenen Waffen und Munitionsvorräte entgegennahm und Agenten ein- und ausschleuste. Eine illegale Presseagentur entfaltete in Frankreich ihre breite Propagandatätigkeit für die Alliierten, und eine andere Organisation hatte von Moulin den Auftrag erhalten, den Vichy-Behördenapparat zu infiltrieren und Beamte für die Mitarbeit in der Résistance und die Nachrichtenbeschaffung zu gewinnen.

Die Aussichten für einen Zusammenschluß der in der unbesetzten Zone tätigen Widerstandsgruppen schienen aber nach wie vor schlecht. Als einen der wichtigsten Schritte auf dem Wege zur Einheit strebte Moulin die Zusammenlegung der paramilitärischen Organisationen der drei größten Résistancegruppen zu einer „Geheimarmee" unter einheitlichem Oberbefehl an. Die Reaktionen der Chefs auf seinen Vorschlag waren sehr unterschiedlich. Jean-Pierre Lévy vom Franc-Tireur und d'Astier von der Libération hatten nichts dagegen, vorausgesetzt, daß der Befehlshaber keiner der größeren Gruppen angehöre und ihnen gegenüber zur Loyalität verpflichtet sei. Frenay vom Combat wollte nur für den Fall seine Zustimmung geben, daß man ihn zum Befehlshaber ernannte. Frenay und d'Astier stellten auf Grund ihrer heftigen Antipathie gegeneinander ein ernstes Hindernis auf dem Wege zur Einheit dar. Sie waren sich lediglich in dem Punkt einig, daß Moulin sich zu viele Befugnisse anmaße.

In dem Bemühen, die zwischen Frenay und d'Astier bestehende Kluft zu überbrücken, schlug Moulin vor, sie sollten sich nach London begeben und ihre Probleme de Gaulle vortragen. Die beiden stimmten zu und gingen in der Nacht zum 15. September in der Bucht von Port-Miou unweit Marseille an Bord eines britischen Kreuzers, der sie nach Gibraltar brachte. Von dort wurden sie am 26. September mit einem Wasserflugzeug nach England geflogen. In den Dienststellen der Freifranzosen im vornehmen Londoner

Stadtteil Mayfair zeigte man sich weder von d'Astier noch von Frenay sonderlich beeindruckt. André Dewavrin, der Chef von de Gaulles Geheimdienst, dem BCRA, nannte den hocheleganten, stark links orientierten Aristokraten d'Astier de la Vigerie verächtlich „einen Anarchisten in Lackschuhen". Frenay hatte ihm zufolge die irritierende Angewohnheit, in rascher Folge gegensätzliche Ideen vorzutragen – Gedanken, die der Geheimdienstchef trocken als „Herzensergüsse" bezeichnete. Dessenungeachtet brachten beide Résistanceführer viele wertvolle Informationen mit, und de Gaulle war über ihr Kommen hocherfreut. Weniger erfreut war er dann allerdings, als die beiden Männer in seltener Einmütigkeit von ihm die Absetzung Jean Moulins verlangten. „Der Widerstand", erklärte Frenay, „braucht keinen Vormund."

Frenay kam später noch einmal auf dies Thema zurück. Was geschehen würde, wollte er von de Gaulle wissen, falls es zu keiner Einigung zwischen den Widerstandsführern und Moulin käme?

„Dann", gab ihm der General gereizt zur Antwort, „wird Frankreich zwischen Ihnen und mir zu wählen haben."

Am 8. November 1942 lösten die Alliierten das Unternehmen *Torch*, ihre großangelegte Invasion Französisch-Nordafrikas, aus. Am frühen Morgen jenes Tages gingen an die 110 000 amerikanische und britische Soldaten von fast 500 Schiffen aus bei Casablanca, Oran und Algier an Land, errichteten Landeköpfe und stießen kurz darauf nach Osten gegen die in Nordafrika stehenden deutschen Streitkräfte vor.

Die Auswirkungen des Unternehmens *Torch* auf die französische Widerstandsbewegung waren gewaltig und dauerten lange an. Die deutsche Reaktion auf die Invasion in Nordafrika ließ nämlich nicht auf sich warten: Am 11. November überschritt die Wehrmacht die Demarkationslinie zwischen der besetzten und der unbesetzten Zone Frankreichs und marschierte unter dem Vorwand, die Mittelmeerküste verteidigen zu müssen, in Südfrankreich ein. Von da an war die Vichy-Regierung tatsächlich nichts mehr als ein willenloses Werkzeug in den Händen der Deutschen. Das ganze Land stöhnte jetzt unter dem Joch der Besatzung, und diejenigen, die geglaubt hatten, ein Teil Frankreichs sei immer noch frei, wurden nun eines Besseren belehrt. Ungefähr zur selben Zeit veranlaßte der akute Mangel an Arbeitskräften die Deutschen, Maßnahmen zu ergreifen, durch die sie Tausende von jungen Leuten der Untergrundbewegung in die Arme trieben. Seit März drang Fritz Sauckel, Hitlers Generalbevollmächtigter für den Arbeitseinsatz, unablässig auf die Bereitstellung französischer Arbeitskräfte für die deutsche Rüstungsindustrie. In beiden Zonen wurden Rekrutierungsämter eingerichtet, doch meldeten sich nur wenige Freiwillige. Von Sauckel unter Druck gesetzt, hatte Ministerpräsident Laval im Juni einen *la relève* (Ablösung) genannten Plan verkündet, nach dem für je drei Franzosen, die sich zum Arbeitseinsatz in Deutschland meldeten, ein französischer Kriegsgefangener freigelassen werden sollte.

An die 200 000 Freiwillige folgten Lavals Aufruf, doch bald sprach sich herum, daß die Arbeiter unter unzumutbaren Bedingungen schuften mußten. Auf Plakaten, mit denen in Frankreich für *la relève* geworben wurde, war zwar von hohen Löhnen und der Möglichkeit, Geld und Pakete nach Hause zu schicken, die Rede, doch die Wirklichkeit sah, wie die sozialistische Untergrundzeitung *L'Insurgé* berichtete, anders aus: „Reise: lang, wenig Verpflegung, unter deutscher Aufsicht. Bei der Ankunft: Lager, in denen man Arbeiter wie Vieh behandelt. Später: Schlafen in Baracken, zusammengepfercht. Arbeit: 12 Stunden pro Tag im Akkord, aber keine Prämien. Löhne: enorme Steuern und Geldbußen. Lebenskosten: höher als in Frankreich. Verpflegung: nicht einmal für Italiener ausreichend, die sehr anspruchslos sind. Freiheit: keine. Schlußfolgerung: Ausbeutung, Gefangenenstatus. Tausende von Arbeitern bei Bombenangriffen ums Leben gekommen."

Im September unternahm die Vichy-Regierung einen weiteren Versuch, Sauckel zufriedenzustellen und *la relève* in Schwung zu bringen. Und zwar erlegte sie allen körperlich tüchtigen Männern vom 18. bis zum 50. Lebensjahr und allen alleinstehenden Frauen vom 21. bis zum 35. Lebensjahr die gesetzliche Pflicht auf, sich für

Marschall Henri Philippe Pétain (links außen), der fast 90jährige Vichy-Staatschef, äußerte einmal: „Zwei Dinge habe ich in meinem Leben wirklich geliebt: Infanterie und faire l'amour." Seinem skrupellosen stellvertretenden Ministerpräsidenten Pierre Laval – der hier zu einem Treffen mit Hitler geleitet wird – ging es einzig und allein um die Macht. Nach seiner Konferenz mit dem Führer prahlte er: „Wir sind uns völlig einig."

Ein wenig begeisterter Franzose wird von deutschen Offizieren als der 100 000. Arbeiter beglückwünscht, der zum Einsatz nach Deutschland fahren „darf". Die Zwangsarbeiter – deren Zahl sich im Jahre 1944 auf 600 000 belief – rächten sich nicht selten durch Sabotage in den Fabriken, in denen sie täglich schuften mußten, und Tausende von ihnen wurden später in Konzentrationslager verlegt.

Arbeitsleistungen zur Verfügung zu halten, die die Regierung für „dem Gesamtinteresse der Nation dienlich" hielt. Die Untergrundpresse wandte sich sogleich gegen diesen Plan, und im ganzen Lande fanden Streiks und Demonstrationen statt. In Lyon lehnten Eisenbahner die Abfertigung von Zügen ab, die französische Arbeiter nach Deutschland bringen sollten. In Limoges verweigerten 826 von insgesamt 830 Angehörigen eines Arbeitertransports vor der Abfahrt ins Reich die Unterzeichnung eines Schriftstücks, das sie als Freiwillige bezeichnete. In Brive fielen Demonstrationen gegen *la relève* mit der Besetzung von Vichy-Frankreich durch die deutsche Wehrmacht zusammen. Als die Truppen einrückten, wurden sie von einer Menschenmenge empfangen, die ihnen: „*À bas les Boches!*" (Nieder mit den Boches!) entgegenschrie und sie mit Sand und Schotter bewarf.

Der nationalen Stimmung zum Trotz trieb Ministerpräsident Laval energisch eine Maßnahme voran, die den stetigen Strom französischer Arbeitskräfte nach Deutschland gewährleisten sollte: die Zwangsrekrutierung. Im Februar 1943 richtete er den Service du Travail Obligatoire (Arbeitsdienst) ein und rief alle Franzosen im diensttauglichen Alter auf, sich zum Arbeitseinsatz in Deutschland zu melden. Sein Gesetz erwies sich für Vichy als Bumerang. Eine beträchtliche Anzahl junger Männer hatte sich schon vorher durch die Flucht in Frankreichs unwegsame Berggegenden entzogen; nach dem Februar 1943 stießen noch mehrere tausend Verweigerer der Zwangsarbeit dazu.

Für diese zerlumpten Flüchtlingsgruppen kam die Bezeichnung *maquis* (dichtes Unterholz) auf. Die Bezeichnung knüpfte an die blutige Tradition der Ausgestoßenen und der Banditen an, die im wilden Gebirgsland Korsikas ihr Unwesen trieben. Die Bezeichnung traf den Sachverhalt ziemlich genau. Die Maquisarden führten zumeist ein elendes Leben in rauhen Bergverstecken. In dem harten Winter 1943/44 mußten sie hungern und frieren und waren ständig auf der Flucht. Um an Lebensmittel zu gelangen, mußten sie anfangs ihre Zufluchtsorte im Dornengestrüpp verlassen. Sie bettelten, stahlen und gingen dabei über Leichen. Als sich dann immer mehr junge Männer dieser Gruppe von Widerständlern anschlossen, wurden die Maquisarden durch alliierte Luftabwürfe versorgt. Berufsoffiziere der aufgelösten Vichy-Armee sowie über ihrem jeweiligen Gebiet abgesprungene alliierte Agenten stießen zu ihnen und bildeten sie für den bewaffneten Kampf aus. Maquisarden wurden nach und nach zu einer Art Partisanenarmee, dem Maquis, zusammengefaßt, der bei dem Kampf um Frankreichs Befreiung eine bedeutende Rolle zufallen sollte.

Die flüchtigen Maquisarden haßten natürlich den deutschen Gegner, doch ihre besondere Abscheu und Verachtung galt einem anderen Feind: der einheimischen „Miliz"-Organisation, zu der sich französische Landsleute zusammengeschlossen hatten. Die Miliz, im Januar 1943 aufgestellt, unterstand der Vichy-Polizei und hatte ursprünglich die Aufgabe, in der unbesetzten Zone die Ordnung aufrechtzuerhalten. Unter der Führung des fanatischen Rechtsextremisten Joseph Darnand wurde sie dann das Gegenstück zur gefürchteten deutschen Sicherheitspolizei (Sipo). Die Miliz erhielt anfänglich einen großen Zustrom aus Kreisen des Bürgertums, das über die zunehmende Gesetzlosigkeit im Lande entsetzt war. In ihrer Entschlossenheit, die Résistance zu zerschlagen, griff die Miliz jedoch im Laufe der Zeit zu immer drakonischeren Maßnahmen und nahm schließlich auch Kriminelle in Dienst. Die Vichy-Gerichte gingen sogar so weit, überführten Schwerverbrechern, die sich zum Eintritt in Darnands Streitkraft bereit erklärten, völlige Straffreiheit zuzusichern. Mord, Vergewaltigung und Plünderung griffen damit um sich.

Darnand sorgte dafür, daß die Angehörigen seiner Miliz bei der Aufspürung der Maquisarden eng mit den Deutschen zusammenarbeiteten. Die Partisanen, von tiefem Haß auf die Vaterlandsverräter erfüllt, schlugen erbittert zurück. Sowohl Maquis als auch Miliz nahmen zahlen- und waffenmäßig an Stärke zu und gingen im Laufe der Zeit immer grausamer gegeneinander vor.

Als das Zwangsrekrutierungsgesetz verkündet wurde, weilte Moulin gerade in London. Nachdem er fast 14 Monate ununterbrochen im Einsatz gewesen war, hatte man ihn aufgefordert, sich eine kurze Ruhepause zu gönnen und mit de Gaulle den ehrgeizigen Plan zu einem Conseil National de la Résistance zu besprechen, in dem alle führenden Gruppen der Résistance vertreten sein würden. Im Süden hatte der militärische Koordinierungsausschuß nach Frenays und d'Astiers Besuch in London gute Arbeit geleistet, doch im Norden hatten selbst die größten Widerstandsgruppen nach wie vor kaum Verbindung miteinander.

Da Moulin, so tatkräftig er auch war, den Zusammenschluß der großen nordfranzösischen Widerstandsgruppen nicht ganz allein betreiben konnte, wurden drei Männer von London nach Frankreich entsandt, die ihm dabei zur Hand gehen sollten: André Dewavrin, der Chef des freifranzösischen Nachrichtendienstes, sein Stellvertreter, Pierre Brossolette, und F. F. E. „Tommy" Yeo-Thomas, ein SOE-Agent. Yeo-Thomas' Abkommandierung sollte den Franzosen die enge Verbundenheit der SOE mit de Gaulles Freifranzosen deutlich machen.

Als Moulin Ende März nach Frankreich zurückflog, hatten die drei Männer inzwischen den Grundstein für die Fusion der im Norden tätigen Widerstandskräfte gelegt, und am 12. April erklärten sich die Führer der Gruppen Organisation Civile et Militaire, Ceux de la Résistance, Ceux de la Libération, Libération-Nord und Front National bereit, aus London Weisungen von de Gaulle entgegenzunehmen und ihre Aktivitäten mit der jeweiligen

VERWEGENE TATEN IN EINEM KLEINEN STAAT

Kurz nach seiner Ernennung zum Chef der Zivilverwaltung in Luxemburg im August 1940 verkündete Gauleiter Gustav Simon, daß die Einwohner alle Verordnungen, die er erließ, befolgen müßten, insbesondere auch dann, wenn man ihren Sinn nicht auf Anhieb verstünde. Dies war nur eine von mehreren irrationalen Forderungen, die das winzige Großherzogtum (Einwohnerzahl: 300 000) veranlaßten, mit der ganzen Kühnheit seines Wappentiers, des Löwen, gegen die Besatzungsmacht anzukämpfen.

Zu ernsthaften Unruhen kam es erstmals im August 1942, als die Deutschen Luxemburg annektierten und alle Männer vom 20. bis zum 24. Lebensjahr in die deutsche Wehrmacht einberiefen. Tausende von Landesbewohnern gingen daraufhin über Nacht in den Untergrund. Viele wurden von Fluchthilfeorganisationen in Sicherheit gebracht – vor allem von einer Gruppe, die sich Die Roten Löwen von Luxemburg nannte *(unten).*

Die Widerstandsaktivitäten der Luxemburger kamen den Alliierten genauso zugute wie der einheimischen Bevölkerung. Eine Gruppe, die Luxemburger Patriotenliga, verhalf mehr als 4000 alliierten Fliegern und Soldaten zur Flucht aus deutscher Gefangenschaft, und eine andere brachte ein geradezu sensationelles Bravourstück zustande: Sie übermittelte den Alliierten die erste Beschreibung der geheimen V-1-Raketen-Versuchsanlage von Peenemünde auf der Ostseeinsel Usedom.

Angehörige der Widerstandsgruppe Die roten Löwen sammeln sich in einem verlassenen Eisenbergwerk, das als Ausgangsbasis für ihre Aktionen diente.

alliierten Strategie zu koordinieren. Ein bedeutender Streitpunkt, der nie aus der Welt geschafft wurde, war die Weigerung der kommunistisch orientierten Front National, Offensivhandlungen gegen die Besatzungsmacht erst mit Beginn einer alliierten Invasion durchzuführen. Die Kommunisten behaupteten, sie töteten pro Monat 550 deutsche Wehrmachtsangehörige. Ihre paramilitärische Widerstandsgruppe Franc-Tireurs et Partisans hatte 1943 von Januar bis März angeblich 1500 Anschläge auf das feindliche Transportwesen verübt, darunter 150 Zugentgleisungen, die Zerstörung von 180 Lokomotiven, die zur Beförderung von Kriegsmaterial oder Truppen dienten, sowie Sabotageanschläge gegen 110 Lokomotiven, 14 Schleppkähne, 3 Brücken und 8 Kanalschleusen.

Da der Bildung des Nationalrats der Résistance nichts mehr im Wege stand, ließ Moulin die Kompromißlosigkeit der Kommunisten auf sich beruhen. Er war in ständiger Verbindung mit den Mitgliedern des entstehenden Nationalrats, und unter seiner geschickten Leitung gelang es, für alle noch bestehenden Probleme eine Lösung zu finden. Viele Schwierigkeiten resultierten aus Eifersucht: Die Führer der großen Organisationen forderten mehr als einen Sitz in dem neuen Rat, kleinere Gruppen befürchteten, Ansehen und Selbstbewußtsein einzubüßen, und die Kommunisten widersetzten sich mit der Begründung, sie seien die einzige politische Gruppierung, die aktiven Widerstand leiste, der Aufnahme anderer politischer Parteien. Doch Moulin erreichte in mühseliger Kleinarbeit Schritt für Schritt eine Annäherung der divergierenden Standpunkte.

Am 27. Mai 1943 führte Moulin auf der ersten Sitzung des Rates den Vorsitz. Sie fand in Paris in einer Wohnung des Hauses Rue du Four Nr. 48 statt. Der Rat bestand aus 16 Mitgliedern: acht repräsentierten die Widerstandsgruppen, sechs die politischen Parteien und zwei die Gewerkschaften. Moulin eröffnete die Verhandlungen mit den Zielsetzungen General de Gaulles: 1) Fortführung des Krieges; 2) Wiederherstellung der Redefreiheit und der verfassungsmäßig festgelegten Bürgerrechte des französischen Volkes; 3) Wiederherstellung der republikanischen Freiheit und der sozialen Gerechtigkeit in einem Staat, „der den Sinn für Größe haben wird"; 4) Zusammenwirken mit den Alliierten mit dem Ziel, „echter internationaler Kooperation ... in einer Welt, in der Frankreichs nationale Würde geachtet wird". Die Ratsmitglieder beschlossen in jener Sitzung, de Gaulle ihr volles Vertrauen auszusprechen: Nach drei Jahren deutscher Besatzung war die französische Résistance endlich geeint. Nur Jean Moulin, der Mann, der diese Einigung zustande gebracht hatte, ging unaufhaltsam seinem Untergang entgegen.

Das Schicksal hatte genau einen Monat zuvor gegen ihn entschieden. Am 27. April hatte die Sipo bei einer Ausweiskontrolle in Marseille Jean Multon (alias „Lunel"), den stellvertretenden Chef der dortigen Zelle vom Combat, festgenommen. Angesichts der Drohung mit Folterung und Repressalien erlitt Lunel einen Zusammenbruch und erklärte sich bereit, für die Sipo zu arbeiten. Nachdem man ihn „umgedreht" hatte, mußte er sich Tag für Tag auf die Suche nach seinen ehemaligen Freunden begeben. Stets von zwei deutschen Geheimpolizisten begleitet, durchkämmte Lunel die Cafés und Restaurants von Marseille, in denen sich Widerständler zu treffen pflegten, und identifizierte sie mit einem Kopfnicken. Ehe sich sein Verrat herumsprechen konnte, hatte die Sipo 125 Angehörige aus dem Marseiller Untergrund festgenommen. Frenay befahl, Lunel sofort zu erschießen, doch der Verräter war inzwischen von den Deutschen nach Lyon geschafft worden, damit er dort für sie weiterarbeiten konnte.

In Lyon bekam Lunel als erstes den Auftrag, einen „Briefkasten" zu überwachen, den die Sipo in der Rue Bouteille entdeckt hatte. „Briefkasten" war der Ausdruck für ein sicheres Haus, wo die Widerständler Botschaften abgeben oder entgegennehmen konnten. Irgendwie hatten die Deutschen in Erfahrung gebracht, daß dieser „Briefkasten" von dem ihnen lediglich unter seinem Decknamen „Didot" bekannten Chef des Eisenbahn-Sabotagekommandos vom Combat benutzt wurde.

„Didot" war René Hardy, ein junger Ingenieur, der bereits mehr als 550 Eisenbahnanschläge durchgeführt oder überwacht hatte. Unter seiner Leitung waren fast 300 Lokomotiven zerstört worden.

Jean Moulin, der Held der Résistance, brachte den Zusammenschluß der vielen miteinander rivalisierenden französischen Untergrundorganisationen zustande. Nach seiner Verhaftung im Jahre 1943 verspottete der gewandte Zeichner die deutschen Folterknechte, die ihn mehrere Tage lang vergeblich zum Reden zu bringen versucht hatten, indem er trotzig von dem aufsichtführenden Sipo-Chef eine boshafte Karikatur zeichnete und sie ihm anschließend überreichte.

Er war auch maßgeblich an der Aufstellung des *Plan Vert* beteiligt gewesen, eines 150 Seiten langen Schriftstücks, das außerordentlich detaillierte verschlüsselte Pläne für Sabotageanschläge auf Tausende von Bahnhöfen und -übergängen enthielt. Der gewandte Didot stand an erster Stelle der Fahndungsliste der Lyoner Sipo, doch wußte keiner der Beamten, wie er aussah. Lunel, der ihn kannte, bekam daher den Auftrag, ihn zu bezeichnen.

Hardy ging nicht in die Falle, die man ihm auf der Rue Bouteille stellen wollte. Er hatte, wie er später aussagte, den Briefkasten dort aufgegeben, nachdem ihm Lunels Verrat und in dessen Folge die Verhaftungen zu Ohren gekommen waren. Der Sipo ging statt dessen ein sehr viel größerer Fisch ins Netz. Während Lunel den Briefkasten beobachtete, wurde dort eine Botschaft für Didot abgegeben. Er wurde aufgefordert, am 9. Juni um 9.00 Uhr am Eingang zur Pariser U-Bahn-Station La Muette mit „Vidal" zusammenzutreffen. Die Beamten der deutschen Sicherheitspolizei waren entzückt: Vidal war der von de Gaulle mit dem Kommando über den paramilitärischen Zweig der Résistance, die Geheimarmee, betraute General Charles Delestraint.

Die folgenden Ereignisse wurden später von vielen Widerständlern als ein eindeutiger Beweis – es existierten auch noch andere – dafür angesehen, daß Hardy ebenfalls zum Verräter geworden war. Vor Gericht konnte ihm das allerdings nie nachgewiesen werden. Am Abend des 7. Juni 1943 bestieg Hardy in Lyon den Nachtschnellzug nach Paris, wo er an einer Besprechung über die Durchführung von Eisenbahnanschlägen teilnehmen sollte. Der Zufall wollte es, daß in einem Nachbarabteil Lunel und seine deutschen Beschützer saßen. Die beiden Männer erkannten einander schon bald nach der Abfahrt des Zuges, doch versuchte Hardy unerklärlicherweise nicht, unterwegs auf irgendeiner Station auszusteigen. Um 1.00 Uhr wurde der Zug dann in Chalon-sur-Saône zum Halten gebracht, Hardy verhaftet und in das Ortsgefängnis eingeliefert. Er wurde dort nach einiger Zeit von dem Sipo-Chef von Lyon, Klaus Barbie, abgeholt, der eigens zu diesem Zweck nach dem über 100 Kilometer entfernten Chalon gereist war.

General Delestraint hatte unterdessen Mühe, sich den Erfordernissen des Lebens im Untergrund anzupassen, für das er durch seine bisherige Militärlaufbahn nicht gerade prädestiniert war. Er begab sich zu einem „sicheren Haus" in Paris, wo er die Nacht verbringen sollte, konnte sich dort aber nicht an das vereinbarte Kennwort erinnern und wurde abgewiesen. Er ging daraufhin in ein nahe gelegenes Hotel und trug sich unklugerweise unter seinem richtigen Namen ein. Am Morgen des 9. Juni fand er sich um 9.00 Uhr weisungsgemäß vor der U-Bahn-Station La Muette ein. Dort traten zwei Männer auf ihn zu und fragten, ob er auf Didot warte. Als Delestraint ihre Frage unklugerweise bejahte, gaben sie sich als Vertrauensleute aus, die ihn abholen sollten, geleiteten ihn zu einem wartenden Wagen und fuhren ihn geradewegs zur Avenue Foch Nr. 84, dem Hauptquartier der Pariser Sicherheitspolizei. Einer der beiden Männer war Lunel.

René Hardys Verhör durch Klaus Barbie in Lyon dauerte nicht lange: Am 11. Juni um 23.00 Uhr wurde er wieder in Freiheit gesetzt. Es war ihm offensichtlich gelungen, die Sipo davon zu überzeugen, daß er keinerlei Verbindung zur Résistance hatte. Seine unerwartete Freilassung brachte jedoch Probleme mit sich: Wer derart schnell freikam, geriet sofort in Verdacht; allzu viele Widerständler waren unter der Folter „umgedreht" und zu Verrätern geworden. Hardy beschloß, seine Verhaftung einfach zu verschweigen und seinen Kameraden zu erzählen, er sei seiner Festnahme dadurch entgangen, daß er, nachdem er Lunel gesehen habe, aus dem Zug gesprungen sei.

Zwei Tage später wurde Max Heilbronn, ein Ingenieur, der Hardy bei der Ausarbeitung des *Plan Vert* geholfen hatte, in Lyon verhaftet. Er und Hardy hatten sich an einer Straßenecke getroffen, waren zusammen um ein paar Häuserblocks geschlendert und dann wieder auseinandergegangen. Einige Minuten später wurde Heilbronn von der Sipo festgenommen.

Delestraints Verhaftung war ein furchtbarer Schlag für Jean Moulin. Er berief sofort eine Sondersitzung der für die Geheimarmee zuständigen Nationalratsmitglieder ein, auf der die Ernennung eines Nachfolgers erörtert werden sollte. Die Chefs der drei großen Untergrundbewegungen Südfrankreichs – Frenay, d'Astier und Lévy – weilten zwar in London, doch fürchtete Moulin, daß die alten Rivalitäten wieder aufbrechen würden, wenn sich die Ernennung eines Nachfolgers für Delestraint hinauszögerte. Der in Lyon geborene André Lassagne bekam Weisung, einen geeigneten Versammlungsort für die Sondersitzung ausfindig zu machen, die am Montag, dem 21. Juni 1943, um 14.00 Uhr stattfinden sollte.

Für Frenay sollte dessen Stellvertreter, Henri Aubry, an der Sitzung teilnehmen, der darüber alles andere als glücklich war. Er wußte, daß sein Chef selbst den Oberbefehl über die Geheimarmee anstrebte, und wollte mit seiner Stimme nicht gern jemand anderem zu diesem Kommando verhelfen. Er beschloß daher, zu der Sitzung einen Freund mitzunehmen, der ihn dort unterstützen sollte. Seine Wahl fiel auf René Hardy.

Als Versammlungsort hatte Lassagne das Haus seines ehemaligen Schulfreundes Dr. med. Frédéric Dugoujon bestimmt. Dugoujon wohnte in einer großen weißen Villa an der Place Castellane in Caluire, einem hügeligen Vorort im Norden der Stadt, und gab sogleich sein Einverständnis. Die Arztpraxis würde sich gut eignen, da dort immer viele Leute ein- und ausgingen.

Aubry, der die betreffende Gegend nicht kannte, hatte mit Lassagne verabredet, daß sie sich eine Viertelstunde vor der

Konferenz am Fuße der auf den Mont Fourviere führenden Drahtseilbahn treffen wollten. Lassagne war überrascht, als er dort dann außer Aubry auch noch Hardy antraf, erhob aber keinerlei Einwendungen. Im Hause des Dr. Dugoujon wurden sie von einem Dienstmädchen in eine Kammer im ersten Stock geführt, wo bereits zwei Nationalratsmitglieder warteten. Moulin und zwei Männer, die er mitbrachte, verspäteten sich um eine Dreiviertelstunde. Doch sobald sie eingetreten waren, stürzte unter Führung des triumphierenden Klaus Barbie die Sipo ins Zimmer.

Barbie sperrte alle Männer in einen Raum, um sie dann im Eßzimmer des Arztes nacheinander einem Verhör zu unterziehen. Er wußte, daß er de Gaulles Generalbevollmächtigten in seine Gewalt gebracht hatte, nicht aber, wer Moulin war. Als er ihn trotz wiederholter Befragungen nicht identifizieren konnte, riß er ein Bein vom Tisch ab und schlug auf die Franzosen ein, ohne sie jedoch zum Reden zu bringen.

Barbie ließ sie schließlich abführen. Als sie das Haus verließen, riß sich Hardy, der nur mit einem Strick an seinen Bewacher gefesselt war, los und verschwand. Man hatte ihm als einzigem keine Handschellen angelegt. Ein paar Tage später konnte auch einer der anderen Verhafteten entkommen. Nach seiner Folterung durch die Sipo wurde der dem nordfranzösischen militärischen Koordinierungsausschuß angehörende Raymond Aubrac in Lyon durch einen Überfall auf den Lastwagen, auf dem er sich befand, befreit. Aubracs Frau, Lucie, hatte den Überfall vorbereitet und führte selbst mit einer Maschinenpistole in der Hand das Kommando, obwohl sie im achten Monat schwanger war. Ein paar Wochen später flog die RAF das Ehepaar nach England aus. Während des Fluges setzten bei Aubracs Frau die Wehen ein, und kurz nach der Ankunft brachte sie ihr Kind zur Welt.

Die Verhaftungen in Caluire trafen die Führung der französischen Résistance bis ins Mark. Moulin hatte stets gezögert, Aufgaben zu delegieren, alle Fäden selbst in der Hand behalten und sich keinen Nachfolger herangezogen. Die von ihm geschaffene Organisation blieb zwar größtenteils intakt, war aber führungslos sich selbst überlassen. Sowohl Brossolette als auch Yeo-Thomas waren in London und außerstande, die Leitung zu übernehmen. Einem Sekretär blieb es vorbehalten, die Katastrophennachricht nach London zu funken, und Moulins junger Gehilfe Claude Serreulles, der erst ein paar Tage zuvor mit dem Fallschirm über Frankreich abgesprungen war, mußte retten, was noch zu retten war.

In der zweiten Juliwoche wurde in London beschlossen, daß Brossolette und Yeo-Thomas nach Frankreich zurückkehren sollten, um den Schaden einzuschätzen und Serreulles nach Kräften beim Neuaufbau zu helfen. Infolge eines erbitterten Streites zwischen der SOE und den Freifranzosen verzögerte sich ihre Abreise aber um mehr als zwei Monate.

Der Zwist entzündete sich an dem Vorschlag der Freifranzosen, per Funkspruch zwei *chefs de zone* zu ernennen, die in je einer Hälfte Frankreichs die Führung übernehmen sollten. Die SOE-Chefs wollten damals jedoch vor allem die Gefahr einer erneuten Verhaftungsaktion wie der in Caluire ausschalten; sie drangen daher auf die Dezentralisierung der Résistance und den Verzicht auf Neuernennungen. Die Franzosen gaben scheinbar nach, legten einen neuen, nach einem anderen Kode verschlüsselten Text vor und versicherten dem für die Überprüfung zuständigen britischen Offizier, die Ernennungen seien getilgt.

Damit wäre die Angelegenheit vermutlich erledigt gewesen, hätte nicht ein aufmerksamer SOE-Offizier festgestellt, daß der neue Text genauso viele Buchstabengruppen enthielt wie der erste. Die Dechiffrierungsabteilung der SOE ging sofort an die Arbeit und hatte in ein paar Stunden festgestellt, daß die beiden Funksprüche inhaltsgleich waren. Die Briten waren über diesen französischen Schwindel empört, und die Franzosen waren erbost, daß sich die Briten auf irgendeine Weise ihrer Kodes bemächtigt hatten. Während der Dauer der Auseinandersetzung mußten sich jüngere Offiziere beider Seiten, die mit ihren im Einsatzgebiet befindlichen Leuten Fühlung zu halten versuchten, in Gaststätten und an Straßenecken treffen, weil sie die Dienststellen der jeweiligen Gegenseite offiziell nicht mehr betreten durften.

Brossolette und Yeo-Thomas kehrten erst am 19. September nach Frankreich zurück. Zwei Tage nach ihrem Fallschirmabsprung unweit von Angoulême trafen sie in einem vornehmen Pariser Wohnviertel erstmals mit Claude Serreulles zusammen. Beide waren außer sich vor Bestürzung über die unglaubliche Leichtfertigkeit des jungen Mannes in Sicherheitsfragen und befürchteten das Schlimmste. Wenige Tage später wurde Serreulles verhaftet. Es gelang ihm zwar, sich der Sicherheitspolizei gegenüber herauszureden, doch fand sie bei der Durchsuchung seiner Wohnung eine Liste von den 14 Männern, die für den neuen Nationalrat vorgeschlagen worden waren. Viele weitere Verhaftungen waren die Folge. Durch diese Erfolge angespornt, entfaltete die Sipo den ganzen Oktober hindurch eine fieberhafte Tätigkeit. Yeo-Thomas und Brossolette wären ihr um ein Haar in die Hände gefallen. Yeo-Thomas schrieb später: „Trotz der sofortigen Verschärfung der Sicherheitsmaßnahmen erfolgten immer mehr Verhaftungen; es war wie ein Erdrutsch." Zweimal wurden Agenten, mit denen sie zusammengetroffen waren, binnen einer Stunde nach der Besprechung festgenommen. Einmal beschlich Brossolette und Yeo-Thomas nach einer Mahlzeit in einem Haus, das sie für sicher hielten, ganz unerklärlicherweise das Gefühl, es drohe ihnen Gefahr; sie brachen auf und erfuhren später, daß in der darauffolgenden Nacht die Sipo das Haus durchsucht und ihre Gastgeberin festgenommen habe. Yeo-Thomas konnte seinen Verfolgern ein paarmal entkommen, indem er im Menschengewühl untertauchte oder aus einer U-Bahn ausstieg und sich beim Schließen der Türen an einer anderen Stelle wieder in den Zug zwängte.

„Einmal", schrieb Yeo-Thomas, „hatten Brossolette und ich eine Verabredung mit einem freifranzösischen Agenten, der den Decknamen Necker führte. Als wir ihn sahen, stellten wir fest, daß ihm nicht weniger als drei Kerle auf den Fersen waren. Er hatte sie jedoch nicht bemerkt und wollte es uns nicht glauben. Wir bewiesen es ihm dadurch, daß wir uns in Marsch setzten, in raschem Tempo erst in die Rue d'Argenson und dann in die Rue de la Boétie einbogen und unmittelbar hinter der Ecke in einem großen bogenförmigen Eingangstor warteten. Die drei Verfolger kamen einer nach dem anderen um die Ecke geschossen, und ihr Verhalten ließ über ihre Absichten nicht den geringsten Zweifel. Wir machten, daß wir weiterkamen, und überlegten, wie wir die unwillkommenen Freunde abschütteln könnten. Necker sollte allein in die Rue Laborde einbiegen, ehe uns die drei Häscher einholen konnten, und Brossolette und ich eilten in Richtung Place St. Augustin, wo wir uns in der Absicht trennten, eine Stunde später an der Ecke Avenue de Villiers/Boulevard de Courcelles erneut zusammenzutreffen. Als wir die Place St. Augustin erreichten, erblickten wir zwei *vélo-taxis*. Jeder von uns bestieg eins und fuhr los, womit wir unsere Verfolger endgültig abschüttelten."

Yeo-Thomas und Brossolette setzten ihre Tätigkeit trotz der Verfolgung durch die Sipo unverdrossen fort; sie glichen Meinungsverschiedenheiten aus und griffen schlichtend in die Konflikte ein, die während Jean Moulins Abwesenheit innerhalb der Führung der Résistance ausgebrochen waren. Ende Oktober gelang es ihnen endlich, einen Kompromiß zustande zu bringen. Der Nationalrat sollte sich unter dem Vorsitz von Georges Bidault, einem allgemein geachteten Mitglied vom Combat, konstituieren. Die französische Résistance wurde schließlich wieder von einer starken, sicheren Hand gelenkt – und diesmal auf Dauer. Yeo-Thomas und Brossolette hatten das Werk Jean Moulins zum Abschluß gebracht.

Jean Moulin war nach seiner Verhaftung in Caluire in das Gefängnis von Lyon gebracht worden. Dort hatte er zum letzten Mal Kontakt mit der Widerstandsbewegung. Am 24. Juni wurde ein sozialistischer Widerständler namens Christian Pineau, der einige Zeit vor ihm eingekerkert worden war, aus seiner Zelle geholt und angewiesen, unter Aufsicht eines deutschen Wachtpostens einen Mann zu rasieren, der bewußtlos im Gefängnishof lag. „Mit Entsetzen stellte ich fest, daß der Mann, der da auf der Bank lag, niemand anders als Jean Moulin war", schrieb Pineau später. „Er hatte das Bewußtsein verloren; seine tiefliegenden Augen schienen ganz eingesunken, und an seiner Schläfe befand sich eine häßliche bläulichrote Wunde. Über seine geschwollenen Lippen kam ein schwacher röchelnder Laut. Er war ohne Zweifel von der Sicherheitspolizei gefoltert worden."

Als Pineau mit der Rasur begann, erwachte Moulin aus seiner Bewußtlosigkeit. Pineau berichtete: „Plötzlich öffneten sich seine Augen, und er sah mich an. Ich glaube bestimmt, daß er mich erkannte, doch konnte er unmöglich begreifen, warum ich in eben diesem Augenblick vor ihm stand. ‚Trinken!' murmelte er. Ich wandte mich an den Posten: ‚Ein wenig Wasser!' Dieser zögerte einen Moment, nahm dann die Tasse mit dem Seifenwasser, spülte sie am Brunnen aus und kam mit frischem Wasser zurück. Während dieser Zeit beugte ich mich über Jean Moulin und flüsterte ihm ein paar banale Trostworte, törichtes Zeug, zu. Er stieß fünf oder sechs Wörter auf englisch hervor, die ich jedoch nicht verstand, derart brüchig klang seine Stimme. Dann trank er mehrere Schluck Wasser und verlor wieder das Bewußtsein."

Moulin wurde schließlich nach Paris gebracht und eine Zeitlang im Hause eines hohen SS-Führers eingesperrt. Von dort wurde er in einen Zug nach Deutschland gesetzt. Zeit und Ort seines Todes konnten nie mit Sicherheit festgestellt werden. Die furchtbare Last des Schweigens, das Moulin sich selbst auferlegt hatte, muß ohne Zweifel zu seinem Ende beigetragen haben. Denn Jean Moulin verriet vor seinem Tode nichts von dem, was er über die Résistance wußte. Und als der Schöpfer ihrer Einheit wußte er faktisch alles.

DIE KOLLABORATEURE

Französische Kollaborateure haben sich bei der Vereidigung von Angehörigen der Miliz, die die Widerstandsgruppen bekämpfte, zu deutschen SS-Führern gesellt.

ZUSAMMENARBEIT AUS VIELERLEI GRÜNDEN

Zur Begrüßung der Wehrmacht hat der Einwohner eines einst zu Deutschland gehörenden belgischen Dorfes sein im Weltkrieg erworbenes EK II angelegt.

Bei den Patrioten der besetzten Länder Europas war eines der unbeliebtesten Wörter „Kollaborateur". Viele Europäer wurden nicht so sehr von den deutschen Siegern der Widerstandsbewegung in die Arme getrieben als vielmehr von den Landsleuten, die sich mit würdeloser Eilfertigkeit der Besatzungsmacht zur Verfügung stellten. „Mit unserer Niederlage vermochten wir uns abzufinden", erklärte dazu eine Französin, „mit der Kollaboration nie."

Die Kollaborateure stellten sich selbst durch ihren in aller Öffentlichkeit gezeigten Zynismus und Egoismus bloß. Dazu gehörten die Mitglieder der Marionettenregierung; die Antisemiten; die Opportunisten und Raufbolde, die sich freiwillig zum Dienst in den Sicherheitsstreitkräften meldeten; die Zeitungsverleger, die als Gegenleistung für deutsche Finanzhilfe den NS-Nachrichtendiensten ihre Spalten öffneten; die Schriftsteller, Künstler und Publikumslieblinge, die bereit waren, ihre Talente in den Dienst des deutschen Reichspropagandaministeriums zu stellen. Nach dem Krieg wurden allein in Frankreich etwa 300 000 Personen wegen derartiger Handlungen angeklagt.

Eine sehr viel größere Anzahl von Menschen arbeitete auf einer niedrigeren Ebene mit dem deutschen Gegner zusammen. Frauen befreundeten sich mit deutschen Soldaten, Arbeitslose nahmen in den Fabriken, die die deutsche Wehrmacht mit wichtigen Rüstungsgütern belieferten, Arbeit an, und Beamte führten deutsche Befehle aus, deren Verweigerung sie ihre Stelle gekostet hätte. Teilweise Kooperation mit dem deutschen Gegner war allerdings eine gefährliche Sache, vor allem im Staatsdienst: Wer sich mit den Deutschen einließ in der Hoffnung, auf diese Weise Schlimmeres zu verhindern, mußte bald neue Konzessionen machen – bis ihn schließlich nichts von einem Kollaborateur unterschied. Ein Mitglied der Vichy-Regierung erinnerte sich später: „Ich habe mitangesehen, wie sich manche unserer Leute nach und nach völlig wandelten und korrumpieren ließen. Man konnte mit eigenen Augen sehen, wie all der Mut und die Loyalität, die jemanden zuvor ausgezeichnet hatten, dahinschmolzen."

Als sich das Kriegsglück wendete, lichteten sich die Reihen der Kollaborateure, und übrig blieb nur noch ein harter Kern von Männern, die alle Brücken hinter sich abgebrochen hatten. In ihrer Verzweiflung führten sie – darunter etliche, die sich vier Jahre zuvor mit durchaus redlicher Absicht der Besatzungsmacht zur Verfügung gestellt hatten – immer härtere Schläge gegen diejenigen ihrer Mitbürger, die sich für den Weg des Widerstands entschieden hatten. Aus Kollaborateuren wurden so Verräter.

Junge Franzosen betrachten nachdenklich ein Plakat, das zum Eintritt in die Französische Division der Waffen-SS, der militärischen Organisation der SS, auffordert.

Diese elegante Französin genießt einen Drink mit dem Beamten, der in Nizza für die Einziehung französischer Arbeiter zum Arbeitsdienst verantwortlich war.

LOHNENDE FLIRTS MIT DEN SIEGERN

In Dänemark nannte man die Frauen, die sich mit anlehnungsbedürftigen deutschen Soldaten einließen, „Feldmatratzen", und in anderen besetzten Ländern wurden sie von aufgebrachten Patrioten mit noch sehr viel schlimmeren Schimpfwörtern bedacht.

Die betroffenen Frauen mußten zwar unter den Schmähungen der Landsleute leiden, doch standen den Demütigungen beträchtliche materielle Vorteile gegenüber, die sie aus der Freundschaft mit einem deutschen Soldaten zogen. Er war häufig in der Lage, einer Frau bei der Umgehung von Anordnungen der Besatzungsmacht behilflich zu sein, und konnte das schwierige Überleben durch die Beschaffung zusätzlicher Lebensmittelmarken erleichtern. Auch verfügte er meist über genügend Bargeld, um sie in Lokale, Theater und Varietés auszuführen.

Viele Frauen begannen darüber hinaus, für die oft stattlichen, militärisch-forschen Sieger zu schwärmen. Eine ihrer Verehrerinnen, die Tochter eines französischen Fabrikanten, erklärte rundheraus, „mit ihrem durchdringenden Blick, ihren Langschäftern, ihrer stolzgeschwellten Brust und ihrem Blondhaar" hätten die Deutschen „eine Welt" dargestellt, „in der ich plötzlich zu leben begehrte, eine Welt der Kraft, der Schönheit und der Männlichkeit".

Eine Holländerin vergnügt sich in einem Café mit einem deutschen Offizier.

Eine Dänin plaudert mit ihrem deutschen Freund an einem Teich in Kopenhagen. Die deutschen Truppen waren erst drei Monate zuvor in Dänemark einmarschiert.

Ein Angehöriger des Flämischen NS-Jugendverbandes, der ebenfalls das Hakenkreuz als Emblem hatte, steht vor belgischen SS-Führern stramm.

Ein junger Anhänger von Marschall Pétain bietet unter einem riesigen Porträt des Staatschefs Plaketten mit dem Wappen der Vichy-Regierung an. Der Erlös kam einem nationalen Hilfsfonds zugute.

JUGENDERZIEHUNG ZU PRODEUTSCHER HALTUNG

In jedem der von den Deutschen besetzten Länder riefen ihre einheimischen Parteigänger nach dem Vorbild der Hitler-Jugend, der Jugendorganisation der NSDAP für die 10 bis 18jährigen Jungen und Mädchen, Jugendgruppen ins Leben. Sie boten allen nichtjüdischen Jugendlichen die Möglichkeit, sich sportlich zu betätigen oder sich auf sozialem Gebiet nützlich zu machen. Ihr Hauptzweck war aber die Indoktrinierung der Jugend und ihre systematische Vorbereitung auf die Kollaboration mit den Deutschen in der Armee oder im Staatsdienst.

In Norwegen, Dänemark, Holland und Belgien trat nur ein winziger Teil der angesprochenen Jugendlichen in diese Jugendgruppe ein. In Frankreich hatten die Indoktrinierungsversuche jedoch mehr Erfolg, da man eine eigene Spielart des Faschismus und weniger den deutschen Nationalsozialismus propagierte.

Die Compagnons de France, eine von Vichy aus geleitete Organisation für Jungen, hatte das Ziel, „Frankreichs heranwachsende Generation zur bewußten Disziplin" und zur Ehrfurcht vor ihrem mit den Deutschen kollaborierenden Führer, Marschall Pétain, zu erziehen. Eine andere Gruppe, die Jeunesses de France et d'Outre-mer, vertrat dagegen unverholen antibritisches und antijüdisches Gedankengut.

Norwegische Jugendliche, die Freiwillige für NS-Arbeitslager werben, erklären neugierigen Teenagern und deutschen Soldaten deren Zweck und Ziel. Jugendliche arbeiteten in der Landwirtschaft und bei Bauvorhaben in Norwegen.

Essenempfang bei einem von den belgischen Nationalsozialisten im Juni 1942 veranstalteten Sportwettkampf. Die körperliche Ertüchtigung spielte in den Dienstplänen der Jugendorganisationen aller besetzten Länder eine große Rolle.

Norwegische Freiwillige entspannen sich in einem Bunker in Rußland unter einem Bild Quislings.

Belgische Angehörige der SS marschieren vor ihrem Transport an die Ostfront an Sympathisanten vorbei.

Männern der französischen Antibolschewistischen

Freiheits-Legion (LVF) werden im August 1943 in Paris im Hof des Hôtel des Invalides Orden verliehen. Sie hatten in der Sowjetunion gegen Partisanen gekämpft.

AUSLÄNDISCHE EINHEITEN FÜR DAS DRITTE REICH

Bereits im Jahre 1940 begannen demobilisierte, noch ganz unter dem Eindruck der Niederlage stehende Soldaten der besetzten Länder, sich zum Dienst in der Wehrmacht zu melden.

Enttäuscht und verbittert, füllten die Freiwilligen die Reihen mehrerer Regimenter in der elitären Waffen-SS. Und als die Wehrmacht im Juni 1941 in Sowjetrußland einmarschierte, traten Antikommunisten in neu gebildete deutsche Einheiten ein, um an der Ostfront zu kämpfen. Insgesamt fochten fast 50 000 Männer aus den besetzten Gebieten für Hitler.

Die deutsche Wehrmacht zahlte ihnen einen ansehnlichen Sold. Für einige Berufssoldaten war jedoch das Geld von sekundärer Bedeutung. So bemerkte ein französischer Artillerieoffizier, der sich zur Waffen-SS gemeldet hatte: „Ich frage nicht danach, wer recht hat und wer unrecht, sondern mir geht es darum, daß ich wieder eine Geschützbatterie führen kann."

Eine Abteilung der Miliz, die Geißel der Résistance, marschiert im Jahre 1944 die Pariser Champs-Élysées hinunter. Über 40 000 Franzosen traten in diese Streitkraft ein.

MÄNNER, DIE GEGEN IHRE LANDSLEUTE KÄMPFTEN

Fast jeder Bürger fürchtete und haßte vor allem die Kollaborateure, die gegen die eigenen Landsleute zu den Waffen griffen. Den Besatzungsbehörden waren sie allerdings hochwillkommen, da sie als Einheimische viel besser als die Deutschen imstande waren, Fremde zu entdecken, verdächtige Vorkommnisse wahrzunehmen und sich in Widerstandsorganisationen einzuschleichen. Sie enttäuschten die Erwartungen der Deutschen nicht und erfüllten ihre Aufgabe mit bedingungsloser Hingabe. In Dänemark ging eine Gruppe von etwa 400 Schlägern, Schalburg-Korps genannt, mit derartiger Härte gegen Widerstandskämpfer vor, daß die Dänen ein neues Verb schufen: *schalburgtage* hieß töten, rauben, zerstören. In Holland existierten drei berüchtigte Polizeieinheiten: die nationalsozialistische Nederlandse Landwacht, die Kolonne Henneicke, die insbesondere Jagd auf flüchtige Juden machte, und ein Netz von sogenannten V-Leuten, Geheimagenten, denen es gelang, sich in mehrere holländische Widerstandsgruppen einzuschleichen.

Die Krone setzte allen Brutalitäten aber das Vorgehen zweier französischer Verbände auf, deren Aufgabenbereiche sich überschnitten: der zum größten Teil aus einheimischen Faschisten und entlassenen Gefängnisinsassen bestehenden Miliz und der ähnlich zusammengesetzten französischen Selbstschutzorganisation. Diese beiden riesigen, bunt zusammengewürfelten Einheiten leisteten der Sipo bei Razzien auf mehr als 8000 zur Verschickung nach dem Osten bestimmte Juden Handlangerdienste und folterten Hunderte von Angehörigen der Résistance, um sie dann zu ermorden.

Heimlich hat ein 15jähriger Junge photographiert, wie ein Angehöriger des 1943 gegründeten dänischen Schalburg-Korps einen Landsmann zusammenschlägt.

Mehrere tausend Anhänger grüßen bei einer sorgsam inszenierten NS-Kundgebung in Holland die zur Rednertribüne schreitenden holländischen Führer.

4

Zwei geheime Routen nach Gibraltar
Die Männer von Zimmer 900
Ein belgischer Ausschleusungskünstler namens Pat O'Leary
Kostensparende Rettung abgeschossener Piloten
Unsanftes Wecken mit deutschen Flüchen
Die Ausschleusung des RAF-Piloten Hoskins
Sicherheitsvorkehrungen in Fluchthilfeorganisationen
Ein ehemaliger Feldwebel wird Doppelagent
O'Learys Schneider als Lebensretter
Der Weg über die Shelburne-Linie
Der hohe Preis der Fluchthilfe

FLUCHTWEGE IN DIE FREIHEIT

Um die Mitte des Jahres 1941 wurde der RAF-Oberleutnant Alex Nitelet bei einem Einsatz über Nordfrankreich von mehreren deutschen Jagdflugzeugen in einen heftigen Luftkampf verwickelt. Seine Spitfire wurde von Kugeln durchsiebt, und ein feindliches Geschoß traf ihn am rechten Auge; trotzdem gelang es ihm irgendwie, unweit des am Pas de Calais gelegenen Dorfes Renty, nur rund 80 Kilometer Luftlinie von Dover entfernt, mit seiner schwer beschädigten Maschine zu landen. Der junge aus Belgien stammende Pilot hatte doppeltes Glück. Er überlebte nicht nur die Bruchlandung, sondern landete praktisch im Schoß einer Untergrundorganisation, die bereits Hunderte von abgeschossenen Kampffliegern und Bomberpiloten auf Umwegen nach England zurückgeschleust hatte.

Kaum hatte Nitelet sich aus den Trümmern seiner Maschine herausgearbeitet, so erschien schon ein ortsansässiger Widerständler namens Norbert Fillerin und brachte ihn zu einem Arzt. Als Nitelet wieder transportfähig war, übergab man ihn einem anderen Patrioten, der nur Didery genannt wurde und Ausweise sowie Reisepapiere von einer geheimen, durch einen katholischen Pfarrer in der nahe gelegenen Stadt Abbeville betriebenen Druckerei besorgte. Derart ausgerüstet, wurde Nitelet von mehreren Fluchthelfern nach Paris und Südfrankreich gebracht. In Marseille suchte Nitelet – weisungsgemäß – das Café Le Petit Poucet auf. Nach Feststellung seiner Identität wurde er von einem gewissen Louis Nouveau in die Wohnung eines anderen Arztes geleitet, der die immer noch schmerzende Wunde des Kampffliegers versorgte und ihn zehn Tage bei sich versteckte. Von Marseille aus fuhr Nitelet mit der Eisenbahn nach Perpignan, wo er von spanischen Fluchthelfern in Empfang genommen und über die Pyrenäen in ihr Heimatland gebracht wurde. Im November 1941, rund fünf Monate nach dem Abschuß, erreichte er London.

Nitelet verdankte seine Rettung einer bestimmten Art von Widerstandsoperationen: der sogenannten Fluchthilfe. Die Mitarbeiter solcher Fluchthilfeorganisationen hatten sich darauf spezialisiert, „Versprengte" (abgeschossene Kampfflieger, Bomberpiloten und hinter die feindlichen Linien geratene Soldaten) sowie „Flüchtige" (Kriegsgefangene oder Widerstandskämpfer, die verhaftet und dann ausgebrochen waren) aus dem Einflußbereich der Besatzungsmacht herauszuschleusen. Diese Aufgabe war ungemein schwierig; so bildeten zum Beispiel die hilflosen Schützlinge, die größtenteils nicht einmal der Landessprache mächtig waren, für ihre Fluchthelfer auf den langen Reisen eine ständige Gefahr. Trotzdem ging die Zahl der Ausschleusungen in die Tausende, und als im Verlauf der zunehmend heftiger werdenden alliierten Luftangriffe auf Deutschland immer mehr Piloten über Holland, Belgien und Frankreich abgeschossen wurden, wuchs die Bedeutung der Fluchthilfeorganisation ins Unermeßliche.

Im Falle des Alex Nitelet ernteten die Widerstandskämpfer mehr als bloßen Dank für ihre Hilfsbereitschaft. Bei seiner Rückkehr nach England erfuhr Nitelet, daß seine fliegerische Laufbahn auf Grund der Augenverletzung, die er erlitten hatte, beendet war. Daraufhin meldete er sich sofort zum freiwilligen Einsatz als Funker bei der hervorragenden Organisation, die seine Flucht bewerkstelligt hatte. James Langley von der Abteilung MI 9, der mit dem Aufbau und der Unterhaltung von Fluchtwegen betrauten Sektion des britischen Geheimdienstes, nahm ihn ohne zu zögern an.

Die Sektion MI 9 des britischen Geheimdienstes war erst im September 1939 unter der Leitung von Oberst Norman Crockatt gegründet worden. Hinsichtlich ihrer Nachrichten- und Transportmittel war sie gänzlich auf die Mitarbeit älterer oder größerer Abteilungen angewiesen – wie etwa die Spionageabteilung des Außenministeriums MI 6 und die SOE. Die Rückführung versprengter britischer Soldaten, Kampfflieger und Bomberpiloten nach England wurde von einigen wenigen, zu strengster Geheimhaltung verpflichteten Personen betrieben, die im Zimmer 900 des Kriegsministeriums, einem schmalen, zuvor als Teeküche benutzten Raum, untergebracht waren. „Im Bereich des militärischen Geheimdienstes", erinnert sich ein Mann von Zimmer 900, „war uns lediglich eine unbedeutende Nebenrolle zugedacht."

Die Leiter der Dienststelle MI 9 hatten auf dem Gebiet des Ausbruchs und der Flucht aus feindlichem Gewahrsam ausgiebige eigene Erfahrungen. Neben Langley, der 1940 aus dem besetzten Frankreich geflohen war, gehörten ihr ein berühmter Ausbrecher des Ersten Weltkriegs namens A. J. Evans an und – ab Mai 1942 – der aus der deutschen Kriegsgefangenschaft, in die er 1940 bei Calais geraten war, entwichene Hauptmann Airey Neave. Neben der Londoner Abteilung verfügte MI 9 über zwei Hauptagenten, die auf der Pyrenäen-Halbinsel tätig waren: Michael Creswell, der zweite Sekretär an der britischen Botschaft in Madrid, nahm die Flüchtlinge auf der spanischen Seite der Pyrenäen in Empfang und schleuste sie per Auto und Bus nach Gibraltar, wo Donald Darling sie befragte und ihre Rückkehr nach England ins Werk setzte.

Über Darling und Creswell waren die Londoner MI 9-Leute in der Lage, der sogenannten Pat-O'Leary-Linie, die auch Alex Nitelet herausgeschleust hatte, kleine Geldbeträge zukommen zu lassen. Die Verbindung mit der O'Leary-Organisation, die ihre Basis in Marseille hatte, war aber nur locker und diente gelegentlich nur der Übermittlung von Nachrichten, die in Zahnpastatuben über die Pyrenäen geschmuggelt wurden.

Alex Nitelets Angebot, als Funker für die O'Leary-Linie nach Frankreich zurückzukehren, bot der Abteilung MI 9 unverhofft die Möglichkeit, das Problem der Nachrichtenverbindung zu lösen. Der ehemalige Pilot wurde im Mai 1942 mit einer Lysander der geheimen Mondstaffel der Royal Air Force *(S. 44–45)* nach Frankreich zurückgebracht und gelangte schließlich in die Marseiller Wohnung von Louis Nouveau, einem der Agenten, die 1941 seine Flucht bewerkstelligt hatten.

Der Chef der nach ihm benannten Linie, Pat O'Leary, war, wie Nitelet bald feststellte, ein belgischer Landsmann, der in Wirklichkeit Albert-Marie Guérisse hieß. Er war 1940 als Sanitätsoffizier in die belgische Kavallerie eingetreten, nach der Besetzung seines Landes durch die deutsche Wehrmacht nach England geflohen und dort als Freiwilliger zur SOE gestoßen. Sein erster Einsatz erfolgte auf einem britischen Kriegsschiff, das vor der französischen Küste Geheimoperationen durchführte. Im April 1941 wurde Guérisse bei einer nächtlichen Landung versehentlich zurückgelassen, von einer französischen Küstenwache festgenommen und in das Internierungslager Nîmes eingeliefert. Mehrere Monate später gelang es ihm, auszubrechen, sich nach Marseille durchzuschlagen und Verbindung mit einem schottischen Offizier namens Ian Garrow aufzunehmen, der – ungeachtet seiner mangelhaften Französischkenntnisse – eine Fluchthilfeorganisation für bei Dünkirchen versprengte britische Soldaten aufgebaut hatte. Als Garrow im Oktober 1941 von französischen Polizisten festgenommen und eingekerkert wurde, übernahm Guérisse unter dem Pseudonym Patrick Albert O'Leary die Leitung dieser Fluchtlinie.

Unter O'Learys Leitung entstand ziemlich bald ein Netz von 250 Helfern, die über ganz Frankreich verteilt waren. Der ehemalige Marseiller Börsenmakler Louis Nouveau stellte ihr einen beträchtlichen Teil seines Privatvermögens zur Verfügung. Unter den anderen Mitarbeitern ragten hervor: der Abbé Carpentier aus Abbeville, der Alex Nitelet mit seiner eigenen Presse die Papiere gefälscht hatte; ein rundlicher, stets gut gelaunter Widerständler namens Rafarrin, der als Chefkoch des Fernschnellzuges Paris–Marseille für O'Leary Kurierdienste zwischen diesen beiden Städten leistete; die Fräulein Trenchard, zwei ältliche Schottinnen, die in Monte Carlo eine Teestube besaßen und in ihrer in der Nähe gemieteten Villa unermüdlich flüchtige Kriegsgefangene verpflegten; Paul Ulmann, ein jüdischer Schneidermeister aus Toulouse, der für O'Learys Schützlinge und Agenten die Tarnkleidung fertigte; Mademoiselle Françoise Dissart, eine grauhaarige Dame von 60 Jahren, der O'Leary die organisatorische Leitung in Toulouse übertragen hatte; sowie Madame Mongelard, die Besitzerin des düsteren, heruntergekommenen Hôtel de Paris in Toulouse, in dessen Zimmern ständig Flüchtige hausten, denen die Sipo und die Vichy-Polizei auf den Fersen waren.

Nach Nitelets Ankunft im Mai 1942 konnte O'Leary endlich an die Ausführung des Planes gehen, den er im April gemeinsam mit Langley und Darling auf einer geheimen Zusammenkunft in Gibraltar gefaßt hatte. Seinen Schützlingen sollte der beschwerliche Grenzübertritt über die Pyrenäen und die schwierige Reise durch das nur dem Namen nach neutrale, tatsächlich aber pro-deutsche Spanien nach Gibraltar erspart bleiben. Sie würden statt dessen in bestimmten Nächten an abgelegenen Strandabschnitten der südfranzösischen Küste auf einen in Gibraltar stationierten Fischdampfer der britischen Kriegsmarine warten können, der sie auf eine durch Funk übermittelte Aufforderung hin abholen sollte.

O'Learys Agenten trafen sogleich Vorbereitungen für diese amphibischen Operationen, indem sie in dem bei Perpignan gelegenen Küstendorf Canet-Plage eine kleine Villa mieteten, in der die Versprengten bis zum Eintreffen des Dampfers eine sichere Bleibe finden konnten. Unter der Leitung von Nitelet, der die Einschiffung mit einem Funkgerät dirigierte, wurden im Juli 1942 35 Briten vom Strand bei Canet-Plage aus evakuiert. Zu ihnen zählte der Major der RAF Whitney Straight, ein bekannter amerikanischer Rennfahrer, der in die Armee eingetreten und bei einem Angriff auf deutsche U-Boote in der Nähe von Le Havre abgeschossen worden war. Während seiner Flucht nach Süden hatte er in ausgelassener Laune zwei Stunden lang britische Ein-Penny-Stücke in die Briefkästen von Häusern geworfen, die von der Besatzungsmacht als beschlagnahmt kenntlich gemacht waren.

O'Learys Agenten schleusten insgesamt sechs Gruppen von Flüchtlingen über Canet-Plage und zwei weitere über andere Strände aus. Die letzte Aktion erfolgte im Oktober 1942. Sie mißlang zunächst infolge eines Mißverständnisses über den Treffpunkt, wurde jedoch erneut angesetzt und dieses Mal erfolgreich ausgeführt; weitere 32 Flieger gelangten wohlbehalten nach England zurück. Gegen Herbst 1942 hatten die von dieser Linie erfolgreich durchgeführten Operationen einen fühlbaren Wandel in der Haltung des britischen Luftfahrtministeriums gegenüber der Abteilung MI 9 bewirkt.

Das Luftfahrtministerium hatte die beträchtlichen Möglichkeiten der Fluchthilfeorganisationen bis dahin ignoriert. Wenn eine Maschine vom Feindflug nicht zurückgekehrt war, so hatte man die Besatzungsmitglieder als vermißt abgeschrieben – sie waren entweder gefallen, oder es war ihnen bestimmt, für den Rest des Krieges in einem deutschen Gefangenenlager auszuharren. Doch als die RAF, bald darauf in Zusammenarbeit mit den US-Luftstreitkräften, die strategischen Bombenangriffe auf die deutschen Rüstungsbetriebe intensivierte, wuchsen die Verluste an hochqualifiziertem fliegendem Personal und wurden zu einem ernsthaften Problem. Ersatz war teuer: Die Ausbildung eines Bomberpiloten kostete 10 000 Pfund, die eines Jagdfliegers 15 000 Pfund. Noch wichtiger war, daß die Rückkehr mutmaßlich toter oder in Gefangenschaft geratener Flieger die Moral der Luftstreitkräfte stärkte. „Wir erhielten den Befehl, unsere Anstrengungen zu verdoppeln", erinnerte sich James Langley von der Abteilung MI 9 später, „und erlangten endlich all die moralische und materielle Unterstützung, die wir so dringend brauchten."

Unterdessen waren auf dem Festland ohne Unterstützung der Abteilung MI 9 – und in manchen Fällen sogar ohne ihr Wissen – viele neue Fluchtwege oder auch -linien entstanden. Eine davon wurde von einer englischen Krankenschwester namens Mary Lindell organisiert, die nach ihrer Heirat mit dem Grafen de Milleville in Paris lebte. Die Gräfin hatte erstmals im August 1940 einen englischen Offizier, Hauptmann James Windsor-Lewis vom Regiment The Welsh Guards, über die Demarkationslinie zwischen besetzter und unbesetzter Zone geschmuggelt und dann in einen Zug nach Marseille gesetzt. Windsor-Lewis erreichte schließlich das neutrale Portugal, von wo aus er mit einem Flugboot die Heimreise nach England antrat. Nach etlichen weiteren erfolgreichen Ausschleusungen wurde die Gräfin von der deutschen Sicherheitspolizei festgenommen. Anderthalb Jahre später floh sie, als stellungslose englische Erzieherin getarnt, über die Grenze nach Spanien und gelangte von dort aus nach England.

In London angekommen, stellte sich die wagemutige Gräfin sogleich der Abteilung MI 9 zur Verfügung. Im Oktober 1942 kehrte sie nach Frankreich zurück, um in Lyon eine Fluchthilfeorganisation aufzubauen. Obwohl sie von London nur wenig oder gar keine Unterstützung erhielt, gelang es ihr, an die 15 Piloten und Soldaten nach England zu schleusen, darunter die beiden einzigen Überlebenden des kühnen britischen Kommandoangriffs auf den Hafen von Bordeaux im Dezember 1942, bei dem sieben deutsche Schiffe beschädigt worden waren. Doch gegen Ende 1943 spürte die Sicherheitspolizei die Gräfin abermals auf und lieferte sie in ein französisches Gefängnis ein. Das Kriegsende erlebte sie im Konzentrationslager Ravensbrück.

Die größte und erfolgreichste Fluchthilfeorganisation schleuste in den drei Jahren ihrer Tätigkeit rund 1000 abgeschossene Kampfflieger und Bomberpiloten, flüchtige Kriegsgefangene und Widerstandskämpfer aus. Sie entstand im August 1941, als eine 24jährige belgische Hilfsschwester namens Andrée de Jongh, auch Dédée genannt, das britische Konsulat in Bilbao an der Nordküste Spaniens aufsuchte. Die unauffällig gekleidete junge Frau teilte dem erstaunten Vizekonsul mit, sie habe drei Flüchtlinge aus Brüssel mitgebracht – zwei junge Belgier und einen britischen Soldaten, den es nach der Schlacht von Dünkirchen nach Saint Valéry verschlagen habe. Ein baskischer Führer habe sie in der Nacht zuvor zu Fuß über die Pyrenäen gebracht. Dédée bot mit großer Gelassenheit an, weitere britische Soldaten aus Nordfrankreich und Belgien nach Spanien zu bringen, und bat lediglich, man möge ihr die Auslagen für die Eisenbahnfahrkarten und den Führer erstatten.

Von den Utensilien und Produkten seines illegalen Gewerbes umgeben, trägt ein holländischer Widerstandskämpfer in seiner Fälscherwerkstatt sorgsam eine amtliche Unterschrift in eine gefälschte Kennkarte ein. Um die vielen ständigen und schlagartig eingerichteten Polizei-Kontrollstellen passieren zu können, benötigten die Fluchthelfer und ihre alliierten Schutzbefohlenen oft mehr als ein halbes Dutzend gefälschte Legitimationspapiere – von der Kennkarte bis zur Reiseerlaubnis. Die Fälscher rühmten sich, jedes neue amtliche Papier innerhalb von drei Tagen nach der ersten Ausgabe exakt kopieren zu können.

Kurz nach der im Jahre 1941 erfolgten Übernahme des Kommandos über die nach ihm benannte Fluchthilfeorganisation beobachtet Patrick O'Leary (der Deckname für Albert-Marie Guérisse) argwöhnisch einen Marseiller Straßenphotographen, der einen Schnappschuß von ihm gemacht hatte. Die Fluchtlinie O'Leary schleuste im Verlauf von vier Jahren rund 600 alliierte Luftwaffen- und Heeresangehörige aus dem besetzten Europa aus. 100 Fluchthelfer kamen jedoch in Konzentrationslagern ums Leben, und O'Leary, der zwei Jahre Gefängnis ertragen mußte, entkam nur mit knapper Not dem Tod.

Als Dédée zwei Monate darauf mit einer weiteren Gruppe in Bilbao eintraf, wurde sie im britischen Konsulat von Michael Creswell von der Abteilung MI 9 begrüßt. Er teilte ihr mit, er sei als Verbindungsoffizier in Spanien für die neue Linie eingesetzt worden – mußte jedoch erkennen, daß Dédée nicht mit ihm zusammenarbeiten, sondern ihre Fluchthilfeorganisation in eigener Regie betreiben wollte. Im Unterschied zu O'Leary, der seine Schützlinge damals vom Vichy-Frankreich aus über die Grenze nach Spanien schickte, schleuste die eigensinnige Frau die ihren, ungeachtet der damit verbundenen ungleich größeren Risiken und eines wesentlich engmaschigeren Sipo-Netzes an der spanischen Grenze, durch die besetzte Zone *(Karte S. 108)*. Dédée zeigte sich allen Ratschlägen gegenüber unzugänglich und teilte Creswell unumwunden mit, sie würde, abgesehen von Geld, keinerlei Hilfe von der Abteilung MI 9 annehmen; ihre Linie sei ein belgisches Unternehmen, und sie wünsche nicht, daß Londoner Funker den Deutschen Aufschluß über ihre Position gäben.

Da Dédée die von ihr geretteten Flieger „Pakete" nannte, gab Creswell ihrer Linie zuerst den Decknamen Briefträger. Als Dédée im Jahre 1943 dann das Kunststück fertigbrachte, in einer Woche eine ganze britische Bomberbesatzung bis nach Spanien zu bringen, wurde er in Comet geändert. Dédée betätigte sich auch während des Ausbaus ihrer Linie weiterhin persönlich als Fluchthelferin und half auf 32 Märschen über die rauhen Pyrenäen mehr als 100 aus deutscher Kriegsgefangenschaft entwichenen alliierten Soldaten über die Grenze nach Spanien. Unter den von ihr geretteten Fliegern war ein 20jähriger RAF-Pilot namens John Hoskins. Diesem verdanken wir einen Bericht über seine Erlebnisse auf der Linie Comet, die ein beredtes Zeugnis von dem Wagemut und der Tüchtigkeit Dédées ablegen.

Der schwierigste Teil von Hoskins' Flucht war die Zeit, als Comet sich noch nicht seiner angenommen hatte. Als sein Wellington-Bomber im September 1942 auf dem Rückflug von einem Nachtangriff auf das Ruhrgebiet von der Flak getroffen war, sprang Hoskins mit dem Fallschirm ab und kam im nordöstlichen Belgien zu Boden. Tagsüber versteckte er sich, und nachts marschierte er nach Westen in der Hoffnung, die Küste zu erreichen und von dort mit einem gestohlenen Boot über den Kanal zu rudern. „Nach der dritten Nacht", erinnerte Hoskins sich später, „als ich mir gerade ein passendes Versteck suchen wollte, kam ein alter Mann auf einem Fahrrad um die Gassenecke gefahren. Man hatte uns eingeschärft, wir sollten in solch einem Falle gelassen bleiben. Ich ging also lässig an ihm vorbei und sagte: ‚Guten Morgen, mein Herr' – so ziemlich die einzigen deutschen Worte, die ich konnte."

Der Alte erkannte an Hoskins Uniform sofort, daß es sich um einen abgeschossenen englischen Flieger handelte, und brachte ihn nach Loksbergen, einem kleinen Dorf in Flandern, dessen Einwohner ihm alle ihre Hilfe anboten. Von einer Französisch sprechenden Frau erfuhr er, daß eine Flucht über die Kanalküste so gut wie unmöglich sei, da sie scharf bewacht werde. Man riet ihm, statt dessen mit der Eisenbahn nach Marseille zu fahren. Die Dorfbewohner gaben ihm Zivilkleider, kauften ihm eine Fahrkarte und geleiteten ihn schließlich im Triumphzug zum Bahnhof.

Als der Zug gegen Abend die unweit der französischen Grenze gelegene Stadt Namur erreichte, stieg Hoskins aus und verließ so schnell wie möglich die Stadt, um nicht wegen Übertretung der Ausgangssperre festgenommen zu werden. Als er die letzten Häuser passiert hatte, sah er auf einem Feld einen alten Mann beim Kartoffelroden. „Wir hatten Anweisungen", erinnerte sich Hoskins später, „uns notfalls an ältere, ärmlich wirkende Einwohner zu wenden, da bei ihnen die Wahrscheinlichkeit, daß es sich um Sympathisanten handele, größer sei. Ich ging daher auf den Alten zu und sprach ihn auf französisch an: ‚Guten Abend, Monsieur! Ich bin ein englischer Pilot. Bitte helfen Sie mir!"

Der Mann nahm Hoskins mit nach Hause, wo ihm seine Frau ein üppiges Mahl kochte. „Sie sagten mir dann, ich könne die Nacht in der Scheune schlafen", berichtete Hoskins. „Ich legte mich in einen Heuhaufen und sank völlig erschöpft in Schlaf. Doch schon ein paar Minuten später – so kam es mir jedenfalls vor – wurde ich kräftig geschüttelt und in deutscher Sprache angebrüllt.

„Als ich die Augen aufschlug, sah ich in das Gesicht eines jungen Mannes und stammelte irgend etwas auf englisch. Der junge Mann lächelte und sagte, ebenfalls auf englisch: ‚Ruhig! Komm mit!'"

Hoskins war vom Comet geborgen worden. Er hatte Glück gehabt; hätte er durch das unsanfte Wecken falsch reagiert und Deutsch gesprochen, wäre er von dem Kontaktmann für einen deutschen Agenten gehalten worden, der sich in die Linie einschleusen wollte, und auf der Stelle erschossen worden.

Hoskins wurde zuerst in ein Karmeliterkloster in Namur gebracht, wo man ihn für drei Wochen – so lange dauerte die Anfertigung gefälschter Papiere – versteckte. Während dieser Zeit, berichtete Hoskins, „mußte ich ständig üben, wie ich auf die Aufforderung, meine Arbeitserlaubnis, Kennkarte und Reiseerlaubnis vorzuzeigen, zu reagieren hatte. Außerdem mußte ich wiederholt vorerzählen, ich sei ein flämischer Vertreter für Sanitärkeramik und nach Biarritz unterwegs. Typisch britische Angewohnheiten (pfeifen oder die Hände in den Hosentaschen vergraben) wurden mir erbarmungslos ausgetrieben. Man brachte mir bei, wie ich mich in den sicheren Häusern zu benehmen hatte: niemals ans Fenster treten, immer auf Socken gehen und nicht zu oft die Toilettenspülung betätigen. Ich erfuhr, wie ich den Führern zu folgen hatte: auf der anderen Straßenseite, in der Eisenbahn in einem anderen Abteil und im Omnibus am entgegengesetzten Ende."

Gegen Ende seines Aufenthalts in dem Kloster wurde Hoskins mit Dédée bekanntgemacht, die ihm seine letzten Instruktionen gab. „Sie ging bis in die kleinste Einzelheit. Zum Beispiel sollte in Brüssel mein erster Führer abgelöst werden. Er würde in der Bahnhofsbuchhandlung eine Zeitung kaufen und sie der Ablösung übergeben, der ich bis zu einer Kirche folgen sollte. Dort sollte ich vorne rechts in der dritten Bank Platz nehmen und auf einen Mann warten, der ein Band mit den Landesfarben im Knopfloch tragen würde. Ihm sollte ich aus der Kirche folgen, da er mich zu meinem Nachtquartier in einem sicheren Haus brächte. Die Organisation war einfach phantastisch. Da ich nicht katholisch bin, wurde mir sogar beigebracht, wie man sich in einer Kirche unter Bekreuzigungen mit Weihwasser segnet und niederkniet."

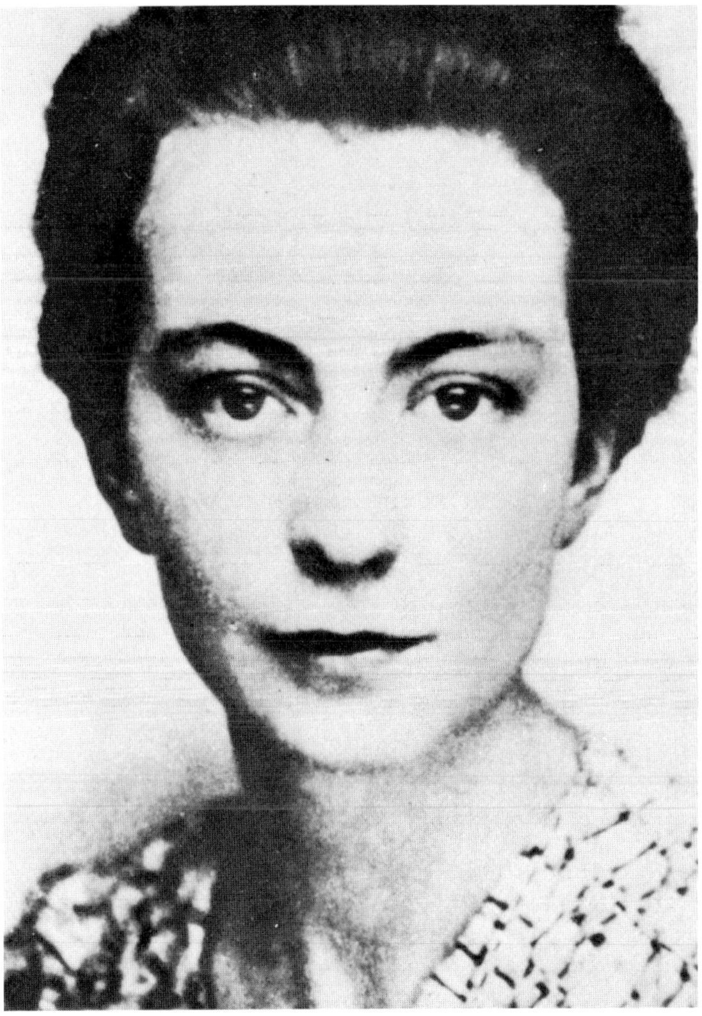

Um nicht erkannt zu werden, färbte Andrée „Dédée" de Jongh ihr blondes Haar schwarz. Das Vorbild einer Heldin aus ihren Kindertagen hatte Dédée auf die Idee gebracht, eine Fluchtroute aufzubauen: Die englische Krankenschwester Edith Carell war im Ersten Weltkrieg von den Deutschen erschossen worden, weil sie 600 alliierten Soldaten über die Grenze nach Holland geholfen hatte.

Hoskins zog sich einen anthrazitfarbenen Anzug an, setzte sich einen schwarzen Homburg auf und stieß dann, mit einem Diplomatenkoffer voll Keramikmuster bewaffnet, in Brüssel zu den zwei Besatzungsmitgliedern seiner Wellington, die ebenfalls vom Comet geborgen worden waren. Die drei reisten in Begleitung von Dédée ohne Zwischenfälle nach Paris. Als sie in Lille umstiegen, sahen sie auf einem anderen Bahnsteig drei Männer, die ähnliche Anzüge wie sie selbst trugen und Hoskins bei näherer Betrachtung abgeschossene RAF-Angehörige zu sein schienen. (Ein paar Wochen später sah er dieselben Männer noch einmal am Strand in einer nahe der spanischen Grenze gelegenen französischen Kleinstadt; beide Gruppen wurden jedoch getrennt weitergeleitet.)

In Paris wurden Hoskins und seine Kameraden in einem sicheren Haus untergebracht, während Dédée ihre Weiterreise nach Süden vorbereitete. Die Männer genossen diese Zeit in vollen Zügen. Sie stellten sich im Invalidendom zur Besichtigung von Napoleons Grabmal in einer Reihe mit deutschen Soldaten an, besuchten Varietés und standen in überfüllten U-Bahnen Schulter an Schulter mit Wehrmachtsangehörigen.

Nach drei Wochen verließen sie Paris und reisten – wieder per Bahn – zuerst nach Biarritz und dann nach der am Fuß der Pyrenäen gelegenen Hafenstadt Saint-Jean-de-Luz. Ein 16jähriges Mädchen holte sie vom Bahnhof ab und brachte sie in ein sicheres Haus, wo sie sich mit Hilfe von Baskenmützen, grobem Arbeitszeug und den landesüblichen Sandalen als baskische Bauern verkleideten.

„Wir waren noch nicht lange dort", erinnerte Hoskins sich, „als es hieß, daß der große Moment gekommen sei. Wir fuhren per Fahrrad bergan zu einem Bauernhaus und trafen dort auf Dédée und Florentino, einen baskischen Schmuggler, der abgeschossenen britischen Kampffliegern und Bomberpiloten über die Grenze half. Sowie es dunkel geworden war, machten wir uns, jeder mit einem Rucksack bepackt, zu Fuß auf den Weg. Wir überschritten die Grenze zwischen zwei Blockhäusern und konnten hören, wie die spanischen Grenzposten in einem dieser Blockhäuser ein lärmendes Zechgelage veranstalteten.

„Florentino legte ein scharfes Tempo vor, und wir blieben immer weiter zurück. Dédée und Florentino trugen schließlich alle Rucksäcke. Sie war sehr böse auf uns, weil wir nicht Schritt halten konnten; sie war nur eine zarte Frau, aber ihre Kraft und ihr Mut waren einfach enorm. Als wir schließlich nicht mehr weiterkonnten, sagte sie uns, wir sollten uns im Straßengraben verstecken; sie wolle unterdessen zusammen mit Florentino nach San Sebastián weitermarschieren und dort ein Fahrzeug für uns auftreiben. Wir waren so müde, daß wir sofort einwilligten, in den Graben sprangen und alsbald in Schlaf versanken. Wir wachten wieder auf, als wir plötzlich Autotüren klappen hörten – Dédée war mit einem Taxi gekommen, um uns abzuholen."

In San Sebastián wurde Hoskins durch Creswell von der Abteilung MI9 in Empfang genommen und anschließend im Eiltempo über Madrid nach Gibraltar geschafft, von wo aus ihn ein Flugzeug gerade noch rechtzeitig zum Weihnachtsfest 1942 nach Großbritannien zurückbrachte.

Gegen Ende des Jahres 1942 hatte Comet das Operationsfeld von Belgien bis nach Luxemburg ausgedehnt und O'Leary das seine bis in die Normandie, über die belgische Grenze, durch Mittelfrankreich und an den Grenzen mit der Schweiz und Italien entlang bis an die Mittelmeerküste. In den Nächten, in denen die alliierten Bombergeschwader auf dem Flug nach Deutschland Holland, Belgien und Nordfrankreich überflogen, gingen Späher der Fluchthilfeorganisationen auf die Suche nach verletzten Opfern von Abstürzen, ziellos umherirrenden oder bereits von örtlichen Patrouillen versteckten Fliegern. Diese wurden dann mit Zivilkleidern und falschen Papieren versehen und über die sicheren Häuser, die die Fluchthilfeorganisationen eingerichtet hatten, aus dem besetzten Gebiet herausgeschmuggelt – in der Regel von jungen Frauen, für die die Gefahr, plötzlich zu einem Verhör abgeführt zu werden, geringer war als für junge Männer.

Die leistungsfähigsten Fluchthilfeorganisationen trafen überall ausgeklügelte Sicherheitsvorkehrungen, um die Teilabschnitte einer Fluchtroute so voneinander abzuschotten, daß etwaige spionierende Deutsche jeweils nur ein Glied in der Kette gefährdeten. Wie der Bomberpilot Hoskins erfahren hatte, pflegte ein zu einem Teilabschnitt gehöriger Führer einen alliierten Flieger zu einem öffentlichen Gebäude oder Park zu geleiten und ihn dann wieder zu verlassen. Ungefähr eine Viertelstunde später traf dann gewöhnlich ein Führer vom nächsten Teilabschnitt ein, um ihn auf ein vereinbartes Kennwort hin zu dem nächsten Treffpunkt zu geleiten. Die beiden Führer kannten sich in der Regel nicht. Sie nahmen von einem öffentlichen Fernsprecher aus mittels eines Kodes Kontakt miteinander auf oder vereinbarten besondere Zeichen: So bedeutete beispielsweise eine Geranie in einem bestimmten Schaufenster, daß der betreffende Führer gefahrlos seinen Schützling abholen konnte; fehlte die Blume, so wußte der Führer, daß Sicherheitspolizei in der Gegend war und vielleicht

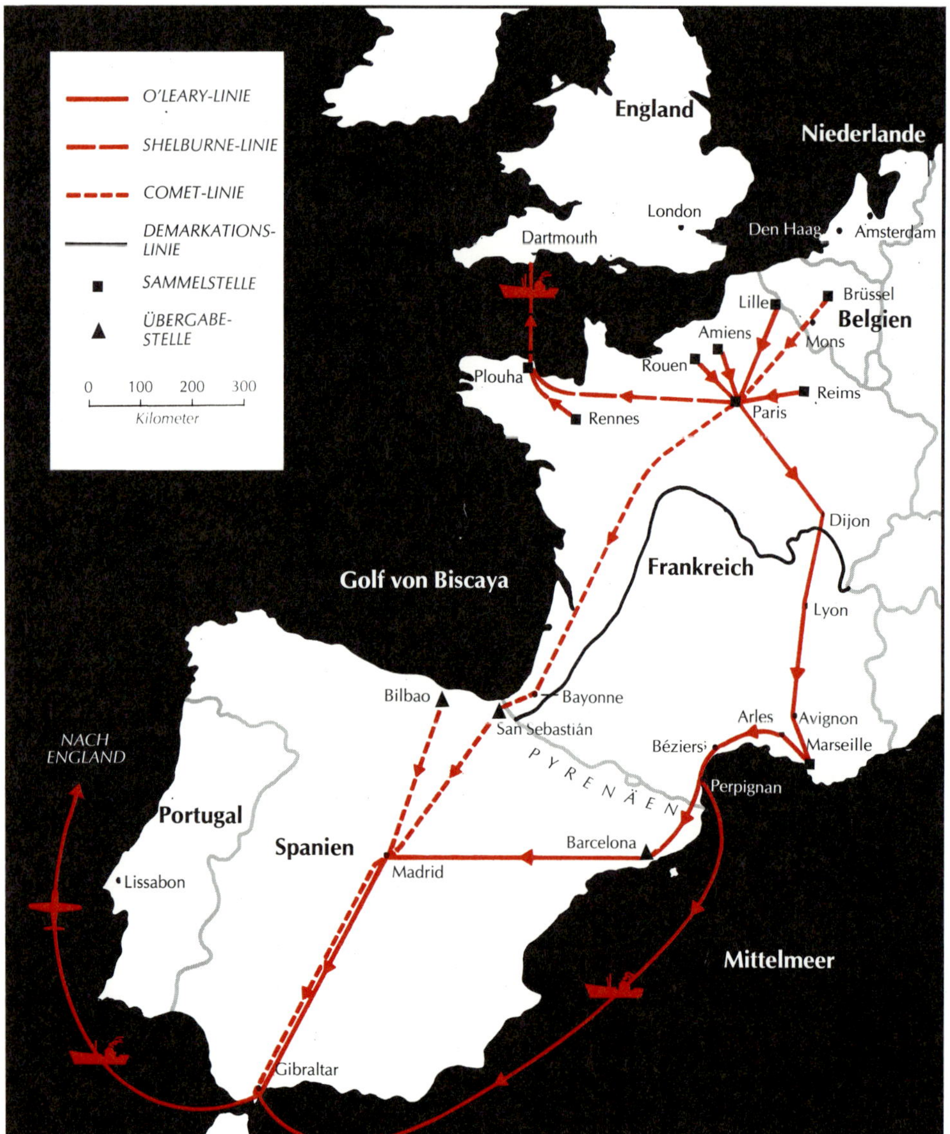

Abgeschossene alliierte Flieger und andere Flüchtlinge wurden von Fluchthelfern über drei Hauptrouten aus dem besetzten Europa herausgeschleust. Die O'Leary-Linie und die Comet-Linie sammelten ihre Schützlinge an verschiedenen Orten (Quadrate) und schickten sie unter Umgehung der an der Atlantikküste zusammengezogenen deutschen Truppenmassen per Eisenbahn nach Südfrankreich. Einige wurden dann auf dem Seeweg nach Gibraltar gebracht, doch die meisten gelangten unter Mithilfe von Beamten britischer Konsulate (Dreiecke) über Spanien dorthin. Nach dem Zusammenbruch des französischen Eisenbahnnetzes durch die schweren alliierten Luftangriffe wurde 1944 die Shelburne-Linie geschaffen, die die Flieger von der Bretagne aus per Schiff beförderte.

Drei abgeschossene alliierte Flieger in Zivil machen, von einem Franzosen begleitet, im Jahre 1943 inmitten einer Gruppe von deutschen Soldaten einen Bummel durch Paris. Sie waren von einer Fluchthilfeorganisation geborgen worden und warteten in der französischen Hauptstadt auf die Bekanntgabe der nächsten Etappe ihrer Reise nach England. Ein zu der Fluchthilfeorganisation gehöriger Kameramann der Agentur Pathé News filmte die verwegenen Burschen auf ihrem Stadtrundgang, in dessen Verlauf sich einer von ihnen von einem deutschen Soldaten sogar Feuer geben ließ.

sogar den Treffpunkt überwachte. Auf diese Weise konnte ein Führer im Falle einer Verhaftung den nächsten nicht verraten.

Die sicheren Häuser, in denen die Versprengten übernachteten, wurden mit größter Sorgfalt ausgewählt. Sie gehörten in der Regel älteren Ehepaaren ohne wißbegierige Kinder, hatten zwei Ausgänge, dicke Vorhänge, und die Nachbarn waren nicht zu neugierig. Die Besitzer waren normalerweise nicht nur vertrauenswürdig, sondern auch kaltblütig, wendig und gut vorbereitet. Sie verhielten sich völlig normal und ließen zu keiner Zeit erkennen – etwa durch ungewöhnlich große Lebensmitteleinkäufe –, daß sie Gäste hatten. Vor allem aber besaßen sie Mut. Flog ein sicheres Haus auf, dann konnten die versprengten alliierten Soldaten unter Berufung auf das Genfer Abkommen verlangen, als Kriegsgefangene behandelt zu werden, während ihre Gastgeber den Deutschen auf Gnade und Ungnade ausgeliefert waren und in den allermeisten Fällen mit der Todesstrafe rechnen mußten.

Die strengen Sicherheitsvorkehrungen konnten nicht verhindern, daß schließlich doch deutsche Agenten, sowohl in die Comet- als auch in die O'Leary-Linie einsickerten. Zum Teil wurden den beiden Organisationen gerade ihre Erfolge zum Verhängnis: Sie wuchsen ständig und erreichten im Jahre 1943 einen derartigen Umfang, daß ein einziger Leiter nicht mehr in der Lage war, sie zu kontrollieren. In dem Maße, wie immer mehr neue Helfer in Dienst genommen wurden, wuchs auch die Gefahr, verraten zu werden oder sich durch eine Unachtsamkeit zu entlarven.

O'Learys Organisation wurde von einem altbewährten britischen Fluchthelfer namens Harold Cole verraten. Dieser war im Anfangsstadium der Fluchthilfe ein furchtloser und zuverlässiger Kurier gewesen. Seine Freunde hielten ihn für einen bei Dünkirchen versprengten Hauptmann. In Wirklichkeit war er jedoch ein vor seiner Militärzeit mehrfach wegen Einbruchs und Betruges vorbestrafter Feldwebel, der vor der Schlacht bei Dünkirchen unter Mitnahme der Kasse eines Unteroffizierskasinos desertiert war. Alles dies kam erst sehr viel später ans Licht. O'Leary hatte jedoch Verdacht geschöpft, als man den schlagfertigen Cole im September 1941 in Gesellschaft seiner Freundin auf einer Party in Marseille angetroffen hatte, obwohl er damals eigentlich im Auftrag der Fluchthilfeorganisation in Nordfrankreich hätte tätig sein sollen.

Wenig später stellte O'Leary fest, daß Cole offensichtlich eine Geldsumme unterschlagen hatte, die für einen Agenten in Lille bestimmt gewesen war. Cole wurde daraufhin zu einem Treffen der Leiter der Fluchthilfeorganisation nach Marseille beordert und wegen des Vorfalls zur Rede gestellt. Er beteuerte lebhaft seine Unschuld, bis man schließlich den Agenten, für den das Geld bestimmt gewesen war, aus einem Hinterzimmer herbeirief und ihm gegenüberstellte. Daraufhin gab Cole sein hartnäckiges Leugnen auf und legte ein umfassendes Geständnis ab. Man schloß ihn in ein Badezimmer ein und überlegte, was mit ihm geschehen solle. Unter anderem wurde der Vorschlag gemacht, ihn auf der Stelle zu erschießen. Während die Organisationsleiter noch beratschlagten, wurden sie durch ein Geräusch aus dem Badezimmer aufgeschreckt: Cole war durch das Fenster entschlüpft.

Wenig später wurde der Abbé Carpentier festgenommen und in ein Gefängnis eingeliefert. Er konnte eine Meldung herausschmuggeln, aus der hervorging, daß Cole der Sipo ein 30 Seiten umfassendes, maschinenschriftliches Verzeichnis mit den Namen und Anschriften aller ihm bekannten Widerstandskämpfer übergeben hatte. Die Verhaftungswelle hatte auch bereits eingesetzt. Etwa 50 Angehörige der O'Leary-Linie wurden hingerichtet.

Ungeachtet dieser Verluste führte die O'Leary-Organisation ihr spektakulärstes Unternehmen nach dem Verrat durch Cole durch. Gegen Ende 1942 erfuhr O'Leary, daß auch sein alter schottischer

Mitstreiter Ian Garrow aus einem französischen Konzentrationslager in das Todeslager Dachau verlegt werden sollte. O'Leary, der Garrow seine eigene Befreiung aus dem Gefängnis verdankte, beschloß, sich zu revanchieren.

Das Konzentrationslager Mauzac in der Dordogne, in dem Garrow sich befand, wurde von drei Stacheldrahtzäunen gesichert und scharf bewacht. O'Leary kam zu dem Schluß, daß es für Garrow nur eine Möglichkeit gab: Er mußte sich eine französische Uniform anziehen und das Lager mit den abgelösten Soldaten verlassen. O'Leary nahm mit einem aufgeschlossenen Wachtposten Fühlung auf und bot ihm 216 000 Francs – etwa sechs Jahreslöhne – an, wenn er eine Uniform in das Lager schmuggelte. Nachdem sich der Mann dazu bereit erklärt hatte, händigte O'Leary ihm ungefähr die Hälfte der versprochenen Summe aus und gab in Toulouse bei dem Schneider Paul Ulmann eine Uniform für Garrow in Auftrag. Nach zwei Tagen war sie fertig, und am 30. November 1942 fuhr O'Leary damit zurück nach Mauzac. Dort stellte er zu seinem Entsetzen fest, daß das Lager nicht mehr von Soldaten, sondern von Gendarmen bewacht wurde – eine Folge des 19 Tage zuvor erfolgten Einmarsches der Wehrmacht in den bisher noch unbesetzten Teil Frankreichs und der anschließenden Demobilisierung der Vichy-Armee. Die Uniform, die O'Leary bei sich trug, war wertlos.

Als O'Leary sich von dem Schock erholt hatte, kam er auf die Idee, daß der neue Umstand sich eventuell als großer Vorteil

Ein mit Soldaten eines britischen Kommandotrupps überfülltes Landungsfahrzeug verläßt im Dezember 1941 nach einem erfolgreichen Unternehmen die norwegischen Lofoten. Die Soldaten zerstörten 18 Fabriken, in denen Glyzerin für deutsche Munitionsanstalten hergestellt wurde. Auf ihrer Rückfahrt nahmen sie 307 Norweger und 8 Norwegerinnen mit, die sich freiwillig zum Dienst in den alliierten Streitkräften beziehungsweise im Norwegischen Roten Kreuz melden wollten.

Die im Jahre 1928 mit dem Nobelpreis für Literatur ausgezeichnete norwegische Schriftstellerin und Autorin antifaschistischer Publikationen Sigrid Undset entzog sich April 1940 beim Überfall der deutschen Wehrmacht auf ihr Heimatland der befürchteten Verfolgung durch Flucht. Sie fuhr nach Norden, legte jeden Tag die Route neu fest und reiste per Auto, Bahn, Schiff und zu Fuß. Sie machte Umwege von insgesamt 1930 Kilometern und erreichte das neutrale Stockholm, das nur 425 Kilometer von dem Ausgangspunkt ihrer Flucht, Oslo, entfernt lag, erst nach über einem Monat.

erweisen könnte. Die neu eingesetzten Gendarmen würden sich vermutlich nicht kennen. Er fuhr daher unverzüglich wieder zu Ulmann und gab bei dem übermüdeten Schneider und seiner Frau eine neue Uniform in Auftrag. In 48 Stunden war sie fertig.

Am 6. Dezember 1942, um 6.45 Uhr, verließ Ian Garrow, als französischer Gendarm gekleidet, das Lager Mauzac, um sofort in der O'Leary-Linie zu verschwinden. O'Leary begleitete ihn noch bis an die spanische Grenze.

In den ersten Monaten des Jahres 1943 nistete sich abermals ein Verräter in der Linie ein, und viele in Nordfrankreich tätige Agenten, darunter auch Louis Nouveau, wurden von der Sipo verhaftet. Am 2. März bestellte O'Leary einen Agenten namens Roger Le Neveu aus Paris zu sich, um aus erster Hand zu erfahren, was vorgefallen war. Die beiden trafen sich in einem Café in Toulouse.

Als O'Leary das Café betrat, war Le Neveu schon da. O'Leary nahm Platz und bat seinen Gesprächspartner, ihm zuallererst zu sagen, ob er wisse, wer in Paris Verrat geübt habe.

Le Neveu grinste: „Ich kenne den Verräter sehr gut." O'Leary fühlte plötzlich, wie ihm jemand von hinten einen Pistolenlauf in den Nacken stieß und ihn aufforderte: „Sitzen bleiben!"

Mit O'Learys Verhaftung fand eine Doppeltragödie ihren Abschluß. Erst sechs Wochen zuvor hatten deutsche Agenten ein Gehöft am Rande der Pyrenäen überfallen, das Comet als Ausgangspunkt für die Überquerung der spanischen Grenze gedient hatte. Dédée und drei RAF-Angehörige wurden dabei verhaftet. Als Dédée sich als Leiterin ihrer Organisation zu erkennen gab, bedeuteten die Sipo-Leute ihr, es sei höchst unglaubwürdig, daß eine derart große Organisation einer jungen Frau unterstünde. Dédée mußte den Rest des Krieges im Konzentrationslager Ravensbrück verbringen. O'Leary kam nach Dachau. Beide überlebten.

Dédées und O'Learys Verhaftung wirkten sich auf das Fluchthilfewesen weniger verheerend aus, als MI 9 befürchtet hatte. Die O'Leary-Linie sollte allerdings auch den alten Stand nicht wieder erreichen. Françoise Dissart in Toulouse gelang es aber irgendwie, bis zur Befreiung Frankreichs im Jahre 1944 ständig kleinen Trupps von abgeschossenen Piloten über die Grenze nach Spanien zu helfen. Auch Comet überlebte den Verlust Dédées und zahlreicher Agenten; Freunde traten an ihre Stelle und hielten die Fluchthilfeorganisation bis zur alliierten Landung in der Normandie aufrecht. Ja, in dem Maße, wie zahlreiche kleinere Fluchthilfeorganisationen die durch den Zusammenbruch der O'Leary-Linie entstandene Lücke auszufüllen begannen, stieg im Jahre 1943 die Zahl der aus Frankreich Herausgeschmuggelten sogar an. Gegen Jahresende halfen mindestens neun verschiedene Linien durchschnittlich drei alliierten Fliegern pro Tag nach Spanien.

Im gleichen Maße, wie Sabotagetrupps und alliierte Bombengeschwader als Vorbereitung auf den Invasionstag das französische

Eisenbahnnetz lahmzulegen versuchten, wurde der Überlandweg durch Frankreich für den nicht abreißenden Strom von Fliehenden zunehmend schwieriger. Zu Anfang des Jahres 1944 trafen in London Berichte ein, wonach zahlreiche alliierte Kampfflieger und Bomberpiloten im Nordwesten Frankreichs unweit der Küste auf Schlössern und Bauerhöfen festsaßen und mangels Transportmitteln nicht nach Spanien gelangen konnten.

Um diese vielen gefährdeten Armeeangehörigen in die Heimat zurückzuführen, plante MI 9 eine komplizierte Reihe von Ausschleusungen, die nicht nur viel Mut, sondern auch eine enge Zusammenarbeit zwischen der britischen Kriegsmarine und einer Gruppe patriotischer Fischer aus der Gegend um das in der Bretagne gelegene Dorf Plouha erforderten.

Die für dieses Unternehmen geschaffene neue Fluchtroute erhielt den Decknamen Shelburne und unterstand einem kanadischen Oberfeldwebel namens Lucien Dumais. Dieser hatte im Jahre 1942 als Angehöriger einer Kommandotruppe an dem großen Überfall auf Dieppe teilgenommen, war anschließend nach Südfrankreich geflohen und über die O'Leary-Linie aus Frankreich herausgeschleust worden. Im Oktober 1943 war er dann als MI 9-Agent zuammen mit einem Funker nach Frankreich zurückgekehrt, um die Shelburne-Route zu organisieren.

In der Nacht zum 30. Januar 1944 führten sie ihre erste Ausschleusung durch. 19 Männer – 13 amerikanische und vier britische Kampfflieger und Bomberpiloten sowie zwei Franzosen, die als Freiwillige in die alliierten Streitkräfte eintreten wollten – wurden von einem kleinen, abgelegenen Strand in der Nähe von Plouha abgeholt. Das Unternehmen wurde mit minuziöser Sorgfalt ins Werk gesetzt und beispielgebend für vier weitere, die in den folgenden acht Wochen erfolgten. Im Zuge der fünf Ausschleusungen über die Shelburne-Linie gelangten insgesamt nicht weniger als 118 Flieger nach England zurück; sie stellten die letzte große Fluchtbewegung vor der Landung der Alliierten in der Normandie im Juni des gleichen Jahres dar.

Die rund zwölf in Westeuropa aktiven Fluchthilfeorganisationen hatten von 1940 bis 1944 mehrere hundert Soldaten und schätzungsweise 3000 alliierte Kampfflieger und Bomberpiloten aus dem besetzten Gebiet herausgeschmuggelt. Die Fluchthelfer zahlten für ihren Beitrag zu den alliierten Kriegsanstrengungen einen hohen Preis. Die Akten der Abteilung MI 9 verzeichneten die Namen von etwa 500 Zivilisten, die ihren selbstlosen, mutigen Einsatz für Fluchthilfeorganisationen mit dem Leben bezahlen mußten. Laut James Langley aus der Abteilung MI 9 verschwanden darüber hinaus Hunderte von Fluchthelfern, die für andere Organisationen tätig waren, spurlos in den Kerkern der Sicherheitspolizei und in den deutschen Vernichtungslagern. Langley gab an, für jeden alliierten Soldaten, der in Sicherheit gebracht worden sei, habe schätzungsweise auch ein Fluchthelfer sein Leben geopfert.

Ein französisches Ehepaar verbringt in einem Le Petit Club Français genannten Treffpunkt für Flüchtlinge, der 1940 von einer franzosenfreundlichen Waliserin in einem Londoner Keller gegründet wurde, einen geselligen Abend.

DEUTSCHE GEGENSCHLÄGE

Auch angesichts des Todes ungebeugt, mustert ein französischer Widerstandskämpfer mit spöttischem Blick das auf ihn anlegende deutsche Exekutionskommando.

ENERGISCHE MASSNAHMEN GEGEN DEN WIDERSTAND

Ein Funkpeilwagen der deutschen Abwehr versucht mit Hilfe einer komplizierten Apparatur, den Standort eines Geheimsenders der Résistance zu ermitteln.

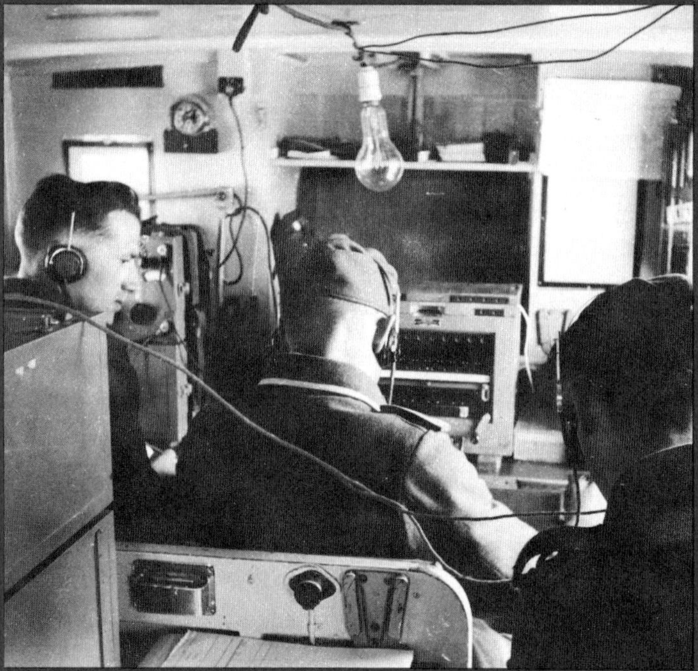

Zu Beginn der Besatzung hielten sich die Deutschen ziemlich genau an Hitlers Faustregel, daß ein kluger Sieger den Tribut – sofern irgend möglich – immer nur in Raten von den Besiegten fordere. Die Eroberer waren anfangs auffällig bemüht, Zusammenstöße mit den Einwohnern zu vermeiden; sie sahen davon ab, mit drakonischer Härte durchzugreifen und verhängten lediglich Geldbußen. Tatsächlich sahen sich die meisten Bürger der besetzten Länder damals durchweg nur durch eine nächtliche Ausgangssperre in ihrem gewohnten Alltagsleben behindert.

Die von den Deutschen eingeleiteten Überwachungsmaßnahmen waren aber alles andere als lasch. In allen besetzten westeuropäischen Ländern mußte jeder erwachsene Mann ein halbes Dutzend verschiedene Ausweise mit sich führen: eine Kennkarte mit Photo und bisweilen einem Fingerabdruck, Arbeitsnachweis, Lebensmittelkarte, Bescheinigung über die Entlassung aus dem Militärdienst, amtsärztliches Attest über die Befreiung vom Arbeitseinsatz und einen besonderen Erlaubnisschein für Reisen in die Nähe einer Grenze oder Küste. Alle diese Papiere mußten jederzeit der Abwehr, der deutschen Sicherheitspolizei oder irgendeinem der übrigen deutschen Sicherheitsorgane auf Verlangen vorgezeigt werden. Allein in Frankreich existierten 69 Abwehr- und 131 Sipo-Dienststellen.

Die Deutschen bekämpften die Untergrundbewegung nicht nur mit ihren eigenen Kräften, sondern beauftragten auch die Miliz und andere französische Hilfstruppen, ihr bei der Aufrechterhaltung der Ordnung und der Verfolgung der Widerständler Hilfe zu leisten. „Es gibt in Frankreich über 360 verschiedene Käsesorten", äußerte ein Sipo-Kommissar. „Die Methoden unserer französischen Agenten werden noch vielfältiger sein als der französische Käsemarkt!"

Durch die zunehmende Kampfstärke der Résistance in Wut versetzt, schlugen die deutschen Sicherheitskräfte mit unerbittlicher und grausamer Härte zurück. Für einen Mordanschlag, den die Untergrundbewegung verübte, wurden zeitweilig 50 Franzosen erschossen. Denunziationen und unter der Folter erpreßte Geständnisse führten zur Zerschlagung vieler Widerstandsnetze. Schätzungsweise 25 000 Franzosen wurden von den Deutschen erschossen und weitere 200 000 in Konzentrationslager geschickt. Von den letzteren dürfte die Hälfte ums Leben gekommen sein. Das rapide Ansteigen der Todesrate wurde von den Kämpfern der Résistance mit immer heftigeren Widerstandsaktionen beantwortet. So drohte eine Untergrundzeitung: „Für ein Auge eure beiden Augen, für einen Zahn alle eure Zähne!"

Deutsche Grenzbeamte prüfen an der Demarkationslinie zwischen der besetzten und unbesetzten Zone Frankreichs die Reiseerlaubnis eines Fahrgastes.

Ein Sonderkommando der deutschen Wehrmacht fahndet 1944 in dem labyrinthartigen Kanalisationsnetz von Paris nach flüchtigen Widerstandskämpfern.

RAZZIEN, VERHAFTUNGEN, MISSHANDLUNGEN

Die deutschen Besatzungskräfte intensivierten ihren Kampf gegen die Résistance zu Wasser ebenso wie zu Lande. Auf der Suche nach den Kurieren, die unbemerkt ins Land oder außer Landes gelangen wollten, durchsuchten sie in den Häfen der besetzten Gebiete die ein- und auslaufenden Fischerboote. Und zur Verstärkung ihres sorgsam ausgebauten Netzes von Kontrollstellen an den Küsten, Grenzen und Fernverkehrsstraßen gingen die Sicherheitskräfte in regelmäßigen Abständen auf „Rattenjagd": Sie durchkämmten alle Dörfer in den unwegsamen Gebieten Mittel- und Südfrankreichs. Zahlreiche junge Franzosen, die sich der Zwangsarbeit in deutschen Rüstungsbetrieben entzogen hatten, waren in den Wäldern untergetaucht und zum Partisanenkampf übergegangen. Sie bildeten den Maquis, eine Art Partisanenarmee.

Die Zahl der Verhaftungen nahm ständig zu, und die Gefängnisse füllten sich sowohl mit Untergrundkämpfern als auch mit Unschuldigen, die alle bei einer Verpflegung von selten mehr als 600 Kalorien pro Tag ohne Hoffnung dahinvegetierten. „Wenn sie die Wanzen aus der Suppe nehmen, müssen wir alle verhungern", schrieb ein Häftling an seine Zellenwand.

Deutsche Truppen durchkämmen das unwirtliche Plateau von Glières, auf dem sich eine große Gruppe Maquisarden in primitiven Berglagern versteckt hielt.

Ein Küstenwachboot der deutschen Kriegsmarine nähert sich einem Fischerboot, das im Jahre 1941 aus dem Hafen von Le Havre in den Ärmelkanal ausläuft.

Zwei deutsche Soldaten machen in einer unwegsamen Gegend Frankreichs Jagd auf Widerstandskämpfer. Während der eine die Karte studiert, richtet der andere das

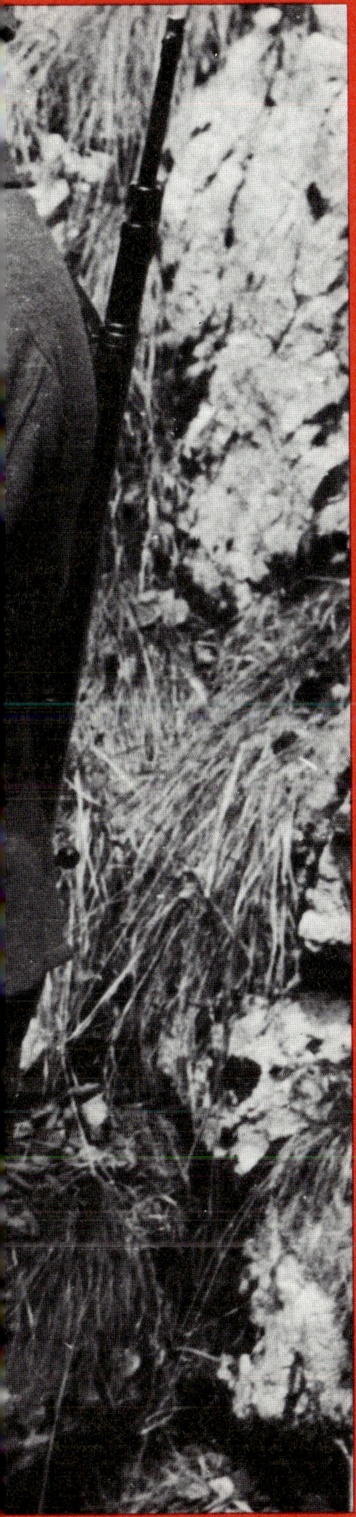

Gewehr auf einen Verdächtigen.

Eine Wehrmachtstreife bewacht Flüchtlinge, die beim illegalen Übertritt in die unbesetzte Zone Frankreichs gefaßt wurden.

Soeben in ein deutsches Gefängnis eingelieferte französische Widerstandskämpfer warten schweigend auf ihre Vernehmung.

Diese Handabdrücke in einer Wand (oben) sind Zeugen der Qualen, die die Sicherheitspolizei ihren Opfern mit Stromstößen zufügte. Die Gefangenen wurden an elektrisch geladene Drähte (unten links) gehängt und griffen dann krampfartig nach der feucht gehaltenen Wandverkleidung.

BRUTAL PERFEKTIONIERTE FOLTERMETHODEN

Die deutsche Sicherheitspolizei sah in den von ihr verhafteten mutmaßlichen Widerständlern und ausländischen Agenten stets Mitwisser wichtiger Geheimnisse der Résistance. Wenn Drohungen nichts fruchteten, versuchten die Deutschen ihre Gefangenen durch Folter zum Reden zu bringen. Oft verprügelten sie ihre Opfer einfach mit Gummiknüppeln. Das hatte manchmal zur Folge, daß übereifrige Folterknechte einem Gefangenen bisweilen derart schwere Verletzungen zufügten, daß er ihnen, ehe er redete, unter den Händen starb.

In dem vierstöckigen Pariser Sipo-Gebäude, Rue Lauriston Nr. 93, wandte man raffiniertere Verfahren an. Dort tauchte man die Gefangenen unter anderem in riesige, mit Eiswasser gefüllte Tonnen, bis sie halb erfroren oder fast ertrunken waren, ließ sie eine schmerzhafte Stellung einnehmen und peitschte sie dann aus, verrenkte ihnen die Gelenke und folterte sie mit starken elektrischen Stromstößen.

In ihrer Pariser Zentrale brachte die Sicherheitspolizei ihre Opfer zum Reden, indem sie ihnen mit dieser Daumenschraube die Fingergelenke brach.

An Händen und Füßen wurde ein Widerstandskämpfer in einer deutschen Folterkammer über eine Holzleiste gefesselt. Dieses Photo wurde von den Folterern zum Studium ihrer grausamen Methoden und deren Perfektionierung aufgenommen.

Von den Steinhäusern der auf dem Vercors gelegenen Ortschaft Vassieux stehen nur noch Ruinen. Als Repressalie für die Anschläge der Résistance belegten deutsche

Jagdbomber Vassieux mit Bomben. Danach rückten Heerestruppen in das Dorf und steckten viele Gebäude samt den darin eingeschlossenen Bewohnern in Brand.

5

DIE HÜTER IHRER BRÜDER

Menschenfracht in Viehwaggons
Antisemitismus in der Hoffnung auf Zugeständnisse
9000 Polizisten treiben die Pariser Juden zusammen
„Es handelt sich um Völkermord"
Ein Fahrradreifen als Geldversteck
Ein französischer Jesuit schluckt seine Kennkarte
„Wäre es wirklich so schlimm, wenn du dein Leben verlörest?"
Eine Bauernfamilie, die 300 Flüchtlingen das Leben rettete
Das Scheitern von Quislings Deportationsplänen
Ein Kopenhagener Rabbi löst Alarm aus
Die sensationelle Rettung der dänischen Juden

Ungezählte Bewohner der besetzten Länder Westeuropas wurden zu irgendeinem Zeitpunkt Zeugen derselben erschreckenden Szene: „Ich sah einen Zug vorüberfahren", schrieb eine Französin namens Edith Thomas im Jahre 1942. „Vorne ein Wagen mit französischer Polizei und deutschen Soldaten, dann Viehwaggons – alle plombiert. Dünne Kinderarme umklammerten die Vergitterung. Eine Hand winkte nach draußen wie ein Blatt im Sturmwind. Als der Zug seine Fahrt verlangsamte, hörte man dünne Stimmchen ‚Mama' rufen. Sie blieben ohne Antwort – nur die Radfedern quietschten. Die Wahrheit: gelbe Sterne auf der Brust, ihren Müttern entrissene Kinder, Tag für Tag erschossene Männer, die systematische Erniedrigung eines ganzen Volkes. Die Wahrheit unterliegt der Zensur. Wir müssen sie von den Dächern herunterschreien!"

Die ganze Wahrheit vermochte kaum jemand – auch nicht Edith Thomas – in Erfahrung zu bringen. Die offizielle Version lautete, in den Viehwaggons würden jüdische Männer, Frauen und Kinder in örtliche Internierungslager transportiert. In Wirklichkeit deportierten die Deutschen die Juden nach Polen, um sie im Rahmen der sogenannten „Endlösung der Judenfrage" in den Vernichtungslagern Auschwitz, Belzec, Chelmno, Lublin, Sobibor und Treblinka systematisch zu ermorden.

Wenn man damals auch nicht wissen oder allenfalls nur ahnen konnte, daß die Nationalsozialisten einen Völkermord planten, war doch für jedermann ersichtlich, daß die Juden isoliert und einer gezielten Verfolgung ausgesetzt wurden. Viele der Zeugen, die ihren Abtransport in Last- oder Viehwagen miterlebten, hatten für die Juden persönliches Mitgefühl und waren über die Aktionen der Nationalsozialisten entsetzt. Doch ein Versuch, die Juden zu beschützen, war mit Risiken verknüpft, die die meisten nicht auf sich nehmen wollten. Andere – Antisemiten, Konformisten und Opportunisten – halfen den Deutschen bei der Jagd auf ihre jüdischen Mitbürger. Zehntausende fühlten sich jedoch durch ihren Glauben, ihre ethische Überzeugung oder ihr Mitleid verpflichtet, sich den Anweisungen der Besatzungsmacht zu verweigern und den Juden zu helfen. Ungeachtet der ihnen drohenden Gefahren verbargen sie Juden in ihren Häusern, beschafften ihnen gefälschte Papiere mit einer neuen, rettenden Identität und schleusten sie über die Grenzen in neutrale Länder. Durch ihre gefahrvolle Arbeit als Hüter ihrer Brüder trugen sie dazu bei, daß mindestens eine Viertelmillion Juden dem sicheren Tod entgehen konnten.

In Frankreich nahmen die Bemühungen, die Juden vor dem Zugriff ihrer Verfolger zu schützen, infolge der Teilung des Landes in eine besetzte und eine unbesetzte Zone ganz verschiedene Formen an. Die deutsche Besatzungsverwaltung und die Vichy-Regierung hatten nämlich unterschiedliche Maßnahmen ergriffen, deren Effektivität auch sehr unterschiedlich war.

Die Vichy-Regierung hatte sich der nationalsozialistischen Rassenlehre bereits zu einem Zeitpunkt gebeugt, als die Deutschen die Behörden der unbesetzten Zone noch gar nicht zu offiziellen Judengesetzen drängten. In der Hoffnung auf bessere Waffenstillstandsbedingungen und politische Zugeständnisse erklärte die Regierung die Juden zu Bürgern zweiter Klasse. Kein Jude durfte mehr ein öffentliches Amt bekleiden, in dem er Einfluß auf das kulturelle Leben nehmen konnte. Für die Universitäten und die freien Berufe wurde für die Juden ein „numerus clausus" festgesetzt. Im März 1941 wurde ein Generalkommissariat für Judenfragen geschaffen, das alle Juden namentlich erfassen und von der nichtjüdischen Bevölkerung isolieren sollte.

Die Vichy-Regierung unterschied scharf zwischen den in Frankreich geborenen und den vor dem Krieg eingewanderten Juden, die in Deutschland, Österreich oder Osteuropa Verfolgungen ausgesetzt gewesen waren und in Frankreich Zuflucht gefunden hatten. Französische Juden, die im Ersten Weltkrieg militärische Auszeichnungen erhalten oder sich bedeutende Verdienste um das Gemeinwesen erworben hatten oder einer seit mindestens fünf Generationen in Frankreich ansässigen Familie entstammten, konnten auf Antrag von den judenfeindlichen Maßnahmen ausgenommen werden. Den staatenlosen Juden waren solche Möglichkeiten versagt. Ein Regierungsdekret vom Oktober 1940 ermächtigte die Behörden, sie in Internierungslager einzuweisen. Ungefähr 7500 deutsche und österreichische Juden, die von den Deutschen über die Grenze nach Frankreich abgeschoben worden waren, wurden sofort in Lager in den Pyrenäen transportiert. 800 von ihnen gingen im Winter 1940/41 an Hunger, Kälte oder Krankheit elend zugrunde. Das war aber erst der Anfang.

In der besetzten Zone leiteten die deutschen Behörden erstmals im September 1940 gezielte Maßnahmen gegen die Juden ein. Die Sieger definierten den Status der Juden in rassischer Hinsicht (als Jude galt, wer von zwei volljüdischen Großeltern abstammte) und ordneten eine Zählung des jüdischen Bevölkerungsteiles an. Alle Geschäfte und Firmen, die Juden gehörten oder von Juden geführt wurden, mußten in zwei Sprachen mit schwarzen Buchstaben auf gelbem Grund als „Jüdisches Geschäft" gekennzeichnet werden. Die Pariser Bevölkerung fand diese in ihren Augen unsinnigen Befehle anfangs einfach absurd. Der Volksmund erzählte sich Witze wie den folgenden darüber: Ein auf den Champs-Élysées umherstolzierendes stattliches Freudenmädchen habe einen deutschen Offizier mit den Worten *entreprise juive* (Jüdisches Geschäft) abblitzen lassen und sei davongeschritten.

Im Frühjahr 1941 sollte den Parisern das Witzemachen vergehen. Im Mai erhielten 3600 staatenlose Juden in Paris von der Polizei die Aufforderung, sich in einem Sportstadion zu melden. Dort nahm man sie fest, um sie anschließend in das im nördlichen Mittelfrankreich gelegene Internierungslager Beaune-la-Rolande zu transportieren. Judenrazzien folgten, und im Verlauf eines Jahres wurden in der besetzten Zone 30 000 Juden in Lagern interniert.

Im Mai 1942 wurden erstmals systematisch staatenlose Juden aus französischen Internierungslagern in der besetzten Zone in die in Osteuropa errichteten Vernichtungslager deportiert. Gemäß der vom „Reichsführer SS" Heinrich Himmler im Rahmen der „Endlösung der Judenfrage" für die einzelnen besetzten Länder festgelegten Quoten sollten innerhalb von drei Monaten 100 000 Juden aus Frankreich nach Auschwitz deportiert werden.

Der Himmler-Befehl löste eine Großrazzia auf alle noch in Freiheit lebenden Juden aus. In der Nacht vom 16. Juli 1942 schwärmten mehr als 9000 französische Polizisten in die verdunkelten Straßen von Paris aus, um Juden zu verhaften, deren Namen und Anschriften sie den Karteien entnahmen, die bei der wenige Monate zuvor durchgeführten Volkszählung der französischen Juden angelegt worden waren. Viele der Opfer waren vorher durch anonyme Zettel, die sie in ihren Briefkästen fanden, oder durch anonyme Telephonanrufe vor der bevorstehenden *grande rafle* – der Großrazzia – gewarnt worden. Etliche gingen in den Untergrund, einige verübten Selbstmord.

Insgesamt 12 884 Juden wurden in jener Nacht verhaftet. Von ihnen sollten knapp 400 aus den Vernichtungslagern zurückkehren; keines der 4 051 jüdischen Kinder überlebte.

Nach der Razzia vom 16. Juli begann der Untergrund für die Juden zu kämpfen. Die Widerstandskämpfer der ersten Stunde waren zumeist selbst Juden, junge Flüchtlinge aus Mittel- und Osteuropa. Viele von ihnen hatten in ihren Heimatländern der Kommunistischen Partei oder anderen radikalen Organisationen angehört und dort bereits im Untergrund gearbeitet. Und da sie zur alsbaldigen Deportation nach dem Osten ausersehen waren, kämpften sie mit dem Mut der Verzweiflung.

In beiden Zonen beteiligten sie sich an sämtlichen Untergrundaktivitäten wie Sprengstoffherstellung, Sabotageangriffe auf militärische Anlagen der Besatzungsmacht, Anschläge auf Deutsche und Kollaborateure, Fälschung von Personalausweisen und Lebensmittelkarten sowie Nachrichtenbeschaffung für London. Absoluten Vorrang hatte allerdings der verzweifelte Kampf um die Rettung ihrer jüdischen Leidensgenossen vor der deutschen Vernichtungsmaschinerie. Die jüdischen Kinder ließen sich leichter als Erwachsene aus den Internierungslagern herausschmuggeln; selbst hartgesottene Wachtposten sahen hin und wieder weg, um die Flucht eines kleinen Kindes zu ermöglichen, und mitfühlenden Bauernfamilien fiel es nicht schwer, noch ein oder zwei Kinder mit in ihren großen Haushalt aufzunehmen.

In den Widerstandsgruppen waren die jüdischen Frauen genauso aktiv wie die Männer. Die Widerstandskämpferinnen übermittelten

Nachrichten, versorgten Flüchtlinge mit gefälschten Papieren und schmuggelten Waffen. In einer in der Universität Grenoble eingerichteten Fälscherwerkstatt für behördliche Dokumente gingen derart viele Agentinnen ein und aus, daß man den Leiter des Unternehmens, einen Studenten, verdächtigte, er stelle, anstatt zu studieren, den jungen Frauen nach.

Nach und nach stießen zu den ausländischen und staatenlosen jüdischen Widerstandskämpfern auch französische Juden, von denen einige zwei bewährten jüdischen Hilfsorganisationen – einem Kinderhilfswerk und einem Arbeiterwohlfahrtsverband – angehörten. Diese und eine Anzahl ähnlicher Gruppen hatten zu Beginn der Besatzung von der Vichy-Regierung die Genehmigung erhalten, Hilfsaktionen für die in Internierungslager eingewiesenen jüdischen Flüchtlinge durchzuführen. Etliche Mitarbeiter dieser Organisationen, die die Ziele der nationalsozialistischen Judenpolitik noch nicht erkannt hatten und naiverweise annahmen, die Lager seien als vorübergehende Bleibe für verarmte staatenlose Juden erbaut worden, richteten verschiedene Kurse zur fachlichen Weiterbildung der Lagerinsassen ein. Erst als die Deportationen nach dem Osten einsetzten, wurde klar, daß die Deutschen keinen einzigen Juden wieder freilassen würden. Und als die deutschen Truppen im November 1942 das ganze Land besetzten, wurden auch die französischen Juden verfolgt. Während sich ihre Führer über den Zweck der Verhaftungen und Deportationen den Kopf

Der Rabbiner Marcus Melchior warnte die Mitglieder seiner Gemeinde im September 1943 vor der bevorstehenden deutschen Razzia auf die dänischen Juden. Er selbst konnte mit Hilfe eines befreundeten lutherischen Pfarrers entkommen, der ihn mitsamt seiner Familie acht Tage lang in seinem Hause versteckt hielt und anschließend auf ein dänisches Fischerboot schmuggelte, das die Flüchtigen in das neutrale Schweden brachte.

zerbrachen, wuchs ihre Angst immer mehr. Einige wenige kamen zu dem richtigen Schluß. Georges Loinger, ein Mitarbeiter des Kinderhilfswerks, wohnte in Lyon einer Konferenz der führenden Repräsentanten der französischen Juden bei und berichtete später, Joseph Weill, der Präsident des Hilfswerks, habe den Anwesenden „mit brutaler Offenheit erklärt, es sei sinnlos, sich etwas vorzumachen. Es handele sich um Völkermord. Wer den Deutschen in die Hände falle, werde sterben".

Weills Organisation bemühte sich dann mit Zähigkeit und Geschick, Juden aus Frankreich herauszuschmuggeln. Einer ihrer Mitarbeiter, Georges Garel, baute ein sorgfältig gesichertes Kinderrettungswerk auf, das als Garel-Ring bekannt wurde. Die geheimen Zentren, die er in ganz Frankreich errichtete, nahmen Kinder auf, die aus Internierungslagern herausgeschmuggelt oder von ihren Eltern kurz vor einer Razzia gerettet worden waren. Schirmherr des Ringes war Erzbischof Saliège von Toulouse. Dieser brachte viele Kinder in katholischen Familien unter und stellte Garel Klöster zur Verfügung, in denen er seine Schützlinge verstecken konnte. Andere Kinder – bisweilen ganze Familien – wurden von Kloster zu Kloster und schließlich in die neutrale Schweiz geschleust.

Der mit der Organisation von Fluchtwegen betraute Loinger entwickelte in dem gegenüber von Genf im Departement Haute-Savoie gelegenen Annemasse eine geniale Methode, Kinder über die schweizerische Grenze zu bringen. Ausgangspunkt der Aktion war ein Kindererholungsheim der französischen Eisenbahn. Die dort eintreffenden jüdischen Kinder waren offiziell Ferienkinder, während Loinger sich als ihr Turnlehrer ausgab. „Unmittelbar an der Grenze lag ein Sportplatz", erinnerte Loinger sich viele Jahre später, „den ich mit zwei Mannschaften zum Fußballspiel aufzusuchen pflegte. Wenn ein Spiel angepfiffen wurde, waren die Mannschaften jedesmal etwas zusammengeschrumpft. Wir gingen dann ins Heim zurück, um bald darauf erneut anzutreten, und so fort, bis sämtliche Kinder heil in die Schweiz gebracht waren.

„Der Bürgermeister von Annemasse spielte die Rolle des Kollaborateurs, war in Wirklichkeit aber ein Widerstandskämpfer und über meine Aktivitäten informiert. Nach einiger Zeit erhielten jedoch die Deutschen gleichfalls davon Kenntnis, und die Grenzübertritte wurden für mich zu gefährlich. Ich nahm daher berufsmäßige Fluchthelfer in Anspruch, denen wir pro Kind natürlich eine bestimmte Summe zu zahlen hatten. Das Geld mußte ich in der Schweiz abholen. Als Radfahrer getarnt, fuhr ich mit einem Rennrad hinüber und versteckte die Scheine – zwei oder drei Millionen Franken, damals eine gewaltige Summe – im Ersatzreifen."

Das Geld, das Loinger für das Kinderrettungswerk in der Schweiz abholte, wurde ihm vom sogenannten Joint (Gemeinsames Amerikanisches Verteilungskomitee) zur Verfügung gestellt und war größtenteils von amerikanischen Juden gespendet worden. Das Joint sicherte allen – jüdischen sowohl wie nichtjüdischen – Organisationen, die sich bereit erklärten, Juden zu helfen, finanzielle Unterstützung zu.

Zu den nichtjüdischen Organisationen, die das Joint förderte, gehörte die eng mit Weills Kinderrettungswerk zusammenarbeitende, äußerst aktive Christian Friendship Organization. Sie wurde im Jahre 1942 gegründet – offiziell, um Lebensmittel und Kleidungsstücke für notleidende Ausländer zu sammeln. Das tat sie dann auch, doch darüber hinaus rettete sie jüdische Familien vor der Deportation nach dem Osten und machte Quartiere für sie ausfindig, in denen sie sich so lange verstecken konnten, bis sich eine Fluchtmöglichkeit ergab.

Zu den Gründern dieser Organisation zählte ein Angehöriger des Jesuitenordens in Lyon, Pater Pierre Chaillet. Er verfaßte auch unter dem Pseudonym Testis Artikel für die Untergrundpresse, in denen er die Unvereinbarkeit von Christentum und Nationalsozialismus unterstrich und seine katholischen Glaubensgenossen zu Hilfsaktionen für die verfolgten Juden aufrief.

Die Christian Friendship Organization dehnte ihre Aktivitäten ungeachtet einer Reihe von Rückschlägen ständig weiter aus. Im Herbst 1942 wurde Pater Chaillet verhaftet, weil er sich geweigert hatte, 50 jüdische Kinder an die Vichy-Behörden auszuliefern. Vier Monate später konnte er aus dem Gefängnis fliehen, doch hatte die Sicherheitspolizei inzwischen eine große Zahl seiner Mitarbeiter festgesetzt und mehrere seiner Büros geschlossen. Unverdrossen machte er sich wieder an die Arbeit. Der deutschen Polizei schon bekannt, wurde er wieder verhaftet, konnte der Einlieferung ins Gefängnis aber entgehen, indem er seine Kennkarte verschluckte. Am Ende der Besatzungszeit hatten Pater Pierre und seine Mitarbeiter Hunderten von jüdischen Kindern das Leben gerettet.

Dutzende von Widerstandsgruppen waren hauptsächlich für die Rettung der französischen Juden tätig. Einige von ihnen stimmten ihre Aktivitäten aufeinander ab, benutzten gemeinsame Fluchtwege und teilten sich gewissenhaft die vorhandenen Hilfsmittel. Die Rettung von rund zwei Dritteln der insgesamt 300 000 französischen Juden war zum größten Teil ihrer Einsatz- und Kooperationsbereitschaft zu verdanken.

Anders als in Frankreich fanden die Juden in Holland nur wenige geeignete Verstecke. Das Land hatte keine Berge, so gut wie keine Waldgebiete, keine schwach bevölkerten Gegenden und keine gemeinsame Grenze mit einem neutralen Land. Dennoch verschwanden während der deutschen Besatzung mit Unterstützung der holländischen Widerstandsbewegung und unter tatkräftiger Mithilfe der fast durchweg patriotisch gesinnten Bevölkerung Tausende von Juden und anderen Flüchtigen im Untergrund. Die Holländer nannten sie „Taucher", da sie gezwungen waren, unsichtbar zu werden und sich in Speicherräumen, Scheunen, Kellern, Kuhställen und Hinterzimmern zu verstecken.

Als die Deutschen im Frühjahr 1940 in Holland einmarschierten, lebten dort mehr als 140 000 Juden. Die meisten von ihnen entstammten alteingesessenen und seit Jahrhunderten in das politische, gesellschaftliche und kulturelle Leben des Landes integrierten Familien. Die Eroberer verloren keine Zeit, ihnen die wohlerworbenen Bürgerrechte streitig zu machen. Im Herbst erließen die Besatzungsbehörden ihr erstes antijüdisches Dekret, worin sie die Registrierung aller in jüdischem Besitz befindlichen Geschäftsunternehmen anordneten; wer Jude war, wurde wieder nach rassischen Gesichtspunkten festgelegt. Im November wurden jüdische Professoren an den Universitäten Leiden und Delft entlassen. Als die nichtjüdischen Studenten beider Universitäten daraufhin streikten, wurden beide Lehranstalten geschlossen. Weitere antijüdische Maßnahmen folgten. Juden durften die öffentlichen Verkehrsmittel und Bibliotheken nicht mehr benutzen und die Theater und Kinos nicht mehr besuchen. Die nichtjüdische Bevölkerung reagierte auf jede neue judenfeindliche Anordnung mit Protesten und entwickelte einen allgemeinen Deutschenhaß.

Hanns Albin Rauter, der fanatische „Höhere SS- und Polizeiführer und Generalkommissar für das Sicherheitswesen" in den Niederlanden, geriet über die prosemitische Einstellung der Holländer derart in Wut, daß er der kleinen, aber lautstarken Gruppe von holländischen Nationalsozialisten gestattete, mit den Juden nach Gutdünken zu verfahren. Anfang 1941 begannen sie daraufhin, Juden blindlings zusammenzuschlagen. Ihr brutales Vorgehen löste erstmals schwere Unruhen in Amsterdam und anderen Städten aus.

Im Jahre 1942 waren alle antisemitischen Maßnahmen der Besatzungsmacht im vollen Gange. Alle Juden mußten sich registrieren lassen und wurden im zunehmenden Maße von der nichtjüdischen Bevölkerung abgesondert. Im Juli begannen die Besatzungsbehörden sodann mit der Ausführung der Himmlerschen Deportationsbefehle. Viele Holländer, die kurz zuvor noch an den Demonstrationen teilgenommen hatten, kamen zu dem Schluß, daß sie gegenüber einem derart radikalen Vernichtungswillen machtlos seien. Die deutschen Erlasse ließen auch keinen Zweifel daran, daß es jedem Fluchthelfer genauso ergehen werde wie den Juden. Dennoch nahmen Tausende von einfachen Bürgern das tödliche Risiko auf sich.

Zu ihnen zählte auch Johannes Bogaard, ein Bauer aus dem Dorf Nieuw-Vennep nahe Amsterdam. Als Bogaard vom Beginn der Deportationen erfuhr, fuhr er nach Amsterdam und bot der einzigen jüdischen Familie, die er kannte, eine Zuflucht auf seinem Hof an. Diese willigte sofort ein und übergab Bogaard eine Liste mit Namen und Anschriften anderer Juden. Binnen kurzem erschien auf Bogaards Hof und auf den unweit davon gelegenen Anwesen seines Vaters und seines Bruders eine große Zahl von Juden, um sich dort in primitiven Hütten und Erdlöchern vor dem Zugriff der Besatzungsmacht zu verstecken.

Bogaard nahm so lange jüdische Familien auf, bis er keinen Platz mehr hatte. Daraufhin baten ihn jüdische Eltern, er möge sich doch wenigstens ihrer Kinder annehmen. Bogaard bemerkte dazu nach dem Krieg: „Man stelle sich einmal vor, was es für die Eltern bedeutete, ihre Kinder jemandem anzuvertrauen, den sie noch nie gesehen hatten und von dem sie nicht das geringste wußten, nicht einmal den Namen! Ich lernte eine Familie mit sieben Kindern kennen. Ihr Kummer war schlimmer, viel schlimmer als alle Gefahren, denen ich mich aussetzte!"

Bogaard nahm einige Kinder bei sich auf und brachte andere in seiner Nachbarschaft unter. In vielen Fällen half er persönlich mit, die Kleinen aus Amsterdam herauszuschmuggeln. „Ich mußte ein etwa vierjähriges Mädchen, ein Einzelkind, abholen und seiner Mutter wegnehmen. Am gleichen Tage vertraute man mir ein weiteres Kind an, das zwei Jahre alt und taubstumm war. Unterwegs im Autobus konnte ich dies Kind mit keinem Wort trösten. Es saß still auf seinem Platz und schluchzte vor sich hin. Die Tränen rannen ihm über die Backen, und das andere kleine Mädchen – es weinte ebenfalls, denn es hatte sehr wohl gemerkt, daß die Fahrt nicht so vergnüglich verlaufen würde, wie es zuerst gedacht hatte – kam mit einem Taschentuch und trocknete seiner kleinen Leidensgenossin die Tränen. Inzwischen weinten im Autobus fast alle."

Dänische Fischer (Vordergrund) schmuggeln jüdische Flüchtlinge auf ihrem Boot über den Sund ins neutrale Schweden. Rund 7000 dänische Juden vermochten sich nach der ersten deutschen Verhaftungswelle im Jahre 1943 im Laufe von wenigen Wochen über den Seeweg in Sicherheit zu bringen.

Unter den Bauern in Nieuw-Vennep und Umgebung waren jedoch nur wenige bereit zu helfen. Als Bogaard einen ihm benachbarten Großbauern bat, wenigstens für ein paar Tage ein jüdisches Kind bei sich aufzunehmen, bekam er zur Antwort: „Und wenn Sie mir eine Million Gulden geben, meine Familie bringe ich nicht in Gefahr." Andere reagierten ähnlich. „Infolge dieser weitverbreiteten Einstellung", berichtete Bogaard, „mußten wir selber zu viele Menschen aufnehmen. Mein Vater, dem zwei meiner Brüder, meine Schwester und meine Tochter zur Seite standen, beherbergte damals 69 Untergetauchte, mein anderer Bruder hatte 13 aufgenommen, und ich hatte ebenfalls 13 Dauergäste, doch der Strom riß nicht ab."

Für die Flüchtigen selbst war das Untertauchen eine schwere Prüfung. Theo Philip van Raalte und seine Frau fanden auf einem nahe der deutschen Grenze gelegenen Gehöft in einem winzigen Raum Zuflucht, und binnen kurzem stießen noch acht weitere Personen zu ihnen. „Das Schlimmste war", schrieb van Raalte später, „daß wir uns ständig bemitleiden und betreuen lassen mußten. Wir konnten uns an nichts beteiligen, nichts beitragen und nichts weiter tun als am Leben bleiben."

Ein anderes Ehepaar, das sich in einem ungeheizten Winkel unter dem Ziegeldach eines Bauernhauses in Ostgeldern versteckt hielt, zählte die Tage, die es dort zubringen mußte, und machte damit einen jeden nur noch schwerer. Nach ein paar Wochen notierte die Frau in ihr Tagebuch: „38 Tage sitzen wir schon in diesem Versteck; wie sehr hoffe ich, daß wir nicht noch 38 Tage hier zubringen müssen." Sie mußten noch 933 Tage dort ausharren.

Die holländischen Widerständler, die Juden bei sich verborgen hielten, sahen sich einem noch stärkeren Druck ausgesetzt, als die Deutschen um die Mitte des Jahres 1943 die Zwangsrekrutierung der Arbeiter verfügten. Tausende von holländischen Arbeitern gingen daraufhin in den Untergrund. Um der ständig wachsenden Nachfrage nach Verstecken und falschen Papieren nachzukommen, riefen zwei überzeugte Patrioten das „Nationale Hilfswerk für untergetauchte Personen" ins Leben. Die Gründer waren Theodora Kuipers-Rietberg, eine Hausfrau und Mutter von fünf Kindern, und ein wegen seiner nazifeindlichen Predigten aus seinem Pfarramt in einem nahe der deutschen Grenze gelegenen Dorf vertriebener kalvinistischer Pfarrer namens Frits Slomp.

Die beiden trafen sich im Anschluß an einen Gottesdienst, den Pastor Slomp unerlaubterweise in der reformierten Kirche eines anderen Grenzortes abgehalten hatte. Slomp erinnerte sich später: „Frau Kuipers-Rietberg sagte zu mir: ‚Frits, ich weiß nicht, was ich machen soll! Unsere Jungen sollen zum Arbeitseinsatz nach Deutschland. Wir können das doch unmöglich zulassen! Ich habe bereits hier und dort Verstecke für sie gefunden und auch einige Juden bei mir untergebracht. Aber jetzt weiß ich wirklich nicht mehr weiter. Frits, wir müssen ein Hilfswerk gründen, das diesen Menschen Verstecke besorgt. Ich habe mir gedacht, daß du das tun mußt. Ich schlage vor, du reist durch das ganze Land und versuchst, die Leute für unseren Plan zu begeistern.'"

Slomps Antwort, er scheue das gewaltige Risiko, ließ Frau Kuipers-Rietberg nicht gelten. „Sie entgegnete mir – ihre Worte werden mir unvergeßlich bleiben –: ‚O Frits, wäre es wirklich so schlimm, wenn du dein Leben verlörest, aber Tausende von Jungen gerettet würden?' Darauf konnte ich nichts mehr erwidern. Wenn Sie gehört hätten, wie sie auf mich eindrang, wie eine Mutter, der die Sorge um ihre Kinder, um die Jungen, um die Hunderte von Juden, für die es keinen Ausweg mehr gab, keine Ruhe ließ, dann hätten Sie ebenfalls nichts mehr gesagt."

Pastor Slomp bereiste ganz Holland, um Fühlung mit prowestlich eingestellten Landsleuten und Amtsbrüdern aufzunehmen. Im Jahre 1944 verfügte seine Organisation über Bezirksausschüsse und 15 000 freiwillige Helfer, die den 300 000 Untergetauchten mit Rat und Tat zur Seite standen.

Viele Holländer bezahlten ihren selbstlosen Einsatz für verfolgte jüdische Mitbürger mit dem Leben. Frau Kuipers-Rietberg wurde verhaftet und starb im Konzentrationslager Ravensbrück. Die Familie Johannes Bogaards rettete mehr als 300 Menschen das Leben, doch Bogaards Vater und Bruder wurden festgenommen und kamen in deutschen Konzentrationslagern ums Leben; sein Sohn starb bald nach der Befreiung aus der KZ-Haft. Bogaard selbst – der sich vor den Deutschen verstecken konnte – schrieb später: „Nicht auf das, was wir verloren haben, müssen wir unsere Blicke richten, sondern auf das, was wir zu retten vermochten. Gott berief uns zu dieser Arbeit, und Er gab uns auch die Kraft dafür. Als Niederländer konnten wir nicht anders handeln."

Im benachbarten Belgien beteiligten sich alle Gesellschaftsschichten an den Hilfsaktionen für die verfolgten Juden. Die Königinmutter Elisabeth, die ebenso wie König Leopold III. während der ganzen

Junge Amsterdamer schlachten auf der Suche nach Feuerung die Ruinen eines Hauses aus, dessen jüdische Bewohner deportiert worden sind. Angesichts der im Krieg herrschenden Brennstoffknappheit riß die Bevölkerung viele solcher leeren Häuser ab und verheizte die Türen, Bodenbretter und Treppen.

Besatzungszeit im Lande verblieb, intervenierte bei den deutschen Behörden zu ihren Gunsten und vermochte Tausende vor der Deportation nach dem Osten zu bewahren. Der Erzbischof von Mecheln und Primas von Belgien, Kardinal Josef Ernst van Roey, wies alle Institutionen der katholischen Kirche im Land an, so viele Juden aufzunehmen, wie nur möglich war. Klöster, Gemeindepfarrer, Spitäler, kircheneigene Schulen und Kinderhilfswerke halfen ebenso wie der tatkräftige jüdische Untergrund mit, jüdische Familien zu verstecken. Von den 65 000 Juden, die zu Beginn der Besatzung in Belgien lebten, blieben 25 000 am Leben.

In Norwegen lebten nur 1800 Juden, mit denen die Besatzungsmacht kurzen Prozeß zu machen gedachte. Im April 1940 schändeten deutsche Truppen die jüdische Synagoge der Hafenstadt Trondheim, und vier Wochen später untersagten die Besatzungsbehörden den Juden die Ausreise. Kurz darauf wurde eine große Anzahl Juden unter fadenscheinigen Begründungen verhaftet und jüdische Vermögen konfisziert.

Die Norweger widersetzten sich aber von Anfang an den Deutschen im allgemeinen und ihrem Antisemitismus im besonderen. Eine nationale Widerstandsorganisation, Heimatfront genannt, nahm bald Form an und gründete eine Fluchthilfeorganisation, die enteignete Juden und andere Verfolgte mit Lebensmitteln, Kleidungsstücken und falschen Papieren versah und sie über die Grenze ins neutrale Schweden schmuggelte.

Vidkun Quisling, Parteiführer der norwegischen Nationalsozialisten, der im Jahre 1940 eine kurze Zeit lang Ministerpräsident gewesen war, trat im Februar 1942 an die Spitze einer unfähigen Kollaborationsregierung und leitete bald in dem Bemühen, Hitlers Gunst zu gewinnen, Maßnahmen gegen die Juden ein. Er wies die staatlichen Schulen an, ihre Geschichtslehrpläne im Sinne des Nationalsozialismus umzugestalten. Die Schüler sollten eine antisemitische Haltung gewinnen und glauben, daß die Juden durch internationale Verschwörung und Finanzverflechtung die Welt beherrschen oder durch eine kommunistische Revolution unter ihre Kontrolle bringen wollten. Jeder norwegische Geschichtslehrer lehnte den neuen Lehrplan ab. Daraufhin wurden mehr als 1300 Lehrer verhaftet und fast 500 von ihnen zur Zwangsarbeit in die jenseits des Polarkreises, nahe der finnischen Grenze gelegene Hafen- und Bergbaustadt Kirkenes verschickt. Nur 50 von ihnen waren bereit, ihren Protest zurückzunehmen. Ein halbes Jahr später gab Quisling den Versuch, die Lehrer zu beugen, auf. Die Heimkehrer wurden wie Helden gefeiert.

Quisling versuchte daraufhin einen anderen Weg und griff eine längst außer Kraft gesetzte Bestimmung der norwegischen Verfassung wieder auf, die Juden und Jesuiten des Landes verwies. Der fremdenfeindliche Artikel stammte aus dem Jahre 1814 und war 1851 für nichtig erklärt worden. Seine Wiedereinsetzung hatte zur

DER LEIDENSWEG DER ANNE FRANK

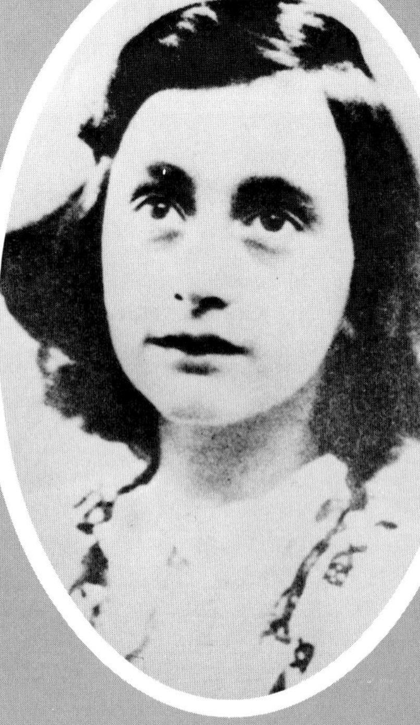

Anne Frank nannte ihr Tagebuch „mein Freund".

Im Juli 1942 tauchte ein 13jähriges jüdisches Mädchen namens Anne Frank in Amsterdam unter und begann, ihre Eindrücke einem Tagebuch anzuvertrauen, das nach dem Kriege als Buch herausgebracht und weltberühmt wurde. Anne, ihre Eltern, ihre Schwester und vier andere Juden verließen zwei Jahre lang nicht ihr Versteck *(rechts)* in dem Gebäude der Gewürz-Importfirma des Vaters. Verläßliche Angestellte versorgten sie mit Lebensmitteln.

In ihrem Tagebuch schrieb sich Anne Frank die ganze Qual ihrer Existenz in nicht endender strengster Klausur, Untätigkeit und Angst von der Seele. Im Oktober 1943 notierte sie: „Ich irre im Haus herum, von einem Zimmer zum anderen, treppauf, treppab. Ich fühle mich wie ein Singvogel, dem man die Flügel beschnitten hat und der im Dunkeln gegen die Stangen seines engen Käfigs anfliegt . . . Dann lege ich mich schlafen, um über diese Stunden mit ihrer Stille und Angst hinwegzukommen."

Annes böse Ahnungen trogen nicht: Am 4. August 1944 entdeckten die Deutschen das Versteck und transportierten die Familie Frank und ihre Schicksalsgefährten ins Konzentrationslager Bergen-Belsen, wo Anne dann im März 1945 an Typhus starb.

Sechs Zimmer dieses Gebäudes bildeten das Versteck.

Das Fenster der Kammer, die Anne mit einem jüdischen Zahnarzt teilte, führt auf einen stillen Hof.

Ein Bücherschrank verdeckte die Treppe zum Versteck.

Folge, daß alle norwegischen Juden zu unerwünschten Ausländern wurden und deportiert werden konnten.

Etwas mehr als die Hälfte der norwegischen Juden war vor dem Beginn der Deportation (November 1942) nach Schweden geflohen. Die übrigen hatten zu lange in der Hoffnung gezögert, ihre nichtjüdischen Landsleute würden sie vor dem Schlimmsten bewahren. Bis Februar 1943 wurden über 700 Juden verhaftet und nach Auschwitz deportiert. Von ihnen sollten lediglich 24 das Lager und das Ende des Krieges überleben.

Im Jahre 1943 veröffentlichte eine englische Zeitung einen Bericht über die Haltung König Christians X. von Dänemark gegenüber seinen 8000 jüdischen Untertanen. „Wenn die Deutschen in Dänemark den gelben Stern einführen wollen", soll der Monarch gesagt haben, „so werden ich und meine ganze Familie als erste Dänen diesen Stern tragen." Wenn diese Äußerung möglicherweise auch nicht authentisch war, so gab sie doch die Einstellung des Königs getreulich wieder. Nahezu alle Dänen stellten sich vorbehaltlos hinter ihre jüdischen Landsleute.

Tatsächlich gab es in Westeuropa kein besetztes Land, in dem der Widerstandswille so stark durch den deutschen Antisemitismus genährt wurde wie in Dänemark.

Während der ersten drei Besatzungsjahre sahen die deutschen Behörden gemäß Hitlers Befehl, Dänemark in ein „Musterprotektorat" zu verwandeln, davon ab, die üblichen radikalen Maßnahmen gegen die Juden einzuleiten. Es fanden zwar einige antisemitische Ausschreitungen statt, doch stießen sie bei der einheimischen Bevölkerung sofort auf heftige Ablehnung.

So wurden die Deutschen beispielsweise im Dezember 1941 von dänischer Polizei daran gehindert, eine Kopenhagener Synagoge in Brand zu stecken – und mußten anschließend erleben, daß eine bewaffnete jüdische Hilfspolizeieinheit ins Leben gerufen und mit der Bewachung des Gotteshauses betraut wurde. Eine von den Deutschen herausgegebene antisemitische Zeitung mußte ihr Erscheinen aus Mangel an Abonnenten einstellen. In Lichtspieltheatern, die antijüdische Hetzfilme vorführten, herrschte gähnende Leere. „Im Laufe der Zeit wurde der Ärger über die Situation im Land immer größer", erinnerte sich die dänische Krankenschwester Gethe Kisling. „Bitterer Haß durchdrang allmählich die meisten und der Wunsch, man möge uns anstelle des bisherigen Wohlverhaltens gestatten, etwas gegen den Feind zu unternehmen."

Die Anzeichen, daß unter der Oberfläche des Alltags der Volkszorn brodelte, blieben Hitler und seinen Gefolgsleuten nicht verborgen und führten zu dem Beschluß, die Dänen endlich „auf Vordermann zu bringen". Im November 1942 ernannte er den SS-Brigadeführer Dr. Werner Best zum Bevollmächtigten des Reiches in Dänemark und kommissarischen Leiter der deutschen Gesandtschaft in Kopenhagen und befahl ihm, „mit eiserner Hand durchzugreifen"; ein rauher Militär, General Hermann von Hanneken, sollte den bisherigen Befehlshaber der deutschen Truppen in Dänemark, General Lüdke, ablösen. Gleichzeitig sollte der vermeintlich deutschfreundliche dänische Außenminister Erik Scavenius an die Spitze einer neuen Regierung treten, die, so bedeutete man ihm, das Vertrauen der Deutschen haben müsse.

Um die Lieferung dringend benötigter landwirtschaftlicher und industrieller Produkte an Deutschland nicht zu gefährden, verfolgte Best, den kompromißlosen Berliner Instruktionen zum Trotz, gegenüber den Dänen eine Politik der Verständigung. Im März 1943 ließ er termingerecht die Reichstagswahlen durchführen – ein einzigartiges Vorkommnis in einem besetzten Land –, um dann den Wahlausgang als einen Erfolg seiner auf Mäßigung bedachten Politik zu präsentieren. Die vier größten politischen Parteien, die alle im Kabinett Scavenius vertreten waren, erhielten fast 95 Prozent der Stimmen – laut Best ein untrügliches Zeichen dafür, daß die überwältigende Mehrheit der dänischen Bevölkerung hinter der Zusammenarbeit mit dem Deutschen Reich stand. Tatsächlich konnte man lediglich die restlichen 5 Prozent der Stimmen mit gutem Gewissen als prodeutsch bezeichnen: Sie wurden für die dänischen Nationalsozialisten abgegeben.

Sehr viel mehr Überzeugungskraft besaßen die Zahlen, die die beiden größten Widerstandsgruppen des Landes vorweisen konnten. Diese straff geführten Organisationen, von denen eine kommu-

Das Fluchtauto des holländischen Widerstandskämpfers Liepke Scheepstra (oben) wird mittels eines hydraulischen Aufzugs in eine unter einem Schuppen ausgehobene geheime Garage gesenkt. Scheepstras Organisation setzte sich für Juden und andere Verfolgte des Nazi-Regimes ein.

Ein 1944 von einem Widerstandskämpfer niedergeschossener holländischer NS-Polizist liegt auf einer nebelverhangenen Straße in der Stadt Haarlem.

nistisch orientiert war, sahen sich durch ihre Gegnerschaft zum deutschen Antisemitismus zum Losschlagen veranlaßt und setzten der Besatzungsmacht mit Sabotageanschlägen auf Fabriken, Elektrizitätswerke und Eisenbahnanlagen zu. Nachdem sie im Februar 1943 insgesamt 34 Aktionen durchgeführt hatten, konnten sie im März mehr als doppelt so viele und im April sogar 78 melden.

Die Berichte über diese Aktionen veranlaßten die Londoner SOE-Zentrale, die Dänen mit Waffen und Munition zu beliefern und in stärkerem Maße als bisher über den Rundfunk zum Widerstand aufzufordern. Die BBC informierte die dänische Bevölkerung auch über die deutschen Niederlagen in Nordafrika und Rußland; die Nachrichten von diesen Kriegsschauplätzen veranlaßten in den folgenden Monaten immer mehr Dänen, sich der Widerstandsbewegung anzuschließen.

Im August wurden Best 220 Sabotageakte gemeldet. Seine Wut war grenzenlos. Mehrfach forderte er die dänische Regierung auf, die Ordnung wiederherzustellen. Die Regierung war jedoch völlig machtlos, da die Bevölkerung nicht mehr hinter ihr stand.

Am 26. August wurde Best zur Berichterstattung ins Führerhauptquartier beordert, wo ihn der Reichsaußenminister Joachim von Ribbentrop mit Vorwürfen überhäufte. Tags darauf kehrte der Reichsbevollmächtigte nach Kopenhagen zurück: Im Auftrage Ribbentrops stellte er der dänischen Regierung das Ultimatum, sofort den Ausnahmezustand über das ganze Land zu verhängen.

Der dänische Ministerrat war sich einig, daß er eher zurücktreten als das Ultimatum annehmen würde. In der Morgenfrühe des folgenden Tages umzingelten daraufhin deutsche Truppen die Garnisonen der dänischen Armee und besetzten im ganzen Land alle wichtigen Institutionen. Als die Dänen am 29. August erwachten, mußten sie feststellen, daß die Besatzungsmacht den militärischen Ausnahmezustand verhängt hatte.

Angesichts dieser krisenhaften Entwicklung kam Best zu der Erkenntnis, daß nur noch eine drastische Maßnahme seinen lädierten Ruf in Berlin wiederherstellen konnte. Er verfaßte ein langes Telegramm, in dem er seinen Vorgesetzten darlegte, daß die Zeit für gezielte Maßnahmen gegen die Juden in Dänemark reif sei. Die Vertreter der harten antisemitischen Linie in Berlin griffen bereitwillig zu den vorbereiteten und in den anderen Ländern schon erprobten Vernichtungsplänen. Die fast 8000 Juden, die in Dänemark immer noch in ziemlicher Freiheit lebten, waren ihnen seit langem ein Dorn im Auge gewesen.

Kaum war die Deportationsmaschinerie in Gang gesetzt worden, kamen Best schwere Zweifel, die ihn veranlaßten, den ihm bekannten Georg Ferdinand Duckwitz, den Schiffahrtssachverständigen an der Deutschen Gesandtschaft in Kopenhagen, um Rat zu fragen. Duckwitz war starr vor Entsetzen: Judendeportationen würden den Beziehungen zwischen Dänemark und dem Deutschen Reich einen nie wieder gutzumachenden Schaden zufügen. Best wurde jedoch bereits von Berlin gedrängt anzugeben, wann die Transporte beginnen würden. Best setzte daher den Beginn der Razzia auf Freitag, den 1. Oktober, 22.00 Uhr, fest. Der Zeitpunkt, der Beginn des jüdischen Neujahrsfestes *Rosch hasch-Schanah*, war seiner Meinung nach günstig, da dann alle Juden in ihren Wohnungen sein würden.

Duckwitz, der zugegen war, als Best seine Entscheidung traf, handelte sofort. Er verabschiedete sich und begab sich zu Hans Hedtoft, einem führenden Mitglied der dänischen Sozialdemokraten, um ihm den Termin der bevorstehenden Judendeportation mitzuteilen. Dieser informierte unverzüglich, wie Duckwitz erwartet hatte, die jüdischen Gemeindeleiter.

Am Donnerstagmorgen, dem 30. September 1943, gab der Rabbiner Marcus Melchior seiner Gemeinde in der Kopenhagener Synagoge bekannt: „Der Neujahrsgottesdienst fällt heute aus. Ich muß euch statt dessen eine wichtige Mitteilung machen: Gestern abend habe ich erfahren, daß die Deutschen beabsichtigen, morgen in ganz Kopenhagen alle jüdischen Wohnungen zu durchsuchen, alle dänischen Juden zu verhaften und sie in Konzentrationslager zu deportieren. Wir müssen sofort etwas unternehmen. Ihr müßt die Synagoge auf der Stelle verlassen und alle jüdischen Verwandten, Freunde und Bekannten warnen. Ihr müßt sie auffordern, diese Mitteilung an alle ihnen bekannten Juden weiterzugeben. Ihr müßt auch eure christlichen Bekannten informieren und sie bitten, die Warnung an Juden weiterzugeben. Ihr müßt dies unverzüglich tun, schon in den nächsten Minuten, damit in zwei oder drei Stunden sämtliche Juden informiert sind. Mit Einbruch der Dunkelheit müssen wir alle untergetaucht sein."

Beim Dunkelwerden hatten die meisten Juden bei nichtjüdischen Bekannten und Nachbarn Zuflucht gefunden. Mitfühlende Fremde halfen ebenfalls. Mendel Katlev, ein jüdischer Vorarbeiter in einer Kopenhagener Lederwarenfabrik, verließ, als er von der bevorstehenden Razzia erfuhr, sofort seine Arbeitsstätte, um mit einem Pendlerzug nach Hause zu fahren. Der Zugführer – ein Mann, den Katlev täglich sah, mit dem er aber noch nie ein Wort gewechselt hatte – wollte von ihm wissen, warum er schon so früh nach Hause fahre. Als Katlev ihm von der bevorstehenden Aktion berichtete und bemerkte, er müsse sich nach einem Versteck umsehen, bot ihm der Zugführer sofort an, ihn und seine Familie bei sich aufzunehmen.

Manche Dänen suchten jüdische Familien auf und boten ihnen Schlüssel zu Stadtwohnungen und kleinen Ferienhäusern an. Als Jorgen Knudsen, ein junger Sanitätswagenfahrer aus Kopenhagen, von der Razzia erfuhr, holte er sich aus einer Telephonzelle ein Fernsprechbuch, suchte sich israelitisch klingende Namen heraus und fuhr dann den ganzen Tag lang durch die Stadt, um jüdische Familien zu warnen. Als ihm mehrere Familien sagten, sie wüßten nicht, wo sie sich verstecken sollten, packte er sie in seinen Sanitätswagen und fuhr sie ins Bispebjerg-Hospital. Dort verbarg man sie in Ärztezimmern oder verteilte sie als Patienten auf die einzelnen Krankenstationen.

Bei der nächtlichen Jagd auf die Juden wurden nur 284 Menschen verhaftet und im folgenden Monat noch einmal knapp 200. Die insgesamt 7200 Juden, die der Razzia entgangen waren, blieben so lange in sicheren Verstecken, bis man sie auf Fischerbooten nach Schweden schleusen konnte.

Unter den Fluchthelfern war der 20jährige dänische Soldat Christian Algreen-Petersen, den die Deutschen als Geisel verhaftet und später wieder freigelassen hatten. „Ich hatte keine Ahnung, was in der Zwischenzeit vor sich gegangen war", erinnerte er sich später, „und als ich nach vier Wochen Internierungslager nach

Hause durfte, traute ich meinen Augen nicht, denn das Gebäude war voller Juden. Mein Vater war schon sehr früh zur Widerstandsbewegung gestoßen und wollte mich aus der ganzen Sache raushalten. Das war jedoch unmöglich. Es trafen täglich weitere Juden ein, und ich übernahm es, Fischerboote für sie zu besorgen, die sie nach Schweden bringen sollten.

„Ich ging jeden Tag ins Hafenviertel in die kleine Gastwirtschaft Der Diamant, um dort mit Fischern zu verhandeln. Sie fragten mich dann jedesmal, wie viele Menschen ich ihnen am Abend bringen würde, und wir feilschten um den Preis. Wir mußten für jeden Juden eine ziemlich hohe Summe zahlen, denn die Fischer trugen ein hohes Risiko. Wenn die Deutschen sie erwischten, wurden die Boote eingezogen und ihnen damit die Existenzgrundlage entzogen. Die meisten von ihnen waren sehr anständige Leute, obschon es auch ein paar Schufte gab, die ein großes Geschäft aus der Fluchthilfe machten. Da sehr viele Juden ausgeschleust werden mußten, konnten wir nicht wählerisch sein. Wir verschifften schon bald 20, 30 und 50 Juden pro Nacht."

Eines Nachts gerieten Algreen-Petersen und einige seiner Kameraden im Binnenhafen von Kopenhagen in eine Falle, als sie Flüchtlinge zu einem wartenden Boot brachten. Als sie ans Hafentor kamen, wurden sie plötzlich mit einem Maschinengewehr beschossen. Einer von ihnen war sofort tot, ein anderer erlag wenige Stunden später seinen Verletzungen. Die übrigen suchten das Weite und konnten sich in Sicherheit bringen. Algreen-Petersen kam nicht weit, sondern wurde in den Rücken getroffen.

„Die Kugel drang in die Lunge, und ich fiel sofort hin. Es war stockfinster und regnete in Strömen. Es gelang mir, die Straße hinaufzukriechen, über den Bürgersteig, und dann eine Treppe hinunter bis in einen Keller, der einem Möbelhändler gehörte. Als ich mich mit Mühe und Not auf ein Sofa gezogen hatte, kam der Besitzer aus einem Hinterzimmer gestürzt. Er war außer sich und fauchte mich an, ich solle machen, daß ich fortkäme. Ich verdürbe ihm mit meinem Blut seine Möbel! Dann kam sein Sohn, sah mich kurz an und sagte nur: ‚Der Mann stirbt!' Es war schrecklich, solche Worte hören zu müssen.

„Ich konnte kaum sprechen, brachte aber noch heraus, daß sie nach einem Krankenwagen telephonieren sollten. Sie stritten sich aus Angst vor der deutschen Sicherheitspolizei, und ob sie es wagen sollten, einen Krankenwagen zu rufen. Die Verzögerung war seltsamerweise mein Glück, denn als sie sich endlich zu einem Entschluß aufrafften, hatten die Deutschen die Hafengegend wieder verlassen, und als der Krankenwagen kam, wurde ich in ein dänisches Hospital gebracht."

Nach seiner Wiederherstellung ging Algreen-Petersen in den Untergrund, mehr denn je entschlossen, sich ungeachtet der tödlichen Gefahren für die Widerstandsbewegung einzusetzen. „Ich hatte fast immer Angst. Ich glaube, es ging allen so. Der Gedanke, verhaftet und gefoltert zu werden, war kaum zu ertragen. Besonders entnervend wirkten kleine, scheinbar unbedeutende Vorkommnisse, wie wenn man zum Beispiel im Laufe einer Unterhaltung mit einem Freund in einem Café plötzlich bemerkte, daß sich am Nebentisch jemand für einen zu interessieren schien. Wenn ich in stockfinsterer, stiller Nacht durch die Gassen ging, war mir immer, als lauere hinter jeder Ecke eine Streife auf mich. Ich war unablässig unterwegs und hielt mich nirgendwo länger als zwei Nächte am selben Orte auf.

„Am schlimmsten war es nachts, wenn ich mich schlaflos auf meinem Lager wälzte. Jedesmal, wenn draußen ein Auto vorbeifuhr, sprang ich auf, um zu sehen, ob die Gestapo da sei. Trotzdem dachte ich nie daran aufzugeben; wenn man so eine Sache erst mal angefangen hat, kann man nicht einfach aufhören."

Die mißlungene Jagd auf die Juden verwandelte das Musterprotektorat in eine Brutstätte des Widerstands. Nach der Deportation der Juden gab es für die Deutschen kein Pardon mehr. Die verschiedenen Widerstandsgruppen gründeten einen Zentralausschuß, den Freiheitsrat, der ihre Tätigkeit koordinieren sollte, und sie teilten das Land in sechs Aktionsbereiche, die alle eine eigene direkte Funkverbindung mit London unterhielten. Bald wurden Sabotageanschläge verübt, und Widerstandskämpfer nahmen deutsche Soldaten, die in Kopenhagen Streife gingen, unter Feuer.

Der neue Kampfgeist der Dänen kam auch den Juden zugute, die das Unglück gehabt hatten, verhaftet und deportiert zu werden. Die dänische Regierung erkundigte sich unablässig bei den Deutschen nach ihrem Aufenthaltsort und ihrem Ergehen. Dänische Beamte reisten mehrmals in die Tschechoslowakei, um das Lager Theresienstadt, in das man die Juden eingewiesen hatte, zu inspizieren, und ließen ihnen häufig Lebensmittel, Kleidungsstücke und Sanitätsmaterial zukommen.

51 dänische Juden starben dort eines natürlichen Todes – nach Meinung der Dänen infolge der erlittenen Entbehrungen. Dänemark hatte aber als einziges der besetzten Länder die Leistung vollbracht, die Ermordung seiner jüdischen Mitbürger in den nationalsozialistischen Gaskammern zu verhindern.

DIE JUDEN DER NIEDERLANDE

Ein älteres jüdisches Ehepaar, das sich vor der Sipo bei hilfsbereiten Holländern verborgen hat, versucht sich die Zeit in dem beengten Versteck mit Lektüre zu vertreiben.

HOLLANDS GEWISSENSKAMPF

Am 22. und 23. Februar 1941 stürmten deutsche Sicherheitskräfte das Amsterdamer Judenviertel, verhafteten rund 400 junge Männer und schickten sie anschließend in ein Konzentrationslager. „Sie drangen unter dem Vorwand, nach Waffen zu fahnden, gewaltsam in die Häuser ein", berichtete ein nichtjüdischer Holländer. „Die Amsterdamer Polizei mußte das gesamte Viertel abriegeln. Ein Polizist war vor Zorn und Empörung den Tränen nahe, doch was konnte er schon dagegen tun?"

Viele Holländer stellten sich wutentbrannt dieselbe Frage, als sie von den Verhaftungen erfuhren. Und als die Kommunistische Partei der Niederlande die Amsterdamer mit unzähligen Flugblättern zu einem Proteststreik aufrief, reagierten sie, ohne lange an die Folgen zu denken, mit stürmischer Begeisterung.

Am 25. Februar kam das Leben in der Hauptstadt zum Stillstand. Die Straßenbahnen verschwanden in den Depots, die Angestellten verließen ihre Büros, und die öffentlichen Versorgungsbetriebe stellten den Betrieb ein. Die Amsterdamer hielten den Streik, der auch die umliegenden Städte erfaßte, zwei Tage lang durch. Eine Stenotypistin schrieb in ihr Tagebuch: „Die Holländer haben plötzlich gezeigt, daß sie sich nicht alles gefallen lassen, daß sie für ihre Landsleute einstehen, welcher Rasse sie immer angehören."

Wirklich kritisch wurde es für die Holländer aber erst, nachdem die Deutschen den Streik gewaltsam niedergeschlagen hatten. Die nichtjüdische Bevölkerung erkannte, daß die Vernichtungspläne nach wie vor bestanden. Sie würde ihre jüdischen Mitbürger Tag für Tag, Monat für Monat, Jahr für Jahr schützen müssen, und jeder mußte sich, so sehr ihm das Gebot der Nächstenliebe auch am Herzen lag, fragen, ob er sich wirklich unentwegt für fremde Menschen einsetzen und damit sein Leben und das seiner Familienangehörigen aufs Spiel setzen wollte. In einem anderen moralischen Dilemma befanden sich die Führer der holländischen Juden *(unten)*. Die Deutschen ließen sie wissen, sie seien im Falle der Mitwirkung des Judenrats bei der Befriedung und Registrierung der Juden zu einer Abmilderung ihrer antisemitischen Maßnahmen bereit. Der Judenrat willigte ein und mußte dann, um einige Juden zu retten, andere der Vernichtung preisgeben.

Viele Nichtjuden kamen nach schmerzlicher Gewissenserforschung zu dem Schluß, daß sie zuallererst für ihre Familie und nicht für die Juden verantwortlich seien. Doch viele Holländer boten der ihnen drohenden tödlichen Gefahr mutig die Stirn und retteten fast 15 000 jüdischen Mitbürgern das Leben.

Mitglieder des von den Deutschen im Februar 1941 zur Kontrolle der Juden eingesetzten Amsterdamer Judenrats haben sich zu einer Konferenz versammelt.

Zwei deutsche Polizisten patrouillieren in Amsterdam bei einer Razzia die leeren Straßen eines jüdischen Wohnviertels, während andere die Häuser durchsuchen.

1941 stand dies Schild, das den Juden „beschränkte Bewegungsfreiheit“ zubilligte, in einem Park südöstlich von Amsterdam.

Schilder mit der deutschen und holländischen Aufschrift „Judenstraße“ bezeichnen die Grenze eines Amsterdamer Judenviertels.

Durch Stacheldraht von ihren jü-

dischen Mitbürgern getrennt, gehen Amsterdamer am Waag-Gebouw, dem Wahrzeichen der Altstadt, vorbei. Einige Kinder (Mitte) unterhalten sich unbekümmert.

VERGEBLICHE PROTESTE GEGEN DIE VERFOLGUNG

Nach dem Streik vom 25. Februar 1941 leiteten die Deutschen eine Reihe von antisemitischen Maßnahmen ein, die auf die Trennung der nichtjüdischen Einwohner Hollands von ihren jüdischen Mitbürgern abzielten. Jüdische Arbeitnehmer wurden entlassen; Juden durften nicht mehr mit Nichtjuden unter einem Dach wohnen oder die öffentlichen Verkehrsmittel benutzen. Im Januar 1942 fingen die Deutschen an, alle holländischen Juden in Amsterdam zusammenzulegen, und gegen 1943 hauste die Mehrzahl von ihnen in nur noch drei Bezirken.

Die Holländer erhoben immer wieder aufs neue gegen diese Maßnahmen Einspruch – um ihre Protestaktionen dann schließlich als völlig zwecklos einzustellen. Manche Leute „gewöhnten sich allmählich daran, daß die Juden jetzt nichts mehr zu lachen hatten", schrieb ein Beobachter über die damaligen Vorgänge. Als den Juden im Mai 1942 befohlen wurde, einen gelben Stern mit der Aufschrift *Jood* (Jude) zu tragen, flammte jedoch erneut Widerstand auf. Viele Holländer scheuten sich nicht, den Deutschen durch das Tragen von gelben Sternen mit Aufschriften wie „Katholik", „Protestant" oder lediglich „Holländer" zu trotzen.

Ein Amsterdamer Jude versucht vergeblich, vor dem lachenden deutschen Polizisten davonzulaufen. Bei jeder Fahndung wurden etwa 400 Juden festgenommen.

HILFLOSE ZEUGEN VON RAZZIEN UND DEPORTATIONEN

Als die deutschen Besatzungsbehörden im Juni 1942 Tausende von Juden aufforderten, sich zum Arbeitseinsatz im Reich zu melden, befürchteten ihre nichtjüdischen Landsleute für sie das Schlimmste. Da die Anordnung nur von wenigen Juden befolgt wurde, begannen deutsche Polizeikräfte, Großrazzien in den jüdischen Wohnvierteln durchzuführen. Nacht für Nacht zerrten sie Juden aus ihren Wohnungen, trieben sie in Gefangenen-Transportwagen und fuhren sie zum Bahnhof. Dort pferchten sie sie in Viehwaggons, die sie nicht zum Arbeitseinsatz in Deutschland, sondern in die Vernichtungslager der SS im Osten führten.

Obgleich ein deutscher Beamter in einem Bericht seiner Zufriedenheit darüber Ausdruck gab, daß „die einheimische Bevölkerung bei der Aktion nur neugierig zusah", waren die meisten Holländer in Wirklichkeit zutiefst entsetzt. Viele unfreiwillige Zeugen der Razzien taten das wenige, was in ihrer Macht stand: Sie steckten den Juden Lebensmittel und warme Kleidungsstücke zu, um anschließend ihre Verwandten von dem Los der Deportierten zu unterrichten.

Juden werden an einem Sammelplatz gezwungen, mit erhobenen Händen auf weitere Befehle zu warten.

Holländische Juden werden in einen nach Polen bestimmten Zug getrieben. Einige Lokführer meldeten sich bei solchen Einsätzen krank, doch fand sich stets Ersatz.

Eine holländische Jüdin steigt durch eine auf dem Hausdach angebrachte Klapptür in ihr Versteck.

Ein Jude kriecht durch einen geheimen Gang in seine Zufluchtsstätte im Haus eines holländischen Patrioten.

HILFE FÜR FLÜCHTLINGE UND DIE ANGST VOR ENTDECKUNG

Als die deutsche Polizei die Massendeportationen vorantrieb, boten immer mehr Holländer ihren noch nicht verhafteten jüdischen Mitbürgern an, sie in ihren Wohnungen zu verstecken, obwohl solche Hilfe als schweres Verbrechen geahndet wurde. Ein holländischer Protestant äußerte später: „Wir wußten, daß wir diesen Leuten einfach helfen mußten und daß der Herrgott über uns alle wachen würde."

Geschickte freiwillige Fluchthelfer brachten Gastgeber und Gäste zusammen – ein gefährliches Unterfangen, da den Juden Reisen untersagt waren. Die Helfer brachten die Flüchtigen in Kisten, Brotkarren, ja sogar in Leichenwagen in ihre Verstecke. Ein paar Mal zogen sie gestohlene SS-Uniformen an, legten ihren Schützlingen Handschellen an und zogen mit ihnen keck an deutschen Wachtposten vorbei.

Die Juden verließen ihre Zufluchtsstätten – Bodenkammern, Kellerräume, Verschläge und andere Winkel – in der Regel nie. Doch so sicher ein Versteck auch war: Wenn die Deutschen davon erfuhren – sei es auf Grund einer unbedachten Äußerung oder, was auch vorkam, durch einen Hinweis aus der Nachbarschaft –, wurde es sofort wertlos. Die holländischen Gastgeber pflegten daher nur möglichst wenige Menschen zu Mitwissern des gefährlichen Geheimnisses zu machen. Das ging in einem Falle so weit, daß eine Mutter während der ganzen Besatzungszeit jedes Wochenende mit ihrer erwachsenen Tochter zusammentraf, ohne daß die eine der anderen erzählte, daß sie Juden bei sich verborgen hielten.

Eine Jüdin hat die den Fußboden einer Abstellkammer vortäuschende Klappe zu ihrem winzigen Versteck geöffnet. Manche Verstecke boten kaum Licht und Luft.

Ein holländischer Bauer steht neben der Erdhütte, in der er Juden versteckt hat.

NOTUNTERKÜNFTE AUF DEM LAND

Wie Hollands Stadtbewohner beantworteten auch viele Landwirte die antisemitischen Maßnahmen der Besatzungsmacht damit, daß sie jüdische Landsleute bei sich versteckten. So mancher Gastgeber befand sich selber in bedrängter Lage, und der Volksmund behauptete: „Die Armen bieten dir eine Bleibe, die Reichen speisen dich mit einer Adresse ab!" Einige Juden waren jedoch ungeachtet dessen, daß ihr Vermögen beschlagnahmt worden war, in der Lage, für ihren Unterhalt aufzukommen. Sie wurden von dem geheimen Nationalen Hilfsfond unterstützt, den holländische Geschäftsleute 1943 ins Leben gerufen hatten.

Die Bauern verbargen ihre jüdischen Gäste in den Häusern, Scheunen, Hühnerställen und Schuppen. Da es sich in der Regel um Einzelgehöfte handelte, konnten die Juden ihre Verstecke verlassen und durch Landarbeit mit zu ihrem Unterhalt beitragen. Die Bauern und ihre Schutzbefohlenen mußten allerdings ständig vor holländischen Nationalsozialisten und Schlägertrupps auf der Hut sein, die die ländlichen Gebiete auf der Suche nach jüdischen Flüchtlingen durchstreiften und für jeden, den sie faßten, eine kleine Prämie erhielten.

Insgesamt tauchten in den Niederlanden etwa 25 000 Juden unter. Fast die Hälfte davon wurde schließlich gefaßt und mit ihren holländischen Gastgebern, die dem Ruf ihres Gewissens gefolgt waren, nach Polen deportiert.

Zwei Söhne der Familie Bogaard halten zwei jüdische Kinder, die sie auf ihrem

südwestlich von Amsterdam bei Nieuw-Vennep gelegenen Hof beherbergen, an der Hand. Die Familie rettete während der deutschen Besatzung 300 Juden das Leben.

6

Sabotage, die Leben rettet
Britische Lastensegler zerschellen an norwegischen Bergen
Qualvolle Dezembertage eines norwegischen Einsatzkommandos
Die Bezwingung einer 180 Meter hohen Felswand
Die letzte Fahrt des Fährschiffs „Hydro"
Sprengstoff statt Frühstücksbrote
Unterbrechung des deutschen Nachschubs
Monsieur Peugeot sabotiert sein eigenes Werk
Spieler und Buchmacher im Dienste der SOE
Hauptmann Michels zerstörerische Spritztouren
Ein gefährlicher „Matador"

DIE SAAT DER GEWALT

Am Morgen des 4. Juli 1943, um 2.00 Uhr, lösten sich sechs Schatten aus dem schwarzen Umriß des Lokomotivschuppens von Troyes, einer rund 160 Kilometer südlich von Paris gelegenen Industriestadt, huschten in die umliegenden Straßen und verschwanden lautlos in der Dunkelheit. Eine halbe Stunde verstrich, dann verkündete plötzlich den Deutschen eine gewaltige Explosion, daß ein Sabotagetrupp in dem Schuppen an der Arbeit gewesen war. Als Soldaten eintrafen und sich den Schaden besahen, erschütterte eine weitere Detonation das Gebäude, danach eine dritte und schließlich eine vierte.

Als der deutsche Ortskommandant an dem Ort des Geschehens erschien, hatten sich die Soldaten inzwischen in Sicherheit gebracht. Er kletterte auf das Trittbrett einer auf einem Abstellgleis stehenden Lokomotive, um den Männern ihre Feigheit vorzuwerfen, doch noch ehe er beginnen konnte, flog in seiner Nähe eine Lokomotive in die Luft. Der Kommandant sprang von der Lokomotive und rannte zu seinem Wagen. Es erfolgten in jener Nacht noch acht weitere Explosionen. Insgesamt wurden sechs Lokomotiven zerstört und sechs weitere schwer beschädigt.

Acht Wochen später, im September 1943, kamen drei als Werftarbeiter verkleidete Saboteure an Bord eines am Unterlauf der Seine in Rouen vor Anker liegenden deutschen Minensuchboots und erklärten, sie müßten vor dem Auslaufen am folgenden Morgen die allerletzten Justierungen vornehmen. Das Schiff war nach einer aufwendigen Generalüberholung gerade für einsatzbereit erklärt worden. In der Nacht darauf, um 23.00 Uhr, riß eine Bombe ein ein mal eineinhalb Meter großes Loch in den Rumpf des Schiffes. Sechs Minuten später war es im Fluß versunken, und nur die Schornsteine ragten noch aus dem Wasser heraus.

Am 7. Januar 1944 sprangen zwei britische Geheimagenten über Südfrankreich, unweit der Stadt Figeac, ab. Kaum hatten sie ihre Fallschirme versteckt, als sie vom Werkmeister der Ratier-Flugzeugwerke, die wertvolle Verstell-Luftschrauben für die deutsche Luftwaffe herstellten, aufgelesen wurden. Die drei Männer begaben sich in ein Käsegeschäft, das einem anderen Widerstandskämpfer gehörte, und fertigten dort mehrere Bomben an. Ein fünfter Widerständler, der sich eine weiße Kochmütze aufgesetzt hatte, trug die Sprengkörper an deutschen Streifen, die ihn kaum eines Blickes würdigten, vorbei auf einem mit einer frischen Serviette bedeckten großen Tablett durch die Stadt. Anschließend verstaute er es in einem Kraftwagen, um nach Dunkelwerden mit seinen Kameraden mit Hilfe von Nachschlüsseln, die ihnen der Werkmeister verschafft hatte, in die Ratier-Werke einzudringen.

Kurz darauf wurde Figeac von einer fürchterlichen Explosion erschüttert. Eine 27-Tonnen-Presse wurde etwa acht Meter in die Luft gehoben und brach in Stücke. Außerdem wurden mehrere Präzisionsmaschinen vernichtet. Die Produktion von Luftschrauben konnte in den unter deutscher Kontrolle arbeitenden Ratier-Werken nicht wieder aufgenommen werden.

Derartige Anschläge, die von den Saboteuren liebevoll „Knallereien" genannt wurden, häuften sich im Jahre 1943 und zu Beginn des Jahres 1944 in allen besetzten Ländern Westeuropas. Wie die Fluchthelfer mußten aber auch die Saboteure ihre Erfolge teuer bezahlen: Tausende wurden von der Sipo und dem Sicherheitsdienst Ausland (SD), dem Organ, das die Liquidierung der Widerstandskämpfer übernommen hatte, festgesetzt, gefoltert und hingerichtet. Den Patrioten in den besetzten Ländern war aber nicht verborgen geblieben, daß sich das Kriegsglück gewendet hatte. Die deutschen Truppen waren in Rußland zum Stehen gekommen und in Nordafrika geschlagen worden. Die Niederlagen der Besatzungsmacht ermutigten immer mehr Frauen und Männer, sich den Widerstandsgruppen anzuschließen – und immer größer angelegte und verwegenere Sabotageakte durchzuführen.

Die Koordinierung dieser Sprengstoffanschläge lag größtenteils in den Händen der Special Operations Executive. Die SOE hatte in Frankreich, den Niederlanden, Belgien und Teilen von Skandinavien durch den minuziös geplanten Einsatz geschulter Agenten den Aufbau einer großen Zahl von leistungsfähigen Sabotageorganisationen erreicht. Die Londoner SOE-Zentrale gab auf dem Funkweg Hinweise auf Anlagen, deren Zerstörung den deutschen Gegner am härtesten treffen würde, und versorgte sie durch Fallschirmabwürfe in ständig zunehmendem Maße mit Handfeuerwaffen, Munition und vor allem dem teuflisch wirksamen, knetbaren Plastiksprengstoff, der sich mühelos an allen für Sabotageakte in Frage kommenden Objekten anbringen ließ.

Die Zerstörungsakte durch Sabotage konnten sehr viel präziser gesteuert werden als die Bombenabwürfe. Einige wenige entschlossene Männer waren in der Lage, mit etwa fünf Kilogramm knetbarem Sprengstoff für deutsche Truppentransporte bestimmte Lokomotiven zu zerstören oder den Maschinenpark einer Rüstungsfabrik in die Luft zu jagen, ohne daß die in der Umgebung ansässigen französischen, holländischen, belgischen, dänischen oder norwegischen Zivilisten dadurch Schaden erlitten. Im Gegensatz dazu verfehlten die schweren Bomber der Royal Air Force und der US-Heeresluftstreitkräfte oft die vorgesehenen Ziele und trafen mit ihren 225-Kilo-Bomben die umliegenden Wohngebiete. Die französische Zivilbevölkerung, die am häufigsten unter solchen Luftangriffen zu leiden hatte, fürchtete die alliierten Bomber und verfluchte ihre „Streu"-Taktik. Tatsächlich planten die Untergrundorganisationen im Jahre 1942 die Ausdehnung ihrer Sabotagetätigkeit zum Teil auch in der Absicht, ihre Landsleute vor derartigen Bombenangriffen zu schützen. In einem Funkspruch teilte eine der größten französischen Widerstandsgruppen, die Mouvements Unis de Résistance, London mit: „Wenn Sie uns das Sprengmaterial zur Verfügung stellen und die Ziele bezeichnen, so sind unsere Gruppen bereit, Anschläge aller Arten auszuführen und die Sabotagetätigkeit auszudehnen. Ungenaue und verlustreiche Bombenabwürfe, die die Moral der Bevölkerung untergraben, könnten auf diese Weise vermieden werden."

Im Zuge der folgenden Intensivierung der Sabotageaktionen wurden viele Objekte zerstört, ehe die Alliierten ihre Bomber darauf ansetzten, wodurch Tausende von Zivilisten (und vermutlich Hunderte von Fliegern) vor dem Tode bewahrt blieben. Außerdem verunsicherten sie den deutschen Gegner und machten ihm das Leben in den besetzten Ländern zur Qual. Wo sie auch hinkamen – im Jahre 1943 und danach fanden die Deutschen immer häufiger Eisenbahnstrecken, Fabriken und Kraftwerke vor, die durch Sabotage zerstört worden waren und häufig nur noch ein nutzloses Gewirr aus Stahl und Draht bildeten.

Es war einleuchtend und logisch, daß sich die Sabotage in erster Linie gegen die Energiequellen der Industrie, die Kraftwerke, richtete. Im Herbst 1942 wurde in Norwegen jedoch eine komplizierte Sabotageoperation gegen das Norsk-Hydro-Kraftwerk auf dem Hardanger-Plateau vorbereitet, das allem Anschein nach kaum militärische Bedeutung besaß. Die alliierten Geheimdienste waren anderer Meinung und glaubten, daß der Ausgang des Krieges sehr wohl von der Arbeit abhängen könnte, die dort offensichtlich unter strengster Geheimhaltung geleistet wurde.

Das Norsk-Hydro-Werk war damals das einzige Kraftwerk der Welt, in dem beträchtliche Mengen einer von den Physikern Deuteriumoxid (D_2O) genannten, im allgemeinen aber mit dem etwas umheimlich klingenden Namen „Schweres Wasser" bezeichneten Substanz hergestellt werden konnten. Diese chemische Verbindung besaß eine ungewöhnliche Eigenschaft: Sie war wegen ihrer großen Bremswirkung ein hervorragender Moderator für Kernreaktionen, da sie die schnellen Neutronen in einem Uran-Kernreaktor zu verlangsamen vermochte, ohne sie zu absorbieren. Eine solche Bremssubstanz wurde von den Kernphysikern benötigt, um damit Atombomben herzustellen.

Enrico Fermi, unter dessen Leitung zu jener Zeit im Kernreaktor der Universität Chicago erstmals eine sich selbst erhaltende Kernreaktion in Gang gesetzt wurde, hielt seinen Kernbrennstoff unter Kontrolle, indem er ihn mit 320 Tonnen schweren Graphitstäben drosselte. Den führenden Kernforschern war aber bekannt, daß „Schweres Wasser" mindestens ebensogut geeignet war.

Die auf alliierter Seite tätigen Atomphysiker waren fest davon überzeugt, daß ihre deutschen Gegenspieler auf dem Gebiet der Kernforschung die Führung hatten. Sie gerieten daher in tiefe Bestürzung, als geheimdienstliche Ermittlungen im Februar 1942 ergaben, daß die Deutschen die Steigerung ihrer Schwerwasserproduktion auf jährlich 4500 Kilogramm befohlen hatten. In Wirklichkeit zielte die deutsche Kernforschung jedoch nicht auf die Entfesselung der Kernenergie ab, sondern auf ihre kontrollierbare Nutzbarmachung; insbesondere hoffte man, Atomkraft als Antrieb für U-Boote verwenden zu können, um so die Zahl der notwendigen Fahrten zur Treibstoffergänzung in den Flottenstützpunkten zu senken. Doch damals schien den Alliierten nur eine Schlußfolgerung denkbar: Deutschland betrieb mit Hochdruck die Entwicklung der Atombombe, mit der der Feind in der Lage sein würde, London zu zerstören, sämtliche in Reichweite seiner Luftwaffe befindlichen alliierten Streitkräfte auszulöschen – und vielleicht sogar letztendlich den Krieg zu gewinnen.

Die Alliierten waren offensichtlich in einer verzweifelten Lage und verfielen schließlich auf einen verzweifelten Ausweg: Ein Sabotage-Vortrupp sollte mit dem Fallschirm auf dem Hardanger-Plateau unweit der streng bewachten Schwerwasser-Anlage abspringen. Anschließend sollten zwei große Horsa-Lastensegler mit 34 ausgesuchten britischen Kommandosoldaten an Bord von Halifax-Bombern über die Nordsee geschleppt und über dem Plateau ausgeklinkt werden. Die beiden Gruppen sollten sich im Spätherbst vereinigen und der Vortrupp – aus Norwegern rekrutiert, die das Gelände gut kannten – die Kommandosoldaten zu der Fabrik führen und bei ihrer Zerstörung mitwirken.

Bei der Zusammenstellung des Einsatzkommandos ging die SOE in der Weise vor, daß sie zuallererst unter den Tausenden von jungen Norwegern, die per Schiff oder Flugzeug aus ihrem besetzten Vaterland nach Großbritannien geflüchtet waren, nach geeigneten Saboteuren suchte. Sie machte schließlich drei hervorragende Skiläufer aus der nur fünf Kilometer vom Norsk-Hydro-Werk entfernten Stadt Rjukan ausfindig. Sie hießen Jens Poulsson, Knut Haugland und Claus Helberg. Alle drei kannten sich in der Gegend um ihre Heimatstadt ebenso gut aus wie das vierte Mitglied des Trupps, ein breitschultriger Klempner aus Oslo namens Arne Kjelstrup, der das Gebiet früher häufig besucht hatte.

Die vier Freiwilligen wurden in das von den Deutschen „Internationale Gangster-Schule" genannte Ausbildungslager der SOE nach Schottland geschickt. Dort brachte man ihnen unter anderem 20 verschiedene Methoden bei, einen Gegner lautlos zu töten, und lehrte sie, wie man mit knetbarem Sprengstoff arbeitet. Die Norweger erhielten sorgsam ausgewählte Winterkleidung: weiße Parkas, daunengefüllte Schlafsäcke und skandinavische Langlaufskier, die eigens in einem isländischen Sportgeschäft, das norwegische Artikel führte, eingekauft worden waren. Für den Fall, daß man sie aufgriff und einem Verhör unterzog, würde kein einziges Kleidungs- oder Ausrüstungsstück auf ihre Agententätigkeit für die SOE in London hinweisen.

Am 18. Oktober 1942 erreichten die vier Männer an Bord eines Halifax-Bombers die Gegend des Hardanger-Plateaus. Sie wuchteten die sargartigen Metallbehälter, in denen sich ihre Ausrüstung und Verpflegung für vier Monate befanden, durch die Bombenluke. Anschließend ließen sie sich selber am Doppelleitwerk vorbei durch die Luke fallen und hingen dann an den sich bauschenden Fallschirmen in der kalten Luft, die den frühen Einbruch des skandinavischen Winters ankündigte.

Das Plateau von Hardanger ist eine der einsamsten und unwirtlichsten Gegenden Europas – 6475 Quadratkilometer nackter Felsen, der von Spalten und Graten durchzogen und von zugefrorenen Tümpeln und Seen übersät ist. Im Winter fegen heftige Stürme über das zerklüftete Hochland, oder es verschwindet unter einer dichten Decke eisigen Nebels.

Als die vier Norweger landeten, war bereits Schnee gefallen, und es dauerte drei Tage, bis sie ihre Ausrüstungsbehälter in den Schneewehen gefunden, und über zwei Wochen, bis sie ihr Gerät in eine verlassene Jagdhütte geschafft hatten. Sie lag unweit eines flachen Streifens, auf dem die Gleiter landen konnten, und in unmittelbarer Nähe der Schwerwasser-Anlage. Anschließend warteten sie auf die ersten Segler mit den Kommandotrupps.

Die Segler blieben jedoch aus. Sie waren am Abend des 19. November 1942 im Schlepp von zwei Halifax-Bombern zu einem 640-Kilometer-Flug über die Nordsee aufgestiegen – dem längsten Schleppflug, der im Zweiten Weltkrieg unternommen wurde und der mit einer Katastrophe endete. Die erste Halifax überflog die Südküste Norwegens in 3000 Meter Höhe, konnte den Landeplatz aber nicht ausmachen. Da der Treibstoff knapp wurde, sah sich der Pilot schließlich genötigt, den Heimflug anzutreten. Er geriet dabei in einen heftigen Sturm, und das Schleppseil riß. Der Lastensegler drehte durch dicke Wolken ab und zerschellte auf dem Gipfel eines schneebedeckten, den Lysefjord überragenden Berges. Acht Kommandosoldaten kamen bei dem Aufprall ums Leben, und vier erlitten schwere Verletzungen.

Die zweite Halifax überflog die norwegische Küste in zu geringer Höhe – der Pilot wollte den tiefhängenden Wetterwolken ausweichen – und prallte 16 Kilometer landeinwärts gegen einen Berg. Der Pilot klinkte offenbar vor dem Aufprall, der die vier Besatzungsmitglieder das Leben kostete, das Schleppseil aus, um den an Bord des Lastenseglers befindlichen Männern noch eine Chance zu geben. Der Lastensegler zerschellte an einem Berghang; drei Soldaten kamen dabei ums Leben und sechs wurden schwer verletzt.

Insgesamt 23 Kommandosoldaten überlebten die beiden Gleiterabstürze. Sie wurden alle von der deutschen Feldpolizei festgenommen. Laut einem vier Wochen zuvor erlassenen „Führerbefehl" waren Sabotagetrupps, gleichgültig ob uniformiert oder nicht, „bis zum letzten Mann niederzumachen". Die Kommandosoldaten wurden dem Befehl gemäß, obwohl sie britische Uniformen trugen, als feindliche Agenten hingerichtet.

Die Unglücksbotschaft wurde den vier Männern auf dem Hardanger-Plateau erst nach und nach übermittelt. „Zuerst", erinnerte sich der Funker Knut Haugland, „bekamen wir eine Meldung, daß die Lastensegler unweit von uns niedergegangen seien und wir nach ihnen suchen sollten. Dann hieß es, wir sollten eine weitere Meldung abwarten, und schließlich bekam ich die traurige Mitteilung, beide Lastensegler seien abgestürzt. Das war für uns alle wohl der schlimmste Augenblick, doch merkwürdigerweise wuchs damit auch unsere Entschlossenheit, das Unternehmen zu einem erfolgreichen Ende zu führen. Wir erhielten Anweisung, an Ort und Stelle zu bleiben und weitere Befehle abzuwarten." Daß man von ihnen erwartete, ohne Nachschub auszukommen, erfuhren sie allerdings nicht.

Kurz nach der Lastenseglerkatastrophe erhielt der Vortrupp einen Funkspruch, daß ein weiterer Angriffstrupp eingeflogen werden würde – diesmal eine kleine Gruppe norwegischer Freiwilliger. Da sie nicht die geringste Ahnung hatten, wann die Freiwilligen eintreffen würden, zogen sie sich, um nicht in der Zwischenzeit entdeckt zu werden, in eine Hütte zurück, die weiter von der Schwerwasser-Anlage entfernt war.

Anfang Dezember hatten die vier Männer fast ihre gesamten Lebensmittelvorräte aufgezehrt. Sie ernährten sich jetzt von einem Brei, den sie sich aus Rentierflechte – einem Moos, das sie aus dem Schnee ausgruben – und ihren letzten Haferflocken bereiteten. Gegen Weihnachten waren sie dem Verhungern nahe; ihre tief in den Höhlen liegenden, rot umränderten Augen schimmerten gelblich, und Ödeme hatten ihre Leiber aufgetrieben. Doch Poulsson, ihr Anführer, gab nicht auf. Tag für Tag kroch er aus seinem Schlafsack, schnallte seine Skier an, nahm ein Gewehr auf die Schulter und ging auf die Jagd nach Rentieren, den einzigen sonstigen Bewohnern der wüsten, schneebedeckten Einöde. Doch jedesmal kehrte er mit leeren Händen zurück. Offensichtlich waren

Britische Mosquito-Schnellbomber legen im Oktober 1944 durch gezielte, mit der dänischen Widerstandsbewegung koordinierte Bombenabwürfe das in der Universität Aarhus befindliche Hauptquartier der Sicherheitspolizei in Schutt und Asche. Durch den Angriff erlangten Dutzende von eingekerkerten dänischen Widerstandskämpfern die Freiheit; ungezählten anderen rettete er durch die Vernichtung deutscher Akten das Leben. Ein nahebei gelegenes Krankenhaus blieb zum Glück unbeschädigt.

die wandernden Herden noch nicht auf dem Plateau eingetroffen. Am Nachmittag des 24. Dezember erspähte Poulsson schließlich die erste Herde: 70 Rentiere grasten tief unter ihm am Rande eines zugefrorenen Sees. Sie waren außer Schußweite, doch stand er in Lee und wußte, daß sie ihn unmöglich wittern konnten. Vorsichtig und ständig auf Deckung bedacht, pirschte er sich an sie heran. Doch ehe er zum Schuß kam, stampfte das ihm zunächst stehende Tier unruhig auf und versetzte die anderen Rentiere mit seiner Reaktion in Panik. In Sekundenschnelle war die ganze Herde in einer Wolke von stäubendem Schnee verschwunden.

Wenig später stieß Poulsson auf eine andere, kleinere Herde. Diesmal schnallte er seine Skier ab, kroch auf einen Felsvorsprung, zielte sorgfältig auf eine Renkuh und drückte ab. Im Nu ergriff die Herde die Flucht. Poulsson gab noch zwei Schüsse ab, doch offenbar hatte er nicht getroffen. Mißmutig und enttäuscht stapfte er zu der Stelle, wo die Kuh gestanden hatte. Der Schnee wies Blutspuren auf! Seine Schritte beschleunigend, folgte Poulsson ihnen bis zum Kamm eines nahen Bergrückens und fand, oben angelangt, das sich auf der Erde wälzende, angeschossene Tier. Mit einem weiteren Schuß tötete er die Kuh.

Poulsson zog eine Tasse aus seinem Rucksack und trank so viel Rentierblut, wie er nur konnte, ehe es gefror. Dann zerlegte er die Beute. Als er schließlich an die 30 Kilogramm Fleisch in seinem Rucksack verstaut hatte, war es fast Nacht.

Die drei Gefährten streiften ihn bei seiner Rückkehr nur mit einem apathischen Blick. Sie erwarteten nichts mehr. Doch als dann einer von ihnen die Blutspritzer an Poulssons weißem Tarnanzug bemerkte, stürzten sich alle drei mit lautem Freudengeheul auf den Rucksack. „Es wurde schließlich doch noch ein sehr, sehr schönes Weihnachtsfest", berichtete Poulsson später. „Von dem ganzen Rentier blieben nur das Fell und ein Haufen Knochen übrig. Keiner ekelte sich, wir aßen alles, was eßbar war. Wenn man so hungrig ist, wie wir damals waren, ist man nicht wählerisch."

Während Poulssons Vortrupp ums nackte Leben kämpfte, wurden sechs weitere norwegische Saboteure in Schottland für den Angriff auf die Schwerwasser-Anlage ausgebildet. Diese Männer sprangen schließlich in der Nacht zum 18. Februar 1943 mit dem Fallschirm über dem Hardanger-Plateau ab. Sie gerieten dort binnen kurzem in ein Schneetreiben, wie es keiner der sechs bis dahin erlebt hatte; erst nach fünf Tagen legten sich die orkanartigen Stürme, und die beiden Gruppen konnten sich endlich vereinigen. „Es war ein denkwürdiger Augenblick", erinnerte Poulsson sich. „Sie gaben uns Schokolade und Rosinen und andere Delikatessen, und wir boten ihnen Rentierfleisch an, das ihnen jedoch nicht besonders zuzusagen schien."

Nun, da sie endlich losschlagen konnten, gingen die Saboteure unverzüglich ans Werk. Knut Haugland blieb zurück, um die Funkverbindung mit London aufrechtzuerhalten, während Poulsson und die übrigen Männer sich mit allem Notwendigen bepackten, ihre Skier anschnallten und zu der drei Kilometer von dem Kraftwerk entfernten, am Rande des Plateaus und einer tiefen Schlucht gegenüber gelegenen ersten Hütte marschierten.

Von dem glasüberdachten Kopenhagener Forum steht nach einem Sabotageanschlag, den dänische Widerstandskämpfer mit einer in einem Bierkasten versteckten Bombe verübten, nur noch das Stahlgerüst. Das Gebäude wurde im Jahre 1943 zum Angriffsziel ausersehen, weil die Deutschen es in eine Truppenunterkunft umwandeln wollten.

Ein von Saboteuren in ein loderndes Inferno verwandelter deutscher Wehrmachtlastwagen hinterläßt auf einer Amsterdamer Straße eine breite Spur von brennendem Benzin. Zwar weiß man nicht, welches Zerstörungsmittel in diesem Fall angewandt wurde, doch wurden Sabotageanschläge gegen Kraftfahrzeuge meist mit Handgranaten oder selbstgebastelten Bomben durchgeführt.

Das festungsähnliche, siebengeschossige Kraftwerk lag auf einem Felsvorsprung, der aus einer fast senkrecht abfallenden Bergwand herausgesprengt war. Es war nur auf drei Wegen erreichbar: über eine die Schlucht überspannende schmale Hängebrücke, über eine in die Flanke der Schlucht gebaute eingleisige Eisenbahnstrecke und von oben her über eine steile Treppe. Sie führte an zwölf riesigen Sammelbecken entlang, deren Wasser aus einem See auf dem Bergrücken kam und die Turbinen speiste.

Sowohl die Brücke wie auch die Bassins wurden ständig von Streifen bewacht, doch die Bahnstrecke war unbewacht, da die Deutschen die steile Schlucht offensichtlich für unüberwindbar hielten. Die Männer beschlossen, im Schutze der Dunkelheit zur Bahnstrecke emporzuklettern.

Die jungen Norweger waren sich der Risiken ihres Unternehmens bewußt. „Ich glaube, keiner von uns erwartete im Ernst, mit dem Leben davonzukommen", äußerte Poulsson später. „Ich selbst glaubte, wir würden im besten Falle unseren Auftrag wie befohlen ausführen können, aber daß wir da wieder herauskommen würden, konnte ich mir nicht vorstellen."

Der Angriff wurde auf die Nacht zum 27. Februar festgesetzt. Zwei Sprengtrupps von je zwei Mann sollten ihn unternehmen; die restlichen fünf Mann sollten den Deckungstrupp bilden. Um 20.00 Uhr waren sie einsatzbereit. Der aus Rjukan gebürtige und mit der Gegend bestens vertraute Claus Helberg übernahm die Führung: zuerst eine lange, gerade Schußfahrt bergab, dann ein mühseliger Marsch durch ein dichtes Waldstück und über eine Straße, die in vielen Windungen ins Tal hinabführte. Niemand sprach ein Wort; es gab nichts mehr zu sagen.

Die Männer hörten das tiefe Brummen des Kraftwerks schon, bevor sie es weit unter sich auf der anderen Seite der Schlucht im Mondlicht liegen sahen. Sie verließen die Straße bald wieder und kletterten und rutschten einen steilen Abhang bis zu einer kleinen Waldlichtung hinab, wo sie ihre Rucksäcke, Skier und Stöcke unter dem Schnee versteckten in der Hoffnung, sie auf dem Rückweg dort noch vorzufinden. Von da an trugen sie nur noch den Sprengstoff, die Zünder, ihre Maschinenpistolen und Revolver bei sich sowie eine schwere Metallschere, um den Zaun um das Werk durchtrennen zu können.

Über schlüpfriges, in der Dunkelheit besonders gefährliches Felsgestein stiegen sie weiter ins Tal ab. Am Grunde der Schlucht überquerten sie den Fluß, standen dann vor dem letzten Hindernis, das sie von ihrem Ziel trennte: einer schroffen, 180 Meter hohen Steilwand, auf der lediglich ein spärlicher Bewuchs von Fichten und Kiefern darauf hindeutete, daß sie überhaupt ersteigbar war. Bei der Besteigung würde jeder von ihnen ganz auf sich allein gestellt sein; jeder mußte, auf Händen und Füßen kriechend, hier seinen eigenen Weg finden. Das Summen der Turbinen und aufkommender Wind übertönten die Geräusche, die sie machten. Kurz nach 23.00 Uhr kletterte der letzte Mann über den Rand des Steilhangs auf die Bahngleise. Eine kurze Ruhepause – das Herz schlug ihnen bis zum Hals –, dann ging es wieder weiter, die Bahn entlang in Richtung auf die Schwerwasser-Anlage.

Schweigend, einer hinter dem anderen, näherten sie sich einem Transformatorenhäuschen, das ein paar 100 Meter vom Werk entfernt lag und ihnen Schutz gewährte. Um 0.30 Uhr kroch Arne Kjelstrup, der Klempner aus Oslo, mit seiner schweren Metallschere auf den Zaun zu, durchschnitt mit kundiger Hand die Kette, die das Tor sicherte, und stieß es vorsichtig auf. Die anderen schlichen hinter ihm her. Dann trennten sich die beiden Sprengtrupps, um einen Zugang zu dem Kellergeschoß zu finden. In ihm sollten sich die entscheidenden Elektrolysebehälter befinden, in denen die Umwandlung von normalem in Schweres Wasser stattfand. Der erste Trupp kroch durch einen Kabelschacht, der für sie gerade weit genug war. Ein verdutzter norwegischer Nachtwächter war froh, ihnen den Weg frei zu machen. Doch als sie darangingen, die Sprengladungen zu befestigen, mußten sie plötzlich, durch das laute Klirren zerbrechender Scheiben aufgeschreckt, eilends Deckung suchen: Der zweite Sprengtrupp drang in das Werk ein.

Die Saboteure legten ihre Sprengladungen um die 18 Zellen. Diese waren ungefähr 1,20 Meter hoch, hatten einen Durchmesser von 30 Zentimetern und einen Schutzmantel aus rostfreiem Stahl. „Der Sprengstoff schmiegte sich wie ein Handschuh an die Zylinder an", erinnerte sich der Anführer der beiden Sprengtrupps, Joachim Rönneberg. „Wir brauchten sie nur um die zylindrischen Metallbehälter zu legen und anzudrücken, und schon saßen sie fest." Dann steckte er bleistiftähnliche Zünder in die 18 Sprengladungen und kniff ihre Enden ab. Jetzt waren sie scharf, und nach 30 Sekunden sollte die ganze Anlage in die Luft fliegen. Die Sprengtrupps jagten mit dem Nachtwächter eine Treppe hinauf aus der Gefahrenzone und drängten sich durch eine Stahltür, die sie zuvor schon zum Fluchtweg ausersehen und von innen geöffnet hatten.

Die Montage des Sprengstoffes und der Zünder hatte ungefähr 25 Minuten gedauert, doch den draußen wartenden Männern vom Deckungstrupp war diese knappe halbe Stunde zur Ewigkeit geworden. Poulsson hielt sich zusammen mit Knut Haukelid unweit der Unterkunft der deutschen Posten versteckt. „Wir begriffen nicht, was vor sich gegangen war", erinnerte Poulsson sich später, „und dann hörten wir diesen kleinen erstickten Knall. Ich dachte, alles wäre schiefgegangen. Im selben Augenblick stürzte ein deutscher Soldat mit einer Taschenlampe aus dem Wachhaus und leuchtete den Umkreis unseres Verstecks ab. Ich hätte ihn am liebsten niedergeschossen, doch als ich Haukelid fragend ansah, schüttelte er den Kopf. Es war gut, daß ich ihn nicht tötete; denn die Deutschen hatten noch immer nicht Alarm geschlagen. Der Soldat leuchtete noch etwas umher, ging dann in die Hütte zurück und schloß die Tür hinter sich."

Die Saboteure hatten doppeltes Glück: Die Explosion war nicht nur durch die massive Betonwand des Werks gedämpft worden, sondern der Knall, den sie verursachte, ähnelte auch einem

Die 110 Kilometer westlich von Oslo liegende Norsk-Hydro-Schwerwasseranlage bildete das Ziel des wichtigsten Sabotageunternehmens in Norwegen. Das Werk, von dem Deutschland den Großteil des für seine Kernforschung erforderlichen Schwerwassers bezog, wurde derart scharf bewacht, daß die Saboteure sich über eine scheinbar unbezwingbare Route an die Fabrik heranarbeiten mußten: den Abhang rechts hinunter, über eine aus Eisblöcken gebildete Brücke am Grund der Schlucht (links unten) und eine Felswand hinauf, die so steil war, daß selbst Ortsansässige sie noch nie zuvor erklommen hatten.

Geräusch, das regelmäßig von Spezialgeräten auf den oberen Laufgängen des Kraftwerks ausging. Die Männer rannten, ohne weiter darüber nachzudenken, die Bahngleise entlang, und als die Sirenen losheulten, befanden sie sich bereits in der Mitte des Flusses auf dem Grund der Schlucht. Als sie dann schließlich die Scheinwerfer der Wehrmachtslastwagen wahrnahmen, die Verstärkungen aus Rjukan heranschafften, waren sie längst auf der anderen Seite der Schlucht in Sicherheit. Alle Männer des Sabotagetrupps entkamen. Die meisten legten die 250 Kilometer in das neutrale Schweden auf ihren Skiern zurück.

Die Deutschen gerieten außer sich vor Wut. Der Wehrmachtbefehlshaber in Norwegen, Generaloberst Nikolaus v. Falkenhorst, begab sich sofort an Ort und Stelle, um den Schaden persönlich in Augenschein zu nehmen. In Gegenwart einer kleinen Gruppe amüsierter norwegischer Schaulustiger verlor er seine Beherrschung und erging sich in wüsten Beschimpfungen der deutschen Wachmannschaften. Später bezeichnete er einem Untergebenen gegenüber den Handstreich unwillig als „die beste Sabotageaktion, die ich in diesem Krieg gesehen habe".

London empfing die Erfolgsmeldung in einem kurzen Funkspruch, den Knut Haugland durchgab: „Unternehmen planmäßig durchgeführt. Konzentrieranlage völlig zerstört. Keinerlei Verdacht erregt, kein Schußwechsel. Grüße."

Mit dem kühnen Handstreich war das Problem der deutschen Schwerwassererzeugung noch nicht endgültig gelöst. Es waren zwar beträchtliche Schäden am Norsk-Hydro-Werk entstanden und fast eine Tonne kostbaren Schwerwassers – der Produktionsausstoß von mehr als drei Monaten – war vernichtet worden, doch arbeiteten die Deutschen derart fieberhaft an dem Neuaufbau der Anlage, daß die Herstellung bereits im Frühsommer 1943 wieder anlaufen konnte. Um die Mitte jenes Jahres gelangten die amerikanischen Kernforscher immer mehr zu der Überzeugung, daß der Bau einer Atombombe mit gewaltiger Zerstörungskraft möglich sei. Die Alliierten beschlossen daher, alles zu versuchen, um die Deutschen an der Herstellung einer solchen Waffe zu hindern. Ein abermaliger Sabotageangriff auf die Schwerwasser-Anlage kam allerdings nicht in Frage, da die Deutschen ihre Sicherheitsvorkehrungen auf dem Hardanger-Plateau verschärft hatten. Nach längerem Hin und Her befahl das alliierte Oberkommando daher einen Luftangriff. Die von 130 Bombenflugzeugen verursachten Schäden waren schwer genug, um die Verantwortlichen zu veranlassen, das Werk nach Deutschland zu verlegen.

Der alliierte Geheimdienst erhielt aus Norwegen die Meldung, die Deutschen beabsichtigten, ihre gesamten Schwerwasser-Vorräte auf dem Schienen- und Seeweg ins Reich zu transportieren. Vielleicht konnte man sie unterwegs zerstören?! Knut Haukelid, der letzte Mann der Sabotagegruppe, der sich noch in der Gegend aufhielt, wurde alarmiert und arbeitete sofort mit zwei ortsansässigen Widerstandskämpfern einen Zerstörungsplan aus.

Einen Anschlag auf die Güterwagen, die die Schwerwasser-Behälter vom Norsk-Hydro-Werk zum Hafen von Mael befördern sollten, hielten sie für undurchführbar, da der Zug und die Bahnanlage von starken deutschen Sicherungskräften bewacht sein würden. Eine Schwachstelle schien ihnen jedoch die große Eisenbahnfähre zu bilden, die die Waggons über den Tinnsee befördern sollte, nach dessen Überquerung diese dann, wiederum auf dem Schienenweg, zum Hafen von Heroya weiterfahren würden. Zu ihrer großen Überraschung stellten Haukelid und seine Männer fest, daß die Fähre nicht besonders scharf bewacht wurde. Sie gingen am Abend vor der Abfahrt als Passagiere an Bord des Fährschiffs *Hydro,* plazierten im Bugteil eine 3,65 Meter lange, wurstförmige Ladung knetbaren Sprengstoffs und stellten die elektrische Zündvorrichtung dann so ein, daß sie auf der Flucht nach Schweden einen beträchtlichen Vorsprung vor ihren deutschen Verfolgern haben würden.

Am nächsten Morgen kurz nach 10.00 Uhr waren die Waggons mit 39 Schwerwasser-Behältern auf dem Deck der *Hydro* festgemacht, und die Fähre legte mit 53 Menschen – Zivilpersonen, Besatzungsmitgliedern und deutschen Soldaten – an Bord ab. Um 10.45 Uhr riß eine gewaltige Detonation ein Leck in ihren Bug. Während sie langsam umschlug, lösten sich die Waggons aus ihren Halterungen, rollten nach vorn und stürzten in die Tiefe des Sees – wo sie unrettbar verloren waren. Wenige Minuten später war die *Hydro* gesunken. 26 Passagiere und Besatzungsmitglieder ertranken. Der Verlust der Schwerwasser-Vorräte demoralisierte die deutschen Physiker; die deutsche Kernforschung sollte sich von diesem Schlag nie mehr richtig erholen.

Der Anschlag auf das Norsk-Hydro-Werk war einzig in seiner Art: Kein anderes Sabotageunternehmen erforderte derart langwierige Anstrengungen, erlegte seinen Teilnehmern so große Entbehrungen auf und wurde von den alliierten Geheimdienstchefs als derart wichtig angesehen. In sämtlichen von den Deutschen besetzten Ländern verübten Saboteure aber ständig Anschläge, die – alle zusammengenommen – einen nicht unwesentlichen Teil zu den alliierten Kriegsanstrengungen beitrugen.

In Dänemark, wo es nur wenig Schwerindustrie gab, wurde eine der größten Sabotageaktionen im Herbst 1944 von drei Angestellten des großen deutschen Luftwaffenstützpunktes Aalborg durchgeführt. Den Verschwörern war es gelungen, große Mengen Sprengmaterial in ihren Frühstückstaschen an den Wachtposten vorbeizuschmuggeln. Indem sie drei Wochen lang auf die gewohnten Brotschnitten verzichteten und ihren Hunger bezwangen, hatten sie genug knetbaren Sprengstoff eingeschleust, um das ganze Werk in die Luft zu sprengen. Eines Tages brachten sie dann während ihrer Frühstückspause an allen ihnen erreichbaren Anlagen Sprengladungen mit Zeitzündern an. In der Nacht darauf setzten die Explosionen ein und dauerten zwölf Stunden lang fort. Kraftstofftanks, Reparaturwerkstätten, Büroräume, Kasinos sowie 40 Flugzeuge der deutschen Luftwaffe gingen in Flammen auf.

Belgische Sabotagetrupps entwickelten ein besonderes Geschick beim Beschaffen von Sprengstoff, Waffen und anderem Kriegsmaterial. Sie griffen auf das zurück, was nahelag: auf das Reservoir deutscher Wehrmachtsanlagen. Widerstandsgruppen stahlen tonnenweise Dynamit aus den von der Besatzungsmacht betriebenen Steinbrüchen und Zechen, und eine besonders verwegene Schar plünderte die Waffenfabrik von Herstal so gründlich, daß sie gewaltige Mengen Dynamit, Sprengzünder und Gewehre erbeutete. Das Sprengmaterial wurde anschließend wirkungsvoll eingesetzt. Eine Widerstandsorganisation, die sogenannte Gruppe G, verübte damit Sabotageanschläge auf Hochspannungsleitungen. Ihre wiederholten Angriffe verursachten so schwere Schäden, daß die Deutschen für die erforderlichen Reparaturarbeiten mehr als 20 Millionen Arbeitsstunden aufwenden mußten.

Ihre größten Erfolge erzielten die Saboteure aber in Frankreich. Frankreich war nicht nur das größte und höchstindustrialisierte unter den besetzten Ländern, sondern auch als westlichster Ausläufer des europäischen Festlandes das strategisch wichtigste. Auf das gut ausgebaute französische Eisenbahnnetz wurden unablässig Sabotageakte verübt, damit die Transporte mit deutschen Truppen und Kriegsmaterial ihre Bestimmungsorte in Frankreich, Italien oder den Niederlanden nicht erreichten. Auf eine andere Art von Transportsabotage hatten sich Widerstandskämpfer an der Schweizer Grenze spezialisiert. Obwohl die Öffentlichkeit wenig von ihnen erfuhr, waren ihre Leistungen beeindruckend.

Diese Widerstandsgruppe – ihr Deckname lautete Armada – verübte Anschläge auf wichtige Anlagen und Teilstücke des ausgedehnten französischen Kanalnetzes, und zwar zu einer Zeit – im Sommer 1943 –, als die Deutschen in Erwartung einer alliierten Invasion in Italien für die Verlegung kleinerer Schiffseinheiten, wie Torpedoboote und Kleinstunterseeboote, dringend auf dieses Transportnetz angewiesen waren.

Die Sabotageakte an den Kanälen setzten im Juli 1943 unter Führung von Raymond Basset ein. In der Nacht zum 27. Juli sprengten drei Widerstandskämpfer in der Nähe von Chalon-sur-Saône ein großes Loch in das Wehr und die Schleuse eines Kanals und trockneten ihn dadurch für eine weite Strecke aus; viele Lastkähne liefen auf Grund.

Zwei Wochen später wurde der Kanal von Briare, der zur Umschiffung der blockierten Stelle bei Chalon benutzt wurde, durch einen einzigen Mann, der zwei Schleusen zerstörte, außer Betrieb gesetzt. 3000 weitere Lastkähne gerieten dadurch auf Grund. Zwei Tage später machte derselbe Widerstandskämpfer zwei lange Abschnitte des Rhein-Marne-Kanals unbefahrbar, indem er einige Schleusen im Westen von Toul sprengte. Und als die Deutschen die Schäden an dem Kanal bei Chalon in viermonatiger Arbeit beseitigt hatten, kehrten die verwegenen Widerstandskämpfer zurück und sprengten die Anlagen erneut in die Luft.

Auf dem an Objekten reichen Feld der Industrie-Sabotage dachte sich ein junger SOE-Agent namens Harry Rée eine besondere Abwandlung der sonst üblichen Vorstöße aus. Der Anführer eines Agentennetzes, das den Decknamen Börsenmakler führte, konzentrierte seine ersten Anstrengungen auf die größte Rüstungsfabrik in seinem Bereich in Ostfrankreich: die Peugeot-Automobilwerke in Sochaux nahe der Schweizer Grenze. Die Fabrik wurde von der Besatzungsmacht zur Herstellung von Panzertürmen und Motorteilen für Flugzeuge benutzt. Die RAF hatte in der Nacht zum 15. Juli

Ein US-Offizier unterweist Maquisarden im Departement Drôme im Gebrauch einer automatischen Pistole. Der Amerikaner gehörte zu den 100 OSS-Agenten, die kurz vor der alliierten Invasion in der Normandie mit dem Fallschirm über Frankreich absprangen. Ihre Ankunft machte auf die Landbevölkerung entlegener Regionen großen Eindruck. So äußerte ein alter Bauer voller Erstaunen: „Wenn ich mir vorstelle, daß General Eisenhower unser kleines Dorf für so wichtig hält, daß er eigens einen amerikanischen Offizier herschickt, um uns zu helfen!"

SABOTAGE DURCH SCHÜLER

„Wenn die Erwachsenen nichts tun, dann machen wir was", lautete die Parole von elf furchtlosen Aalborger Domgymnasiasten. Diese jungen Dänen gründeten im Jahre 1941 eine Widerstandsgruppe, die sie nach dem unbeugsamen Lenker Großbritanniens „Churchill-Klub" nannten. Der „Churchill-Klub" stellte auf einer Miniaturpresse aufrührerische Rundschreiben her, stahl Handfeuerwaffen, die deutsche Soldaten achtlos abgelegt hatten, und führte Dutzende von Sabotageanschlägen aus.

Die Jungen wählten ihre Angriffsziele im allgemeinen ohne langes Überlegen. Einige von ihnen entdeckten einmal auf einem deutschen Wehrmachtslastwagen, der sie als Anhalter mitgenommen hatte, unter einer Schicht Heu eine Ladung Waffen und Munition. Ohne zu zögern, steckten sie das Heu in Brand, sprangen von dem fahrenden LKW ab und verschwanden. Bei einer anderen Gelegenheit vollbrachte ein 14jähriger ein wahres Meisterstück, indem er mit einem einzigen geschickt angesetzten Streichholz einen ganzen Güterzug voll militärischer Versorgungsgüter in Flammen aufgehen ließ.

Im Mai 1942 wurden die Jungen beim Waffendiebstahl ertappt und ins Gefängnis gebracht. Sie gaben jedoch nicht auf. Mit einer eingeschmuggelten Feile sägten sie die Gitterstäbe ihrer Zelle durch, verließen das Gefängnis aber nicht, sondern richteten ihr Hauptquartier darin ein. Nacht für Nacht stopften sie Kleidungsstükke unter ihre Decken, die ihre Körper vortäuschen sollten, schlüpften ins Freie, um Sabotageanschläge auszuführen, und kehrten kurz vor Tagesanbruch zurück. Nach zwei Monaten wurden die Jungen bei der Rückkehr gefaßt und unter verschärftem Arrest gehalten. In ganz Dänemark zirkulierte bald ein illegaler, *Die jungen Saboteure* betitelter Comic strip, der andere dänische Jungen zur Gründung eigener „Churchill-Klubs" anregte.

1943 einen Angriff gegen die Werke von Sochaux geflogen, doch hatten die meisten Bomben ihr Ziel verfehlt und überdies mehr als 100 Einwohnern das Leben gekostet. Die Produktion hatte bei dem Bombardement keinerlei Einbußen erlitten.

Im Anschluß an den Bombenangriff verabredete Rée eine geheime Zusammenkunft mit dem Firmenchef, Rodolphe Peugeot, bei der er ihm in aller Ruhe den Vorschlag machte, bei Sabotageanschlägen auf sein eigenes Werk mitzuwirken. Andernfalls, gab Rée ihm zu bedenken, würde die RAF wiederkommen. Sie würde dann unter Umständen mehr zerstören als einheimische Sabotagetrupps und ganz sicherlich mehr Einwohner töten.

Peugeot reagierte anfangs mit Unglauben und dann mit unverhohlenem Mißtrauen, da er befürchtete, Rée könne ein deutscher Agent sein, der seine Loyalität gegenüber der Besatzungsmacht überprüfen wolle. Um Peugeot zweifelsfrei zu beweisen, daß er im Auftrag der Alliierten handelte, forderte Rée den Firmenchef auf, ihm irgendeinen beliebigen Satz zu nennen, den er dann in einer der allabendlichen Sendungen des Französischen Dienstes der BBC durchgeben lassen würde. Peugeot entschied sich für: „Der Benediktiner-Likör ist sehr süß." Am übernächsten Abend wurde dieser Satz mit Dutzenden anderer rätselhafter Botschaften, bei denen es sich um verschlüsselte Mitteilungen an französische Widerstandsgruppen handelte, gesendet.

Peugeot war nunmehr überzeugt und erklärte sich einverstanden, bei der Sabotage seines eigenen Werkes mitzuwirken. Er händigte Rée die Grundrisse der Werkhallen aus und machte ihn mit einigen vertrauenswürdigen Angestellten bekannt. Dann wurde knetbarer Sprengstoff auf das Werksgelände geschmuggelt, und in der Nacht zum 6. November 1943 brachten kooperationsbereite Arbeiter das Sprengmaterial an den wertvollsten und empfindlichsten Maschinen – wie Stahlpressen und Transformatoren – an.

Um 0.10 Uhr wurden die Peugeot-Werke von mehreren heftigen Explosionen erschüttert, die sie für viele Wochen außer Betrieb setzten. Die Deutschen beschafften auf Lastwagen und Kanalschiffen aus dem Reich zweimal Ersatz für die zur Herstellung von Panzertürmen notwendigen Stahlpressen, doch sprengten Rée und seine Helfer sie noch vor ihrer Entladung in die Luft.

Bald nach diesen erfolgreichen Aktionen ging Rée jedoch im Hause einer Kontaktperson der Sicherheitspolizei ins Netz. Es zeigte sich, daß er genauso geistesgegenwärtig wie listig war. Als er an die Tür klopfte, öffnete ihm ein mit einer Pistole bewaffneter Wehrmachtsoldat. Rée trat völlig unbefangen ein und lud den Deutschen zu einem Glas Cognac ein, um ihn dann mit der Flasche niederzuschlagen. Der Schlag zeigte aber keine Wirkung. Der Deutsche sprang auf und stieß Rée, wie dieser später berichtete, „seine Pistole in die Rippen. Ich fühlte, wie sie sich in meinen Körper eingrub. Ich hörte die Schüsse, spürte sie aber nicht".

Es begann ein wilder Kampf, der damit endete, daß Rée seinen Gegner mit dem Kopf gegen eine Mauer schmetterte. Rée taumelte davon und schaffte den etwa sechs Kilometer langen Weg zum Haus einer Kontaktperson. Dort stellte ein Arzt zwei Lungendurchschüsse und einen Einschuß in Herznähe fest. Französische Widerstandskämpfer retteten Rée das Leben, indem sie ihn über die Grenze in ein Schweizer Krankenhaus brachten. Im Sommer 1944 konnte er nach England zurückkehren.

Eine andere Widerstandsgruppe überredete im März 1944 nach Rées Vorbild die Geschäftsleitung der Dunlop-Reifenwerke in Montluçon, bei deren Zerstörung mitzuwirken.

Der Generaldirektor und eine große Zahl von Arbeitern beteiligten sich, indem sie das Sprengmaterial in betriebseigenen Lastwagen auf das Werksgelände schafften.

Der Versuch, das gleiche Verfahren noch ein drittes Mal anzuwenden, scheiterte: Die Familie Michelin, Besitzerin der Michelin-Reifenwerke in Clermont-Ferrand, weigerte sich, bei den Sabotageanschlägen gegen ihre eigene Fabrik mitzuwirken. Der Agent, der mit ihr Fühlung aufgenommen hatte, forderte daraufhin auf dem Funkweg zur Bombardierung der Werke durch die RAF auf und fügte hinzu, wenn sie nicht erfolge, so sei die Selbstsabotagetaktik mit Sicherheit zum Scheitern verurteilt. Die RAF kam seiner

Ein dänischer Junge sucht im Laufschritt Deckung vor den Explosionen, die ein 30 Mann starker Sabotagetrupp um die Mitte des Jahres 1944 in einer Kopenhagener Munitionsfabrik ausgelöst hat. Die Widerstandskämpfer gehörten der großen Sabotageorganisation BOPA (Borgerlige Partisaner) an. Sie fuhren in Kranken- und Feuerwehrfahrzeugen durch das Haupttor der Fabrik, überwältigten die Wache, versammelten die Arbeiter auf einem Platz innerhalb des Werksgeländes und befahlen ihnen, beim Ertönen der Fabriksirenen sofort das Weite zu suchen. Wenige Minuten später heulten die Sirenen los. Die Arbeiter rannten um ihr Leben, während fünf starke Explosionen die Fabrik in eine lodernde Trümmerstätte verwandelten. Bei der Aktion fiel kein einziger Schuß.

Aufforderung sofort nach und ließ die ausgedehnten Werkanlagen mit etlichen Bombenteppichen belegen, denen große Teile der Gebäude und Maschinen zum Opfer fielen.

Einer der erfolgreichsten französischen Saboteure und zweifellos einer der interessantesten war ein Résistancekämpfer, den seine Leute bewundernd „Capitaine Michel" nannten. Michael Trotobas – so lautete sein richtiger Name – war als Kind französischer Eltern in dem englischen Seebad Brighton aufgewachsen, wo er sich schon in jungen Jahren besonders für die Halbwelt des Kurorts interessiert hatte. Schlank, stattlich und mit einem wohlgepflegten Menjoubärtchen wirkte er mehr wie ein Spieler oder der Besitzer einer Spielhölle. Und als er Anfang 1943 mit dem Fallschirm über Frankreich absprang und sich in der düsteren, nordfranzösischen Industriestadt Lille niederließ, versammelte er etliche eher zweifelhafte Personen um sich. Ein SOE-Kamerad, der Trotobas in Lille aufsuchte, fand den Agenten im Haus eines Arbeiters, wo er ein heißes Bad genoß und gleichzeitig einen lautstarken Disput mit den Helfershelfern berüchtigter Buchmacher führte.

Trotobas wußte genau, was er tat. Die größte Gefahr bildete für die SOE-Agenten Geschwätz, das Denunzianten oder deutschen Abwehragenten zu Ohren kam. Er suchte daher zielbewußt nach Leuten, die zu schweigen verstanden, und baute binnen kurzem ein großes und leistungsfähiges Agentennetz mit vielen zuverlässigen Mitarbeitern auf. Seine Wett-Tipgeber und Spieler pflegten auch Kontakte zu patriotischen Polizisten, die ihnen die kollaborierenden Kollegen nannten und sie warnten, wenn die deutsche Polizei irgendeine Sonderaktion plante. Diese Polizeibeamten liehen den Agenten sogar ein- oder zweimal ihre Uniformen aus.

Trotobas' unter dem Decknamen Bauer agierende Widerstandsgruppe erzielte ihren ersten größeren Erfolg Ende Februar 1943, als sie auf der vielbefahrenen Strecke Lens–Bethune 40 Güterwagen zum Entgleisen brachte und dadurch zwei Tage lang die gesamte Strecke lahmlegte. Im August brachten es Eisenbahnspezialisten der Gruppe Bauer bereits auf 15 bis 20 Gleisunterbrechungen pro Woche. Die beiden Gleise der Strecke Amiens–Arras waren damals einem Bericht zufolge „buchstäblich mit beschädigten Waggons, Personenwagen und Gütern übersät".

Die Sabotageanschläge der Gruppe Trotobas richteten sich außerdem gegen die Industriebetriebe jener Gegend: gegen die Werkzeugmaschinenfabrik von Armentières, Textilfabriken in Roubaix und die größte Gerberei in Cambrai, die alle für die Besatzungsmacht produzierten. Überdies unternahm Trotobas zur Abwechslung mit seinen Agenten „Spritztouren" zu den scharf bewachten Kanalhäfen Boulogne und Calais sowie nach Amiens an der Somme, um dort mehrere Anlagen der deutschen Kriegsmarine in die Luft zu sprengen.

Trotobas' größter Sabotageanschlag richtete sich gegen die Lokomotivfabrik von Fives, einem östlichen Vorort von Lille, die zu den bedeutendsten des Landes zählte. Das deutsche Eisenbahnnetz wurde im Sommer 1943 unter der Wucht der alliierten Luftangriffe in zunehmendem Maße von den französischen und belgischen Eisenbahnwerken und Instandsetzungseinrichtungen abhängig. Der Nachrichtendienst der RAF, dem dieser Umstand nicht verborgen blieb, forderte daraufhin die „Pulverisierung" von Fives durch einen schweren Luftangriff. Die SOE sprach sich jedoch mit der Begründung, die Lokomotivfabrik liege in unmittelbarer Nähe dicht bebauter Wohngebiete, gegen ein solches Bombardement aus. So erhielt daher Trotobas' Widerstandsgruppe den Auftrag, die Fabrik durch einen Sprengstoffanschlag zu zerstören.

In der Nacht zum 28. Juni marschierte Trotobas mit 20 Mann nach Fives. In Uniformen der französischen Polizei gingen sie langsam und bedächtig auf das Tor der riesigen Lokomotivfabrik zu. Trotobas, der einen eleganten Straßenanzug trug, zückte einen gefälschten Gestapoausweis und bedeutete der Torwache, die Gruppe habe Auftrag, die Sicherheitsvorkehrungen zu kontrollieren. Man ließ sie anstandslos passieren, und die Saboteure gingen unverzüglich daran, an der Elektrizitätsanlage des Werkes sowie an anderen empfindlichen Maschinen Sprengstoff anzubringen.

Als Trotobas und seine Männer nach vollbrachter Arbeit das Haupttor durchschritten, explodierte eine ihrer Sprengladungen vorzeitig. Kaltblütig befahl Trotobas der Torwache, nicht Alarm zu schlagen, er kehre umgehend mit Feuerwehreinheiten und deutschen Beamten zurück. Dann verschwand er mit seinen Pseudopolizisten im Dunkel der Nacht, während die Explosionen in der Lokomotivfabrik fortdauerten und die Häuser des ganzen östlichen Teils von Lille erschütterten. Der durch sie ausgelöste Brand wütete bis zum folgenden Nachmittag.

Es wird berichtet, einige Nachrichtenoffiziere der RAF hätten bezweifelt, daß die Lokomotivfabrik von Fives wirklich zerstört worden sei. Das SOE-Hauptquartier bat daher Trotobas auf dem Funkweg um Photos. Dieser beschaffte sich umgehend eine Kamera und ein gefälschtes Dokument, das ihn als Versicherungsinspektor auswies. Mit Hilfe dieses Dokuments schlängelte er sich dann an einem Kordon von SD-Leuten vorbei und gab an, seine Versicherung benötige zur Festsetzung der Schadenshöhe Photos. Nachdem er seine Aufnahmen gemacht hatte, verließ er seelenruhig den Schauplatz seiner eigenen Sabotageaktion, unter dessen Asche noch immer das Feuer schwelte. Die Photos wurden sogleich entwickelt und per Geheimkurier ins Hauptquartier der RAF nach London geschafft. Der Sendung lag eine Karte bei, die die Aufschrift trug: „Mit den besten Empfehlungen. Die Résistance."

Im Herbst 1943 unternahmen die deutschen Besatzungsbehörden in Nordostfrankreich den verzweifelten Versuch, die Gruppe Bauer zu zerschlagen und ihres Führers habhaft zu werden. Trotobas' fragwürdige Mitarbeiter hielten die Geheimhaltungsvorschriften strikt ein. Als schwache Stelle in dem Netz der Absicherungen sollte sich lediglich ein Agent mit dem Decknamen „Olivier" erweisen. Olivier hatte von der SOE Auftrag bekommen, sich Trotobas' verwegener Gruppe anzuschließen. Trotobas traute ihm nicht und meinte, er verhalte sich „allzusehr wie ein Matador", indem er, um seinen Mut zu beweisen, unnötige Risiken eingehe.

Trotobas hatte recht. Als ein Unteragent, der einem anderen Netz angehörte, einen deutschen Soldaten hinterrücks erschoß, verhalf Olivier ihm zur Flucht aus dem Gebiet um Arras. Dem Unteragenten passierte dabei jedoch ein Mißgeschick. Die deutsche Polizei faßte ihn und erpreßte von ihm durch Folterung die Anschrift eines Hauses in Arras, in dem er sich vor seiner Flucht verborgen gehalten hatte. Die Deutschen drangen in das Haus ein und nahmen Olivier, der darin die Nacht verbracht hatte, fest. Der sonst so forsche Olivier ließ sich widerstandslos gefangennehmen und verriet unter den Schlägen der Polizisten die Anschrift eines anderen Hauses, in dem sich Trotobas aufgehalten hatte.

Mag sein, daß Olivier seine Angaben für risikolos hielt, zumal er annahm, daß Trotobas längst woanders sei. Unglücklicherweise war das nicht der Fall, als die Polizisten das betreffende Haus stürmten. Trotobas hieß sie mit einer Feuersalve willkommen, die den Anführer des Kommandos das Leben kostete. Zusammen mit einem Mädchen, das sich mit ihm in dem Haus aufhielt, fand Trotobas jedoch bei dem anschließenden Kampf den Tod.

Trotobas hatte die Gruppe Bauer derart hervorragend organisiert, daß sie auch ohne ihren Chef weiterkämpfen konnte. So zerstörte sie beispielsweise bei einer bald nach seinem Tod ausgeführten Aktion elf Eisenbahnlokomotiven. Trotobas geriet nicht in Vergessenheit. Die Einwohner von Lille würdigten seinen Beitrag zu den alliierten Kriegsanstrengungen – und damit auch den aller anderen Widerstandskämpfer in der ganzen Welt –, indem sie eine Straße „Rue Capitaine Michel" nannten.

FRANKREICHS PARTISANEN

Ein Résistance-Scharfschütze lauert irgendwo in der Normandie mit einem aus dem Ersten Weltkrieg stammenden deutschen Infanteriegewehr auf den Feind.

VON DER VERWEIGERUNG ZUM WIDERSTAND

Uniformierte Maquisarden sind in einem Haus im Tal der Loire eingekehrt, um über den britischen Rundfunk gesendete Botschaften entgegenzunehmen.

„Widerstandskämpfer führen ein hartes Leben, sind ständig von Gefahren bedroht und müssen häufig darben", warnte ein Flugblatt, mit dem eine Gruppe des Maquis, der französischen Partisanenbewegung, Freiwillige warb. „Sie werden die ganze Zeit hindurch völlig von ihren Familien abgeschnitten sein. Der Feind hält sich ihnen gegenüber nicht an das internationale Kriegsrecht; auf Bezahlung können sie nicht rechnen; und jede Korrespondenz ist ihnen untersagt." In ruhigeren Zeiten hätte man mit solch drastischer Schilderung Freiwillige wohl eher abgeschreckt als angezogen. Die Vichy-Regierung hatte jedoch allen körperlich tüchtigen Franzosen Anfang 1943 eine noch düsterere Zukunftsprognose geliefert: Alle Männer vom vollendeten 20. Lebensjahr an sollten sich zum Arbeitseinsatz in deutschen Fabriken und Verteidigungsanlagen melden – wo sie ein Gefangenendasein erwartete.

Anstatt sich von den Vichy-Behörden zum Arbeitseinsatz in Deutschland registrieren zu lassen, zogen Tausende von Franzosen es vor, in den Bergen und unwegsamen Waldgebieten ihres Vaterlandes unterzutauchen und zu den vielen Kampfeinheiten zu stoßen, die ihnen dorthin vorausgegangen waren. Einige Gruppen brachten den Maquis in Verruf, indem sie sich durch Gewalt in Dörfern und Bauerngehöften Lebensmittel, Kleidungsstücke und Tabak aneigneten. Die jungen Männer, die sich dem Arbeitseinsatz in Deutschland entzogen hatten, mußten deshalb nicht nur den Kampf der Patrioten gegen die Deutschen und die Vichy-Kollaborateure führen, sondern in vielen Fällen auch unablässig um die Anerkennung und Unterstützung ihrer Mitbürger ringen.

Viele Maquisarden hielten die Aktionen ihrer Einheit mit der Kamera in ähnlichen Bildern fest wie die auf diesen Seiten, und einige ihrer Aufnahmen wurden heimlich in Frankreich in Umlauf gebracht oder nach Großbritannien geschmuggelt.

In dem Maße, wie die Partisanengruppen wuchsen und sich ihr Ausbildungsstand verbesserte, begannen ihre Sabotage- und Kommandotrupps von verborgenen Lagern aus ins Land vorzustoßen, während immer mehr Einheimische sie mit Lebensmitteln und Informationen über deutsche Truppenbewegungen versorgten. Seinen Höhepunkt erreichte der Partisanenkrieg aber erst, als die Alliierten im Juni 1944 in der Normandie landeten. Ein Partisanenführer äußerte, seine Männer seien „zu allem bereit, womit sie ihren Taten- und Rachedurst stillen konnten". Manchen Maquisarden war der deutsche Gegner das Wichtigste. Einer von ihnen meinte: „Ich habe eine liebe Frau und drei Kinder, denen ich sehr zugetan bin. Aber der Krieg gefällt mir noch besser."

Ein Maquisarde bewacht eine Straße in der Bretagne. Die strohgeflochtenen Schuhe gehörten ursprünglich einem deutschen Soldaten, der sie an der Ostfront trug.

Um ihre Identifizierung zu verhindern und ihre Verwandten nicht Repressalien auszusetzen, wurden diese zum Maquis einrückenden Männer von hinten photographiert.

Neu aufgenommene Maquisarden werden vor einer Trikolore mit dem Lothringer Kreuz vereidigt. Als Fahnenstange dient ein von der Borke befreiter junger Baum.

Maquisarden beim Überdachen einer provisorischen Unterkunft in den Bergen. Einige Gruppen errichteten aus Sicherheitsgründen alle paar Wochen ein neues Lager.

DER AUFBAU EINER PARTISANENGRUPPE

Die Entwicklung einer jeden Partisaneneinheit von einer kleinen Schar zu einer großen und schlagkräftigen Kampftruppe ging nur langsam vor sich und hing in der Hauptsache von zwei Faktoren ab: dem Vorhandensein von Waffen sowie dem Format des Anführers.

Die einzelnen Gruppen verfügten am Anfang meistens nur über wenig Waffen, und schlecht geführte Gruppen wurden bald aufgerieben. Starke Führungspersönlichkeiten brachten den Neulingen jedoch rasch bei, sich Waffen und Munition durch Überfälle auf Polizeistationen und Militärposten zu beschaffen.

Die meisten Freiwilligen strömten denjenigen Einheiten zu, denen es gelang, eine Maquis-Maxime – „Jede Waffe sollte jede Woche eine weitere bringen" – in die Tat umzusetzen.

Im Departement Drôme eingesetzte Maquisarden verzehren in der Küche eines Bauern rasch eine Mahlzeit.

EIN ALLTAG VOLLER RISIKEN

Das tägliche Leben im Maquis brachte viele Aufgaben mit sich, die fast ebenso riskant wie Sabotageanschläge waren. Kuriere überbrachten verschlüsselte Meldungen, durch die Nachrichten ausgetauscht und die Operationen mit anderen Résistancegruppen koordiniert wurden, und Gruppen von Maquisarden versuchten, in der Umgegend Lebensmittel und andere Versorgungsgüter aufzutreiben. Jeder von ihnen lief dabei Gefahr, von Kollaborateuren verraten und von den Deutschen gefaßt zu werden.

Manche Gruppe traf zur Vermeidung unnötiger Risiken strenge Sicherheitsvorkehrungen und ging rücksichtslos gegen ungehorsame Widerständler vor. Ein Angehöriger einer 200 Mann starken nordfranzösischen Maquisardeneinheit berichtete, wie Disziplinverstöße geahndet wurden: „Als wir feststellten, daß ein Mann nicht nur einmal, sondern zweimal ins Dorf gegangen war und sich im Café einen Apfelschnaps genehmigt hatte, sagte ich, er müsse abgeurteilt werden. Wir hielten ein Kriegsgericht mit offener Abstimmung. Ich beantragte die Todesstrafe. So war das damals.

„Der Mann wollte bis zuallerletzt, als wir ihn schon an einen Baum banden, nicht glauben, daß er erschossen werden sollte. Ich glaube, wir konnten gar nicht anders handeln."

Ein im Departement Haute-Loire kämpfender Maquisarde setzt einen Flicken auf den Hosenboden eines Kameraden, der ihm bereitwillig Hilfestellung leistet.

Maquisarden, die Lebensmittelmarken ergattert haben, sind beim Einkauf in einem Dorf. Da sie sich außerhalb der Legalität bewegten, erhielten sie keine eigenen Karten.

GEZIELTES AUSNUTZEN GÜNSTIGER GELEGENHEITEN

Nach mehrmonatiger Geländeausbildung beherrschten die Angehörigen einer Maquisardeneinheit alle Techniken des Kleinkriegs. Sie verstanden sich auf überraschendes und geräuschloses Zupacken, kamen und verschwanden auf verschiedenen Wegen und setzten nichtsahnende deutsche Posten mit einem Messer oder einer Drahtschlinge außer Gefecht. Sie wollten nichts dem Zufall überlassen und organisierten ein Netz von insgeheim für sie tätigen Patrioten – Gendarmen, Postbeamtinnen und Eisenbahnarbeitern –, die sie regelmäßig vor feindlichen Patrouillen warnten und über die geplanten deutschen Truppenbewegungen und Materialtransporte informierten.

Genaue Informationen waren eine wichtige Voraussetzung für Eisenbahnanschläge; denn eine falsch terminierte Sabotageaktion konnte unter Umständen unschuldigen französischen Fahrgästen das Leben kosten.

Eine Postbeamtin im Departement Haute-Loire informiert Maquisarden über deutsche Truppenbewegungen.

Ein verwundeter Partisanenführer gibt den Angehörigen seiner Gruppe Anweisungen für einen Überfall.

Maquisarden gehen gegen ein Gebäude vor, in dem

Die Maquisarden brachten zwar hin und wieder in mühevoller Kleinarbeit Züge zum Entgleisen, benutzten dann aber in zunehmendem Maße von den Alliierten abgeworfenen Sprengstoff. Von geradezu phantastischer Wirkung war Plastiksprengstoff: Eine kleine Menge dieses knetbaren Materials richtete in der Regel genug Schaden an, um einen mit normaler Geschwindigkeit fahrenden Zug entgleisen zu lassen. Tatsächlich war dieses Sprengmaterial derart wirksam, daß es bisweilen die Maquisarden selbst in Gefahr brachte. So durchfuhr mehrere Widerstandskämpfer einmal ein eisiger Schrecken, als unmittelbar nach einer Explosion plötzlich ein riesiges Schienenstück an ihnen vorbeiflog. Sie hatten in 200 Meter Entfernung die Explosion abgewartet.

Ein verwegener Maquisarde dachte sich ein neuartiges Verfahren aus, mit dem er den Eisenbahnverkehr beim Bahnhof Miserey-Salines lahmlegte. Er brachte erst einen Zug zum Entgleisen, um dann vier Züge zu kapern und das Personal zu zwingen, diese direkt in die Trümmerstätte hineinfahren zu lassen. Die Strecke blieb mehrere Wochen blockiert.

Ein Maquisarde ist in Dreux, 70 Kilometer von Paris entfernt, hinter einem Lastwagen in Deckung gegangen.

sich deutsche Wehrmachtsangehörige befinden sollen.

Bewacht von seinen Kameraden, montiert ein Maquisarde die Sprengladung für einen Sabotageanschlag.

Vercors-Maquisarden sammeln sich an einer von ihnen in die Luft gesprengten Brücke. Einige der Partisanen tragen mit dem Fallschirm abgeworfene amerikanische

Militär-Kampfanzüge.

Maquisarden haben in den Bergen des Limousin durch Brückensprengung eine wichtige Nachschublinie der Deutschen blockiert.

Dieser unweit von Limoges abgestürzte Jagdeinsitzer italienischer Herkunft ist ebenfalls einem Sabotageanschlag zum Opfer gefallen.

Der Sarg eines in den Pyrenäen gefallenen Maquisarden wird zu Tal gebracht.

DER KAMPF BIS IN DEN TOD

Die Deutschen machten mit gefangenen Maquisarden oftmals kurzen Prozeß. Die Folge war, daß diese mit äußerster Erbitterung bis zum Letzten kämpften und einige sich sogar die Pulsadern aufschnitten, um nicht in Gefangenschaft zu geraten und unter der Folter ihre Kameraden zu verraten.

Ein Maquisarde, der zum Märtyrer wurde, konnte jedoch andere in ihrer Kampfentschlossenheit bestärken. Solch ein Vorbild war allen seinen Kameraden ein 20jähriger Partisan, von dem man nur seinen Vornamen Nono kennt. Im Sommer 1944 brach Nono zusammen mit dem Führer seiner im östlichen Mittelfrankreich tätigen Einheit zu einem Sabotageanschlag auf einen streng bewachten deutschen Tankzug unweit des Ognon-Flusses auf. Als sich die beiden Maquisarden ihrem Ziel näherten, wurden sie von einer deutschen Patrouille entdeckt, die Nono ins Bein schoß. Es gelang ihm, sich wieder zu erholen und die Deutschen abzulenken, so daß sich der Partisanenführer in Sicherheit bringen konnte. Als sich die Deutschen dann näherten, kam es zu einem Schußwechsel, bei dem Nono fiel.

Die Leiche des jungen Maquisarden wurde in das Dorf Bonnay geschafft, wo sich die größte Trauergemeinde einfand, die man in dieser Gegend je gesehen hatte: 3000 Bürger und eine mit 9-mm-Maschinenpistolen bewaffnete Maquis-Ehrenwache in voller Uniform. „Sein Tod", verkündete Nonos Chef ungebrochen, „war ein Fanal für das ganze Tal!"

Vercors-Maquisarden erweisen ihren gefallenen Kameraden vor deren abgelegenen

Waldgräbern die letzte Ehre. Vor dem traditionellen Kreuz, das das rechte Grab kennzeichnet, steht das Lothringer Kreuz – das Emblem des Freien Frankreich.

7

VORSTÖSSE AUS DEM MAQUIS

Die kurze Befreiung einer französischen Kleinstadt
Alliierte Waffen für die belagerten Maquisarden
„Tötet ohne Erbarmen und Reue!“
Der heroische Kampf der Glières-Maquisarden
Zahllose Sabotageakte zur Unterstützung der Invasion
Der Schreckensmarsch einer Panzerdivision
Vergeltungsmaßnahmen der SS
Planung eines verwegenen Anschlags
Sechswöchiger Kampf um ein unwegsames Plateau
Volkstribunale in Aktion
Verhandlungen über die Kapitulation von 20 000 Soldaten
Belgische Widerstandskämpfer übergeben Antwerpen
Anerkennende Worte für die Widerstandsbewegung

Am 11. November 1943 boten 280 Maquisarden im östlichen Mittelfrankreich den Deutschen mit einer mutigen Veranstaltung zum Gedenken an den Waffenstillstand von 1918 die Stirn. Die Feier des früheren französischen Nationalfeiertages zur Erinnerung an den alliierten Sieg im Ersten Weltkrieg war alles andere als ein spontanes Bravourstück, sondern ein sorgfältig geplantes und exakt durchgeführtes militärisches Unternehmen. Der Anführer der Partisanen, ein ehemaliger Oberst der französischen Armee namens Jean Romans-Petit, wollte nichts dem Zufall überlassen. Zum Schauplatz der verbotenen Feierlichkeit wählte er die Kleinstadt Oyonnax. Um die Aufmerksamkeit der Behörden von diesem Ort abzulenken, täuschte er sie eine Woche vor dem Waffenstillstandstag. Er ließ die illegalen Plakate, die die Franzosen zu einer Demonstration am 11. November aufrief, in dem 20 Kilometer entfernten Dorf Nantua anschlagen.

Wie Romans-Petit erwartet hatte, wurden daraufhin die Gendarmen der Wache von Oyonnax nach Nantua zur Verstärkung der dortigen Polizei verlegt. Die Maquisarden konnten daher – unter Mitnahme von Kameras, die das Ereignis für die Nachwelt im Bilde festhalten sollten *(S. 180–181)* – am Morgen des Waffenstillstandstages ungehindert zur Aktion schreiten. Sie stürmten aus ihren Berglagern herab, besetzten Oyonnax und stellten Posten auf, die die Zufahrtsstraßen sperrten. Sodann drangen die Maquisarden, ohne auf Widerstand zu stoßen, in die Polizeistation, das Rathaus und das Fernsprechamt des Städtchens ein. Anschließend marschierten sie zum Denkmal für die Gefallenen des Ersten Weltkrieges, an dessen Fuß Romans-Petit inmitten einer jubelnden und in Tränen ausbrechenden Menge ein Lothringer Kreuz aus Blumen mit der folgenden Widmung niederlegte: „Den Siegern von gestern – die Sieger von morgen.“ Zum Abschluß sangen alle mit tiefer Inbrunst die Marseillaise; dann verließen die Maquisarden den Ort wieder und verschwanden im Hügelland.

Die kurze, aber glorreiche Befreiung der Kleinstadt Oyonnax leitete eine heftige Offensive der Partisanen ein, die in den folgenden Monaten ganz Frankreich erfassen und in einem regelrechten Aufstand sowie ungezählten Sabotageakten gipfeln sollte. Die Nachricht von dem Handstreich der Partisanen verbreitete sich wie ein Lauffeuer und erfüllte die Franzosen mit Stolz und Genugtuung. Noch wichtiger war, daß sie den Maquisarden selbst, die zu jener Zeit ziemlich mutlos waren, starken Auftrieb gab.

In jenem kalten, düsteren November hausten viele Tausende junger Franzosen in den unwegsamen Berggebieten ihres Vaterlandes. Um der von den Deutschen im Februar geforderten Einziehung zur Zwangsarbeit zu entgehen, hatten sie sich einer der zahlreichen Partisanengruppen angeschlossen. Einige dieser Gruppen waren genauso gut organisiert und angriffslustig wie die von Oberst Romans-Petit; sie wurden zumeist von ehemaligen französischen

Offizieren oder eingeschleusten SOE-Agenten befehligt. Viele Gruppen setzten sich aber aus unterernährten und unzureichend ausgerüsteten Jünglingen zusammen und hatten einen fatalen Hang zu Zänkereien und kleinen Eifersüchteleien. „Wir hatten fast immer Hunger, meistens keinen trockenen Faden auf dem Leib und froren erbärmlich", erinnerte sich der Anführer einer kleinen Partisanengruppe im Departement Haute-Saône. „Wir wagten nicht, Feuer zu machen, weil wir fürchteten, der Rauch könnte uns verraten. Wir bekamen nur selten eine warme Mahlzeit und konnten bei Regenwetter unsere Sachen nicht trocknen. Da wir fast alle zwei Wochen unseren Standort wechselten, um nicht entdeckt zu werden, bauten wir uns auch keine festen Unterstände. Wir kamen manchmal tagelang aus unserem nassen Zeug nicht heraus, auch nachts nicht. Wenn sich der Himmel einmal für eine Stunde aufklärte, empfanden wir das als ein herrliches Geschenk. Der Maquisarde, der genügend zu essen und anständige, trockene Kleidung hatte, genoß tatsächlich Seltenheitswert."

Das Schlimmste aber war, daß die Maquisarden über keine brauchbaren Waffen verfügten. In der Montagne Noire, dem südwestlichen Ausläufer der Cevennen, teilten sich mehr als 300 Maquisarden zwei Maschinenpistolen und 60 Gewehre. Im Departement Lot in Südwestfrankreich besaß ein 30 Mann starker Trupp eine 9-mm-Maschinenpistole mit 100 Schuß Munition, drei Gewehre mit je fünf Schuß und zehn Revolver mit je zehn Schuß. Eine andere Gruppe von 30 Mann unweit Cahors verfügte lediglich über ein Gewehr und zehn Schuß Munition.

Die meisten Maquisarden beklagten sich bitter über die wenigen und kargen Waffenabwürfe der Alliierten. Überall in Frankreich waren insgesamt 600 Abwurfstellen für die Entgegennahme von Lastenabwürfen eingerichtet worden, und in den Vollmondnächten standen unablässig Empfangsgruppen bereit, die inständig hofften, ihr Gebet um ein Versorgungsflugzeug mit Abwurfbehältern würde endlich erhört werden. Doch ungezählte Male schlichen die Maquisarden in der Morgendämmerung mit leeren Händen in ihre Berglager zurück. Während der letzten drei Monate des Jahres 1943 flog die RAF nur 107 derartige Einsätze, und ein großer Teil der bescheidenen 126 Tonnen Versorgungsgüter, die sie abwarf, wurde von deutschen Besatzungstruppen abgefangen.

Die unzureichende Unterstützung der französischen Partisanen durch die Alliierten hatte mehrere Gründe. Der November und Dezember 1943 waren für sie besonders kritische Monate, weil das schlechte Wetter alle Luftoperationen beeinträchtigte. Zudem hatten die Alliierten dem Luftkrieg gegen Deutschland absoluten Vorrang eingeräumt und waren nicht geneigt, kostbare Maschinen für Waffenabwürfe an unausgebildete Untergetauchte abzuziehen. Die Vereinigten Staaten stellten zwar einen großen Teil des Abwurfmaterials zur Verfügung, aber nur drei Transportflugzeuge. Die Folge war, daß die Versorgung aller im nordwesteuropäischen Raum tätigen Untergrundkräfte faktisch von nur 23 Halifax-Bombern bewältigt werden mußte.

Gegen Ende 1943 stand dem Maquis gleichwohl beträchtliche Hilfe in Aussicht. Drei altbewährte Widerstandskämpfer trugen voneinander unabhängig durch ihre Appelle an den britischen Premierminister Winston Churchill dazu bei, sie zu ermöglichen.

Emmanuel d'Astier, der ehemalige Chef der Widerstandsgruppe Libération, brachte das Thema Maquisarden erstmals Anfang Dezember 1943 zur Sprache. Churchill kurierte damals in Marrakesch eine schwere Lungenentzündung aus, die er sich auf dem Rückflug von Teheran zugezogen hatte. Dort waren er und der US-Präsident Franklin D. Roosevelt zum erstenmal persönlich mit Stalin zusammengetroffen, um die Errichtung einer zweiten Front in Frankreich zu erörtern. D'Astier, der häufig Reisen nach Nordafrika unternahm, um die Aktionen der Résistance mit denen der freifranzösischen Streitkräfte zu koordinieren, die dort ausgebildet wurden, suchte um eine Unterredung mit dem britischen Premierminister nach. Er verfügte über eine große Beredsamkeit, und seine Schilderung der Not der Widerstandskämpfer machte auf Churchill einen starken Eindruck.

Als Churchill etwa sechs Wochen später nach London zurückkehrte, ließ sich ein wortkarger, grauhaariger französischer Rechtsanwalt mit Namen Michel Brault bei ihm melden. Dieser leitete eine geheime Hilfsorganisation, die sich Service Maquis nannte und in ganz Frankreich die Maquisarden mit Lebensmitteln, Kleidungsstücken und Sanitätsmaterial zu versorgen versuchte. Er hatte Dutzende von Partisanenlagern aufgesucht, um sich ein Bild von der Lage der Maquisarden zu machen, und sein in ernstem, ruhigem Ton vorgetragener, doch leidenschaftlicher Appell an Churchill verfehlte nicht seine Wirkung und veranlaßte den britischen Premierminister, eine Ministerkonferenz in die Downing Street Nr. 10 einzuberufen. Die Minister traten am 27. Januar 1944 zusammen und kamen überein, daß lediglich die Bombardierung des deutschen Reichsgebietes für die RAF Vorrang vor Versorgungsabwürfen für die französischen Partisanen haben sollte.

Vier Tage darauf wurde der Beschluß in die Tat umgesetzt, und zwar von Thomas Yeo-Thomas, dem SOE-Agenten, der gemeinsam mit Jean Moulin den Zusammenschluß der französischen Widerstandsorganisationen betrieben hatte. Yeo-Thomas hatte sich seit seiner Rückkehr im November unablässig für die Sache der französischen Maquisarden eingesetzt, dabei aber so wenig Erfolg gehabt, daß er im Begriff war, der SOE resignierend den Rücken zu kehren. Da er jedoch nichts unversucht lassen wollte, um sein Ziel zu erreichen, beschloß er, vorher noch um eine Unterredung mit Churchill zu bitten. Als man Yeo-Thomas in den Sitzungssaal von

Downing Street Nr. 10 führte, saß der Premierminister an einem langen Tisch und rauchte eine Zigarre. „Ich bin ein vielbeschäftigter Mann und muß meine Zeit nach Minuten einteilen", knurrte Winston Churchill. „Ich höre, Sie seien unser bester Frankreich-experte. Glaube ich nicht. Was haben Sie vorzubringen? Fünf Minuten kann ich Ihnen opfern."

Aus den fünf Minuten wurde eine ganze Stunde. Yeo-Thomas schilderte dem Premierminister in allen Einzelheiten die Lebensbedingungen im Maquis. Churchill unterbrach ihn schließlich, um eine Anweisung an das Luftfahrtministerium zu diktieren, derzufolge der Französischen Abteilung der SOE 100 Flugzeuge zur Verfügung gestellt werden sollten.

Churchills gewandelte Einstellung zu den Maquisarden war zum Teil auf die beredten Worte von d'Astier, Brault und Yeo-Thomas zurückzuführen. Die Vorbereitungen der Alliierten für die Invasion liefen auf Hochtouren, und Churchill hatte bereits erkannt, daß eine ausgedehnte Sabotagetätigkeit durch Maquisarden für die in der Normandie an Land gehenden Sturmtruppen eine enorme Hilfe bedeuten würde. Um den Widerständlern ihre Aufgabe zu erleichtern, führten die RAF und zwei Liberator-Geschwader der US-Luftstreitkräfte während der ersten drei Monate des Jahres 1944 insgesamt 759 Versorgungsflüge durch – gegenüber dem voraufgegangenen Vierteljahr eine Steigerung um das Siebenfache. Die Maquisarden schlossen aus den Luftabwürfen, daß die langersehnte Invasion bevorstand, und verstärkten ihre Sabotagetätigkeit.

Die Intensivierung der Widerstandsaktionen hatte noch einen anderen, nicht weniger zwingenden Grund. Die Maquisarden wurden nämlich immer härter von der Miliz, der paramilitärischen Organisation der französischen Faschisten, bedrängt. Von der Besatzungsmacht als Terrorinstrument eingesetzt, bestand die Miliz zu einem großen Teil aus Schlägern und Messerstechern, die oft selbst die deutsche Sicherheitspolizei an Bösartigkeit noch übertrumpften. Anfang 1944 forderte die Défense de la France, ein führendes Untergrundorgan, ihre Leser auf, mit unnachsichtiger Schärfe gegen die Miliz vorzugehen: „Tötet die Miliz-Leute, rottet sie aus; sie haben wissent- und willentlich Franzosen ans Messer geliefert. Erschlagt sie wie tolle Hunde. Macht ihnen den Garaus, wie man Ungeziefer vertilgt. Tötet leidenschaftslos und ohne Haß. Tötet ohne Erbarmen noch Reue, denn das ist eure Pflicht."

Die Miliz umfaßte damals an die 45 000 Schläger und faschistische Fanatiker, die die Kraftprobe mit den Partisanen suchten. Sie sollten sie bald bekommen. Fast einen Monat lang hatte sich ein Verband von etwa 4500 Milizionären und Angehörigen weiterer Vichy-Sicherheitskräfte, die Garde Mobile, bemüht, die südostfranzösischen Departements Ain und Haute-Savoie von Widerstandskämpfern zu säubern. Hunderte von Maquisarden hatten sich auf das schneebedeckte Plateau von Glières abgesetzt, eine natürliche Alpenfestung, die durch steil abfallende Felswände geschützt und nur zu Fuß über steinige Bergpfade erreichbar war. Leutnant Théodose Morel, der Befehlshaber der belagerten Partisanen, sah in dem Plateau mehr als einen bloßen Zufluchtsort. Für ihn stellte es Frankreichs letzte Abwehrstellung dar, ein Stück Heimatboden, auf dem französische Patrioten neue Kräfte sammeln sollten, um dann für die Befreiung ihres Vaterlandes zu kämpfen. Das war vielleicht ein törichter Traum, für den sie jedoch heldenhaft starben.

Anfang Februar leitete Morel seinen Befreiungsfeldzug mit einer feierlichen Zeremonie ein, in deren Verlauf er an die versammelten Partisanen, das Bataillon Glières, wie sie sich nannten, folgende Worte richtete: „Kameraden, Männer des vereinigten Bataillons Glières! Dies ist der erste Flecken französischen Bodens, der seine Freiheit wiedergewonnen hat. Wir wissen nicht, was uns die Zukunft bringen wird, doch was immer das Ergebnis unseres Einsatzes sein wird, ich weiß, daß ihr euch bewähren werdet, wie es freien Männern geziemt. Ich für mein Teil werde mit Gottes Hilfe bis zu meinem Tode weiterhin das tun, was ich für meine heilige Pflicht gegenüber meinem Vaterland halte. Von euch erwarte ich das gleiche, denn es gilt zu bedenken, daß man nichts hingegeben hat, solange man nicht alles geopfert hat. *Vive la France! Vive l'Armée Secrète!*" Dann erscholl ein Trompetensignal, und eine Fahne wurde aufgezogen. In die Flagge, eine Trikolore, die in der Mitte ein großes Lothringer Kreuz trug, war eine von Morel ausgewählte Devise eingestickt: *Vivre Libre ou Mourir* (frei sein oder sterben).

Kurze Zeit nach dieser kleinen Zeremonie arbeiteten die Deutschen einen Plan aus, wie sie das Bataillon Glières aushungern könnten. Am 11. Februar 1944 umzingelten Einheiten der Miliz und der Garde Mobile das Plateau und riegelten alle bekannten Zugangswege ab. In der zweiten Märzwoche reichten die Vorräte der Maquisarden nur noch für eine Mahlzeit pro Tag aus Reis, Bohnen und Kartoffeln. Deutsche Aufklärungsflugzeuge überflogen das Plateau in regelmäßigen Abständen, und die Führung der Maquisarden erhielt Tag für Tag Meldungen über einen massiven Aufmarsch feindlicher Truppen im Umkreis des Plateaus. Morel war sich darüber klar, daß nicht mehr viel Zeit blieb, und versuchte in einem verzweifelten nächtlichen Handstreich, aus einem unweit

Als Maquisarden im November 1943 die Kleinstadt Oyonnax für eine kurze Zeit besetzten, um dort eine von der Besatzungsmacht verbotene Feierstunde zum Gedächtnis des Waffenstillstands von 1918 zu begehen, hielten dem Maquis angehörende Photographen das Ereignis in Bildern fest. Nebenstehende Aufnahmen von der zweistündigen friedlichen Demonstration zeigen (von links nach rechts) die Ankunft der Maquisarden, ihren Marsch zum Stadtrand und die Kranzniederlegung am Denkmal für die Gefallenen des Ersten Weltkrieges.

der Schweizer Grenze befindlichen Vichy-Depot Versorgungsgüter zu beschaffen. Bei diesem Anschlag fiel er. Seine Kameraden schafften seine Leiche auf das Plateau zurück und bestatteten sie am Fuße der Fahnenstange, an der er gelobt hatte, sein Leben für die Sache der Freiheit zu geben.

Die deutschen Belagerer wurden des Wartens bald überdrüssig und beschlossen, mit einer Gebirgsdivision, verstärkt durch Einheiten der Miliz und der Garde Mobile – insgesamt fast 12 000 Mann, unterstützt von schwerer Artillerie und den Luftstreitkräften – zum Angriff überzugehen. Dieser starken Streitmacht standen nur 458 Maquisarden gegenüber, die, in ihren Gräben, die sie vor den mit durchdringendem Geheul über sie hinwegjagenden Kampfflugzeugen schützten, die Anmarschwege zum Plateau abdeckten.

Die Milizionäre und die Garde Mobile hatten die zweifelhafte Ehre, den Angriff am 20. März einzuleiten. Er wurde trotz ihrer gewaltigen Übermacht abgeschlagen. Der Miliz-Chef Joseph Darnand änderte daraufhin Hals über Kopf seine Taktik und verfaßte persönlich ein Flugblatt, das in großen Mengen über dem Plateau abgeworfen wurde. „Eure Lage ist hoffnungslos", hieß es darin. „Diejenigen unter euch, die sich keine Verbrechen haben zuschulden kommen lassen, werden nicht als Terroristen, sondern als von Lügenpropaganda irregeleitete Landsleute behandelt werden. Auf sie sollen die französischen Gesetze unter größtmöglicher Berücksichtigung ihrer Lage Anwendung finden. Franzosen, wendet euch ab von der Gesetzlosigkeit! Legt die Waffen nieder! Kehrt unverzüglich in eure Täler zurück!"

Die Maquisarden würdigten ihre Gegner keiner Antwort und blieben auf ihrem Berg. Am frühen Sonntagmorgen, dem 26. März, begannen vier Batterien 8,8-cm-Geschütze und drei schwere Granatwerferzüge das Plateau unter Feuer zu nehmen. Der Angriff wurde von Kampfflugzeugen der Luftwaffe unterstützt. Während 500 Milizionäre zum Sturm auf die eine Seite des Plateaus ansetzten, um das Feuer der Maquisarden auf sich zu lenken, erklommen die kampferprobten deutschen Gebirgsjäger den schwierigsten Zugang zum Plateau. Den ganzen Tag über wurde mit äußerster Erbitterung gekämpft. Schließlich erkannten die Führer der Partisanen, daß sie mangels Truppen und Nachschub außerstande sein würden, das Plateau zu halten, und beschlossen, einen Ausbruch zu wagen.

Von den 458 Maquisarden fanden 42 auf dem Plateau von Glières oder bei den Rückzugsgefechten den Tod; 83 gerieten in deutsche Gefangenschaft und wurden hingerichtet. Die Angreifer mußten jedoch einen ungleich höheren Blutzoll entrichten: Die Maquisarden schätzten die Zahl der Toten beim Gegner auf mehr als 700 deutsche Soldaten und 150 Milizionäre und Angehörige der Garde Mobile. Der Heldenmut der Maquisarden sollte die ganze Region allerdings teuer zu stehen kommen. Milizionäre terrorisierten die umliegenden Dörfer, brannten die Anwesen von mutmaßlichen Sympathisanten nieder und fahndeten nach entwichenen Widerstandskämpfern. Ihre Vernehmungen zeichneten sich durch besondere Gründlichkeit aus: Als sie zwei verhaftete Maquisarden zwecks weiterer Vernehmung der Sipo übergaben, stellte sich heraus, daß sie stumm und blind geschlagen worden waren. Da sie gegen die Schmerzen unempfindlich geworden waren, hatte die Sipo auch kein Interesse mehr an ihnen und erschoß sie.

Der tragische Ausgang der Schlacht um das Plateau von Glières hatte eine unerwartete Wirkung. Vom Mut der Maquisarden tief beeindruckt, schlossen sich über 3000 Freiwillige zu einem 2. Bataillon Glières zusammen, um dann gegen Ende des Sommers noch vor dem Eintreffen der alliierten Armeen ihr Departement zu befreien. Sie nahmen dabei 3500 deutsche Soldaten gefangen.

Während man auf den unübersichtlichen Steilhängen am Plateau von Glières immer noch Leichen fand, wurde es in Europa Frühling. In Norwegen, Dänemark, Holland und Belgien ebenso wie in Frankreich wurden die Wälder grün, spendete die Sonne wieder Wärme und erwachten die Menschen zu neuem Leben. Ihre Hoffnungen wurden von der wachsenden Gewißheit beflügelt, daß die alliierten Armeen demnächst kommen würden.

Die Alliierten kamen dann in der Tat: Am 6. Juni 1944 gingen sie in der Normandie an Land. In den Wochen vor und nach diesem entscheidenden Ereignis erreichte die Widerstandstätigkeit in ganz Europa ihren Höhepunkt.

Die alliierte Führung begrüßte die Anstrengungen der Untergrundkräfte zwar, fürchtete aber, daß jede Art von Aufstand Tausende von Zivilpersonen das Leben kosten würde, und warnte alle Widerstandsgruppen vor dieser Gefahr. Ein typisches Beispiel war die Botschaft an Milorg, die militärische Abteilung der norwegischen Untergrundorganisation: „Für Ihr Kampfgebiet sind keinerlei alliierte Offensivoperationen geplant. Es dürfen daher keine Maßnahmen ergriffen werden, die die norwegische Widerstandsbewegung zu einer offenen Aktion" – eine Umschreibung für Volkserhebung – „veranlassen könnten, denn eine solche könnte auf keinerlei Unterstützung von außen rechnen".

Den militärischen Führungsinstanzen der Alliierten kam es auf gezielte Sabotageakte an, und die Milorg, vor allem die von der Besatzungsmacht besonders gefürchtete und von den Norwegern stolz Oslo-Brigade genannte Abteilung, kam ihrem Wunsch sogleich nach. Ende Juni hatte die Oslo-Brigade der deutschen Flugzeugfabrik in Korsvold schwere Schäden zugefügt, 25 Messerschmitt-Jäger und 150 zur Lieferung an die deutsche Luftwaffe bereitgestellte Flugzeugmotoren zerstört, in Lysaker eine Fabrik, die Schwefelsäure für deutsche Sprengstoffe herstellte, außer Betrieb gesetzt und die Produktion der Lokomotivfabrik in Kragero, der Ölraffinerie in Loenga und einer Munitionsfabrik in Kongsberg vorläufig zum Stillstand gebracht.

Den größten Mut zeigten jedoch Widerstandskämpfer in Hitlers „Musterprotektorat" Dänemark. Am 6. Juni – dem Tag der alliierten Landung in der Normandie –, um 19.00 Uhr, griffen Angehörige der Sabotageorganisation BOPA (Borgerlige Partisaner) die große, am Stadtrand von Kopenhagen gelegene Globus-Fabrik an, in der Ersatzteile für schwere Waffen und Flugzeuge hergestellt wurden. Die Besatzungsstreitkräfte hatten zu ihrem Schutz alle erdenklichen Vorsichtsmaßnahmen ergriffen; an den Schlüsselpositionen waren von deutschen Ingenieuren Bunker errichtet worden, und die gesamte Umgebung wurde ständig von schwerbewaffneten Wachen – größtenteils ostfronterfahrenen Angehörigen des dänischen NS-Frikorps Danmark – patrouilliert.

Die Widerstandsgruppe plante ihren Angriff mit beinahe generalstabsmäßiger Sorgfalt. Um die Verstärkung des Gegners zu verhindern, sollten alle wichtigen Straßenkreuzungen im Umkreis der Globus-Fabrik durch Maschinengewehrzüge blockiert, der gesamte Verkehr gesperrt und „deutsche Soldaten ohne Anruf unter Beschuß genommen" werden.

Die Stoßtrupps, die mit der dänischen Flagge gekennzeichnete Helme trugen, fuhren genau zur festgesetzten Stunde vor den Fabriktoren vor, überwältigten die völlig verdutzten Wachtposten und stürmten auf das Werksgelände. Innerhalb von einer Viertelstunde zerstörten sie, ohne einen einzigen Mann zu verlieren, die Fabrikanlagen mit Handgranaten. Bis Kriegsende sollte die deutsche Kriegsmaschinerie von den Globus-Werken kein einziges Ersatzteil mehr erhalten.

Den wertvollsten Beitrag zur alliierten Kriegführung leistete aber die französische Résistance. Als Vorbereitung auf die alliierte Invasion hatte man in London detaillierte Pläne für den D-Tag ausgearbeitet, nach denen die Widerstandsorganisation das Eisenbahnnetz lahmlegen, die Straßen sperren, Kanäle fluten, Kraftwerke stillegen sowie Anschläge auf Kraftstoff- und Waffenlager vornehmen sollte. Mehr als 1200 Objekte sollten zerstört werden: Der *Plan Vert* umfaßte die Sabotageakte gegen Eisenbahnlinien, der *Plan Tortue* die Sabotage-

FRAUEN IM UNTERGRUND

Als Marie-Madeleine Fourcade, die tatkräftige Geschäftsführerin einer Pariser Verlagsfirma, von einem führenden Widerständler mit dem Decknamen Navarre aufgefordert wurde, bei der Koordinierung seines Spionagenetzes mitzuwirken, entgegnete sie ihm: „Aber, Navarre, ich bin doch nur eine Frau!" „Um so besser", erwiderte er und machte sie darauf aufmerksam, daß die deutschen Besatzer Frauen gewöhnlich nicht so leicht verdächtigten.

Tatsächlich waren Zehntausende von Frauen – Hausfrauen und Studentinnen, Prinzessinnen und Prostituierte – in der Widerstandsbewegung tätig. Sie arbeiteten bei der Herstellung von Untergrundzeitungen mit, verbargen Flüchtlinge, übermittelten Nachrichten, waren für Fluchthilfeorganisationen aktiv und schlossen sich Partisaneneinheiten an. Viele starben für die Sache der Freiheit, viele andere stiegen im Laufe der Zeit in Führungspositionen auf: Nach Navarres Verhaftung im Jahre 1941 übernahm eben die Agentin, die gemeint hatte, für eine Untergrundtätigkeit völlig ungeeignet zu sein, die Leitung der großen Widerstandsorganisation.

Diese Maquisardin kämpfte in Südfrankreich gegen die Deutschen.

Marie-Madeleine Fourcade leitete die Widerstandsgruppe Alliance. Unter ihrer Führung arbeiteten in fast allen Städten und größeren Häfen Frankreichs an die 3000 Agenten. Vor der Invasion in der Normandie versorgte die Widerstandsgruppe die britischen Streitkräfte mit den entscheidenden Informationen über die deutschen Verteidigungsanlagen an der Küste.

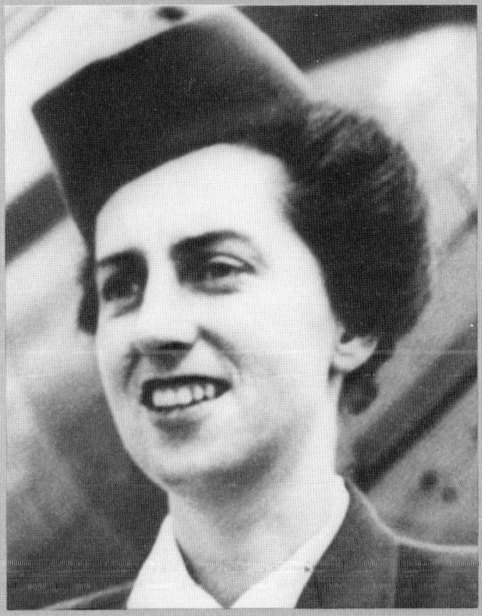

Beatrix Terwindt war eine holländische Stewardeß, die nach England flüchtete und sich dem britischen Nachrichtendienst zur Verfügung stellte. Im Jahre 1943 sprang sie mit dem Fallschirm über niederländischem Gebiet ab, um bei dem Aufbau einer neuen Fluchthilfeorganisation mitzuwirken. Sie wurde jedoch gefaßt und verbrachte die restliche Kriegszeit in Gefangenenlagern.

Noor Inayat Khan, eine in Frankreich aufgewachsene indische Prinzessin, wurde am 16. Juni 1943 in Paris Funkerin für die SOE. Als die Deutschen zwei Wochen später eine große Anzahl der dort tätigen Widerstandskämpfer festnahmen, war sie drei Monate lang die wichtigste Funkkraft in Frankreich. Sie wurde dann ebenfalls verhaftet, nach Dachau deportiert und hingerichtet.

Die 20jährige Eva Jorgensen Klovstad schloß sich in Norwegen einer militärischen Untergrundeinheit an, die von ihrem Verlobten geleitet wurde. Als die Deutschen diese zerschlugen, floh der Anführer nach Schweden und übertrug ihr die Führung. Sie nannte sich fortan Jakob, baute unverzüglich ihre zersplitterte Truppe neu auf und machte aus ihr eine schlagkräftige Formation.

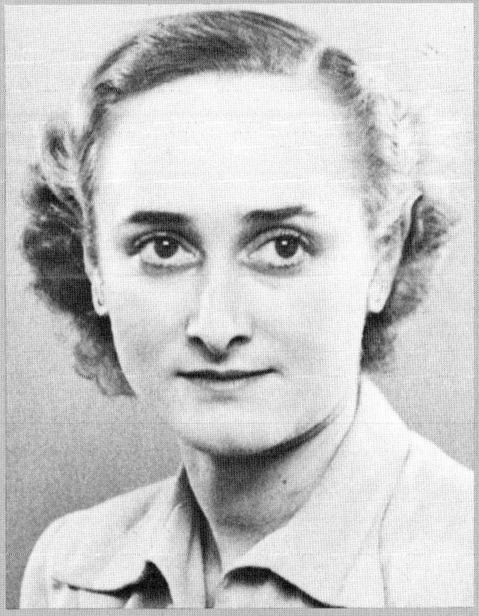

Edith „Lotte" Bonnesen, von Beruf Beamtin im dänischen Verkehrsministerium, arbeitete für die Untergrundpresse, verbarg mit dem Fallschirm abgesprungene Agenten, plante Sabotageanschläge und unternahm schließlich die Verschlüsselung fast aller nach London abgesetzten Funksprüche. Als die Deutschen ihr 1944 auf die Spur kamen, floh sie nach Schweden.

Pearl Witherington, eine zweisprachige britische Agentin, sprang im September 1943 mit dem Fallschirm über Mittelfrankreich ab, um dort für die Maquisarden und als Kurierin eines Mitagenten tätig zu werden. Als dieser im Mai darauf verhaftet wurde, übernahm sie die Verantwortung über die Hälfte seines Tätigkeitsfeldes. Ihr Maquis umfaßte schließlich 3500 Widerstandskämpfer.

akte gegen Brücken und Fernverkehrsstraßen, der *Plan Violet* die Zerstörung der Fernmeldeeinrichtungen und der *Plan Bleu* die Unterbrechung der Elektrizitätsversorgung der deutschen Streitkräfte in Frankreich.

Um sicherzustellen, daß diese und weitere Operationen mit den strategischen Planungen der Alliierten parallel liefen, rief General de Gaulle eine neue Organisation, die Forces Françaises de l'Intérieur (FFI), ins Leben. Sie sollte von ihrem Londoner Hauptquartier aus alle Befehle an die in Frankreich aktiven militärischen Widerstandsorganisationen koordinieren und weiterleiten: an die Untergrundarmeen des Conseil National de la Résistance, die Maquisarden und die Kommunisten – letztere verfolgten aber zeitweilig weiterhin ihre eigenen Ziele. An die 5000 alliierte Soldaten und Agenten sprangen mit dem Fallschirm über Frankreich ab und gingen im ganzen Land gruppenweise daran, die Untergrundarmeen zu bewaffnen, auszubilden und zu disziplinieren. Darüber hinaus hatten sie dafür zu sorgen, daß alle Befehle beachtet und vorzeitige Aufstände verhindert wurden.

Anweisungen für die Ausführung der für den ersten Invasionstag geplanten Aktionen waren in 325 „persönlichen Botschaften" enthalten, die der Französische Dienst der BBC am Vorabend des D-Tages ausstrahlen sollte. Jeder dieser dem deutschen Gegner unverständlichen Sprüche stellte den Angriffsbefehl für eine bestimmte Partisanen- oder Résistancegruppe irgendwo in Frankreich dar. In den endlos scheinenden Monaten April und Mai 1944 schalteten die Franzosen allabendlich den Londoner Rundfunk ein und warteten voller Ungeduld auf jene Nachricht, die eine Wende in ihrem Leben einleiten und das Schicksal ihrer Nation entscheidend verändern würde.

Am Abend des 5. Juni 1944, um 22.15 Uhr, kurz bevor die Spitzenschiffe der Invasionsflotte die normannische Küste sichteten, begann endlich ein BBC-Ansager die entscheidenden Botschaften zu verlesen, eine jede zweimal: „Der Tausendfüßler ist ein Säugetier... Das Krokodil hat Durst... Ich hoffe, wir sehen uns zweimal am Pont d'Avignon wieder, Liebling... Jacques sehnt sich nach Melpomène ... Du kannst jetzt den Baum schütteln und die Birnen einsammeln ... Die Würfel liegen auf dem Tisch ... In Perpignan sind die Tomaten reif."

Fast eine Stunde lang setzte der Ansager, immer in demselben langsamen, gleichmäßigen Tonfall, die Verlesung seiner Botschaften fort. Schon bald nach Beginn der Sendung schlichen sich die Widerstandskämpfer heimlich aus ihren Wohnungen, verließen die Maquisarden ihre Berglager und sammelten sich zu kleinen Gruppen, um die vorher festgelegten und sorgfältig geplanten Störaktionen einzuleiten.

In der strategisch wichtigen Normandie leitete ein Lebensmittelhändler aus Cherbourg namens Yves Gresselin den Einsatz von Sabotagetrupps, die Sprengstoffanschläge auf die Eisenbahnlinien zwischen Cherbourg, Saint-Lô und Paris verübten. Unter der Leitung des Stationsvorstehers von Caen, Albert Augé, zerstörten Widerstandstrupps die Dampfstrahlpumpen von Lokomotiven und die Wasserpumpen der Bahnhöfe.

Eine von André Farine, einem Caféhausbesitzer aus der Gegend von Isigny, befehligte Abteilung von 40 Mann durchschnitt die von Cherbourg ausgehende entscheidende Fernsprechleitung und setzte damit die deutschen Nachrichtenverbindungen in der Normandie zu einem großen Teil außer Betrieb. Generalmajor Max Pemsel, der Chef des Stabes der deutschen 7. Armee, klagte tags darauf: „Ich führe einen Krieg, wie Wilhelm der Eroberer ihn geführt haben muß – nur mit Ohren und Augen."

Am Morgen des 6. Juni erfuhren die Franzosen, daß die Alliierten in der Normandie gelandet waren und in Frankreich Chaos herrschte: Die Straßen waren durch gefällte Bäume versperrt, Brücken und Schleusentore gesprengt und Bahnlinien durch entgleiste Züge blockiert. Von den 1050 Sabotageakten am Eisenbahnnetz, die die Widerstandsbewegung im ganzen Land geplant hatte, waren 950 ausgeführt worden.

Den Maquisarden fiel jetzt die wichtige Aufgabe zu, die deutschen Truppenbewegungen so weitgehend wie möglich zu stören, um die Verstärkung der an den normannischen Landeköpfen im Abwehrkampf stehenden Feindverbände zu verzögern. Die Maquisarden in der Bretagne leisteten Hervorragendes, indem sie die schweren alliierten Luftangriffe durch gezielte Eisenbahnanschläge unterstützten. Wehrmachtstransporte wurden tagelang aufgehalten, und am 13. Juni war man im Hauptquartier der deutschen 7. Armee durch diese Vorgänge so entnervt, daß man die mit der zügigen Verstärkung der in der Normandie stehenden Truppen beauftragte Dienststelle auflöste.

Den weitaus bedeutendsten Beitrag der Résistance zu den alliierten Landungsoperationen stellte jedoch der Schreckensmarsch dar, den sie der 2. SS-Panzerdivision Das Reich bereitete. Sie war eine der besten und gefürchtetsten Verbände der deutschen Wehrmacht, umfaßte 20 000 großkampferfahrene Soldaten der Waffen-SS und verfügte über 99 schwere Panzer, 75 Sturmgeschütze und 64 mittelschwere und leichte Panzer. Wäre sie frühzeitig an den Landeköpfen in der Normandie eingetroffen, so hätte sie den Alliierten vermutlich fürchterliche Verluste beigebracht, und ihre Panzerkräfte wären in den ersten Invasionstagen, als die Entscheidung noch auf des Messers Schneide stand, eine starke Belastung gewesen. Am Tage D + 1 erhielt der Kommandeur der Panzerdivision Das Reich Befehl, seine Truppen von Montauban im Périgord nach der Normandie zu verlegen. Für die Verlegung waren drei Tage angesetzt; doch hatte sich die Division in dieser Zeit gerade erst in Marsch gesetzt.

Die Division hatte kaum ihren Marschbefehl erhalten, als Maquisarden ihre Treibstofflager angriffen und einen beträchtlichen Teil des Benzins in Brand setzten. Viele Stunden vergingen, ehe der Division genügend Kraftstoff zur Verfügung stand. Kurz darauf geriet sie abermals in Schwierigkeiten. Die Maquisarden schienen allgegenwärtig und griffen die Truppen wiederholt aus dem Hinterhalt an. An waldigen Hängen, die die Straße säumten, hielten sich Scharfschützen versteckt, die mit Vorliebe die in ihren Türmen stehenden Panzerkommandanten beschossen. Die von der SOE abgeworfenen, Kuhfladen ähnelnden Panzerminen zerfetzten die Ketten der Spitzenpanzer. Überdies sahen sich die Deutschen gezwungen, immer wieder anzuhalten, um kleine Erhöhungen in der Straßenmitte in Augenschein zu nehmen, die durch die Sehschlitze der Panzer wie Landminen aussahen: In Wirklichkeit handelte es sich um umgedrehte Suppenteller. Am Ortsrand von Souillac in Südostfrankreich hielten 28 Résistance-Scharfschützen, die sich auf den engen Straßen in zusammengeschossenen Fahrzeugen eingenistet hatten, 40 Stunden lang ein ganzes Regiment der Division fest. In derselben Gegend brach eine Gruppe Maquisarden bei dem Dorf Bicteroux aus dem Hinterhalt hervor, sprengte eine über die Nationalstraße führende Brücke in die Luft und griff mit 26 Mann eine Panther-Kompanie an. 20 Widerstandskämpfer fanden dabei den Tod, doch gelang es der Gruppe, den Gegner sechs Stunden lang aufzuhalten.

Als der Partisanenangriff auf die Panzerdivision in der im Südosten von Limoges gelegenen Kleinstadt Tulle bekannt wurde, stürmten die dortigen Widerstandskämpfer die deutsche Garnison. Der Bürgermeister erklärte Tulle für befreit, und die Einwohner strömten aus ihren Häusern, um bei der Errichtung von Barrikaden mitzuhelfen. In der durch die Landung der Alliierten hervorgerufenen Hochstimmung ereigneten sich überall in Frankreich ähnliche Szenen, doch erfolgten alle derartigen „Befreiungen" zu früh. Keine hatte aber so katastrophale Folgen wie die in Tulle. Auf ihrem qualvollen Marsch nach Norden passierte die Panzerdivision Das Reich auch diese Stadt – und die Wut der SS-Männer war inzwischen auf ihrem Siedepunkt angelangt.

Der Divisionskommandeur, SS-Gruppenführer und Generalmajor der Waffen-SS Heinz Lammerding, verkündete, Tulle werde mit „Blut und Asche" für das Massaker in der deutschen Garnison bezahlen. Panzerwagen erkämpften sich am 9. Juni den Weg in die Stadt, und SS-Panzergrenadiere trieben 500 Männer und Frauen zusammen. Lammerding gab zuerst Befehl, sie alle öffentlich aufzuhängen, doch wurden 401 Einwohner wieder freigelassen. Die restlichen 99 – Männer, Frauen und Jungen – wurden an Balkongeländern der an der Hauptstraße gelegenen Häuser aufgehängt und ihre Familien gezwungen, den Racheakt mitanzusehen. Lammerding, einige seiner Offiziere und eine deutsche Sekretärin schauten den Exekutionen von der Terrasse des Café Tivoli aus zu – trinkend, rauchend und Schallplatten hörend.

Am selben Tage wurde während des Durchmarsches eines Bataillons der Division Das Reich durch das rund 40 Kilometer westlich von Limoges gelegene Dorf Oradour-sur-Vayres ein beliebter Kompaniechef von einem Heckenschützen getötet. Daraufhin umzingelte am nächsten Morgen eine Rache planende Abteilung der Division das unweit gelegene Dorf Oradour-sur-Glane, dessen einziges Verbrechen darin bestand, daß sein Name ähnlich lautete. Alle Bewohner wurden auf dem Dorfplatz zusammengetrieben, wo ein SS-Offizier eine Personalkontrolle ankündigte. Den Frauen und Kindern wurde befohlen, sich in die Kirche zu begeben, und die Männer in sechs Gruppen eingeteilt, in verschiedene Gebäude gebracht und dort erschossen. Die Kirche, deren Türen man verrammelt hatte, wurde in Brand gesteckt. Von den 653 Einwohnern von Oradour-sur-Glane kamen 642 ums Leben: 245 Frauen, 207 Kinder und 190 Männer.

In ziemlich erschöpftem Zustand setzte die Panzerdivision Das Reich ihren Schreckensmarsch nach Norden fort, wobei sie sich nicht nur gegen die Maquisarden wehren mußte, sondern auch häufig aus der Luft angegriffen wurde. Am Tage D + 17 erreichte sie schließlich das normannische Kampfgebiet. Sie hatte schwere Verluste erlitten und traf so spät ein, daß sie nicht mehr in die Schlacht um den alliierten Brückenkopf eingreifen konnte.

Die FFI-Streitkräfte, die im Januar 1944 rund 50 000 Mann umfaßt hatten, waren gegen Juli bereits auf weit über 200 000 angewachsen. Franzosen, die sich zu der Zeit, als das Land sich noch vollständig unter deutscher Kontrolle befand, von der Résistance ferngehalten hatten, strömten ihr nun, da sich die Befreiung abzuzeichnen begann, scharenweise zu. Sie trugen den Kampf in praktisch alle Departements.

Viele Franzosen, deren Namen man heute nicht mehr kennt, lieferten dem Gegner unzählige Gefechte. Bei Lisière-des-Bois im Südosten von Paris wurden 320 Maquisarden in einem Waldgebiet von 3000 deutschen Soldaten umzingelt. Die Partisanen leisteten acht Stunden lang erbitterten Widerstand – bis die Deutschen zu der

Dieser kleine französische Junge zählt zu den elf Überlebenden der brutalen Ermordung der Dorfbewohner von Oradour-sur-Glane durch Angehörige der Waffen-SS im Juni 1944. Fünf entkamen dem Massaker, dem 642 Dorfbewohner zum Opfer fielen, weil sie sich während der Razzia noch in den umliegenden Wäldern verstecken konnten. Sechs andere, die in brennenden Häusern eingeschlossen waren, konnten durch Löcher oder Fenster entkommen und verbargen sich bis zum Abzug der SS in den Gärten oder auf den Feldern.

Erkenntnis kamen, daß es eigentlich nicht der Mühe wert sei, diese harte Nuß zu knacken. Sie zogen ab und ließen nicht weniger als 252 Tote auf dem Kampffeld zurück, während die Maquisarden nur 27 Mann verloren hatten.

In Mittelfrankreich beschlossen an die 200 Maquisarden, die Gemeinde Saint-Amand zu befreien. Sie besetzten das Rathaus, drangen in das Stabsgebäude der Miliz ein und nahmen die Frau des Sekretärs des Milizchefs Darnand fest. Die Deutschen griffen daraufhin Saint-Amand aus der Luft an und führten von Orléans her kampfbereite Truppen zu, die sich die Gesichter geschwärzt und ihre Stahlhelme mit Zweigen getarnt hatten. Als die Maquisarden sich dann mit ihren Gefangenen in die Wälder zurückzogen, erschossen die Deutschen zehn junge Männer aus Saint-Amand und setzten 54 Einwohner als Geiseln fest. Nach langwierigen Unterhandlungen wurde ein Austausch vereinbart: 54 Franzosen gegen die Frau des Sekretärs. Die 200 Maquisarden hatten es durch dieses Unternehmen fertiggebracht, fast 4000 deutsche Soldaten zwei Wochen lang zu binden.

Ein weiteres Schlachtfeld der Résistance wurde der Mont Mouchet, ein Plateau im südlichen Mittelfrankreich. Die dort bis zum 10. Juni zusammengeströmten 3000 Maquisarden schlugen erfolgreich die ersten Angriffe der Deutschen zurück und brachten ihnen nicht nur blutige Verluste bei, sondern eroberten auch zwei Geschütze und einen Panzerspähwagen. Am 11. Juni gingen rund 10 000 deutsche Soldaten, von Panzern und Feldartillerie unterstützt, zum Gegenangriff vor. Es entwickelte sich eine regelrechte Schlacht, die den ganzen Tag über dauerte und in deren Verlauf die Maquisarden dem Feind wieder große Verluste – nach ihrer eigenen Schätzung 1400 Tote und 2000 Verwundete – beibrachten, selber jedoch nur 360 Mann, davon 160 Gefallene, einbüßten. Die Deutschen verstärkten daraufhin ihre Truppen, und eine Woche später traten 20 000 Mann, von schwerer Artillerie und Kampfflugzeugen unterstützt, zum Sturm auf das Mont-Mouchet-Plateau an. Ihr Stoß ging ins Leere; die Partisanen hatten sich in bewährter Guerillamanier zerstreut.

Unter den regionalen Partisanenführern ragte eine hübsche junge Australierin namens Nancy Wake hervor, die im Jahre 1939 auf einer Europareise einen französischen Millionär kennengelernt und geheiratet hatte. Beim Zusammenbruch Frankreichs schloß sie sich unter ihrem Mädchennamen sofort einer Widerstandsgruppe an und übermittelte Nachrichten für eine Fluchthilfeorganisation. Als ihr 1943 die Sicherheitspolizei auf die Spur kam, floh sie über Spanien nach England, wo die SOE sie zur Agentin ausbildete und anschließend beauftragte, bei der Instruktion des im südlichen Mittelfrankreich kämpfenden Maquis mitzuwirken. Am 1. März 1944 sprang sie mit dem Fallschirm dort ab. Sie hatte eine Million Francs bei sich, die die SOE für die Finanzierung von Sabotageanschlägen zur Verfügung gestellt hatte, und trug, ganz Dame, hochhackige Schuhe und Seidenstrümpfe.

Der Empfang, der ihr auf dem Mont-Mouchet-Plateau zuteil wurde, ließ nicht viel Gutes ahnen. Bei den Vorbesprechungen gaben sich die Maquisarden mürrisch, mißgelaunt und wenig kooperativ. Später belauschte sie eine Versammlung, von der sie ausgeschlossen worden war, und mußte zu ihrer großen Bestürzung mit anhören, wie die Partisanen es offensichtlich auf das Geld abgesehen hatten. Einer von ihnen sollte sie verführen und anschließend im Schlaf ermorden.

Wenig später machte sich einer der Maquisarden an Nancy Wake heran, um ihr seine Liebe zu erklären. „Ich vermute", fiel sie ihm ins Wort, „daß Sie mit mir schlafen wollen!" Der Maquisarde grinste über das ganze Gesicht und erklärte, er würde entzückt sein. „Sehr galant von Ihnen", entgegnete sie ihm, „aber Sie müssen verstehen, daß ich mich nicht gern im Schlaf ermorden und meines ganzen Geldes berauben lassen möchte." Der Maquisarde beteuerte lebhaft seine Unschuld, legte dann aber plötzlich ein Geständnis ab. „Sie sind mir über", gab er zu.

Nancy Wake wurde in der darauffolgenden Nacht weder verführt noch ermordet, sondern begleitete einen Stoßtrupp der Partisanen, der sich in der nahe gelegenen Stadt Saint-Flour von dem Besitzer eines Sportgeschäftes, einem bekannten Kollaborateur, Zelte, Decken und Stiefel besorgte. Durch ihre Furchtlosigkeit flößte sie den Maquisarden alsbald Respekt ein; man ernannte die junge Frau zum *chef du parachutage*. In dieser Funktion organisierte sie den Nachschub aus London für die in Mittelfrankreich kämpfenden Partisanen, die mittlerweile über 7000 Mann zählten.

Als starke deutsche Streitkräfte am 20. Juni die Partisanen vom Mont Mouchet angriffen, setzte Nancy Wake an der Spitze eines Bazookatrupps eine feindliche Maschinengewehrstellung außer Gefecht. Als Fahrerin eines mit Granatwerfergeschossen und anderer Munition beladenen Kleinlasters konnte sie sich bei einem Angriff deutscher Jäger, die das Fahrzeug mit Bordwaffen unter Feuer nahmen, gerade noch in Sicherheit bringen, bevor es einen Volltreffer erhielt und in die Luft flog.

Nach der Räumung des Mont-Mouchet-Plateaus nahm sie an einem kühnen Angriff auf das Sipo-Hauptquartier im nahe gelegenen Montluçon teil. Um 12.25 Uhr rasten 14 Maquisarden in vier Autos in die Stadt und hielten mit kreischenden Bremsen vor dem Gebäude. Die junge Frau sprang heraus, stürmte die Treppe hinauf, riß die Tür auf und warf eine Handgranate in das Zimmer. Ihre Kameraden gaben ihr bei dem Überfall, der 38 Sipo-Leuten das Leben kostete, Feuerschutz.

Ungefähr um die gleiche Zeit, als Nancy Wake und ihre Gefährten im Gebiet des Mont Mouchet kämpften, wurden andere Maquisarden in den wohl blutigsten Widerstandskampf des ganzen Krieges verwickelt. Er verlief ähnlich wie das erbitterte Ringen auf dem Plateau von Glières, hatte aber ein sehr viel größeres Ausmaß und dauerte sechs schreckliche Wochen lang, um dann schließlich mit einer Niederlage der Widerstandskämpfer und einem fürchterlichen Gemetzel zu enden. In gewisser Weise war es jedoch eine ruhmreiche Schlacht, die später noch viele positive, obgleich unerwartete Auswirkungen haben sollte.

Der Schauplatz war das Vercors – ein anderes, in den Voralpen im Südwesten von Grenoble, zwischen den Tälern von Isère und Drôme, gelegenes Gebirgsmassiv, das ein Gebiet von 900 Quadratkilometern umfaßt. In diesem plateauartigen Waldgebirge, in dem es damals noch Bären gab, hatten an die 4000 Maquisarden im Juni die „Freie Republik des Vercors" ausgerufen. Trikoloren wurden aufgezogen, patriotische Reden geschwungen, und dann warteten die Partisanenführer voller Zuversicht auf das Eintreffen einer alliierten Luftlandedivision – vielleicht würde sogar General de Gaulle selber kommen.

Ihre hochgesteckten Erwartungen waren nicht ganz unbegründet. Die Maquisarden des Vercors waren nämlich im Verlauf eines Gedankenaustausches mit den gaullistischen Führungsinstanzen in London und Algier, der sich später als ein einziges großes Mißverständnis herausstellte, zu der Überzeugung gelangt, eine ganze Luftlandedivision sei zu ihrer Unterstützung abgestellt worden. Sie hatten daraufhin in dem unzugänglichen bergigen Gelände eine Start- und Landebahn gebaut, mußten aber erleben, daß statt der erwarteten alliierten Division starke deutsche Luftlandetruppen bei ihnen eintrafen.

Der erste deutsche Angriff wurde am 13. Juni von Infanteriekräften vorgetragen, und tagelang wurde erbittert gekämpft. Die Maquisarden leisteten heftigen Widerstand und forderten währenddessen unablässig Unterstützung an: „Benötigen dringendst Verstärkung, Waffen, Benzin und Tabak", funkten sie. Das Office of Strategic Services – das amerikanische Gegenstück zur SOE – setzte statt dessen gegen Ende Juni einen Trupp von 15 Mann über dem Vercors ab, der den Partisanenführern nahelegen sollte, einer großen Schlacht auszuweichen und eine sinnvollere Guerillataktik anzuwenden. Die SOE setzte ebenfalls zwei Agenten mit dem Fallschirm ab, die in ähnlicher Weise Einfluß nehmen sollten.

Am 14. Juli, dem französischen Nationalfeiertag, erhielten die Vercors-Partisanen schließlich ihre erste große Waffenlieferung: An die 80 US-Bomber warfen 1000 Behälter mit Handfeuerwaffen, Munition und dringend benötigten Kleidungsstücken ab – jedoch keine der von den Maquisarden angeforderten schweren Waffen.

Am 18. Juli rückten die deutschen Truppen, etwa 20000 Mann, von acht verschiedenen Punkten langsam gegen das Bergmassiv vor. Trotz wiederholter Stukaangriffe wichen die Maquisarden fast 48 Stunden lang keinen Fußbreit zurück. Am 21. Juli, um 9.30 Uhr, tauchte der deutsche Gegner dann plötzlich an einer Stelle auf, wo ihn die Partisanen am allerwenigsten erwartet hatten. Durch ein schweres Luftbombardement abgeschirmt, setzten 20 Lastensegler glatt und geräuschlos auf der Landebahn auf, die für die alliierten Luftlandedivisionen gebaut worden war. Mehr als 200 SS-Männer sprangen heraus, um den Maquisarden in den Rücken zu fallen. Gleichzeitig traten Infanteriekräfte, von Artillerie unterstützt, von Norden und Süden her zu einem Zangenangriff an.

Einer solchen gewaltigen Übermacht war die tapfere, aber nur mit Handfeuerwaffen unzureichend ausgerüstete Vercors-Gruppe nicht gewachsen. In der Nacht zum 23. Juli setzte der Kommandeur, ein ehemaliger Oberst der französischen Armee, einen letzten verzweifelten Funkspruch an Algier und London ab: „Kampfmoral unserer Leute ungebrochen. Sie werden sich jedoch gegen Sie wenden, falls Sie nicht sofort eingreifen. Die Verantwortlichen in London und Algier haben keine Ahnung, in welcher Lage wir uns befinden; wir betrachten Sie als Verbrecher und Feiglinge. Jawohl, ich wiederhole: als Verbrecher und Feiglinge."

Am Nachmittag des 23. Juli befahl der Kommandeur seinen Leuten, ihre Formationen auseinanderzuziehen. Die Maquisarden

Einwohner des an der Normandieküste gelegenen Dorfes Villers-sur-Mer, das im August 1944 von auf die Seine vorstoßenden britischen Truppen befreit wurde, holen sich ihre von den deutschen Besatzern eingezogenen Rundfunkgeräte wieder ab.

erlitten dabei so schwere Verluste, daß sie danach 750 Gefallene zu beklagen hatten. Dann stürmten die Deutschen das Bergmassiv. „Einige der Verwundeten hatten sich in Höhlen versteckt", berichtete ein Überlebender der Kämpfe namens F. J. Armorin später. „Die SS-Leute zogen sie an den Haaren und Beinen heraus. Ungefähr ein Dutzend wurde auf ein paar Handkarren gepackt, wie Säcke auf deutsche Lastwagen geworfen und dann erstochen oder erschlagen. Die Leichen wurden weggefahren und in einen Straßengraben geworfen. Eine Gruppe von 16 blutbedeckten Schwerverwundeten, die sich mühsam an behelfsmäßigen Krücken fortbewegten, mußte an einer Mauer Aufstellung nehmen und wurde mit einem Maschinengewehr niedergemäht. Anschließend zerschlugen und zertraten die Deutschen mit ihren Gewehrkolben und Stiefelabsätzen die Gesichter ihrer Opfer. An die 50 Mann, die sich in ein Dickicht verkrochen hatten, wurden von einer SS-Einheit entdeckt und einer nach dem anderen zu Tode geprügelt."

Die Deutschen hatten die Vercors-Maquisarden aber noch keineswegs endgültig erledigt. Die meisten Widerstandskämpfer entkamen dem Massaker und schlossen sich an andere im Departement Isère kämpfende Gruppen an. Sie wollten ihre hingemetzelten Kameraden rächen und verstärkten als erfahrene und kompromißlose Kämpfer die Isère-Partisanen, die daraufhin ihre Aktionen beträchtlich ausdehnen konnten.

Am 10. August beschlossen die zuständigen deutschen Befehlshaber, das gesamte Gebiet von Maquisarden zu säubern. Die 157. Infanteriedivision trat zu einem Großangriff an mit dem Ziel, die Gebirgspässe freizukämpfen. Kleine Partisanentrupps unternahmen zahlreiche punktuelle Überfälle – bei denen sie 200 Deutsche töteten, selber aber nur 21 Mann einbüßten –, während das Gros der Partisanen in den dichten Wäldern des Departements Isère verschwand. Als dann am 15. August eine alliierte Invasionsstreitmacht an der französischen Riviera an Land ging, hatte die 157. Infanteriedivision ihren undankbaren Auftrag noch immer nicht ausgeführt und wurde an der neuen Front schmerzlich vermißt.

Die alliierten Landungen wurden von drei Divisionen des amerikanischen VI. Korps an einem 72 Kilometer breiten Küstenabschnitt durchgeführt. Das Kommando hatte Generalmajor Lucian K. Truscott Jr., ein alterprobter Veteran des Feldzugs in Nordafrika und Italien. Truscott zollte den Maquisarden später allerhöchstes Lob, hätten sie doch ihren Teil dazu beigetragen, daß die Invasion in Südfrankreich eine der erfolgreichsten alliierten Operationen des Zweiten Weltkrieges geworden sei. „Ihre Kenntnis des Landes und der Kräfteverteilung wie der Bewegungen des deutschen Gegners erwies sich für uns als unschätzbarer Vorteil", erklärte er, „und ihre Kampfkraft war ganz enorm."

Der alliierte Plan sah vor, daß die freifranzösische 1. Armee, die am Tage D + 1 unter dem Befehl von General Jean de Lattre de Tassigny an Land gegangen war, Toulon und Marseille nehmen sollte, während das amerikanische VI. Korps nach dem Ausbau des

Landekopfes nach Westen vorstieß, um der sich das Rhônetal hinauf nach Norden absetzenden deutschen 19. Armee den Rückzug abzuschneiden. Die Maquisarden aber stürmten auf der Route Napoléon vorwärts, der von Nizza nach Grenoble führenden und parallel zu dem amerikanischen Vormarschweg verlaufenden Bergstraße, die der abgesetzte Kaiser im Jahre 1815 bei seiner Rückkehr von der Insel Elba benutzt hatte. Die Maquisarden unterstützten Truscott bei seinem Panzerstoß auf Grenoble, indem sie Störangriffe durchführten und die Amerikaner mit Informationen versorgten. Die alliierte Führung hatte die Einnahme von Grenoble um den Tag D + 90 herum erwartet, doch fiel die Stadt bereits am achten Invasionstag. Anschließend stießen Verbände des VI. Korps nach Nordwesten in Richtung Lyon vor, in der Hoffnung, der das Rhônetal hinauf zurückweichenden Masse der gegnerischen Truppen den Weg abzuschneiden. Bei dem ungestümen amerikanischen Vorstoß entstand jedoch ein Durcheinander, in dem ein großer Teil der 19. Armee entkommen konnte. Sie erlitt aber schwere Verluste an Menschen und Material, die zum Teil auf die Aktivitäten der Partisanen zurückzuführen waren.

Lyon war seit langem ein Zentrum der Résistance. Viele Männer aus dieser Gegend hatten in der einzigen unbesiegten französischen Armee, der Alpenarmee, gedient und waren nach dem deutschen Einmarsch in Südfrankreich im Jahre 1942 Maquisarden geworden. Am 28. August erhielten die Partisanen aus den Departements Ardèche, Loire, Rhône, Ain und natürlich Isère mit seinen Veteranen vom Vercors den Befehl, sich westlich von Lyon zu sammeln. Sie sollten am 3. September um 6.00 Uhr zusammen mit regulären freifranzösischen Truppen, die bereits Toulon und Marseille genommen hatten, am Westufer der Rhône zum Angriff antreten, während Verbände des VI. Korps vom Ostufer aus angreifen würden. Am 2. September zog die deutsche Garnison sich aus Lyon zurück und setzte sich nach Norden ab.

Es gelang den Maquisarden nicht, den deutschen Rückzug zu stören, und sie mußten sich mit einem halben Sieg bei Lyon begnügen. Nach der Befreiung ihrer Stadt nahmen die Bürger Rache, wobei es zu Szenen kam, die damals nicht nur in ganz Frankreich, sondern in allen besetzten Ländern an der Tagesordnung waren: „Volkstribunale" konstituierten sich, die sofort, ehe ihnen besonnenere Naturen in die Arme fallen konnten, 20 oder mehr Kollaborateure zum Tode verurteilten und hinrichten ließen.

Unterdessen drohten die in raschem Tempo vorrückenden Amerikaner, die regulären französischen Truppen und die Maquisarden rund 80 000 Soldaten der deutschen 1. Armee in Südwestfrankreich einzukesseln. Die 3. US-Armee (General George S. Patton), zu der auch die französische 2. Panzerdivision (General Jacques Leclerc) gehörte, stürmte vom befreiten Paris aus ostwärts, um sich irgendwo in der Nähe von Dijon mit der von Süden anrückenden alliierten Invasionsstreitmacht zu vereinigen.

Um dem Feind zu entkommen, mußten die Deutschen Dijon passieren, ehe die Alliierten sie einschlossen. Die Partisanen setzten

Auf einer nach der Befreiung der Stadt veranstalteten Bestattungsfeier für 15 von den Deutschen zu Tode gefolterte Widerstandskämpfer sprechen am 29. September 1944 französische Behördenvertreter in Rennes den Angehörigen ihr Beileid aus.

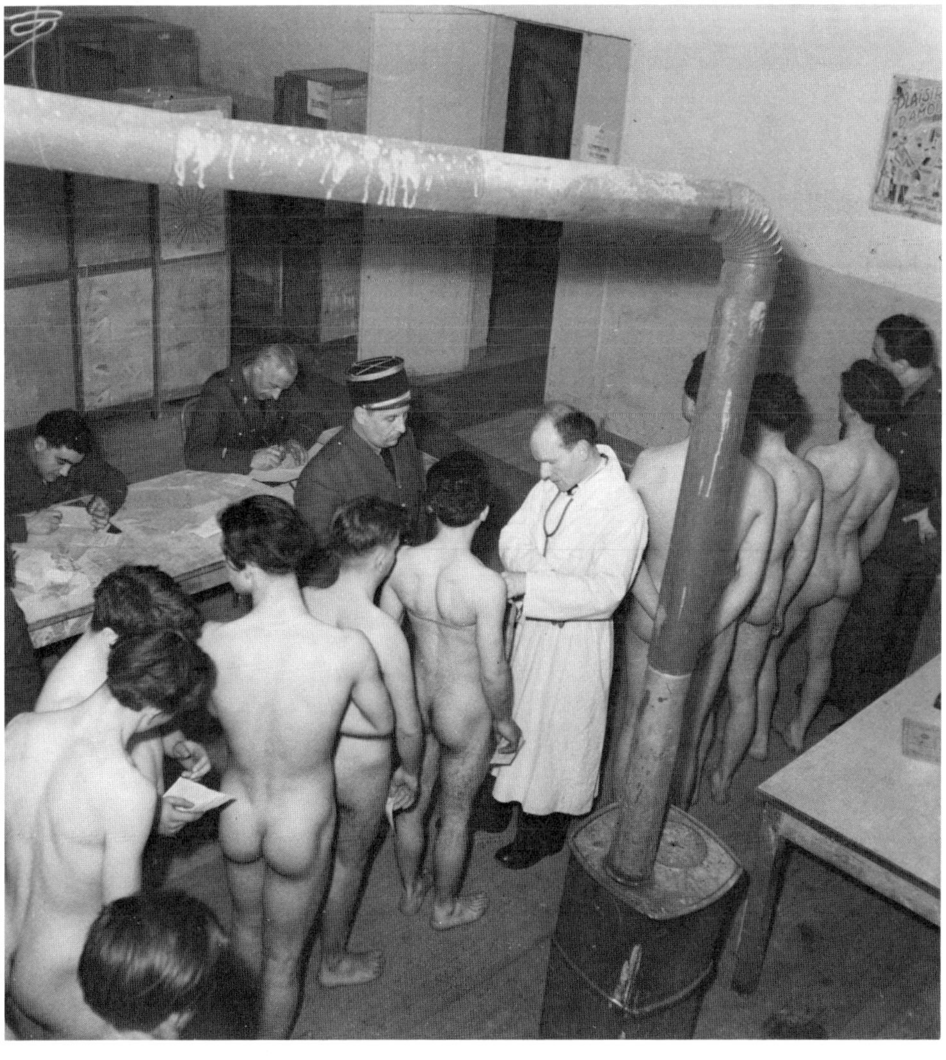

Ehemalige Maquisarden, die sich freiwillig zur regulären französischen Armee gemeldet haben, sind in einer Annahmestelle zur Musterung angetreten. Als General de Gaulle im August 1944 alle Maquisarden zum Eintritt in seine Armee aufforderte, folgten seinem Aufruf mehr als 50 Prozent.

ihnen indes überall hart zu. Im Departement Creuse im südlichen Mittelfrankreich wurden die Deutschen von Maquisarden aus dem Hinterhalt angegriffen. „Wir erblickten plötzlich einen endlosen Strom von deutschen Panzerspähwagen, Kraftwagen, Motorrädern, Lastwagen und hin und wieder Panzern", berichtete ein SOE-Offizier, der einer anderen Partisaneneinheit zugeteilt war. „Er kam aber nur im Schneckentempo vorwärts, etwa acht Kilometer pro Stunde. Die Soldaten machten oft Halt, um einen Baumstamm wegzuräumen, einen vermuteten Hinterhalt zu untersuchen oder das Gelände beiderseits der Straße aufzuklären. Dies alles war für uns ein untrüglicher Beweis – wenn es eines solchen noch bedurft hätte –, daß die Deutschen die Maquisarden fürchteten und daß diese, deren Hauptbestreben es war, den Feind möglichst lange aufzuhalten, recht erfolgreich operierten.

„Wir hatten gerade eine von Büschen umstandene Bodensenke erreicht, als wir etliche Kilometer hinter uns auf der Straße Gefechtslärm hörten. Obwohl er ziemlich weit entfernt war, hielt die ganze Kolonne vor uns sofort an. Die deutschen Offiziere und Unteroffiziere kletterten aus den Fahrzeugen – wir konnten jetzt alle Einzelheiten genau erkennen – und fingen an, die Wälder und Hügel mit ihren Feldstechern abzuspähen. Plötzlich brach etwa 90 Meter links von uns heftiges Gewehr- und Maschinengewehrfeuer los. Wir zählten an die sechs Gewehre – für unausgebildete Soldaten schossen sie ziemlich schnell – und zwei leichte Maschinengewehre, die in raschen, anhaltenden Stößen ihre Magazine leerschossen.

„Darauf", fuhr der SOE-Offizier fort, „schien es, als träte die ganze Division zum Angriff gegen uns an. Handfeuerwaffen, schwere Maschinengewehre, Granatwerfer und leichte Geschütze begannen, den Wald auf unserer Straßenseite auf einer Breite von 500 Metern einzudecken. Wir blieben jedoch ungeschoren, obwohl ringsum Bäume und Büsche zersplitterten.

„Es war alles so deutsch! Sie hatten Schwierigkeiten, uns auszumachen, sie hielten uns zahlenmäßig für stärker, als wir waren, also schossen sie auf alles, was sich bewegte – sogar einen Zweig im Wind. Mit einem Schmiedehammer hieben sie auf eine Nuß ein – und verfehlten sie auch noch!"

Viele Einheiten der deutschen 1. Armee gelangten durch die Enge von Dijon hindurch, indem sie die lästigen Maquisarden mit einem wütenden Geschoßhagel belegten. Doch 20 000 Mann unter Generalmajor Botho Elster bildeten das „Schlußlicht" der 1. Armee. Elsters Landser wurden von rund 12 000 Maquisarden des Corps Francs Pommies verfolgt, einem irregulären, nach ihrem Kommandeur, Oberst André Pommies, benannten Verband, dessen Angehörige an ihren aus kurzer Hose, blauem Hemd und blau-weiß-roter Armbinde bestehenden Uniform zu erkennen waren. Der Berufsoffizier Pommies hatte sich als Partisanenführer einen einzigartigen Ruf erworben: Er hatte bereits 68 Sicherheitspolizisten und -agenten getötet und eine Kartei angelegt, in der die Namen von 3000 weiteren Todeskandidaten verzeichnet waren.

Elster setzte sich von Südwestfrankreich aus in Richtung auf das ferne Dijon in Marsch – ein Großteil seiner Leute auf gestohlenen Fahrrädern. Pommies und eine andere Partisanengruppe mit 4000 Mann hieben unausgesetzt von allen Seiten auf die zurückweichenden Deutschen ein. Diese wagten nur noch nachts zu marschieren und gelangten bis zu der mitten im Herzen Frankreichs liegenden Stadt Châteauneuf-sur-Cher, wo ihnen ein weiterer Partisanenverband, etwa 5000 Mann stark, den Weg verlegte.

Angesichts der feindlichen Übermacht beschloß Elster zu kapitulieren. Sich und seine Männer den rachsüchtigen und seiner Meinung nach zusammengewürfelten Partisanen zu ergeben, schien ihm aber nicht nur würdelos, sondern auch viel zu riskant. Die soeben in der Gegend aufgetauchten amerikanischen Einheiten zur Flankensicherung der US-Armee kamen ihm wie gerufen. Elster begann mit dem ersten Verband, auf den er stieß, zu verhandeln und kapitulierte am 8. September vor der 83. US-Division. Der Anführer der 5000 Maquisarden wollte die Feuereinstellung nicht anerkennen: Wenn Elster nicht vor ihm kapituliere, würden die Partisanen den Kampf fortsetzen.

So kam es, daß ein Wehrmachtgeneral am 11. September 1944 im Rathaus des Dorfes Arçay einem finster blickenden Partisanenkommandeur eine Erklärung verlas, die die Kapitulation des letzten größeren deutschen Verbandes in Südfrankreich bestätigte.

Die alliierte Offensive hatte unterdessen Belgien erreicht, und die belgische Widerstandsbewegung leistete ebenfalls einen unschätzbaren Beitrag zur Befreiung ihres Landes. Die Stadt Antwerpen war von ausschlaggebender Bedeutung für die alliierte Planung. „Hatten wir diesen Hafen einmal in unseren Besitz gebracht und war er benutzbar, dann waren die Nachschubprobleme an der ganzen nördlichen Hälfte unserer Front gelöst", erklärte General Dwight D. Eisenhower. Die entscheidenden Worte waren: „war er benutzbar" – und die Deutschen hatten sich gelobt, Antwerpen vor der Räumung zu zerstören, um den Nachschub zu erschweren. Als Vorbereitung auf die Durchführung ihres Planes hatten sie fünf

Block-Schiffe mit rund 900 Tonnen Explosivstoffen beladen und die Fahrzeuge an den Antwerpener Kais vertäut.

Die Männer der belgischen Résistance, die wußten, was die Deutschen planten, ergriffen sofort Gegenmaßnahmen. Aus rund 600 Mann wurden sechs Sturmkompanien gebildet, und als die Alliierten sich am 3. September der Stadt näherten, schlugen die Widerstandskämpfer zu. Am 4. September nahmen sie das Bonaparte- und das Kattendijk-Becken ein und im Laufe der nächsten beiden Tage das Royers-Becken und zwei Brücken über den Albert-Kanal. Der große Antwerpener Hafen und alle Anlagen wurden den Alliierten in unversehrtem Zustand übergeben.

Nur 32 Kilometer nördlich von Antwerpen warteten die Holländer voller Ungeduld auf das Eintreffen der alliierten Truppen. Am 17. September 1944 verkündete Radio Oranje, die Stimme der niederländischen Exilregierung, die Briten näherten sich der Grenze und die Befreiung des Landes stehe unmittelbar bevor. Während die Holländer mit einem spontanen Freudenausbruch auf diese Nachricht reagierten, löste sie unter den Deutschen und den Kollaborateuren eine Panik aus. Sie flohen zu Tausenden auf gestohlenen Motorrädern, Fahrrädern und Pferdegespannen. Der Jubelsturm der Holländer erwies sich aber als verfrüht: Nach der Befreiung von Südholland brachte heftiger deutscher Widerstand den alliierten Vormarsch an der Schelde zum Stehen.

Das Stagnieren der alliierten Offensive bedeutete, daß die restlichen besetzten Länder Westeuropas erst im kommenden Frühjahr mit ihrer Befreiung rechnen konnten. Dessenungeachtet intensivierten die Widerstandsbewegungen der Niederlande, Dänemarks und Norwegens während des strengen Winters 1944/45 ihre Tätigkeit und suchten die Deutschen durch Sabotageanschläge, Streiks und Demonstrationen zu demoralisieren.

Sehr viel rascher ging die Schlacht um Frankreich zu Ende. Ende September 1944 war der größte Teil des Landes befreit, wenn auch noch hier und da einzelne deutsche Widerstandsnester den Kampf gegen die FFI fortsetzten. Die militärischen Leistungen der Résistance hatten die kühnsten Erwartungen der alliierten Führungsinstanzen übertroffen. FFI-Abteilungen hatten Nachrichten beschafft, die sich für den alliierten Vormarsch als unschätzbar erwiesen; sie hatten die Flanken der alliierten Armeen gesichert und die Kriegsgefangenen bewacht.

Von noch größerer Bedeutung für die Moral des französischen Volkes war die Tatsache, daß die Résistance einen Großteil des Landes ohne Unterstützung der alliierten Armeen befreit hatte. So hatte der Maquis in der Bretagne aus eigener Initiative einen großen Teil der Provinz von Deutschen gesäubert. In Südfrankreich befreiten die FFI 26 Departements – zwei Fünftel des französischen Staatsgebietes. In dem Maße, wie Frankreichs Städte und Dörfer von der Wehrmacht geräumt wurden und die Vichy-Regierung die Zügel aus der Hand geben mußte, übernahmen die Widerstandsführer sie und organisierten in dem chaotischen Durcheinander, das die zurückweichenden Deutschen hinterließen, Versorgungsämter, Stadt- und Gemeinderäte sowie Polizeikräfte. Viele Maquisarden legten nach dem Ende der Kampfhandlungen in ihrem Heimatgebiet die Waffen nieder und kehrten zum normalen Leben zurück. Zahlreiche regionale Partisanengruppen folgten im August jedoch geschlossen de Gaulles Aufruf, als Teil der regulären französischen Truppen weiterzukämpfen. Bis zum Oktober 1944 traten 140 000 Maquisarden in die französische Armee ein.

In einer Grußbotschaft an die Résistance stellte General Eisenhower fest, die Tätigkeit der vereinigten FFI-Verbände habe dem Wert und dem Einsatz von 15 regulären Heeresdivisionen entsprochen; sie hätten damit den Krieg um zwei Monate verkürzt. Sie hatten freilich einen sehr hohen Preis dafür bezahlt. 150 000 Franzosen hatten im Kampf gegen die vier Jahre währende deutsche Besatzung ihr Leben geopfert.

Es sollten noch viele Jahre vergehen, ehe das französische Volk das Ausmaß der Leiden, das es unter der deutschen Besatzungsmacht erfahren mußte, ganz begriff und sich mit dem Schicksal auszusöhnen begann. Doch im Sommer 1944, als die Franzosen voller Energie mithalfen, die deutsche Wehrmacht aus dem Lande zu vertreiben, spürten sie, daß der Widerstand ihnen neue Hoffnung gab: Es schien, als hätten sie die nationalen Rückschläge der Vergangenheit abgeschüttelt und als sei aus ihrer patriotischen Solidarität heraus ein neuer Anfang möglich.

„Überall sahen die Franzosen hoffnungsvoll der Wiedergeburt ihrer Nation entgegen", schrieb der Chef der Französischen Abteilung der SOE, Oberst Maurice Buckmaster. „Die Résistance spielte bei diesem Wiedererwachen des französischen Nationalbewußtseins eine bedeutende Rolle. Als ein Triumph menschlicher Tapferkeit, als ein beredtes Zeugnis der immerwährenden Hoffnung, die Menschen dazu treibt, ihr Letztes für die gerechte Sache hinzugeben, als Beweis für die Einheit, die Menschen verschiedener politischer, ethischer und religiöser Anschauungen, sei es für noch so kurze Zeit, zusammenzuschweißen vermag, dürfte die Résistance für immer einzig dastehen."

DIE RACHE

Franzosen beschimpfen einen kriegsgefangenen deutschen Soldaten, der im September 1944 von einem Widerstandskämpfer durch den Ort Saint-Mihiel geführt wird.

DIE STUNDE DER ABRECHNUNG

Eine mit Sanitätsmaterial bepackte französische Résistanceeinheit marschiert unmittelbar nach der alliierten Invasion im Juli 1944 durch ein zerstörtes Dorf.

Als reguläre französische Heeresverbände unter dem Befehl von General Jacques Leclerc am Morgen des 25. August 1944 in Paris einrückten, stand an einem Fenster des Hôtel Meurice der deutsche Hauptmann i. G. Otto Kayser und beobachtete das hektische, ausgelassene Treiben. „Paris“, soll er dabei zu einem Kameraden gesagt haben, „wird sich jetzt für die vergangenen vier Jahre rächen.“ Kayser sollte die Erfüllung seiner Prophezeiung nicht mehr erleben. Als er wenige Stunden später als Kriegsgefangener durch die Straßen marschierte, stieß ein mit einer Pistole bewaffneter Pariser die französischen Bewacher des Hauptmanns zur Seite und tötete ihn mit einem Kopfschuß.

Was in Paris geschah, wiederholte sich in ganz Frankreich. Überall ließen einfache Bürger den Haß und die Erbitterung, die sich vier Jahre lang in ihnen aufgestaut hatten, an den geschlagenen deutschen Besatzungstruppen aus, verhöhnten und schlugen die einstigen Eroberer und töteten sie bisweilen sogar. Noch schlimmer traf es diejenigen Franzosen, die sich dazu hergegeben hatten, als Helfershelfer der Deutschen Widerstandskämpfer zu verraten, zu foltern oder zu erschießen. Die schlimmsten Kollaborateure waren wohlbekannt; die Untergrundzeitungen hatten seit 1941 schwarze Listen veröffentlicht, und der Französische Dienst der BBC hatte allabendlich gewarnt, daß der Tag der Abrechnung kommen werde. Nun, da ihre deutschen Beschützer sich entweder im Gefängnis oder auf der Flucht befanden, wurden viele Verräter aufgespürt, zum Tode verurteilt und ohne Gnade und häufig auch ohne Gerichtsverfahren hingerichtet. In den Wochen unmittelbar vor und nach der Befreiung wurden mindestens 11 000 Kollaborateure auf diese Weise von ihren Landsleuten getötet.

Das Blutbad nahm derartige Ausmaße an, daß General de Gaulle als Oberbefehlshaber der vereinigten Résistancestreitkräfte bei seiner Rückkehr nach Frankreich sofort örtliche Gerichte zusammenrief, die ordentliche Verfahren gegen die mutmaßlichen Kollaborateure durchführen mußten. Nach der Schaffung ordentlicher Gerichte wurden 767 weitere französische Bürger hingerichtet, 39 000 mit Gefängnisstrafen belegt und an die 40 000 Kollaborateure zum Verlust der bürgerlichen Ehrenrechte verurteilt. Überraschend gnädig waren die damals so rachsüchtigen Gerichte dagegen zum Teil mit Tausenden von Franzosen, die für Deutschland an der Ostfront gekämpft hatten: Die ehemaligen Angehörigen der Légion des Volontaires Français und der Französischen Waffen-SS durften ihre Ehre durch freiwillige Meldung zum Heeresdienst in Französisch-Indochina wiederherstellen.

Ein durch vier Besatzungsjahre zutiefst erbitterter ostfranzösischer Bürger unterstreicht seine Forderung an die Alliierten, alle deutschen Soldaten zu erschießen.

Mit Gummihandschuhen und -stiefeln ausgerüstete deutsche Kriegsgefangene exhumieren unter Aufsicht eines Beamten des Französischen Roten Kreuzes in Grenoble die Leichen von verscharrten Opfern der Sicherheitspolizei.

Niedergeschlagen blicken deutsche Kriegsgefangene neben französischen Widerstandskämpfern für das Erinnerungsphoto der Sieger in die Kamera. Diese Aufnahme wurde in dem Dorf Maisey-sur-Oise gemacht.

DEMÜTIGUNG DEUTSCHER KRIEGSGEFANGENER

Inmitten der Massenhysterie, die die Befreiung in Frankreich auslöste, hatten die Widerstandskämpfer häufig die undankbare Aufgabe, kriegsgefangene deutsche Soldaten vor der Rache erbitterter Zivilisten zu schützen.

Die verantwortungsbewußten Résistanceführer duldeten keine Grausamkeiten, zögerten aber nicht, den Kriegsgefangenen demütigende oder anstrengende Arbeiten abzuverlangen. Vielerorts mußten die Deutschen die Leichen ihrer in nicht gekennzeichneten Gräbern beigesetzten französischen Opfer exhumieren.

In Südfrankreich befahl ein Partisanenführer 30 deutschen Kriegsgefangenen, die Leichen von sechs zu Tode gefolterten Maquisarden wieder auszugraben. Als die verstümmelten Leichen für ein ordentliches Begräbnis hergerichtet waren, wandte sich der Hauptmann mit folgenden Worten an die Deutschen: „Sie haben sich vielleicht gefragt, warum wir Sie gezwungen haben, die Leichen der von Ihnen getöteten Männer wieder auszugraben. Das geschah, weil Sie mit eigenen Augen sehen sollten, was Sie angerichtet haben. Und wenn Sie in Ihre Heimat zurückkehren, dann sagen Sie Ihren Landsleuten, was Sie getan haben, damit auch sie erfahren, warum die Welt sie haßt.“

Ein Gendarm packt in Rennes einen Kollaborateur an den Haaren, um ihn zur nächsten Polizeistation zu bringen. Eine große Anzahl französischer Polizisten hatte während der Besatzungszeit insgeheim die Résistancebewegung unterstützt.

Ein auf die Knie gefallener ehemaliger Kollaborateur sucht in Rennes mit erhobenen Händen den Faustschlag eines aufgebrachten Widerstandskämpfers abzuwehren. Die Gruppe zwang ihn, „Vive de Gaulle!" und „Vive la France!" zu rufen.

DIE BESTRAFUNG DER KOLLABORATEURE

In ganz Frankreich veranstalteten die Patrioten nach der Befreiung des Landes Razzien auf Kollaborateure und befriedigten die Rachegelüste, die sich seit langem aufgestaut hatten.

Die beiden hier veröffentlichten, von dem LIFE-Photographen Bob Landry in der bretonischen Stadt Rennes aufgenommenen Bilder vermitteln einen Eindruck von den Mißhandlungen, die auch Kollaborateure von kleinerem Kaliber erdulden mußten. Frauen, die sich mit deutschen Soldaten eingelassen hatten, wurden im allgemeinen nicht körperlich mißhandelt, mußten aber oft schmachvolle Demütigungen erdulden. Man schnitt ihnen die Haare ab *(S. 200–201)*, riß ihnen die Kleider vom Leibe, hängte ihnen Schilder mit der Aufschrift „Ich habe mit den Boches gehurt" um und trieb sie dann durch die Straßen.

Hatte eine erregte Menge ihren Rachedurst gestillt, so ließ sie kleinere Kollaborateure für gewöhnlich laufen. Diese mußten bis an ihr Lebensende unter der Ablehnung und Mißachtung ihrer patriotischen Landsleute leiden.

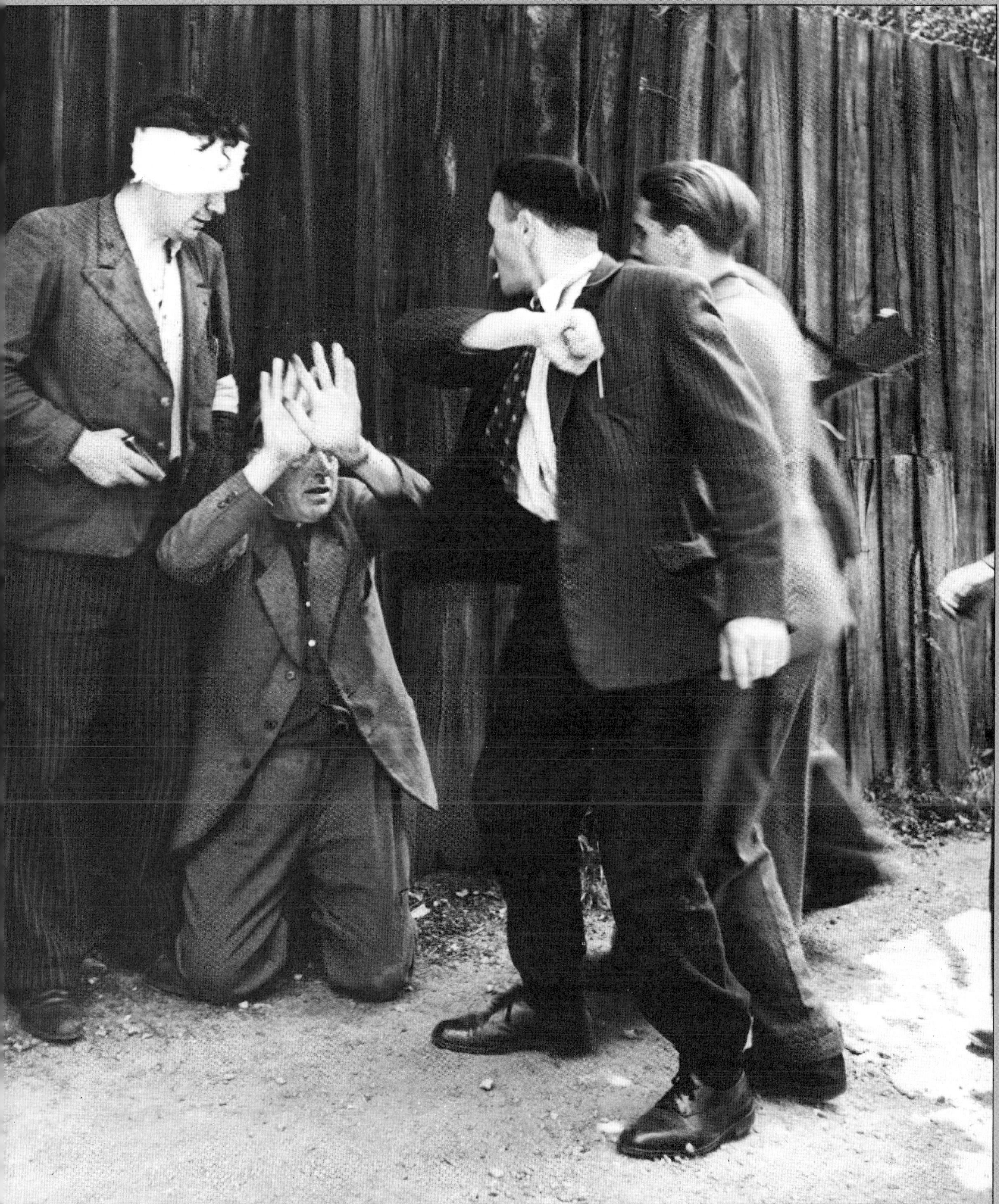

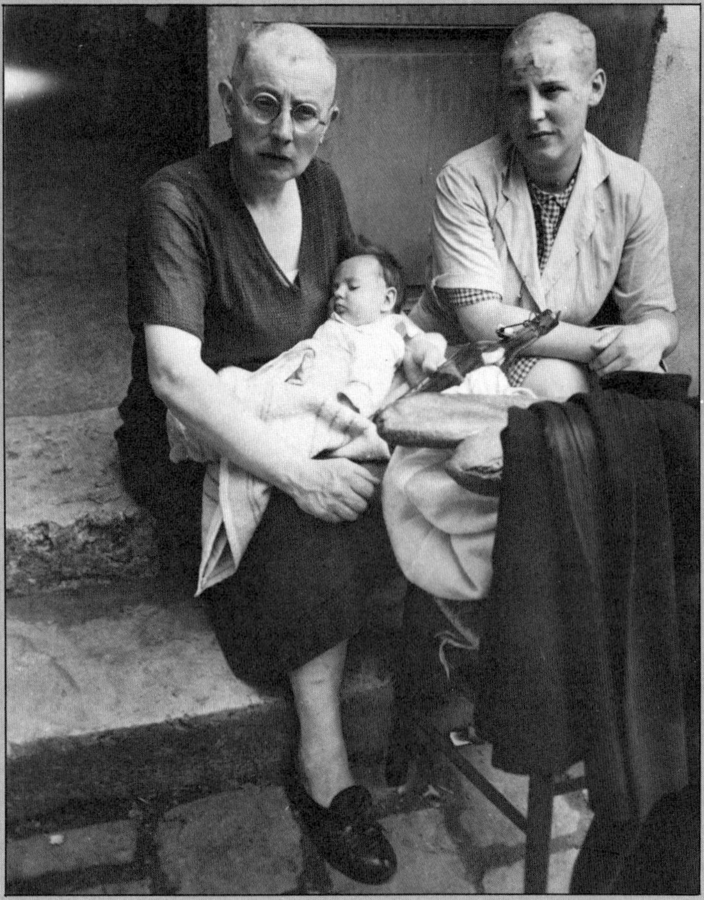

Zwei kahlgeschorene französische Kollaborateure, Mutter (rechts) und Großmutter eines von einem deutschen Vater stammenden Säuglings, starren in Chartres von einer Treppe in die Kamera. Anderen Frauen, die mit deutschen Soldaten befreundet waren, wurden Hakenkreuze auf die Brust gemalt.

Ein mutmaßlicher Kollaborateur, dem man die Hosen und Schuhe ausgezogen hat, wird in Paris von Widerstandskämpfern beschimpft.

Eine von einer höhnenden Menschenmenge umgebene, kahlgeschorene Kollaborateurin vermeidet den Blick in einen ihr vorgehaltenen Handspiegel.

ECONOMIQUES TRO

Der der „gesellschaftlichen Kollaboration während der deutschen Besatzung" beschuldigte Schriftsteller und Schauspieler Sacha Guitry (rechts sitzend) wird unmittelbar nach seiner Verhaftung im August 1944 von Angehörigen der Pariser Résistance verhört. Er verbrachte insgesamt zwei Monate im Gefängnis, wurde dann jedoch wegen Mangels an Beweisen wieder freigelassen.

Ein Milizionär, dem man vor der Erschießung die Augen verbunden und knieend an einen Pfahl gefesselt hat, wird von der Salve eines Erschießungskommandos der Résistance tödlich getroffen. Die Schüsse haben den Hinrichtungspfahl stark zersplittert und den Strick durchtrennt. Die Exekution erfolgte in Rennes.

UMSTRITTENE URTEILE, ÖFFENTLICHE HINRICHTUNGEN

Bei den nach der Befreiung angestrengten Prozessen ergingen in vielen Fällen recht willkürliche und widersprüchliche Urteile. Besonders hart wurden namhafte Propagandisten und Journalisten bestraft, die sich der Besatzungsmacht zur Verfügung gestellt hatten, während man Kollaborateuren aus der Geschäftswelt, die als Bauunternehmer und Lieferanten der Deutschen große Vermögen zusammengerafft hatten, vergleichsweise wenig Aufmerksamkeit schenkte. Die Empörung über die Ungerechtigkeiten, die bei den Säuberungen unterliefen, machte sich bald in bitteren Witzen Luft. So hieß es in Paris, ein Kollaborateur gehe straffrei aus, wenn er den Atlantikwall gebaut habe; habe er jedoch irgendwo geschrieben, der Wall sei eine gute Idee, dann werfe man ihn ins Gefängnis.

Die grausamen, überall verhaßten französischen Milizionäre, die Verbündeten von Sipo und SS, entgingen jedoch in keinem Fall ihrem Schicksal. Wer Darnands Truppe angehört hatte, wurde ohne Ausnahme hingerichtet – in der Regel von einem Erschießungskommando.

DANKSAGUNGEN

Die Herausgeber dieses Bandes sind folgenden Personen und Institutionen zu Dank verpflichtet: Professor Gustave Abeels, Brüssel; Christian Algreen-Petersen, Kopenhagen; Joan Bright Astley, O. B. E., London; Vera Atkins, London; Jorgen Barfoed, Kopenhagen; Dana Bell, U.S. Air Force Still Photo Depository, Arlington, Virginia; Jean de Blommaert, Brüssel; Margrethe Bohr, Kopenhagen; Edith Bonnesen, Kopenhagen; Jimmy Bourgeois, Brüssel; Colonel E. G. Boxshall, Foreign and Commonwealth Office, London; Pater Roger Braun, S. J., Paris; Dr. Richard Breitman, American University, Department of History, Washington, D. C.; Huguette Chalufour, Editions Jules Tallandier, Paris; Diana Condell, Imperial War Museum, London; Pearl Cornioley, Paris; Cécile Coutin, Kustos am Musée des Deux Guerres Mondiales, Paris; René Dazy, Paris; V. M. Destefano, Chief of Research Library, U.S. Army Audio-Visual Activity, Pentagon, Arlington, Virginia; Robert Doisneau, Paris; Editions Daniel, Paris; Georges Fèvre, Paris; Kate Fleron, Kopenhagen; Jean Gimpel, London; Maître Mireille Gross, Paris; Lady Gubbins, Isle of Harris, Schottland; Gérard Guicheteau, Paris; Robert Haslach, Presse- und Kulturattaché der Niederländischen Botschaft, Washington, D.C.; Knut Haugland, Oslo; Dr. Matthias Haupt, Bundesarchiv, Koblenz; Claus Helberg, Oslo; Julien Helfgott, Annecy, Frankreich; E. C. Hine, Imperial War Museum, London; Édouard Aime Jacobs, Oberkustos am Luftfahrtmuseum, Brüssel; Professor Louis de Jong, Amsterdam; Soeren Juul, Farum, Dänemark; Lieut. Colonel und Mrs. J. M. Langley, Woodbridge, Suffolk, England; Gérard Le Marec, Meudon-la-Forêt, Frankreich; William H. Leary, National Archives and Records Service, Audio-Visual Division, Washington, D.C.; Mary Lindell, Paris; Georges Loinger, Paris; London Library, England; Oberrabbiner Bent Melchior, Kopenhagen; Meta Melchior, Kopenhagen; Henri Michel, Président du Comité d'Histoire de la Deuxième Guerre Mondiale, Paris; Georges Millar, Dorchester, England; Comtesse de Milleville, Paris; Georges Molle, Vieilley, Frankreich; Museet for Danmarks Frihedskamp 1940–1945, Kopenhagen; Major Flemming B. Muus, D.S.O., Virum, Dänemark; Varinka de Wichfield Muus, Virum, Dänemark; Airey Neave, London; The Niels Bohr Institute, Kopenhagen; Norges Hjemmefrontmuseum, Oslo; Mrs. Cas Oorthuys, Amsterdam; Borge Outze, Kopenhagen; J. W. Pavey, Imperial War Museum, London; Yves Perret-Gentil, Comité d'Histoire de la Deuxième Guerre Mondiale, Paris; Janusz Piekalkiewicz, Rösrath-Hoffnungsthal, Bez. Köln; Jens Poulsson, Kongsberg, Norwegen; Group Captain W. S. O. Randle, C.B.E., A.F.C., D.F.M., Royal Air Force Museum, Hendon, England; Marianne Ranson, Comité d'Histoire de la Deuxième Guerre Mondiale, Paris; Michel Rauzier, Comité d'Histoire de la Deuxième Guerre Mondiale, Paris; Harry Rée, O.B.E., D.S.O., London; Roger Schall, Paris; Liepke Scheepstra, Amersfoort, Niederlande; Axel Schulz, Ullstein Bilderdienst, Berlin; Alain de Sedouy, Paris; Frans Selleslagh, Researcher, Second World War Study Centre, Brüssel; Lieut. Colonel Terlinden, Brüssel; James H. Trimble, National Archives and Records Service, Audio-Visual Division, Washington, D.C.; Gilbert Turck, Paris; Michou Ugeux, Brüssel; William Ugeux, Brüssel; Dominique Veillon, Comité d'Histoire de la Deuxiéme Guerre Mondiale, Paris; J. J. van Veldhoven, Voorburg, Niederlande; Hugh Verity, D.S.O., D.F.C., London; Professor van Welkenhuyzen, Directeur du Centre de Recherches et d'Etudes Historiques de la Seconde Guerre Mondiale, Brüssel; Paul L. White, National Archives and Records Service, Audio-Visual Division, Washington, D.C.; Marjorie Willis, Radio Times Hulton Picture Library, London; Marie Yates, U.S. Army Audio-Visual Activity, Pentagon, Washington, D.C.

Das Register zu diesem Buch wurde von Nicholas J. Anthony zusammengestellt.

BIBLIOGRAPHIE

Aron, Robert:
Histoire de la Libération de la France (juin 1944 – mai 1945). Librairie Arthème Fayard, Paris 1959
Histoire de Vichy (1940–1944). Librairie Arthème Fayard, Paris 1954
Beauvoir, Simone de: *In den besten Jahren.* Dt. Übers. Verlag Rowohlt, Reinbek 1961
Bell, Leslie: *Sabotage!* T. Werner Laurie Ltd., London 1957
Bird, Michael J.: *The Secret Battalion.* Holt, Rinehart and Winston, New York 1964
Blumenson, Marint: *The Vildé Affair.* Houghton Mifflin Company, Boston/Mass. 1977
Boolen, J. J., und J. C. van der Does: *Five Years of Occupation.* Printed on the secret press of D.A.V.I.D., o.O. u. J.
Borchers, Erich: *Monsieur Jean. Die Geheimmission eines Deutschen.* Adolf Sponholtz Verlag, Hannover 1951
Braddon, Russel: *The White Mouse.* W. W. Norton and Company, Inc., New York 1956
Brome, Vincent: *The Way Back.* W. W. Norton and Company, Inc., New York 1958
Buckmaster, Maurice: *They Fought Alone.* W. W. Norton and Company, Inc., New York 1958
Collier, Richard: *10 000 Augen.* Dt. Übers. Diana Verlag, Konstanz. Stuttgart 1960
Collins, Larry, und Lapierre, Dominique: *Brennt Paris?* Dt. Übers. Scherz, Bern · München · Wien 1964
Cookridge, E. H.:
Versteckspiel mit dem Tode. Geheimagenten gegen Hitler 1940/1945. Dt. Übers. Gerhard Stalling Verlag, Oldenburg und Hamburg 1967
Set Europe Ablaze. Thomas Y. Crowell Company, New York 1967
They Came from the Sky. Thomas Y. Crowell Company, New York 1967
Cowan, Lore: *Children of the Resistance.* Meredith Press, Des Moines/Iowa 1969
Crozier, Brian: *De Gaulle the Warrior.* Eyre Methuen Ltd. London 1973
Dank, Milton: *The French against the French: Collaboration and Resistance.* J. B. Lippincott Company, Philadelphia und New York 1974
Darling, Donald: *Secret Sunday.* William Kimber, London 1975
Dawidowicz, Lucy S.: *Der Krieg gegen die Juden 1933–1945.* Dt. Übers. Kindler Verlag, München 1979
Delta, Vol. VIII, No. 1 (Spring). Delta International Publication Foundation, o.O. 1975
Ehrlich, Blake: *Résistance France 1940–1945.* Little Brown and Company, Boston/Mass. 1965
European Resistance Movements 1939–1945, Vol. 1–2. Oxford University Press, Oxford 1960–1964
Flender, Harold: *Rescue in Denmark.* Macfadden-Bartell Corporation, New York 1964
Foot, M. R. D.:
Resistance, an analysis of European resistance to nazism, 1940–1945. London 1976
Six Faces of Courage. Eyre Methuen Ltd., London 1978
SOE in France. Her Majesty's Stationery Office, London 1966
Fourcade, Marie-Madeleine: *Noah's Ark.* E. P. Dutton & Company, Inc., New York 1974
Frank, Anne: *Das Tagebuch der Anne Frank.* Dt. Übers. Lambert Schneider Verlag, Heidelberg 1950
Frenay, Henri: *La nuit finira. Mémoires de Résistance 1940–1943.* Livre de poche Laffont, Paris 1973
Gallagher, Thomas: *Assault in Norway: Sabotaging the Nazi Nuclear Bomb.* Harcourt Brace Jovanovich, New York 1975
Gaulle, Charles de: *Memoiren. Der Ruf. 1940–1942.* Dt. Übers. S. Fischer Verlag, Berlin und Frankfurt am Main 1955
Giskes, H. J.: *Spione überspielen Spione.* Hansa Verlag Josef Toth, Hamburg 1951
Gleeson, James J.: *They Feared No Evil: The Woman Agents of Britain's Secret Armies 1939–45.* Robert Hale & Company, London 1976
Hawes, Stephen, und White, Ralph (Hrsg.): *Resistance in Europe 1939–1945: based on the proceedings of a symposium held at the University of Salford, March, 1973.* Allen Lane, Penguin Books Ltd., London 1975
Hilberg, Raul: *The Destruction of the European Jews.* Harper & Row, New York 1961
Howarth, David:
The Shetland Bus. Thomas Nelson & Sons Ltd., Edinburgh 1951
We Die Alone. The Macmillan Company, New York 1955
Huggett, Frank E.: *Modern Belgium.* Frederick A. Praeger, New York 1969
Hutton, Clayton: *Ein Major mit Ideen. Enthüllungen eines Meisters kleiner Kriegslisten.* Dt. Übers. Econ Verlag, Düsseldorf · Wien 1961
Jong, L. de, und Stoppelman, Joseph W. F.: *The Lion Rampant.* Querido, New York 1943
Kedward, H. A.: *Resistance in Vichy France.* Oxford University Press, Oxford 1978
Knight, Frida: *The French Resistance: 1940 to 1944.* Lawrence and Wishart, London 1975
Koch, H. W.: *Hitler Youth: The Duped Generation.* Ballantine Books, Inc., New York 1972
Lampe, David: *The Danish Resistance.* Ballantine Books, Inc., New York 1960
Langley, J. M.: *Fight Another Day.* William Collins Sons & Co. Ltd., London 1974
Latour, Anny: *La Résistance juive en France 1940–1944.* Editions Stock, Paris 1970
Littlejohn, David: *The Patriotic Traitors: A History of Collaboration in German-occupied Europe, 1940–45.* Heinemann, London 1972
Lorain, Pierre: *Armement Clandestin, S.O.E., 1941–1944.* O.O. 1972
Luxembourg and the German Invasion, Before and After. Hutchinson & Co. Ltd., London o. J.
Maass, Walter B.: *The Netherlands at War: 1940–1945.* Abelard-Schuman Ltd., London 1970
Macksey, Kenneth: *The Partisans of Europe in World War II.* Hart Davis, McGibbon Ltd., St. Albans 1975
Mallinson, Vernon: *Belgium.* Praeger Publishers, Inc., New York 1970
Marshall, Bruce: *The White Rabbit.* Houghton Mifflin Company, New York 1952
Martelli, George: *The Man Who Saved London: The Story of Michael Hollard.* Doubleday & Company, Inc., New York 1961
Mechanicus, Philip: *Waiting for Death.* Calder and Boyars Ltd., London 1968
Michel, Henri: *Les mouvements clandestins en Europe 1938–1945.* Presses Universitaires de France, Paris 1961
Millar, George:
Horned Pigeon. Doubleday & Company, Inc., New York 1946
Maquis. Widerstandskämpfer im besetzten Frankreich. Dt. Übers. Europäische

Verlags-Anstalt, Hamburg 1950
Neave, Airey: *Saturday at M.I.9.* Hodder and Stoughton Ltd., London 1969
Novick, Peter: *The Resistance versus Vichy.* Columbia University Press, New York 1968
Paxton, Robert O.: *Vichy France: Old Guard and New Order, 1940–1944.* Alfred A. Knopf, New York 1972
Petrow, Richard: *The Bitter Years: The Invasion and Occupation of Denmark and Norway, April 1940–May 1945.* William Morrow & Company, Inc., New York 1974
Phillips, C. E. Lucas: *Cockleshell Heroes.* William Heinemann Ltd., London 1956
Piekalkiewicz, Janusz: *Spione, Agenten, Soldaten. Geheime Kommandos im Zweiten Weltkrieg.* Südwest Verlag, München 1969
Polnay, Peter de: *The Germans Came to Paris.* Duell, Sloane and Pearce, New York 1943
Presser, J.: *Ashes in the Wind: The Destruction of Dutch Jewry.* Souvenir Press Ltd., London 1968
Reitlinger, Gerald: *Die Endlösung. Hitlers Versuch der Ausrottung der Juden Europas 1939–1945.* Dt. Übers. Colloquium Verlag, Berlin 1956
Rémy [Pseud. für Gilbert Renault]:
Comment meurt un réseau. Solar, Monte-Carlo 1948.
Portrait of a Spy. Arthur Barker Ltd., London 1955
Riste, Olav, und Nöklby, Berit: *Norway 1940–1945: The Resistance Movement.* Johan Grundt Tanum Forlag, Oslo 1970
Ryan, Cornelius: *Der längste Tag. Normandie: 6. Juni 1944.* Dt. Übers. Verlag Mohn, Gütersloh 1962
Seth, Ronald: *The Undaunted: The Story of Resistance in Western Europe.* Philosophical Library, Inc., New York 1956
Shiber, Etta: *Paris – Underground.* Charles Scribner's Sons, New York 1943
Smith, R. Harris: *OSS: The Secret History of America's First Central Intelligence Agency.* University of California Press, Berkeley/Calif. 1972
Sweet-Escott, Bickham: *Baker Street Irregular.* Methuen & Co. Ltd., London 1965
Thomas, John Oram: *The Giant-Killers.* Taplinger Publishing Company, Inc., New York 1976
Truscott, L. K., jr.: *Command Missions: A Personal Story.* E. P. Dutton, Inc., New York 1954
Venner, Dominique: *Les Armes de la Résistance.* Hrsg. v. Jacques Grancher. 1976
Vercors [d.i. Jean Bruller]: *La Bataille du Silence.* Presses de la Cité, Paris 1967
Verity, Hugh: *We Landed by Moonlight.* Ian Allan Ltd., Shepperton 1978
Vigneras, Marcel: *United States Army in World War II, Special Studies: Rearming the French.* Office of the Chief of Military History, Department of the Army, Washington/D.C. 1957
Vomécourt, Philippe de: *Who Lived to See the Day: France in Arms, 1940–1945.* Hutchinson & Co. Ltd., London 1961
Walter, Gérard: *La Vie à Paris sous l'Occupation 1940–1944.* Librairie Armand Colin, Paris 1960
Warmbrunn, Werner: *The Dutch under German Occupation 1940–1945.* Stanford University Press, Stanford/Calif. 1963
Warner, Geoffrey: *Pierre Laval and the Eclipse of France.* Eyre & Spottiswoode, London 1968
Werth, Alexander:
Der zögernde Nachbar. Frankreich seit dem letzten Weltkrieg. Dt. Übers. Droste Verlag, Düsseldorf 1957
The Twilight of France 1933–1949. Howard Fertig, New York 1966
Wright, Gordon: *France in Modern Times: From the Enlightenment to the Present.* Rand McNally College Publishing Company, Skokie/Ill. 1974
Wynne, Barry: *No Drums . . . No Trumpets.* Arthur Barker Ltd., London 1961

QUELLENNACHWEIS DER ABBILDUNGEN

Abbildungen von links nach rechts sind durch Semikolon, solche von oben nach unten durch Gedankenstriche getrennt.

EINBAND: Papillon/Sygmy, Paris. 2, 3: Kartenskizzen von Elie Sabban.

DIE ERSTE VERWEIGERUNG: 8, 9 – J. Bourgeois, Brüssel. 10 – Wide World. 11 – Museet for Danmarks Frihedskamp 1940–1945, Kopenhagen. 12 – March of Time. 13 – Collection Comité d'Histoire de la Deuxième Guerre Mondiale, Paris; J. Bourgeois, Brüssel – Norsk Telegrambyro, Oslo. 14 – The Official Norwegian Photo Press Agency, Oslo – Wide World. 15 – Roger Schall, Paris. 16, 17 – Zucca/Tallandier, Paris (2); Pix Incorporated – Wide World. 18, 19 – Museet for Danmarks Frihedskamp 1940–1945, Kopenhagen; Cas Oorthuys Archiv, Amsterdam.

ANFÄNGE DES WIDERSTANDS: 22 – Radio Times Hulton Picture Library, London. 23 – E. C. P. Armées, Paris. 24 – Norsk Telegrambyro, Oslo. 25, 27 – Wide World.

PRESSE IM UNTERGRUND: 30, 31 – © Hans Sibbelee, m. frdl. Gen. Rijksinstituut voor Oorlogsdocumentatie, Amsterdam. 32 – Cas Oorthuys Archiv, Amsterdam. 33 – © Charles Breyer, m. frdl. Gen. Rijksinstituut voor Oorlogsdocumentatie, Amsterdam. 34 – Rigmor Delphin. 35 – Rijksinstituut voor Oorlogsdocumentatie, Amsterdam. 36, 37 – Museet for Danmarks Frihedskamp 1940–1945, Kopenhagen; Nationalmuseet, Kopenhagen – Norges Hjemmefrontmuseum, Oslo. 38, 39 – Cas Oorthuys Archiv, Amsterdam, außer Mitte: H. L. Damen, Amsterdam.

HILFE AUS GROSSBRITANNIEN: 42, 43 – Janusz Piekalkiewicz, Rösrath-Hoffnungsthal. 44, 45 – Textillustration von John Batchelor, London; Mrs. Moira McCairns, Templecombe, Somerset (2) – Janusz Piekalkiewicz, Rösrath-Hoffnungsthal – Public Records Office, London. 47–49 – Janusz Piekalkiewicz, Rösrath-Hoffnungsthal.

DIE LONDONER ZENTRALE: 52, 53 – Janusz Piekalkiewicz, Rösrath-Hoffnungsthal. 54 – Lady Gubbins, Isle of Harris, Schottland. 55–57 – Janusz Piekalkiewicz, Rösrath-Hoffnungsthal. 58 – Janusz Piekalkiewicz, Rösrath-Hoffnungsthal (2) – J. W. Cappelens Archiv, m. frdl. Gen. David Howarth. 59 – Museet for Danmarks Frihedskamp 1940–1945, Kopenhagen. 60, 61 – Museet for Danmarks Frihedskamp 1940–1945, Kopenhagen; Photo Bibliothèque Nationale, Paris, oben rechts m. frdl. Gen. Hugh Verity, London.

DAS WERKZEUG DER AGENTEN: 62, 63 – Erich Lessing von Magnum, m. frdl. Gen. The Philips Radio Museum, Amsterdam. 64 – Cas Oorthuys Archiv, Amsterdam. 65 – Erich Lessing von Magnum m. frdl. Gen. Imperial War Museum, London (2) – Erich Lessing von Magnum, m. frdl. Gen. Museum der dänischen Widerstandsbewegung (2). 66, 67 – Erich Lessing von Magnum, m. frdl. Gen. Norges Hjemmefrontmuseum, Oslo, 68 – Erich Lessing von Magnum. m. frdl. Gen. Museum der dänischen Widerstandsbewegung (3); Erich Lessing von Magnum, m. frdl. Gen. Nationales Kriegs- und Widerstandsmuseum der Niederlande – Erich Lessing von Magnum, m. frdl. Gen. Norges Hjemmefrontmuseum, Oslo (2) – Erich Lessing von Magnum, m. frdl. Gen. Museum der dänischen Widerstandsbewegung. 69 – Erich Lessing von Magnum, m. frdl. Gen. Norges Hjemmefrontmuseum, Oslo (2) – Erich Lessing von Magnum, m. frdl. Gen. Museum der dänischen Widerstandsbewegung. 70, 71 – Erich Lessing von Magnum, m. frdl. Gen. RAF Museum, Hendon, England. 72, 73 – Erich Lessing von Magnum, m. frdl. Gen. Museum der dänischen Widerstandsbewegung (3); Erich Lessing von Magnum, m. frdl. Gen. Nationales Kriegs- und Widerstandsmuseum der Niederlande (2).

DIE MISSION JEAN MOULINS: 76 – Radio Times Hulton Picture Library, London. 78 – PPP/USIS, Paris. 79 – Norsk Telegrambyro, Oslo. 80 – Bundesarchiv, Koblenz; ADN-Zentralbild, Berlin, DDR. 81 – H. Roger-Viollet, Paris. 83 – U.S. Army. 84 – H. Roger-Viollet, Paris.

DIE KOLLABORATEURE: 88, 89 – H. Roger-Viollet, Paris. 90 – The Associated Press of London. 91 – Ullstein Bilderdienst, Berlin. 92 – Almasy, Paris. 93 – Kryn Taconis/Carel Blazer, Toronto – Museet for Danmarks Frihedskamp, 1940–1945. 94 – H. Roger-Viollet, Paris; Jiri Jiru, m. frdl. Gen. Centre de Recherches et d'Etudes Historiques de la Seconde Guerre Mondiale, Brüssel. 95 – Ullstein Bilderdienst, Berlin – Jiri Jiru, m. frdl. Gen. Centre de Recherches et d'Etudes Historiques de la Seconde Guerre, Mondiale, Brüssel. 96, 97 – Süddeutscher Verlag, Bilderdienst, München – Jiri Jiru, m. frdl. Gen. Centre de Recherches et d'Etudes Historiques de la Seconde Guerre Mondiale, Brüssel; Zucca/Tallandier, Paris. 98 – H. Roger-Viollet, Paris. 99 – Museet for Danmarks Frihedskamp, 1940–1945, Kopenhagen. 100, 101 – Foto Bureau Otto, m. frdl. Gen. Rijksinstituut voor Oorlogsdocumentatie, Amsterdam.

FLUCHTWEGE IN DIE FREIHEIT: 104 – Cas Oorthuys Archiv, Amsterdam. 105 – Vincent Brome, London. 107 – Librairie Académique Perrin, Paris. 108 – Kartenskizze von Elie Sabban. 109 – Réseau Henri Bourgogne/Collection Comité d'Histoire de la Deuxième Guerre Mondiale, Paris. 110 – Imperial War Museum, London. 111 – Louis Dahl-Wolfe. 112 – Radio Times Hulton Picture Library, London.

DEUTSCHE GEGENSCHLÄGE: 114, 115 – H. Roger-Viollet, Paris. 116 – Bundesarchiv, Koblenz. 117 – Papillon/Sygma, Paris, 118 – Bundesarchiv, Koblenz. 199 – E. C. P. Armées, Paris – Bundesarchiv, Koblenz. 120, 121 – Bundesarchiv, Koblenz, außer oben rechts: Archives départementales de la Vienne, Poitiers/Collection Comité d'Histoire de la Deuxième Guerre Mondiale, Paris. 122 – Roger Schall, Paris – Keystone Press Agency Ltd., London. 123 – Janusz Piekalkiewicz, Rösrath-Hoffnungsthal – Tallandier, Paris.

DIE HÜTER IHRER BRÜDER: 128 – Museet for Danmarks Frihedskamp 1940–1945, Kopenhagen. 130 – Nationalmuseet, Kopenhagen. 131 – Prentenkabinet, Universität Leiden. 132 – Cas Oorthuys Archiv, Amsterdam. 133 – Anne Frank Foundation, Amsterdam. 134 – Bob Scheepstra, Amersfoort. 135 – Polizeibehörde der Stadt Haarlem.

DIE JUDEN DER NIEDERLANDE: 138, 139 – Cas Oorthuys Archiv, Amsterdam. 140 – J. De Haas, Amsterdam. 141 – © Holtz Apfel, Bussum. 142, 143 – R. C. H. Steinberg, Amsterdam – U.P.I; © Charles Breyer, Amsterdam. 144 – PPP/USIS, Paris. 145 – H. L. Damen, Amsterdam – R. C. H. Steinberg, Amsterdam. 146 – Archives, The Ghetto Fighter's House, Israel, kopiert von David Rubinger – Cas Oorthuys Archiv, Amsterdam. 147 – Cas Oorthuys Archiv, Amsterdam. 148, 149 – Archives, The

Ghetto Fighter's House, Israel, kopiert von David Rubinger; © Photoalbum der Familie Bogaard, Nieuw-Vennep.

DIE SAAT DER GEWALT: 153 – Imperial War Museum, London. 154 – Pictures, Incorporated. 155 – Rijksinstituut voor Oorlogsdocumentatie, Amsterdam. 156, 157 – Norsk Telegrambyro, Oslo. 159 – Gamet/Rapho, Paris. 161 – Nationalmuseet, Kopenhagen.

FRANKREICHS PARTISANEN: 164, 165 – Imperial War Museum, London. 166 – Keystone Press Agency. 167, 168 – U.S.National Archives. 169 – UPI – March of Time. 170 – Gamet/Rapho, Paris – Keystone Press Agency, U.S.National Archives. 171 – Keystone Press Agency, U.S. National Archives. 172, 173 – Keystone Press Agency, U.S. National Archives; U.S. National Archives – U.S. National Archives; Keystone Press Agency; E. C. P. Armées, Paris. 174, 175 – Papillon/Sygma, Paris; Archives S.N.C.F. „Résistance Fer"/Collection Comité d'Histoire de la Deuxième Guerre Mondiale, Paris – Guingouin/Collection Comité d'Histoire de la Deuxième Guerre Mondiale, Paris. 176, 177 – Collection Comité d'Histoire de la Deuxième Guerre Mondiale, Paris; Papillon/Sygma, Paris.

VORSTÖSSE AUS DEM MAQUIS: 180 – André Jacquelin/Collection Comité d'Histoire de la Deuxième Guerre Mondiale, Paris. 181 – Wide World. 182 – Süddeutscher Verlag, Bilderdienst, München. 183 – Aus: M.-M. Fourcade: *Noah's Ark.* © 1973 by George Allen & Unwin Ltd., E. P. Dutton und Librairie Arthème Fayard, Paris; Rijksinstituut voor Oorlogsdocumentatie, Amsterdam; Privatsammlung, London – Norsk Telegrambyro, Oslo; Museet for Danmarks Frihedskamp, Kopenhagen; m. frdl. Gen. James Gleeson, Barnet, England. 185 – Gamet/Rapho, Paris. 187 – U.S.National Archives. 188 – U.S.Army. 189 – Roger Schall, Paris.

DIE RACHE: 192, 193 – U.S.Army. 194 – UPI. 195 – U.S. Army. 196, 197 – U.S. Army; H. Roger-Viollet, Paris. 198, 199 – Bob Landry für LIFE. 200, 201 – Ralph Morse für LIFE – Mairie de Sainte-Marie-du-Mont, Normandie; U.S.Army. 202, 203 – Henri Cartier-Bresson, Paris; U.S.Army.

REGISTER

Kursiv gesetzte Seitenangaben beziehen sich auf Abbildungen

Reprosatz: Alfred Utesch GmbH, Hamburg
Druck und Einband: Artes Gráficas, Toledo, Spanien
D.L. TO577-81